JULIE LEUZE

# Der Ruf des Kookaburra



GOLDMANN
Lesen erleben

*Buch*

1859: Die junge Pflanzenmalerin Emma Scheerer lebt mit ihrem Mann Carl, einem Forscher, bei einem Aborigines-Clan im australischen Regenwald, gemeinsam erforschen sie die Lebensweise der Ureinwohner. Als Emmas Freundin Purlimil Zwillinge bekommt, steht Emma vor einer schwierigen Entscheidung: Laut Aborigines-Tradition soll das Zweitgeborene getötet werden, da sich der Clan sonst den Zorn der Geister zuzieht. Bei der Geburt bittet Purlimil ihre Freundin Emma jedoch verzweifelt um Hilfe, woraufhin Emma das zweite Baby adoptiert. Dayindi, der *law man* des Clans, fühlt sich schwer von der weißen Frau gedemütigt, die die uralten Sitten und Gesetze seines Volks missachtet. Wenig später kommt es zu einem heftigen Streit zwischen Emma, die mit dem anstrengenden Baby im Regenwald überfordert ist, und Carl. Emma glaubt, dass Carl das Baby und sie selbst ablehnt, weil sie nach ihrer Fehlgeburt in Deutschland nun offensichtlich keine eigenen Kinder mehr bekommen kann. Carl hingegen fühlt sich von Emmas eigenmächtigen Entscheidungen übergangen. Ein Wort gibt das andere, und Carl verlässt wütend und verletzt die Hütte. Als Emma am nächsten Morgen nach unruhigem Schlaf erwacht, bleibt er verschwunden. Für den Clan ist die Sache klar: Carls Verschwinden ist die Strafe der Geister dafür, dass Emma das Zwillingsmädchen Belle gerettet hat. Emma hingegen ist überzeugt, dass Carl sie verlassen hat, und verfällt in tiefe Hoffnungslosigkeit. Doch dann beschließt sie, sich auf die Suche nach ihrem Ehemann zu begeben. Wenn sie nur wüsste, wo auf diesem riesigen, wilden Kontinent sie mit der Suche beginnen soll …

*Mehr von Julie Leuze*

Der Duft von Hibiskus. Roman (auch als E-Book erhältlich)

Julie Leuze

# Der Ruf des Kookaburra

Roman

GOLDMANN

MIX
Papier aus verantwortungsvollen Quellen
FSC® C014496
www.fsc.org

Verlagsgruppe Random House FSC® N001967
Das FSC®-zertifizierte Papier *München Super* für dieses Buch
liefert Arctic Paper Mochenwangen GmbH.

1. Auflage
Originalausgabe Dezember 2013

Gestaltung des Umschlags und der Umschlaginnenseiten:
UNO Werbeagentur München
Umschlagmotiv: DEA PICTURE LIBRARY/getty images;
Historic Map Works LLC and Osher Map Library/
getty images; FinePic®, München
Redaktion: Karin Ballauff
BH · Herstellung: Str.
Satz: omnisatz GmbH, Berlin
Druck und Bindung: GGP Media GmbH, Pößneck
Printed in Germany
ISBN: 978-3-442-47843-9
www.goldmann-verlag.de

Besuchen Sie den Goldmann Verlag im Netz:

*Er wartete.*

*Das Warten zermürbte ihn, doch er wusste, er musste Geduld haben. Was waren schon ein paar Monate mehr? Am Ende würde er siegen, und nur darauf kam es an.*

*Er lachte leise, als er an sie dachte. Sie waren so dumm, so unbesorgt und ahnungslos! In ihrer grenzenlosen Arroganz fühlten sie sich, als seien sie unverwundbar. Dabei war es lediglich eine Frage der Zeit, bis sie Teil seines Spiels sein würden.*

*Bald, sagte er sich.*

*Bald würde es so weit sein.*

# TEIL 1

# 1

OKTOBER 1859

Oh nein!«

Emma Scheerer hob abwehrend die Hände und trat einen Schritt zurück.

»Das kannst du nicht von mir verlangen, Purlimil!«

»So eitel bist du, Emma?«, lachte die schwangere Schwarze, die mit einem Steinmesser auf dem Boden hockte. Ein zweites Mal klopfte sie einladend neben sich. »Setz dich schon hin. Du willst doch alles über uns lernen, oder? Nun, diese Erfahrung darfst du sogar selbst machen, anstatt uns nur dabei zuzusehen. Willst du dir das wirklich entgehen lassen?«

Seufzend ließ Emma die Hände sinken. »Du weißt genau, wie du mich kriegst, nicht wahr?«

»Natürlich.« Purlimil grinste. »Ich kenne dich wie meine kleine Schwester.«

»Und du kommandierst mich genauso herum«, grummelte Emma. Doch dann grinste auch sie. »Also gut, bringen wir es hinter uns. Aber schneid mir nicht den Hals durch, ja?«

Purlimil zog eine Augenbraue hoch, was ihrem schönen Gesicht einen spöttischen Ausdruck verlieh. Kurze Zeit später lagen die ersten hellblonden Locken auf dem mit trockenen Blättern bedeckten Boden des Eukalyptuswaldes. Emma betrachtete sie mit gemischten Gefühlen und versuchte, nicht zurückzuzucken, wenn Purlimils Steinmesser besonders unsanft an ihren Haaren ziepte. Sie würde sich zusammenreißen, auch wenn es schmerzte. Sie war schließlich Forscherin. Und sie hatte in den letzten Monaten weiß Gott schon Unangenehmeres durchgemacht als das hier.

Emma hatte geröstete Maden gekostet, die Männer stundenlang beim Fischfang beobachtet und von den Frauen gelernt, wie man aus bestimmten Pflanzen des Regenwaldes in einer langwierigen Prozedur Medizin machte. Sie hatte beim Herstellen von tödlichen Speerspitzen zugesehen, und sie hatte wieder und wieder Nüsse gewässert, um vor dem Verzehr die Giftstoffe auszuschwemmen. Emma wusch sich im kalten Bach, sie lebte in einem Zelt statt in einem Haus, und sie unterhielt sich täglich mit splitterfasernackten Männern und Frauen, ohne rot zu werden.

Da würde sie es ja wohl überleben, wenn Purlimil ihr die Haare schnitt, damit Emma diesen Alltagsbrauch am eigenen Leibe erfahren konnte! Eigentlich sehr umsichtig von ihrer schwarzen Freundin, sagte sich Emma tapfer.

Eine weitere Locke fiel mit leisem Rascheln auf die trockenen Blätter. Eine sehr lange Locke.

»Reicht es nicht bald?«, fragte Emma und konnte nicht verhindern, dass ihre Stimme kläglich klang.

»Noch nicht«, war die unerbittliche Antwort.

Erst als so viel blondes Haar auf dem Boden lag, dass Emma sich fragte, ob sie überhaupt noch welches auf dem Kopf hatte, ließ Purlimil von ihr ab. Emma war froh, dass es hier im Busch keinen Spiegel gab – und ihr der eigene Anblick somit noch eine Weile erspart bleiben würde.

Die Frauen des Clans waren aufgekratzt und gut gelaunt, als sie nach dem gemeinschaftlichen Verschönerungserlebnis den lichten Eukalyptuswald verließen und mit den Kindern zurück in den Regenwald wanderten. Das abgeschnittene Haar hatten die Frauen sorgfältig zusammengesucht und in einem eigens dafür entfachten Feuer verbrannt.

»Ein fremder Wirrinun, ein Hexenmeister, könnte Übles damit anfangen«, erklärte Purlimil ihrer weißen Freundin und strich sich dabei schützend über den runden Leib.

»Hier lebt doch nur ihr.« Emma runzelte die Stirn. »Wie sollte ein fremder Wirrinun an eure Haare gelangen?«

Nachsichtig blickte Purlimil sie an.

»Ab und zu gibt es Besuche zwischen den Clans, das weißt du doch. Da kann immer mal einer dabei sein, der mit bösen Geistern paktiert. Und dann ist es schlecht um diejenige bestellt, deren Haare er findet.« Purlimil hob belehrend den Zeigefinger. »Wir müssen stets vorsichtig sein, Emma. Mit den Geistern ist nicht zu spaßen.«

»Hmhm«, machte Emma vage.

Wieder einmal wurde ihr bewusst, wie fremd ihr die Welt der Menschen war, deren Alltag sie nun schon seit Monaten teilte. Die Vorstellung, von Hexenmeistern und bösen Geistern umgeben zu sein, ließ Emma schaudern.

Um sich zu beruhigen, machte sie sich in Gedanken eine Notiz für ihre Forschungsunterlagen.

*Verbrennung von Haar aus Angst vor Schadenszauber. Funktion prüfen: Förderung der Hygiene? Stiftung von Gemeinschaft durch Abgrenzung von anderen Clans? Böse Geister/Schadenszauber als Erklärung für Krankheiten?*

Der distanzierte Blick, zu dem ihre Arbeit als Forscherin sie zwang, tat Emma gut, und ihr Herzschlag normalisierte sich. Sie nahm sich vor, mit Carl über das Thema zu sprechen. Vielleicht eignete der Glaube an Schadenszauber sich ja für ihren nächsten wissenschaftlichen Bericht an die Kolonialregierung.

Allmählich machten die spärlich stehenden, silbergrünen Eukalypten saftig aussehenden Palmen und riesenhaften Farnen Platz. Die Luft bekam diese unwirklich grünliche Färbung, die den Regenwald ankündigte und die Emma von Anfang an verzaubert hatte.

Sie erinnerte sich an ihren allerersten Ausflug in den Urwald, damals, als sie noch die unterbezahlte Assistentin des grässlichen Oskar Crusius gewesen war. Oskar, dessen größter Wunsch darin bestanden hatte, Emma zu unterwerfen …

Nur nicht mehr an ihn denken!, ermahnte sie sich scharf. Oskar war Vergangenheit, er war schon vor Monaten nach Deutschland zurückgekehrt, und Emma würde ihn niemals wiedersehen. Schon gar nicht mitten im Regenwald.

Unwillkürlich musste sie lächeln. Wieder einmal wurde ihr das Ungeheuerliche ihrer Lebensweise bewusst: Statt in einem zivilisierten Haus in einer zivilisierten Stadt an einem zivilisierten Herd zu stehen, lebte sie frei wie ein Vogel in der australischen Wildnis. Teilte ihren Alltag mit den Eingeborenen des *Cunningham's Gap Scrub*, eines Teils des subtropischen Regenwaldes auf der Great Dividing Range. Und wurde für das bezahlt, was sie am liebsten tat: wissenschaftlich arbeiten. Denn vor einigen Wochen hatte sie den offiziellen Bescheid der Kolonialregierung bekommen, dass die Gelder für ihr unkonventionelles Forschungsprojekt bewilligt worden waren.

Noch immer kam Emma diese Tatsache wie ein Wunder vor.

Sie dachte daran, wie skeptisch die zuständigen Herren in Sydney gewesen waren, als Emma und Carl ihnen im Juli ihr Projekt vorgestellt hatten – und wie sich der Zweifel in ihren Mienen langsam, aber sicher in Faszination verwandelt hatte, als sie begriffen, wie revolutionär und wie zukunftsweisend das Scheerer-Projekt war. Denn Emma und ihr frischgebackener Ehemann wollten nicht nur die Heilmittel der Eingeborenen erforschen, wie es bereits so mancher weiße Arzt vor ihnen versucht hatte.

Emma und Carl würden sich nicht damit begnügen, die medizinische Wirkung von Säften und Pasten zu beschreiben; sie wollten auch die Rituale beobachten, die sich darum rankten. Bei den Eingeborenen, das hatten sie schnell gelernt, gab es keine isolierten Handlungen, keine einfachen Ursachen mit klaren Wirkungen. Stattdessen hing alles mit allem zusammen, und Heilung auf der körperlichen Ebene konnte nur dann erfolgen, wenn auch die geistige und spirituelle Ebene berücksichtigt wurde.

Das klang für weiße Ohren erst einmal verrückt, so viel war auch den Scheerers klar. Aber Carl hatte seine ganze Autorität als renommierter Forscher in die Waagschale geworfen, um die Herren trotzdem von dem Projekt zu überzeugen, so wie Emma wenige Wochen zuvor ihn überzeugt hatte. Sachlich und doch voller Feuer hatte er ihnen erklärt, wie immens der Nutzen sein würde, den die Weißen aus der Kenntnis neuer Heilsysteme ziehen konnten – und dass diese Kenntnis nur zu erlangen sei, wenn man das tägliche Leben der Schwarzen beobachtete, in ihren Glauben eintauchte, ihre Sitten und Rituale analysierte, kurz: mit ihnen zusammenlebte.

Dank Carls gutem Ruf hatten die Herren ihnen schließlich eine Chance gegeben. Die Scheerers hatten einen gemeinsamen Vertrag auf unbestimmte Dauer erhalten und dazu die erleichternde Information, dass ihr ehemaliger Kollege Oskar Crusius nach Deutschland zurückgekehrt sei. Seither arbeitete Emma hochoffiziell als Forscherin im Auftrag der englischen Kolonialregierung.

Sie, eine Frau.

Es war unerhört.

Und so wundervoll, dass Emma es in manchen Momenten kaum fassen konnte, welch glückliche Wendung ihr Schicksal genommen hatte.

Sie lächelte immer noch, als sie zusammen mit den schwarzen Frauen und Kindern das Lager des Clans betrat, eine Ansammlung einfacher Hütten, die in der Nähe eines breiten Baches standen. Die Hütten waren aus Rinde, Gras und Zweigen gebaut worden, und obwohl Emma anfangs gedacht hatte, dass solch wackelige Behausungen gewiss keine vier Wochen halten würden, hatten sie sich als erstaunlich standfest erwiesen.

Zwischen den Hütten wucherten Farne und hohe, schlanke Feuerpalmen; hier und da knisterte ein Feuer im grünen Dämmerlicht. Auf dem Boden hockten die Männer, die nicht auf der Jagd waren, und bearbeiteten mit scharfen Steinen ihre Speere, Werkzeuge und Messer. Dazwischen sprangen junge Dingos herum, die älteren Tiere lagen träge bei den Männern. Ansonsten gab es – nichts.

Doch obwohl es dem Lager an jeglicher Bequemlichkeit mangelte, von Geschäften oder kulturellen Einrichtungen ganz zu schweigen, hatte Emma diesen Ort mit seinem ursprünglichen Zauber lieben gelernt. Sie war glücklich hier, und nur darauf kam es an.

Mit einem Gefühl tiefer Zufriedenheit schritt sie durch die Hütten auf ihr Zelt zu.

Carl hatte ihr gemeinsames Zelt im Schutze eines riesigen, immergrünen Nadelbaumes errichtet, einer *hoop pine*, deren Zweige sich weit oben im dichten Blätterdach verloren. Auch diese schmucklose Behausung hatte Emma lieben gelernt, barg sie doch die Erinnerung an etliche Stunden voller Zärtlichkeit und Leidenschaft. Stunden der puren Freude am Dasein und aneinander.

Unversehens überfiel Emma die Furcht, dass das immense Glück, das sie in den letzten Monaten erfahren hatte, nicht von Dauer sein könnte. War es nicht zu viel für einen Menschen allein? So viel Lebenslust, so viel Befriedigung durch ihre Arbeit und, bei Gott, so unendlich viel Liebe … würde ihr nicht irgendwann einmal ein Preis dafür abverlangt werden?

Doch in diesem Moment sah sie Carl, und ihre Ängste lösten sich in Luft auf.

Mit den Händen in den Hosentaschen stand er neben dem Zelt, lässig gegen die dunkle Borke der *hoop pine* gelehnt. Beim Anblick ihres breitschultrigen und braun gebrannten Ehemannes, der ihr entspannt entgegenlächelte, bekam Emma auf der Stelle Herzklopfen. Wie gut er aussah! Das schwarze Haar, die meerblauen Augen … und der Blick darin. Zärtlich und selbstbewusst, verletzlich und stark, alles zugleich.

All das, seine Gefühle, seinen Körper und sein Herz, hatte er ihr geschenkt, als er sie geheiratet hatte.

Dankbarkeit durchrieselte Emma wie ein Schauer des warmen, sanften Regens, der hier so oft fiel, seit die winterliche Trockenzeit vorüber war. Unwillkürlich beschleunigte sie ihren Schritt.

»Carl!« Mit einem Wohlgefühl, das sich beinahe unanständig anfühlte, schmiegte sie sich in seine Arme.

Er zog sie an seine Brust. »Hallo, Amazone«, flüsterte er ihr ins Ohr, und sie hörte das Lachen in seiner dunklen Stimme.

Fragend hob Emma den Kopf. »Amazone?«

Carls Hand strich ihren Rücken hinauf, legte sich kurz auf ihren Nacken und griff dann sanft in ihre Locken.

»Dass du streitbar sein kannst, weiß ich ja schon lange«, neckte er sie. »Aber dass du so weit gehen würdest, dir die Haare abzuschneiden, um wie eine weibliche Kriegerin auszusehen, das erstaunt mich doch.« Carl grinste.

Oh, ihre neue Frisur – die hatte sie ja ganz vergessen. Herrje, sie musste schrecklich aussehen! Ihr Haar konnte kaum mehr länger sein als Carls.

Emma wurde rot.

»Ich hatte die einmalige Gelegenheit, den Brauch des gemeinschaftlichen Haareschneidens mitzuerleben«, verteidigte sie sich. »Das konnte ich mir doch nicht entgehen lassen! Dieses Erlebnis verhilft mir zu vielen, äh … authentischen Aufzeichnungen.«

»Sehr authentischen Aufzeichnungen«, nickte Carl. »Emma Scheerer, eine Forscherin mit Haut und Haar. Wenn auch kurzem.« Er gluckste.

Emma runzelte die Stirn. »Wenn dieses Wortspiel ein Scherz sein sollte, dann war er nicht sehr gut!«

»Das ist dein Haarschnitt aber auch nicht«, sagte Carl, zog Emma jedoch enger an sich, als diese sich empört aus seinen Armen winden wollte.

Liebevoll sagte er: »Weißt du was? Selbst mit einem Amazonenhaarschnitt bist du die anziehendste Frau von allen.«

Das hörte sich schon besser an.

Versöhnt verschränkte Emma die Finger in Carls Nacken und zog sein Gesicht zu sich herab. Mit gespielter Strenge fragte sie: »Woher willst du überhaupt wissen, wie die sagenumwobenen Amazonen ihr Haar trugen? Sehr unwissenschaftlich, mein Lieber, hier einfach irgendetwas zu erfinden! Predigst du mir nicht ständig, dass es der höchste und unantastbarste Grundsatz für einen Wissenschaftler sei, niemals …«

Er verschloss ihr den Mund mit einem Kuss. Mit einem sehr langen Kuss, bei dem Emma unweigerlich Lust auf mehr bekam.

Carl offensichtlich auch.

»Vergiss die Wissenschaft, Amazone«, raunte er. »Komm lieber mit ins Zelt und erinnere dich daran, dass wir nicht nur zusammen arbeiten, sondern auch miteinander verheiratet sind.«

Die Liebe in Emmas Körper breitete sich warm und verlangend aus, und plötzlich konnte es ihr gar nicht schnell genug gehen, mit Carl in ihr Zelt zu gelangen. Der Gedanke durchzuckte sie, dass die Lust, die sie in dieser Ehe so oft und heftig überfiel, einer jungen Dame eigentlich nicht anstand. Aber eine Dame war sie ja sowieso nicht mehr, seit sie in Australien lebte.

Sie war eine Frau.

Eine arbeitende, verliebte und durch den ständigen Aufenthalt im Freien ziemlich abgehärtete Frau. Gut, vielleicht hatte Carl recht, sie war mitunter auch eine *streitbare* Frau – wenn es um Dinge ging, die ihr wirklich wichtig waren. Mehr als einmal hatte sie in den letzten Monaten mit den Schwarzen über Bräuche diskutiert, die sie hart oder ungerecht fand, und nicht immer hatte sie sich dadurch Freunde gemacht.

Aber daran wollte sie jetzt nicht denken. Sie ließ sich auf die Decken fallen, die auf dem Boden des Zeltes lagen.

Carl wandte sich zu ihr um, und sie streckte die Arme nach ihm aus.

# 2

Am späten Nachmittag verließen Emma und Carl ihr Zelt, um ein dringend nötiges Bad im nahen Bach zu nehmen.

Sie hatten sich ihre gemeinsamen Bäder schon bald nach der Hochzeit angewöhnt. Versteckte Plätze dafür gab es am Laufe des wilden Baches genug. Emma liebte es, mit Carl das frische Wasser zu genießen, und mehr noch liebte sie das Gefühl von Intimität und Vertrauen, das sich dabei zwischen ihnen einstellte.

Purlimil, die vor ihrer Rindenhütte hockte und im Feuer stocherte, den riesigen Babybauch zwischen den Knien, grinste ihr wissend zu. Emma grinste zurück. Sich zu schämen, weil sie sich mit Carl am helllichten Tag der körperlichen Liebe hingegeben hatte – und jeder hier es ahnte –, hatte sie längst aufgegeben. Sexualität galt im Clan schließlich als ebenso natürlicher Teil des Alltags wie Schwangerschaft und Geburt. Alles gehörte zum Kreislauf des Lebens, das mit dem Tod endete und in eine Wiedergeburt mündete.

Es war eine völlig andere Sichtweise als die, die man Emma in ihrer strengen schwäbischen Heimat beigebracht hatte, und so hatte sie eine Weile gebraucht, bis sie die Unbekümmertheit der Eingeborenen hatte übernehmen können. Aber Deutschland und Emmas Erziehung waren weit, weit weg; die Mutter war tot, und der Vater hatte nie auf Emmas Brief geantwortet; Carl und die Schwarzen hingegen waren ständig um Emma herum. Warum sollte sie sich mit deutscher Prüderie belasten, wenn es niemanden gab, der dies von ihr forderte?

Außerdem, dachte Emma, als sie nun mit Carl durchs Lager schlenderte, außerdem will ich mich ja anpassen.

Deshalb lebte sie schließlich hier: um das Clanleben von innen kennenzulernen und zu begreifen.

Sie fand, dass sie in ihren Bemühungen schon ziemlich weit gekommen war. Allerdings musste sie auch zugeben, dass es ganz ohne die Errungenschaften der modernen Welt doch nicht ging. Mit der Hütte zum Beispiel, in der sie ganz zu Anfang gewohnt hatten, hatte Emma sich einfach nicht anfreunden können. Nichts als Rindenstreifen und Gras um sich herum zu wissen war nichts für sie. Deshalb wohnten sie und Carl inzwischen in einem großen, weißen Zelt, das nicht nur wasserdicht war, sondern vor allem auch komplett geschlossen werden konnte und ihnen so das Gefühl gab, unbeobachtet zu sein.

Anders als die Schwarzen besaßen Emma und Carl auch keinen Dingo als Wärmespender, sondern warme Decken. Und auch Kleidung trugen sie weiterhin, Anpassung hin oder her. Lediglich auf Krinoline und Korsett verzichtete Emma gerne.

In regelmäßigen Abständen ritten sie außerdem gemeinsam nach Ipswich, um zur Post zu gehen, ihre Berichte an die Kolonialregierung abzuschicken und sich mit den unabdingbaren Gütern der Zivilisation zu versorgen wie Zahnpulver, Seife, Papier und Tinte. Emma besaß Haarbürsten und einen kleinen Spiegel, und Carl rasierte sich alle paar Tage.

Man konnte nicht alles ablegen, was einem einmal wichtig gewesen war, da waren die beiden sich einig.

Immerhin hatten sie ihre Essgewohnheiten geändert. Morgens frühstückten sie Mehlfladen oder Früchte, aßen manierlich vom Teller und tranken Wasser aus Zinnbechern; das Abendessen jedoch nahmen sie mit dem Clan in großer Runde ein. Sie aßen dann das, was alle aßen – und vor allem, *wie* sie es aßen: mit der Hand, ob es nun roh oder gekocht war, trocken oder triefend vor Blut und Fett. Ein bisschen eklig fand Emma das noch immer, versuchte aber, es sich nicht anmerken zu lassen.

Wo man es ihr gestattete, nahm Emma auch an den Bräuchen

und Alltagsverrichtungen der Frauen teil, so dass sie detaillierte Berichte an die Kolonialregierung schreiben konnte, mit Erkenntnissen, die jedem männlichen Forscher verschlossen geblieben wären. Denn die »Frauenangelegenheiten«, wie die Schwarzen es nannten, waren in großen Teilen strikt von den »Männerangelegenheiten« getrennt. Oh ja, dachte Emma zufrieden, sie war der Regierung als Forscherin von Nutzen! Wenn sie auch manchmal unsicher war, wie sie ihre Beobachtungen in eine wissenschaftlich verwertbare Form bringen sollte, so stellte dies doch kein ernsthaftes Problem dar. Denn Carl stand ihr in allen Fragen, die sie als Forscherin hatte, mit Rat und Tat zur Seite.

Was täte sie nur ohne ihn? Carl war nicht nur ihr Geliebter und Ehemann, sondern auch ihr Lehrer. Alles, was sie über wissenschaftliches Arbeiten wusste, wusste sie von ihm; alle Schwierigkeiten ihres neuen Lebens meisterte sie nur, weil Carl bei ihr war. Manchmal machte Emma seine Überlegenheit fast ein bisschen Angst. In solchen Augenblicken dachte sie, dass sie Carl nicht minder lieben würde, wenn er einmal nicht stark, sondern schwach und unvollkommen wäre. Aber noch hatte sie keine Gelegenheit bekommen, ihm das zu beweisen.

Ihm – und sich selbst.

Carl fiel ihr nachdenklicher Ausdruck auf, und er lächelte sie an. »Wir sind da, Amazone. Bereit für den Sprung ins kalte Wasser?«

Sie hob die Hand und strich ihm eine schwarze Locke aus der Stirn. »Mit dir immer, Carl.«

Nach einem Blick auf das schäumende Wasser setzte sie ehrlich hinzu: »Na ja, vorausgesetzt, es ist nicht allzu kalt.«

»Ach, die gnädige Frau will eine Badewanne?« Carl grinste. »Soll ich dir zu Weihnachten eine schenken, hm?«

»Gute Idee! Wir stellen sie einfach hier neben dem Bach auf.« Emma lachte. »Dann badest du im kalten Wasser und ich im heißen.«

Amüsiert nahm Carl die Herausforderung an. »Umgekehrt,

Emma. Schließlich bin ich der Mann, und du musst als gute Ehefrau alles dafür tun, dass ich es behaglich habe. Da haben deine Lehrer in Deutschland wohl einige Lektionen ausgelassen?«

»Kaum«, versetzte sie und stemmte die Hände in die Hüften. »Wahrscheinlich habe ich bloß nicht zugehört, sondern mir meine Konzentration für die wirklich interessanten Dinge aufgespart.«

»Was könnte interessanter sein als dein Ehemann?«

»Zum Beispiel folgende Lektion: Wer sich mit seiner Frau kabbelt und dabei zu nahe am Uferrand steht …«

Emma versetzte ihm einen Schubs. Es platschte laut, als er vollständig bekleidet in den Bach fiel.

»… der liegt schneller im Wasser, als er gucken kann«, ergänzte sie grinsend.

Prustend tauchte Carl wieder auf. Mit einer schnellen Kopfbewegung warf er sich das schwarze Haar aus der Stirn. »Na warte, Amazone!«, schnaubte er, stemmte sich hoch und griff nach ihr.

Keine Sekunde später war auch Emma im Wasser.

Die Kälte ließ sie nach Luft schnappen, doch dann schoss ein Energiestoß durch ihren Körper, und sie fühlte sich, als müsse sie vor Lebensfreude bersten. Warum hatte sie sich auch nur eine Sekunde lang mit Grübeleien aufgehalten? Herrgott, sie war einfach glücklich! So glücklich, hier mit Carl im Bach herumzualbern, den Augenblick zu genießen und gleichzeitig eine gemeinsame Ewigkeit vor sich zu haben … so glücklich, dass sie überzuströmen schien.

Etwas keuchte im Dickicht.

Emma runzelte die Stirn, abrupt aus ihrem Freudentaumel gerissen. Sie starrte in die grüne Wildnis am Ufer.

Niemand.

Natürlich nicht!, schalt Emma sich und atmete tief durch. Hatte sie wirklich geglaubt, da verstecke sich jemand?

Fest entschlossen, das seltsame Keuchen zu ignorieren, schlang sie ihre Arme um Carls Hals. Sie nahm den nassen Hemdstoff wahr, der sich um seinen Oberkörper schmiegte und jeden Muskel überdeutlich zur Geltung brachte, und ihr fiel ein, wie sie vor vielen Monaten ebenfalls klatschnass voreinandergestanden hatten. Damals hatten sie gemeinsam Carls Pferd aus einem reißenden Fluss gerettet … und hätten sich danach am liebsten geküsst. Was sie natürlich nicht getan hatten, war sie doch noch Fräulein Röslin gewesen und er ihr unnahbarer Forschungsleiter.

Sie lächelte kokett. »Mit nassen Kleidern hatten wir es von Anfang an, erinnerst du dich?«

»Und wie ich mich erinnere. Aber ohne nasse Kleider fühlt man sich noch besser, finde ich.«

Carl fing an, Emma auszuziehen, öffnete Haken, Ösen und Bänder und warf die schwere, mit Wasser vollgesogene Kleidung achtlos ans Ufer. Dann entledigten sie sich beide ihrer Schuhe, Carls Hemd und seine Hose folgten, bis sie nackt und eng umschlungen im Bach standen.

»Wir wollten uns doch waschen«, murmelte Emma an Carls Mund.

»Ja«, sagte er rau und hob sie auf seine Hüfte. »Aber das kann noch eine Weile warten.«

Sie schlang die Beine um ihn, knabberte an seinem Ohr. »Unersättlich, was?«

Carl schwieg. Abrupt hielt er in seinen Bewegungen inne.

Hatte sie etwas Falsches gesagt? Emma biss sich auf die Unterlippe. Sie löste sich von Carl und sah ihm forschend ins Gesicht.

Sein Gesichtsausdruck hatte sich vollkommen verändert, keine Spur mehr von Lust. Wachsam und angespannt blickte er um sich.

»Carl, was ist denn los?«

»Hast du nicht auch das Gefühl«, fragte er leise, »dass wir beobachtet werden?«

Du lieber Gott! Peinlich berührt spähte Emma in das Farndickicht. »Das sähe den Schwarzen aber gar nicht ähnlich. Sie neigen ja eigentlich nicht dazu, heimlich zuzuschauen, wenn man … ähm …«

»Du hast recht. Trotzdem, da ist irgendetwas, das spüre ich.«

»Ich auch«, gab sie zu.

Carl rührte sich nicht, sondern starrte konzentriert zum Ufer hinüber und lauschte. Auch Emma versuchte herauszufinden, was anders war als sonst.

Alles war still und friedlich, nicht einmal das Rascheln eines Tieres war zu hören.

»Vielleicht haben wir es uns nur eingebildet«, sagte Carl verunsichert.

»Das denke ich auch.« Halbherzig schlug Emma vor: »Möchtest du trotzdem lieber zurück ins Lager gehen?«

Einen Wimpernschlag lang zögerte Carl. Dann schüttelte er entschlossen den Kopf. »Nein. Das wäre albern. Von einem vagen Gefühl sollten wir uns nicht ins Bockshorn jagen lassen.«

Emma lächelte erleichtert und schlang ihre Beine erneut um seine Hüften. »Ganz meine Meinung.«

# 3

Hoppla, nicht so schnell, mein Großer! Sonst verlierst du mich noch unterwegs.«

Emma zügelte Orlando, bis er schnaubend auf der Stelle tänzelte.

»So, das war's«, sagte sie und schwang sich aus dem Sattel. Ihre Knie zitterten, als sie auf dem steinigen Boden zu stehen kam. »Reite deinen schwarzen Teufel wieder selbst, Carl, und gib mir meinen sanften, wenn auch lahmen Engel wieder.«

Carl saß von Princess ab und verkniff sich ein Grinsen. »Tja, einen Versuch war es wert, oder?«

»Solange es bei dem einen bleibt«, murmelte Emma.

Sie schämte sich. Carl hatte sie gewarnt, dass Orlando zu wild für sie sei, und eigentlich wusste sie das auch selbst.

Aber hatte sie nicht in dem Jahr, das sie nun schon in Australien lebte, richtig gut reiten gelernt? Hatte sie ihre Angst vor großen Rössern nicht spätestens verloren, als sie Orlando aus dem Fluss gerettet hatten?

Also hatte sie Carl darum gebeten, bei ihrem heutigen Ausritt die Pferde zu tauschen; ihre brave weiße Stute gegen seinen feurigen schwarzen Hengst.

Sie seufzte. Das Ergebnis war eindeutig: Dass sie und Princess perfekt zusammenpassten, sie und Orlando hingegen überhaupt nicht, stimmte nach wie vor. Vielleicht sogar mehr denn je, wurde Orlando doch nur noch ein-, zweimal pro Woche geritten und genoss ansonsten ungestört sein freies Koppelleben mit Princess.

Die beiden Pferde gehörten Emma und Carl fast so lange, wie sie beide einander kannten. Sie hatten ihre erste gemeinsame Expedition mit den Pferden gemacht, und sie behielten sie auch, nachdem sie beschlossen hatten, fortan im Regenwald ihr Zelt aufzuschlagen. Während die Scheerers beim Clan lebten, blieben die Pferde einfach auf ihrer Weide im ehemaligen Forschungslager. Alle paar Tage kamen Emma und Carl, um nach den Tieren zu sehen, sie zu pflegen und zu reiten. Sie brauchten Orlando und Princess schließlich, um nach Ipswich zu kommen; das freie, einsame Leben der Tiere durfte auf keinen Fall in gänzlich ungezähmte Wildheit abgleiten. Orlando und Princess waren Reittiere, und das sollten sie auch bleiben.

Der schwarze Hengst schien da allerdings anderer Meinung zu sein. Emma stieg in den Steigbügel und schwang sich auf ihre stets gefügige Stute. Faul oder nicht, mit Princess lief man wenigstens nicht Gefahr, sich den Hals zu brechen.

»Machen wir uns auf den Rückweg«, sagte sie und drückte Princess die Fersen in die Flanken.

Die Pferde wieherten, als sie endlich auf ihre Weide zutrabten – oder vielmehr auf das Stück notdürftig bereinigte Wildnis, das ihnen als Weide diente. Emma, die längst ihre gute Laune wiedergefunden hatte, tätschelte Princess den Hals. Verwöhnt waren die Pferde wahrlich nicht: Ein einfacher Holzzaun hinderte sie am Weglaufen, das Gras auf der Weide war eher dürr als saftig, und das, was Emma und Carl als Bächlein zu bezeichnen pflegten, war bloß ein Rinnsal. Doch besser als im Regenwald war es allemal, denn dort konnten die Pferde auf Dauer nicht sein. Hier hingegen hatten sie sich von Anfang an wohlgefühlt; schon damals, als Emma und Carl mit ihrer kleinen Forschergruppe die verlassenen Hütten des Straßenbauingenieurs Mr Hay in Besitz genommen hatten.

Ihre Gedanken schweiften zurück.

Damals hatten die Pferde ihre Weide noch mit den Lastochsen teilen müssen. Die Forscher hatten im Haupthaus und in den Hütten Pflanzenstudien betrieben, hatten wochenlang hier gelebt und gearbeitet, hatten den Eukalyptuswald und schließlich den Regenwald erkundet. In dieser Zeit hatte auch Emma, obwohl sie eine Frau war, ihren Forschergeist entdeckt, und Carl hatte sie darin unterstützt. Alles war gut gegangen – bis der eifersüchtige Oskar sein wahres Gesicht gezeigt hatte.

Bis die Situation eskaliert war.

Bis Oskar Emma fast vergewaltigt hätte und sie zu den Schwarzen geflohen war …

*Oskars gehässige Stimme, während seine Hände ihren Körper besudeln. Sein Atem, stinkend wie Pesthauch. Seine Drohung, dass sie es niemals vergessen würde.*

Sie fuhr sich mit der Hand über die Augen, um die demütigende Erinnerung zu vertreiben. Warum musste sie bloß immer wieder daran denken? Vorbei, dachte sie, es war ein für alle Mal vorbei! Doch erst als sie Carls liebevollen Blick auf sich spürte, wich die Erinnerung der Gegenwart. Wenn Carl bei ihr war, war alles gut. Dann konnte ihr nichts und niemand etwas anhaben.

Emma ließ sich von Princess' Rücken auf den Boden gleiten. Sie dachte daran, dass es leider auch die anderen Momente gab. Diejenigen, in denen sie fürchtete, sich niemals von Oskars Schatten befreien zu können – wenn Hass und Gewalt nur darauf zu lauern schienen, erneut über sie herzufallen. Würde sie je darüber hinwegkommen?

»Alles in Ordnung bei dir, Liebste? Du siehst ein bisschen blass aus.«

Carl saß ebenfalls ab. Er trat auf sie zu, und Emma spürte, dass seine bloße Existenz dazu imstande war, den Schatten in Schach zu halten. Dankbar lächelte sie.

»Alles in Ordnung.«

Carl legte ihr die Hand in den Nacken und drückte ihr einen Kuss auf die Lippen. Die Dunkelheit wich dem Geschmack der Liebe, und als Emma den schweren Sattel von Princess' Rücken hievte, die Stute festband und sich daranmachte, ihr den Staub aus dem Fell zu striegeln, war die Vergangenheit ein weiteres Mal gebannt.

Mit Carl zusammen war sie unverwundbar.

Auf dem Heimweg ins Lager der Schwarzen wurden Emma und Carl nass bis auf die Knochen.

Es kümmerte sie kaum. Sie hatten es sich abgewöhnt, sich vor den zahllosen Schauern zu schützen, die in den Frühjahrsmonaten im Regenwald niedergingen; im Sommer, ab Dezember, würde es noch schlimmer werden. Aber so schnell man nass wurde, so schnell trocknete man auch wieder. Ohnehin herrschte schon jetzt eine solche Hitze, dass feuchte Kleidung am Körper kein Ärgernis war, sondern eher eine Wohltat.

Hand in Hand liefen sie unter tropfenden Riesenfarnen, Palmen und mammutartigen Nadelbäumen den Weg entlang, den sie mittlerweile besser kannten als jede Straße der zivilisierten Welt. Wobei »Weg« ein arg beschönigender Ausdruck war, dachte Emma belustigt, handelte es sich doch um nichts als Wurzeln, Sträucher und Tümpel, die zusammen eine Art Netz aus Hinweisen bildeten. An ihnen konnten Emma und Carl sich orientieren. Und je müheloser sie das vermochten und je vertrauter ihnen die Natur um sie herum wurde, desto besser verstanden sie auch die Schwarzen und deren Art, die Welt zu sehen.

Für die Eingeborenen hatte alles, was sie umgab, eine tiefere Bedeutung. Jeder Stein hatte seine Identität, jeder Erdwall, jeder Baum und jedes Tier war ein Beweis für die Traumzeit. Alles zeugte von den Taten der mächtigen Ahnenwesen, die in mythologischen Zeiten das Land durchstreift und gestaltet hatten. Was Emma teilweise wie ein kindlich-unschuldiges Märchen vorkam, das nahmen die Schwarzen als gegeben: die Schöpferkraft der Regenbogenschlange; die Allgegenwärtigkeit der Geister; die Heiligkeit der Erde.

Und so war der Geröllhaufen, an dem Emma und Carl gerade vorbeikamen, eben keine zufällige Ansammlung von Steinen, sondern hier hatten die Ahnen Früchte angesammelt, und diese waren zu Steinen geworden. Auch die Höhle neben dem Wasserloch war nicht einfach eine Laune der Natur, sondern ein felsgewordener Unterschlupf der Himmelsschwestern.

Aus dem allerdings, wie Emma in diesem Moment mit Schrecken feststellte, äußerst irdische Klagelaute drangen.

»Carl, hörst du das? Da weint doch jemand!«

Carl runzelte die Stirn und lauschte konzentriert. »Ist das nicht Birrinbirrin?«

»Du hast recht. Komm schnell, wir müssen nachsehen, was er hat. Vielleicht ist er verletzt!«

Sie rannten auf die Höhle zu, aus der das Jammern kam.

»Ob es mit seiner bevorstehenden Initiation zu tun hat?«, keuchte Emma. »Ich habe ihn seit Tagen nicht mehr zu Gesicht bekommen.«

»Wir werden es gleich erfahren.«

Das Jammern schwoll zu einem durchdringenden Schrei an. Emmas Gedanken überschlugen sich. Sie wusste, dass Birrinbirrin wie alle Halbwüchsigen die Rituale der Mannwerdung durchlaufen musste, zu denen es beispielsweise gehörte, eine Zeitlang außerhalb des Lagers zu leben. Was allerdings sonst noch für notwendig erachtet wurde, um ein vollwertiger Erwachsener zu werden, darüber wurde im Clan nur geflüstert. Es gehörte zu den Geheimnissen, die Außenstehenden nicht verraten wurden; selbst die Frauen wussten nicht genau, was die jungen Männer über sich ergehen lassen mussten. Klar war nur, dass die meisten von ihnen nach der Heimkehr ins Lager Trost und emotionalen Beistand brauchten.

Als ein weiterer Schrei erklang, begann Emma zu ahnen, warum das so war. Die Härchen auf ihren Armen stellten sich auf, und sie rannte schneller.

Wenn sie ihn foltern, schoss es ihr durch den Kopf, gehe ich dazwischen, Initiation hin oder her!

Carl erreichte die Höhle Sekundenbruchteile vor ihr. Schwer atmend wollte er das dunkle Loch im Felsen betreten, als er zurückprallte und bleich wurde. Und als Emma ihn erreicht hatte und sah, was er sah, wich auch aus ihrem Gesicht alle Farbe.

Fünf erwachsene Männer, unter ihnen Purlimils Mann Yileen,

hockten um Birrinbirrin herum, der mit schmerzverzerrtem Gesicht auf dem Rücken lag. Die Männer hielten ihn an Armen und Beinen fest auf den steinernen Boden gedrückt, so dass er nichts als seinen Kopf bewegen konnte. Im hinteren Teil der Höhle brannte ein kleines Feuer und sandte eine dünne Rauchfahne in die feuchtkühle Luft. Es roch nach Qualm, Angstschweiß und Moder.

Und über allem hing der Übelkeit erregende Gestank verbrennenden Fleisches.

»Um Gottes willen!«, flüsterte Emma entsetzt.

Carl griff nach ihrer Hand und drückte sie so fest, dass es wehtat.

»Was habt ihr hier zu suchen?«, fragte Yileen erschrocken. »Macht euch davon, das geht euch nichts an!«

Auch in die anderen Männer kam nun Leben.

»Fremden ist die Teilnahme an Initiationsritualen bei Strafe verboten!«, drohte einer und warf ihnen einen wütenden Blick zu. Es war Dayindi, der *law man* des Clans, der für die Einhaltung der Gesetze zuständig war.

Birrinbirrin starrte Emma einen Augenblick lang an, als wisse er nicht, ob er sich seiner hilflosen Position auf dem Felsboden schämen oder Emma und Carl um Hilfe anflehen sollte. Dann aber presste er den Mund zu einem schmalen Strich zusammen und drehte abrupt den Kopf zur Seite.

Emmas Mund war staubtrocken. Sie brauchte zwei Anläufe, bis sie die Worte verständlich herausbrachte.

»Ihr … ihr tut ihm weh. Dayindi, Yileen … ihr könnt ihm doch nicht die Brust verbrennen! Er ist noch beinahe ein Kind!«

»Er wird dadurch zum Mann«, sagte Yileen mit verschlossener Miene. »Geht jetzt. Es ist, wie es ist. Ihr habt hier nichts zu suchen.«

Emma schaute Yileen direkt ins Gesicht. Der Schwarze war, genau wie Purlimil, von Anfang an ihr Freund gewesen. Sie schätzte und respektierte ihn. Wie konnte es sein, dass er sich hieran beteiligte?

»Aber ihr quält ihn!« Fassungslos schaute sie zwischen Birrinbirrin, den Männern und den Marterwerkzeugen in deren Händen hin und her. »Ihr brennt ihm mit glühenden Feuerstöcken tiefe Wunden in die Brust!« Sie schüttelte den Kopf, als ihr aufging, warum sie das taten. »Nur damit er diese grotesken Narben bekommt, auf die ihr alle so stolz seid? Verdammt noch mal, das ist ja barbarisch!«

»Emma«, warnte Carl sie leise. »Pass auf, was du sagst. Zumal Birrinbirrin deine Hilfe offensichtlich gar nicht will.«

Ihr Blick flog zu dem jungen Mann, der mit angespanntem Kiefer an die Höhlenwand starrte. Obwohl die anderen Männer abgelenkt waren, niemand ihn mehr festhielt und er leicht hätte aufstehen und fliehen können, machte er keinerlei Anstalten dazu.

»Das glaube ich einfach nicht«, flüsterte Emma, als sie es begriff: Birrinbirrin erlitt jede Sekunde seines Schmerzes freiwillig.

Dayindi richtete sich zu seiner vollen Größe auf, und Emma wich einen Schritt zurück. Der *law man* war ein sehniger Mann mit kriegerischem Gesichtsausdruck, in dessen Nasenscheidewand ein weiß bemalter Knochen steckte. Emma war schon des Öfteren mit ihm aneinandergeraten; aus Erfahrung wusste sie, dass mit Dayindi nicht gut Kirschen essen war, wenn man sich ihm widersetzte.

»Ihr brecht das Gesetz der Ahnen, wenn ihr verhindert, dass wir das Ritual zu Ende bringen«, herrschte er sie an. »Ihr habt es sogar schon gebrochen, indem ihr uns beobachtet habt! Ich sollte den Knochen auf euch richten!«

Yileen und die anderen Männer begannen aufgeregt zu murmeln. Selbst Birrinbirrin setzte sich erschrocken auf.

»Tu das nicht, Dayindi!«, beschwor Yileen den *law man.* »Sie sind keine von uns, sie wissen nicht, was sie verbrochen haben. Sie müssen noch so viel lernen!«

»Dann sollten sie schleunigst damit anfangen«, knurrte Dayindi und schoss einen weiteren bösen Blick in ihre Richtung.

»Lass uns gehen, wir haben sie schon genug verärgert«, sagte Carl leise zu Emma. »Birrinbirrin will unsere Hilfe nicht. Wir sind hier fehl am Platze.«

»Aber …«

»Nichts aber«, schnitt Carl ihr mit ungewohnter Schärfe das Wort ab. Er nahm sie bei der Hand und wollte sie mit sich fortziehen.

Doch nach ein paar Schritten riss Emma sich los.

Mit festem Schritt ging sie zurück in die Höhle. Oh nein, sie würde sich ihrer menschlichen Verantwortung nicht entziehen! Nicht in dem sicheren Wissen, dass die Männer mit ihren Feuerstöcken weiterhin Birrinbirrins Brust malträtieren würden. Wer wusste schon, ob alles gut gehen würde? Vielleicht würden die Wunden sich später entzünden, vielleicht würde der Junge daran sterben … und das sollte sie zulassen?

Zwar war sie Forscherin und als solche dazu angehalten, einen neutralen Beobachterinnenstatus einzunehmen. Aber, bei Gott, sie war auch ein Mensch mit einem gesunden Verstand, einem mitfühlenden Herzen und einem äußerst aktiven Gewissen.

Deshalb suchte sie nun mit den Augen das Einverständnis Birrinbirrins. Wenn er selbst ihr unmissverständlich bedeutete, dass sie gehen solle, dann, sagte Emma sich, würde sie dem Befehl der Männer Folge leisten.

Nur dann.

»Geht«, stieß Birrinbirrin hervor. »Lasst es uns endlich zu Ende bringen!«

Emma sog scharf die Luft ein.

Dann nickte sie knapp, drehte sich um und verließ die Höhle.

Den restlichen Heimweg über schwieg sie.

Sie hatte das Gefühl, verloren zu haben, auch wenn sie nicht genau hätte sagen können, welchen Kampf. Sie hatte doch nur so gehandelt, wie ihr Gewissen es ihr eingegeben hatte! Konnte das denn falsch sein?

Sosehr Emma auch darüber grübelte, ob sie sich richtig verhalten hatte oder ob ihre Einmischung in das uralte Ritual ein unverzeihlicher Frevel gewesen war, kam sie doch zu keinem Ergebnis. Sie ahnte, dass ihr Gewissen in der Welt des Clans, wo völlig andere Regeln galten als in der vertrauten Welt der Weißen, kein zuverlässiger Ratgeber mehr war.

Wenn ich nicht einmal mehr auf mein Herz hören darf, dachte sie aufgebracht, worauf denn dann?

Verdrossen stapfte sie neben Carl in Richtung Lager. Trotz aller guten Absichten hatte sie wohl nur Schlechtes bewirkt. Sie hatte Birrinbirrins Angst und Qual, die zu ertragen er fest entschlossen gewesen war, nicht gelindert, sondern unnötig verlängert.

»Wir sollten mit dem Schamanen sprechen«, drang Carls Stimme in ihre düsteren Gedanken. »Nicht dass diese Sache noch ein böses Nachspiel hat.«

Emmas Gewissen zwickte noch stärker. »Wir haben lediglich getan, was das Mitgefühl gebietet«, verteidigte sie sich trotzig.

»Mag sein.« Carl blieb stehen und sah sie eindringlich an. »Aber das sehen die Schwarzen anders. Emma, Dayindi wollte sogar den Knochen auf uns richten!«

Diese Drohung hatte Emma schon vorhin nicht verstanden. »Und?«, fragte sie. »Was ist daran so schlimm?«

Carl steckte die Hände in die Hosentaschen und musterte sie. »Weißt du das wirklich nicht?«

Sie schüttelte den Kopf.

»Es ist ein Todesurteil«, sagte Carl. »Die Eingeborenen sind überzeugt davon, dass ein Mensch, auf den der Knochen gerichtet wird, innerhalb kürzester Zeit sterben muss.«

»Oh«, meinte Emma schwach.

»Und auch wenn ich sicher bin, dass diese Strafe nur funktioniert, wenn man fest daran glaubt«, fuhr Carl ernst fort, »sollte ihre Androhung uns zumindest eine Warnung sein.«

Emma brauchte einen Moment, bis sie antworten konnte. »Vielleicht ist ein Gespräch mit Birwain gar keine so schlechte Idee«, sagte sie schließlich.

# 4

Es überraschte Emma nicht, dass man in der Hütte kaum die Hand vor Augen sah. Sie wusste um die Vorliebe des alten Schamanen für geheimnisvolle Dunkelheit. Die abendliche Dämmerung vor den anderen Hütten wurde von zahlreichen Feuern erhellt; Birwains Hütte aber stand wie stets im Schatten. Er behauptete, auf diese Weise besser in Kontakt mit den Marmbeja treten zu können, die angeblich überall herumschwirrten.

Als Carl zum ersten Mal davon gehört hatte, hatte er Birwains Aussage mit distanzierter Professionalität zur Kenntnis genommen und umgehend in einem Bericht an die Regierung verwertet. Emma hingegen war ein sehr unwissenschaftlicher Schauder über den Rücken gelaufen. Auch jetzt sah sie sich, nachdem ihre Augen sich an die Dunkelheit gewöhnt hatten, mit leichtem Unbehagen in der Hütte um.

Vor Monaten hatte sie selbst eine Erfahrung mit den Marmbeja, den australischen Baumgeistern, gemacht, und diese war so eindrücklich gewesen, dass Emma den Glauben der Schwarzen seitdem nicht mehr auf die leichte Schulter zu nehmen vermochte. Natürlich wusste sie, dass es übernatürliche Wesen wie die Marmbeja nicht gab und dass man den Glauben an sie als Aberglauben bezeichnete, sonst wäre sie schließlich keine ernstzunehmende Forscherin. Aber dass sie, Emma, nicht an Geister glaubte, hieß ja noch lange nicht, dass diese nicht trotzdem existierten …

»Emma! Carl! Es ist immer schön, euch in meiner Hütte begrüßen zu dürfen.« Der alte Schamane hockte auf dem Boden und bedeutete ihnen mit der Hand, sich ebenfalls niederzulassen.

»Wie ich sehe, wächst dein Haar langsam nach«, krächzte er und deutete lächelnd auf Emmas Frisur, wobei er etliche Zahnlücken entblößte. Sein Gesicht legte sich in tausend kleine Falten.

Emma lächelte schief. Sie wusste selbst, dass sie immer noch seltsam aussah; Purlimils Haarschneidekünste zeitigten langfristig verunstaltende Folgen. Aber sie war nicht gekommen, um über ihre Locken zu sprechen.

»Birwain«, sagte sie stockend, »ich glaube, wir haben etwas Dummes angestellt.«

»So, so«, antwortete der Schamane gelassen. »Heute?«

Sie nickte.

»Hat es zufällig mit Birrinbirrin zu tun?«

Emma starrte ihn überrascht an. »Woher weißt du das?«

Der Alte grinste. »Es gibt wenig, was die Geister mir nicht enthüllen. Manchmal missverstehe ich sie, aber das ist dann mein Fehler. Sie enthalten mir nichts vor.«

Emma warf einen flüchtigen Blick auf Carl, der mit konzentrierter Miene neben ihr saß und aussah, als machte er sich in Gedanken bereits Notizen für den nächsten Bericht.

Sie räusperte sich. »Was«, sagte sie zu Birwain, »soll ich dir dann überhaupt noch erzählen?«

»Eure Sicht der Dinge«, sagte er ruhig.

Emma musste lächeln. Das war es, was sie so an Birwain mochte: Er verurteilte nicht, sondern hörte zu, er war weise, aber niemals rechthaberisch, er drängte niemandem seine Sichtweise auf.

*Ganz im Gegensatz zu dir selbst, wenn dein Herz sich im Recht fühlt.*

Zerknirscht sagte sie: »Wir haben Birrinbirrins Initiation gestört. In einer Höhle, nicht weit vom Forschungslager entfernt.«

Zum ersten Mal, seit sie die Hütte betreten hatten, ließ auch Carl sich vernehmen: »Es geschah in bester Absicht, Birwain. Wir hörten Schmerzenslaute und dachten, der Junge hätte sich verletzt.«

»In Wirklichkeit wurde er verletzt«, sprudelte es aus Emma hervor. »Die Initiation, diese ganze Quälerei … das ist so grausam,

Birwain! Warum glaubt ihr nur, das sei nötig? Schau dir Carl an! Ist er etwa kein Mann? Und er trägt keine Narben auf der Brust.«

»Langsam, langsam«, sagte der Schamane beschwichtigend. »Carl ist keiner von uns. Also untersteht er nicht unseren Gesetzen. Wir aber müssen sie befolgen, ob es uns gefällt oder nicht.«

»Gesetze, Gesetze!«, rief Emma. »Gesetze sind wandelbar, Birwain. Wenn man erkennt, dass sie falsch sind, muss man sie eben ändern.«

Carl, der merkte, dass sie sich bereits wieder in Rage redete, warf ihr einen warnenden Blick zu.

Birwain jedoch sagte gelassen: »Siehst du, genau das ist der Unterschied zwischen euch Weißen und uns. Eure Gesetze sind von Menschen gemacht. Unsere aber kommen von den Ahnen. Sie sind unwandelbar und unantastbar. Sie gelten für immer und ewig.«

»Auch wenn sie grausam sind?«, beharrte Emma.

Er nickte. »Sogar dann. Lasst mich euch eine Geschichte erzählen.«

Carl zog sein Notizbuch und einen Bleistift hervor; der Wissenschaftler in ihm hatte die Führung übernommen. »Wenn's recht ist, würde ich gerne mitschreiben. Darf ich?«

Birwain lachte krächzend. »Du kannst nicht aus deiner Haut, was?«

»Ertappt.« Carl zuckte mit einem verlegenen Lächeln die Schultern.

Birwain signalisierte Carl mit einem Nicken sein Einverständnis, dann wandte er sich wieder an Emma. »Und du, Emma, hör gut zu. Es sind die Ahnen selbst, die durch diese Geschichte zu dir sprechen.«

*Blitzmann flog in den Himmel hinauf, denn es war der Beginn der Regenzeit. Am Himmel lag die Regenbogenschlange. Um sie herum türmten sich die Sturmwolken, die sie geschaffen hatte.*

*In ihnen nahm Blitzmann Platz.*

*Er begann, Blitze und Donner über den Himmel zu schicken. Doch erst als die Regenbogenschlange es erlaubte, schickten die Wolken ihr Wasser zur Erde.*

*Blitzmann ließ seinen Blick über Wüsten, Busch und Wälder schweifen. Er sah alle Menschen, alles, was sie taten, und alles, was sie unterließen. Blitzmann überprüfte, ob sie die Rituale und Zeremonien, die er und die anderen Ahnen ihnen gegeben hatten, sorgfältig ausführten; ob sie die alten Geschichten erzählten und ob sie die Gesetze der Traumzeit befolgten. Meistens war er zufrieden, denn die Erde ist ein guter Ort, und die Menschen wissen das und ehren ihre Ahnen.*

*Aber manchmal sah Blitzmann auch etwas, das ihn erzürnte.*

Birwain machte eine bedeutungsvolle Pause, und Emma hielt die Luft an. Sie ahnte, dass jetzt der Teil der Geschichte folgte, auf den es ankam.

*Blitzmann riss eine Axt von seinem Knie und schleuderte sie nach dem Gesetzesbrecher. Auf dem Weg zur Erde wurde die Axt zu einem gleißenden, todbringenden Blitz, und unten auf der Erde barst ein Baum … denn Blitzmann hatte den Menschen verfehlt und stattdessen den Baum gespalten.*

*Doch Blitzmann konnte so viele Äxte schleudern, wie es ihm beliebte. Also riss er weitere Äxte aus seinem Körper, sandte sie als Blitze zur Erde und tötete den Gesetzesbrecher. Und nicht nur ihn: Alle, die sich schuldig gemacht hatten, wurden von den vielen Äxten des Blitzmannes getroffen, gespalten und verbrannt.*

*Wie der Baum.*

»Aha.«

Skeptisch blickte Emma den Schamanen an. Meinte er das ernst? Wegen dieses Schauermärchens sollte sie akzeptieren, was die Menschen im Hier und Jetzt einander antaten?

Aus Angst vor einem Blitzmann?!

Sie schüttelte den Kopf und sagte: »Tut mir leid, Birwain, aber das überzeugt mich nicht. Logisch betrachtet rechtfertigt der Glaube an Ahnen und ihre Kräfte keineswegs verwerfliche Taten im …«

»Lass gut sein, Emma«, unterbrach Carl sie leise und legte ihr die Hand auf den Arm. »Ich glaube nicht, dass Birwain uns diese Geschichte erzählt hat, damit du ihre Botschaft nach Art der Weißen zerpflückst.«

Emma presste die Lippen aufeinander.

»Du musst nicht mit unserer Sicht der Welt übereinstimmen«, sagte Birwain, der sie aufmerksam beobachtet hatte. »Wir wollen sie dir nicht aufdrängen. Du allerdings«, er klang nun sehr ernst, »solltest das umgekehrt auch nicht tun.«

Betroffen schwieg sie. So also kam ihr Engagement bei ihm an – nicht als Eintreten für das Wohlergehen und die Unversehrtheit eines Menschen, sondern als überhebliche Einmischung in etwas, das sie nichts anging und von dem sie nichts verstand.

Emma erhob sich. Bitter sagte sie: »Ich dachte, du würdest meine Beweggründe verstehen. Es tut mir leid, dass ich mich geirrt habe.«

Carl folgte ihr, als sie vor Birwain und seinen unbequemen Wahrheiten aus der Hütte floh. In schweigendem Einverständnis machten sie sich auf den Weg zu ihrem Lieblingsplatz auf die andere Seite des Baches.

Es war ein Ort, den Emma als verwunschen bezeichnete. Aus einem Meer von Farnen erhoben sich majestätisch zwei *black booyongs*, turmhohe Bäume, deren Wurzeln sich wie die Falten weiter Röcke auf der Erde ausbreiteten. Die Baumriesen standen so nahe beieinander, dass sie auf Emma wie ein Liebespaar wirkten. Nirgendwo im Regenwald ließ sie sich so gerne mit Carl nieder wie hier.

»Diese Axt-Geschichte ist lächerlich«, grummelte Emma, als sie es sich am Fuße des *black booyong* gemütlich gemacht hatte.

Carl setzte sich ebenfalls, stützte das Kinn in die Hand und sagte nachdenklich: »Lächerlich finde ich sie nicht. Fremd vielleicht.

Aber ob diesen Mythen eine tiefere Wahrheit zugrunde liegt, können wir nicht beurteilen, oder?«

»Carl, wir sind Forscher! Wahrheit ist Wahrheit, Märchen ist Märchen. Wir leben nicht in der Welt der Gebrüder Grimm.«

Carl lächelte. »Ich mochte die beiden alten Herren immer gern. Ob sie noch leben?«

»Lenk nicht ab«, sagte Emma energisch. »Mir geht es nicht um Zwerge und Hexen oder den deutschen Wald, sondern um unsere sehr realen Probleme hier!«

»Das ist mir klar.« Er wurde wieder ernst. »Aber Emma, ebenso wenig wie du unsere deutschen Zwerge auf die Great Dividing Range versetzen kannst, so wenig kannst du unsere Maßstäbe dessen, was moralisch gut oder verwerflich ist, an die Menschen des Clans anlegen.«

Emma schüttelte heftig den Kopf. »Das sehe ich anders. Einen Jungen zu verletzen ist immer falsch, ob hier oder in Deutschland oder auf dem Mond.«

»Hast du denn gar kein Verständnis dafür, dass die Schwarzen sich vor unseren Einmischungen fürchten?«

»Fürchten? Vor mir? Was könnte ich schon gegen ihren Willen ausrichten, außer dass ich klar und deutlich meine Meinung kundtue?«

»Es geht nicht nur um dich. Es geht um die grundsätzliche Frage, ob wir verändern dürfen, was wir als Forscher beobachten.«

Erregt rief Emma aus: »Wenn ich einen Jungen sehe, der gerade gequält wird, sind mir grundsätzliche Fragen herzlich egal! Dann muss ich handeln.«

»Du handelst aber nicht isoliert! Du darfst deine Einmischungen nicht von den Geschehnissen in diesem Land trennen. Herrgott, Emma, du weißt doch, was überall passiert! Die Weißen nehmen den Eingeborenen das Land weg und holen sie dann als billigste aller Arbeitskräfte auf ihre Farmen. Was glaubst du, warum es in der Umgegend nur noch so wenige Clans gibt?«

Carl hatte sich in heiligen Zorn geredet, etwas, das sie von ihm nicht kannte. Emma schwieg.

Er bemühte sich um einen ruhigeren Tonfall, als er hinzufügte: »Verstehst du denn nicht, dass unsere Freunde das Gefühl haben, sich mit Händen und Füßen gegen weitere Veränderungen wehren zu müssen? Die Gesetze der Traumzeit sind alles, woran sie sich noch klammern können. Wir sollten wirklich nicht dazu beitragen, dass ihnen dieser letzte Halt wegbricht.«

Sie furchte die Stirn. War sie wirklich so sehr im Unrecht?

Ganz falsch fand sie es nicht, was Carl gesagt hatte. Dennoch hatte das, was die Weißen mit den Schwarzen anstellten, nichts damit zu tun, ob irgendwelche urtümlichen grausamen Gesetze befolgt wurden oder nicht. Aber wie sollte sie das den Schwarzen klarmachen? Wie ihnen beibringen, dass das Festhalten an brutalen Ritualen rein gar nichts zum Besseren wendete?

Mutlos fragte sie: »Dann glaubst du also, wir können nichts tun?«

»Gegen das Narbenritual? Nein.«

»Das meinte ich nicht. Ich meinte, gegen das … das alles.« Sie machte eine weit ausholende Handbewegung. »Alles, was uns erbarmungslos erscheint. Alles, was unserem Empfinden nach gegen die Menschlichkeit verstößt. Soll ich wirklich nicht mehr dagegen aufstehen, soll ich mein Herz so sehr verleugnen?«

Carl seufzte, sein Zorn war verflogen. Er strich Emma eine kurze Locke aus dem Gesicht und sagte: »Stehst du denn gegen die Schafzüchter auf, Emma? Gegen die Männer, die unzählige Wilde erschießen, wenn sie auch nur den Verdacht haben, ein einziger von ihnen könnte ein Stück Vieh geraubt haben?«

»Nein«, flüsterte sie. »Aber mit den Schafzüchtern lebe ich auch nicht zusammen.«

Carl sah ihr in die Augen. Eindringlich sagte er: »Ich liebe dich. Und am meisten liebe ich dein gutes Herz. Aber wenn wir hierbleiben wollen, Emma, dann müssen wir uns zurückhalten! So schwer es uns auch fallen mag.«

Sie rückte näher an Carl heran, fühlte die tröstliche Wärme seines Körpers und legte ihren Kopf auf seine Schulter.

»Manchmal ist es so schwierig«, sagte sie leise. »Wissenschaftlerin zu sein, neutral zu bleiben. Als Weiße unter Schwarzen zu leben.«

Kaum waren die Worte heraus, hätte Emma sie am liebsten zurückgenommen. Sie verabscheute Selbstmitleid und wollte nicht klagen. Sie war doch gerne Forscherin!

Aber Carl verurteilte sie nicht. Er rieb ihr auch nicht unter die Nase, dass sie selbst es gewesen war, die darauf bestanden hatte, dauerhaft bei den Schwarzen im Clan zu leben.

Stattdessen sagte er sanft: »Wir wussten doch, dass es nicht leicht werden würde. Aber haben wir zwei bisher nicht alle Schwierigkeiten gemeistert?«

Sie lächelte. »Doch. Das haben wir.«

Die tröstliche Gewissheit machte sich in ihr breit, dass sie es schaffen würde – alles schaffen konnte, solange sie nur mit Carl zusammen war. Er war ihr Halt und ihre Stütze, ihr Fels in der Brandung.

*Hoffentlich werde ich niemals gezwungen sein, ohne ihn zurechtzukommen.*

# 5

Birwain saß mit geschlossenen Augen in seiner Hütte. Er musste nichts sehen, um zu wissen, dass die Marmbeja um ihn waren.

Birwain bat sie inbrünstig, es ihm nicht übelzunehmen, dass er der jungen Weißen so viel verzieh.

Von Anfang an hatte der Schamane das Gefühl gehabt, dass Emma für eine große Aufgabe bestimmt war. Er vertraute den Geistern, dass sie ihm enthüllen würden, worin diese Aufgabe bestand, wenn es an der Zeit war. Noch war es nicht so weit. Aber lange, das spürte er, würde es nicht mehr dauern.

Ob sie bereit wäre für das, was die Geister von ihr erwarteten? Oder ob sie ihre Seele, ihre Ohren und ihre Augen verschließen würde, wie es die Art der meisten Weißen war?

Der meisten, aber nicht aller, sprach Birwain sich Mut zu.

Der Schamane mochte die Weißen, er hatte in jungen Jahren sogar eine Zeitlang bei einem ihrer Ärzte gelebt, um mit ihm Wissen auszutauschen. Es war eine gute Erfahrung gewesen, eine, nach der er die Eindringlinge nicht mehr mit der furchtsamen Verachtung betrachtete, die so viele der Seinen ihnen entgegenbrachten. Dayindi zum Beispiel.

Birwain strich sich müde über die Augen. Menschen wie Dayindi waren es, die Emma gegen die uralten Sitten und Gesetze aufbrachten, und er konnte es ihr nicht einmal verdenken. Dayindi hatte einen scharfen Verstand und liebte die Gerechtigkeit. Aber er war hart. Sein Herz war zu einem festen Klumpen zusammengeschrumpft, seit der Unfall geschehen war. Der Unfall, der wahrscheinlich gar keiner gewesen war.

Nun, es war, wie es war. Sie alle würden mit Dayindi leben müssen, mit ihm und mit den Gesetzen, die die Ahnen ihnen gegeben hatten. In der Traumzeit, die vergangen war und doch allgegenwärtig.

Mühsam erhob sich der Schamane, seine alten Gelenke knackten. Ein sanfter Lufthauch wehte durch die dämmrige Hütte, als die Marmbeja sich zurückzogen, auf ihre Feuerpalmenblätter hoch in der Luft.

Birwain streckte sich, dann trat auch er hinaus ins Freie.

# 6

## NOVEMBER 1859

Dass sie sich falsch verhalten hatte, als sie in den Vollzug des Narbenrituals geplatzt war, ließen die Männer Emma in den nächsten Wochen deutlich spüren.

Birrinbirrin, der mittlerweile zum Lager zurückgekehrt war, sah Emma nicht einmal mehr an; offensichtlich schämte er sich seiner Klagelaute, die Emma und Carl in die Höhle gelockt hatten. Seine Mannwerdung wurde stetig vorangetrieben, doch Emma hütete sich, noch einmal in ein Ritual einzugreifen. Ohnehin wurden die einzelnen Schritte streng vor den Frauen und Uneingeweihten geheim gehalten, und Emma begann zu ahnen, welches Sakrileg ihr Auftritt in der Höhle bedeutet hatte.

Als sie Birrinbirrin wieder einmal ein paar Hütten weiter erblickte und er brüsk den Kopf abwandte, sobald er ihrer ansichtig wurde, fragte Emma seufzend: »Ach, Purlimil, wird er mir nie verzeihen? Ich habe es doch nur gut gemeint.«

Es war Spätnachmittag. Die Freundinnen hatten stundenlang wilden Honig und kleine Vogeleier gesammelt und waren nun dabei, ihre Ausbeute kindersicher in Purlimils Hütte zu verstauen; sonst, so wussten sie aus Erfahrung, wäre beim Abendessen schon nichts mehr davon übrig.

»Er wird darüber hinwegkommen«, sagte Purlimil leichthin. »Aber gut gemeint oder nicht – noch einmal solltest du unseren Ritualen nicht im Wege stehen. Gibt nur böses Blut.«

»Das habe ich gemerkt.« Emma hatte die letzten Eier verstaut, setzte sich müde vor die Hütte und zog ihre Schuhe aus. Sie rieb sich die schmerzenden Füße. »Dein Mann ist freundlich wie eh und je, aber die anderen sind ziemlich zurückhaltend geworden. Und Dayindi scheint mich regelrecht zu hassen.«

»Ach, Dayindi.« Purlimil machte eine wegwerfende Handbewegung, als sie sich neben Emma auf den Boden fallen ließ. »Der ist nicht gerade eine Frohnatur, oder? Er kennt sich gut mit den Gesetzen aus, deshalb ist er unser *law man*, und wir achten ihn sehr. Aber mögen … nein, ich glaube nicht, dass Dayindi gute Freunde im Lager hat.«

Emma verkniff sich die Bemerkung, dass diese Tatsache sie kein bisschen wunderte. Denn wenn es im Clan einen Menschen gab, für den Nächstenliebe, Mitgefühl und Gnade absolute Fremdwörter waren, dann war das Dayindi.

Jedes Mitglied der Gemeinschaft hatte, wie Emma inzwischen wusste, seine ganz bestimmte Funktion: So war Birwain der Schamane, Purlimil war für die Pflanzenmedizin zuständig, die alte Gunur leitete die Rituale der Frauen, Yileen war geschickt im Herstellen von Gebrauchsgegenständen … und Dayindi war eben für das Gesetz zuständig. Ihn befragte man, wenn man sich einer bestimmten Regelung unsicher war, er verhängte die Strafen für Gesetzesbrüche, und obwohl Dayindi kaum mehr als vierzig Jahre zählen mochte, war er bereits einer der *eldest*. Emma wusste, welch hohes Ansehen diese »Ältesten« genossen, zu denen außer Dayindi auch Birwain und Gunur gehörten. Anfangs hatte es Emma erstaunt, dass die Ältesten gar nicht unbedingt alt sein mussten; sie waren einfach diejenigen, die aufgrund ihrer Lebenserfahrung, ihrer herausragenden Fähigkeiten oder ihrer natürlichen Autorität das höchste Ansehen im Clan genossen. Der Rat der Ältesten war bei allen Entscheidungen maßgeblich, und die Schwarzen schenkten ihnen ihr uneingeschränktes Vertrauen.

Emma hingegen vertraute zumindest dem *law man* nicht. Sie hatte ihn von Anfang an merkwürdig gefunden: seine abweisende Art; seinen Tick, kleine Kinder mit einem fauchenden Geräusch anzuhauchen, so dass sie anfingen zu weinen, und, zugegeben, auch den gruseligen Knochen in seiner breiten Nase. Außerdem lebte Dayindi abgesondert am äußersten Rande des Lagers, mochte keine Geselligkeiten und zog sich häufig allein in den Regenwald zurück.

Und er war ein erklärter Freund harter Strafen. Dass er den Knochen auf sie und Carl hatte richten wollen, passte genau zu ihm.

»Sieh mal, Nowalingu kümmert sich schon wieder um Birrinbirrins Verletzungen«, drang Purlimils Stimme in ihre Gedanken. »Wie selbstlos von ihr!«

Emma sah zu den jungen Schwarzen hinüber. Tatsächlich, Nowalingu hatte begonnen, mit Hingabe und Sorgfalt schwarze Asche auf Birrinbirrins Brustwunden zu reiben.

Und das sollte heilend wirken?

»Wird durch die Asche nicht alles nur noch schlimmer?«, fragte Emma stirnrunzelnd.

»Nun ja, die Asche heilt nicht. Aber sie führt zu den wulstförmigen Narben, die unsere Männer anstreben. Ließe man die Brandwunden einfach zuwachsen, blieben mehr oder weniger glatte Narben zurück. Und die will natürlich keiner haben!«

»Natürlich nicht«, murmelte Emma. In Gedanken machte sie sich eine Notiz, dass sie diese Information unbedingt in ihrem nächsten Forschungsbericht verwenden musste. Aufmerksam beobachtete sie die beiden Schwarzen weiter.

»Nowalingu schaut Birrinbirrin ja ziemlich verliebt an«, bemerkte sie.

Purlimil lachte. »Nowalingu schaut viele Männer verliebt an. Und glaub mir, es bleibt nicht beim Schauen!«

Emma dachte daran, wie ein solches Verhalten in Deutschland beurteilt werden würde, und zuckte unwillkürlich zusammen.

»Wie weit, ich meine …« Sie räusperte sich. »Wie weit gehen denn ihre, ähm, Zuneigungsbezeugungen?«

»Das wissen nur sie und der jeweilige Glückliche.« Purlimil grinste. »Aber warum sollen wir uns den Kopf darüber zerbrechen? Solange ihr Zukünftiger nichts davon ahnt, ist alles in Ordnung.«

»Sie ist verlobt?« Das fand Emma angesichts Nowalingus Freizügigkeit nun doch seltsam.

»Wenn du es so nennen willst: ja. Mit einem alten Mann aus dem Wasserfall-Clan.«

Emma wusste, dass der Wasserfall-Clan ihren Freunden eng verbunden war. Die beiden Clans gehörten zum selben Stamm: Seine Mitglieder sprachen dieselbe Sprache, bei Schwierigkeiten half man sich aus, und es bestanden diverse verwandtschaftliche Beziehungen, die jedoch mehr als kompliziert geregelt waren.

»Wie alt ist er denn?«

Purlimil zuckte die Schultern. »Er mag sechzig Sommer gesehen haben … vielleicht auch mehr.«

»Sechzig!« Emma blickte mit neuem Mitgefühl auf Nowalingu, die kaum ein Drittel dieser Zeitspanne auf der Welt sein konnte. »Aber warum heiratet sie einen alten Mann?«

»Es wurde vor langer Zeit schon so vereinbart«, sagte Purlimil gleichmütig.

Emma schwieg. Fest entschlossen, nicht schon wieder die Sitten der Eingeborenen zu kritisieren, behielt sie ihr Mitleid für die junge Frau für sich. Das arme Mädchen! Hübsch und ganz offensichtlich hungrig nach Leben und Liebe war Nowalingu sicher nicht dazu geschaffen, einem Großväterchen die Schlafstatt zu wärmen.

Andererseits: War es denn besser – was in Emmas alter Welt nur allzu oft vorkam –, einen alten Mann zu heiraten, nur weil er reich und angesehen war? Dieser Fall war in Emmas Bekanntschaft häufiger vorgekommen … und auch wenn sie selbst es sich niemals hätte vorstellen können, eine solche Verbindung einzugehen, war es ihr doch nie in den Sinn gekommen, gegen das bloße Prinzip zu protestieren. Es war eben, wie es war. Hier wie dort.

Emma stand auf. »Ich muss vor dem Essen noch zu Birwain. Carl hat mir heute Morgen mitgeteilt, dass er uns sprechen will.«

Purlimils Neugier war sofort geweckt. »Hat er gesagt, worum es geht?«

»Nein. Nur, dass es immens wichtig sei.«

»Oh, dann beeilst du dich besser. Aber erzähl mir nachher genau, was ihr besprochen habt!«

Emma musste lachen. »Neugierig bist du ja gar nicht.«

»Und du?«, gab Purlimil neckend zurück. »Wer fragt uns denn den lieben langen Tag Löcher in den Bauch?«

Emma hob die Hände. »Gewonnen. Ich werde dir alles erzählen. Wort für Wort.«

Die Freundin grinste. »Ich bin gespannt!«

Birwain hatte sie in seiner Hütte empfangen, dann aber vorgeschlagen, ein wenig am Bach entlangzuwandern. So stapften Carl und Emma nun im Abendlicht hinter dem Schamanen her durchs Farndickicht, das Glucksen des Wassers im Ohr.

»Wo gehen wir denn hin?«, fragte Emma, als ihr das Schweigen zu lang dauerte.

Birwain blieb stehen und drehte sich zu ihr um.

»Nirgendwohin«, sagte er. »Ich wollte nur sichergehen, dass meine Entscheidung richtig ist.«

Emma hob fragend die Augenbrauen.

»Die Marmbeja«, erklärte Birwain feierlich. »Sie sitzen in den Bäumen. Und sie flüstern mir zu, dass ich recht habe.«

Carl setzte seine neutrale Wissenschaftlermiene auf. »Das freut uns zu hören. Aber, Birwain, womit hast du recht?«

Der Alte zögerte. Dann wandte er seinen Kopf zu Emma. »Es liegt etwas in der Luft. Und es hat mit dir zu tun, Emma. Die Marmbeja haben etwas mit dir vor, das wusste ich von Anfang an. Seit ich dich zum ersten Mal gesehen habe.« Er nickte bedächtig. »Und jetzt ist die Zeit gekommen. Ja, die Zeit ist endlich gekommen.«

Die Geister hatten etwas mit ihr vor? Emma war sich nicht sicher, wie sie das finden sollte.

Birwain betrachtete sie. »Worin deine Aufgabe besteht, das werden die Marmbeja beim nächsten Ritual der Frauen offenbaren.«

»Das ist … schön zu hören«, sagte Emma lahm. Eigentlich hatte sie fürs Erste genug von Ritualen.

»Das Problem ist nur«, fuhr Birwain bedächtig fort, »dass die Geister dich nicht benutzen können, wenn du von allen Vorbereitungen ausgeschlossen bleibst. So wie es für die Uneingeweihten üblich ist.«

»Mooooment!«, mischte Carl sich ein, und seine Stimme klang wie Donnergrollen. Emma warf ihm einen raschen Blick zu. Ihr Mann witterte offensichtlich Gefahr für sie, und das aktivierte seinen Beschützerinstinkt.

»Birwain, es ist sehr großzügig von dir, dass du Emma das Vertrauen erweisen möchtest, dieses Ritual mit vorzubereiten«, sagte Carl fest. »Aber eines möchte ich klarstellen: Eure Geister werden nichts, und zwar absolut gar nichts, mit Emma anstellen! Emma wird nicht benutzt, für was auch immer. Zumal wir ja gar nicht an … ähm, zumal wir an andere Geister glauben als ihr. Das hier sind eure Geister, nicht unsere.«

Der alte Schamane schüttelte nachsichtig den Kopf. »Mein lieber Carl, wenn du nicht an unsere Geister glaubst, dann können sie Emma auch nichts anhaben, oder? Und was die Frauen betrifft: Ich verspreche euch, dass keine von ihnen Emma auch nur berühren, geschweige denn ihr ein Leid antun wird.«

Carl brummte etwas Unverständliches. Er sah nicht so aus, als fände er die Worte des Schamanen sonderlich beruhigend.

Auch Emmas Gefühle waren gemischt. Sie dachte wieder an Birrinbirrin, und Furcht kroch ihre Wirbelsäule hinauf. Doch dann sagte sie sich, dass sie schließlich Forscherin war und Furcht einer solchen schlecht anstand; außerdem, beruhigte sie sich weiter, sollte sie am Ritual selbst ja gar nicht teilnehmen. Was konnte ihr bei ein paar harmlosen Vorbereitungen schon passieren?

Ihre Neugier siegte. Entschlossen hob Emma das Kinn und sagte: »Ich helfe den Frauen gerne. Und, Birwain«, sie schenkte dem Alten ein Lächeln, »ich weiß diese Ehre sehr zu schätzen.«

Aus den Augenwinkeln sah sie, dass Carl die Kiefer aufeinanderpresste.

Birwain hingegen erwiderte ihr Lächeln erleichtert. »Morgen geht es los«, sagte er, von Carls finsterer Miene gänzlich unbeeindruckt. »Ich danke dir, Emma, dass du mir vertraust. Mir und den Marmbeja.«

Tue ich das?, schoss es ihr durch den Kopf.

Aber nun war es entschieden.

Carl stapfte stumm neben ihr her, als sie ohne Birwain durch die Dämmerung zurück zu ihrem Zelt gingen.

»Ich muss Purlimil bei dem Abendessen helfen«, brach Emma das Schweigen.

Er nickte kurz, sah sie jedoch nicht an.

»Carl«, sagte Emma vorsichtig. »Ich weiß, dass du Angst um mich hast, und das ist auch richtig so. Aber weißt du, ich möchte wirklich gerne an diesen Vorbereitungen teilnehmen. Wenn ich ablehne, werden die Schwarzen mich kein zweites Mal fragen. Überleg doch mal, wir werden viel tiefere Einblicke bekommen als sonst, in den Bereich ihrer Religion, ihrer Mythen … in Glaubenswelten, die Uneingeweihten normalerweise auf immer verschlossen bleiben!«

Carl schwieg eisern.

Emma legte ihm die Hand auf den Arm, blieb stehen und zwang ihn so, sich ihr zuzuwenden.

»Carl, bitte. Denk an das Narbenritual. Wie zornig sie alle waren, dass wir überhaupt etwas davon mitbekommen haben!« Sie suchte seinen Blick. »Und jetzt darf ich ganz offiziell den Vorbereitungen auf ein Frauenritual beiwohnen – und soll ablehnen? Wie könnte ich das, wenn ich meine Arbeit als Forscherin ernst nehme?« Emma legte ihre Hände um Carls Gesicht, fühlte seine Bartstoppeln an der weichen Haut ihrer Handflächen. »Mir wird nichts geschehen, Liebster.«

Sehr sanft, um die Schärfe ihrer Worte abzumildern, fügte sie hinzu: »Und außerdem treffe ich meine Entscheidungen immer noch selbst. Das weißt du doch.«

»Ich sag's ja: Amazone!«, knurrte Carl. Doch dann zog er sie abrupt an sich und umfing sie in einer festen Umarmung.

Aufatmend schmiegte sie sich an seine Brust.

Sie wusste, dass sie gewonnen hatte. Carl würde sich ihr in dieser Sache nicht mehr in den Weg stellen, obwohl er nach wie vor Angst um sie hatte.

Es hat definitiv seine Vorteile, dachte Emma mit einem leisen Gefühl des Triumphes, wenn man dem eigenen Ehemann als Amazone gilt.

# 7

## DEZEMBER 1859

Tag für Tag stiegen die Temperaturen.

Zwar war das Klima auf der Main Range erträglicher als auf den Ebenen um Brisbane herum, auf denen Emma und Carl den Dezember des vergangenen Jahres verbracht hatten. Doch auch hier im Regenwald war die warme Jahreszeit eindeutig heißer als jeder Sommer, den Emma in ihrer deutschen Heimat erlebt hatte.

Sie verbrachte die schweißtreibenden, von sintflutartigen Regengüssen unterbrochenen Hochsommertage wie geplant mit den langwierigen Vorbereitungen auf das Frauenritual. Es sollte laut Purlimil schon bald stattfinden, wobei »bald« hier ein dehnbarer Begriff war und morgen, in zwei Wochen oder im nächsten Monat bedeuten konnte. Immerhin wollten die Frauen das Ritual auf jeden Fall vor der Geburt von Purlimils Baby abhalten.

Der Größe von Purlimils Bauch nach zu urteilen, hätte das Kind schon längst da sein müssen, fand Emma. Sie staunte täglich mehr darüber, wie die Freundin sich überhaupt noch bewegen, geschweige denn auf dem Boden hocken und kochen, Samen zerstampfen oder nach Insekten graben konnte. Eine deutsche Frau in diesem Zustand wäre gar nicht mehr aus dem Haus gegangen, Purlimil jedoch verhielt sich, als sei es das Normalste der Welt, eine enorm große, nackte Kugel mit sich herumzuschleppen.

Nun, vielleicht war es das ja auch, dachte Emma jetzt und lächelte Purlimil zu.

Die Freundinnen saßen mit einigen weiteren Frauen in der Mittagshitze am Bach, mischten fette Farbe an und bemalten damit lange, gerade gewachsene Stöcke für das Ritual. Den weißen und roten Ocker, der für diese Arbeit benötigt wurde, hatten die Frauen im Tausch von dem Wasserfall-Clan bekommen.

Emma wusste, dass es den Eingeborenen zwar fremd war, Besitz anzuhäufen. Mit Farben, Grabgeräten, scharfen Steinen oder Waffen wurde aber durchaus gehandelt, auch wenn kein Geld im Spiel war.

Emma tunkte den dürren Zweig, der ihr als Pinsel diente, in die weiße Paste. Dann trug sie sorgfältig ein weiteres verschlungenes Muster auf ihrem Stock auf. Das war gar nicht so einfach, denn erstens fand Emma es viel anspruchsvoller, Muster auf einen unebenen Stock zu malen als auf schönes, glattes Papier, und zweitens musste das Ornament am Ende exakt so aussehen wie die Ornamente auf den Stöcken der Schwarzen. Die kleinste Abweichung würde den ganzen Stecken, an dem sie schon so lange arbeitete, unbrauchbar machen. Emma runzelte konzentriert die Stirn. Während sie sorgfältig weitermalte, fragte sie sich, worum es bei dem Ritual wohl ging, in das sie selbst laut Birwain verwickelt würde.

Viel hatte sie bisher nicht herausbekommen. Purlimil hatte ihr lediglich erklärt, dass erzählt, getanzt und gesungen würde, dass die Ahnen und Geister anwesend sein würden und dass die Frauen von diesen Wesen Kraft für den Alltag und Lösungen für ihre Probleme bekämen. Außerdem, hatte Purlimil leise hinzugefügt, würden die Geistwesen manchmal durch ausgewählte Frauen sprechen. Aber dies käme beileibe nicht bei jedem Ritual vor.

Nach dieser Auskunft war Emma so schlau wie zuvor. Wie es vonstattengehen sollte, dass Geister die konkreten Alltagsprobleme der Menschen lösten, konnte sie sich beim besten Willen nicht vorstellen. Ihre Neugierde plagte sie seither mehr denn je. Zu gerne hätte sie nicht nur an den Vorbereitungen, sondern auch am Ritual selbst teilgenommen! Rebellisch dachte sie, dass ihr die Teilnahme durchaus zustünde, zumindest wenn Birwains Überzeugung, dass die Geister etwas mit Emma vorhatten, der Wahrheit entsprach.

Herrje, dein Aberglaube wächst von Tag zu Tag!, schalt Emma

sich, die Geister haben gar nichts mit dir vor, weil es nämlich keine Geister gibt. Alberner Kinderkram …

Entschieden verbannte Emma jeden Gedanken an Übersinnliches ins Reich der Fantasie und widmete sich wieder dem Muster auf ihrem Stecken. Wenn sie sich anstrengte, würde sie noch heute mit der Arbeit fertig.

Prompt forderte Gunur sie barsch auf, langsamer zu malen. Sie starrte Emma wütend an, und dann ergoss sich ein Schwall unverständlicher Worte aus ihrem Mund.

Als Emma sie hilflos anstarrte, mischte Purlimil sich ein.

»Gunur sagt, das Malen ist nichts, was man lästig finden sollte«, erklärte sie ihrer weißen Freundin. »Es ist ebenso heilig wie das Ritual selbst, und du musst es andächtig ausführen – oder es sein lassen, meint Gunur.«

Emma biss die Zähne zusammen und nickte knapp. Sie bemühte sich, keinen Ärger darüber zu empfinden, dass Gunur ihr nach wie vor mit Misstrauen begegnete. Tatsächlich schien es für die grauhaarige Alte nichts Schöneres zu geben, als Emma zu kritisieren, und sie machte keinen Hehl daraus, dass sie beide Scheerers als unwillkommene Eindringlinge empfand. Gunur war auch die Einzige, die so schnell sprach, dass Emma gezwungen war nachzufragen; und dann lachte Gunur, als sei Emma das dümmste Wesen, das je unter Australiens Sonne herumgelaufen war.

Dabei war Emma recht stolz darauf, die komplizierte Sprache der Eingeborenen in wenigen Monaten gelernt zu haben. Anfangs war es schwierig für Emma gewesen, die seltsamen Laute nachzuahmen, die so ganz anders klangen als Deutsch oder Englisch. Da Purlimil jedoch eine strenge Lehrerin war und Emma und Carl äußerst eifrige Schüler, konnten sie sich mittlerweile mit den meisten Mitgliedern des Clans unterhalten. Freilich, über selten benutzte Wörter stolperten sie und Carl immer noch; für den Alltag jedoch reichte es.

Fest entschlossen, sich von Gunur nicht aus der Fassung bringen zu lassen, wandte Emma sich von der Alten ab. Gunur würde sich schon noch an sie gewöhnen, redete Emma sich ein. Irgendwann würde Emma die Gelegenheit bekommen, sich vor Gunur zu bewähren, und dann wäre diese überflüssige Feindschaft Geschichte.

Von diesem Gedanken getröstet begann Emma eine Plauderei mit Purlimil. Sie sprachen über Purlimils schwangerschaftsbedingten Heißhunger auf weiße Würmer, über Yileens Vorfreude auf das Baby und über die Frage, ob es wohl ein Mädchen oder ein Junge werden würde. Purlimil erzählte, dass nicht einmal der Schamane sich auf eine Antwort festlegen wolle, obwohl Birwain sonst immer im Voraus wüsste, welches Geschlecht das ungeborene Kind einer Schwangeren hatte.

Birwain und seine seltsamen Fähigkeiten!, dachte Emma belustigt. »Apropos Birwain«, sagte sie zu Purlimil. »Dir ist nicht zufällig die Erleuchtung gekommen, was er gemeint haben könnte, oder?«

Emma hatte die Freundin, wie sie es abgemacht hatten, gleich nach ihrem Gespräch mit dem Schamanen über alles unterrichtet. Purlimil hatte sehr aufgeregt reagiert, vor allem auf Birwains Prophezeiung, dass die Geister eine Aufgabe für Emma hätten. Doch sie hatte sich zu keinerlei Aussage bewegen lassen, welcher Art diese Aufgabe wohl sein könnte.

»Nein«, sagte Purlimil auch jetzt wieder. »Es wird sich zeigen, Emma. Spätestens nach dem Ritual wirst du es wissen.«

Emma seufzte. Ihr blieb wohl nichts anderes übrig, als einfach abzuwarten.

# 8

Kalkweiß hing der Mond am Himmel, als die Nacht des Rituals endlich gekommen war.

Zu ihrem maßlosen Erstaunen hatte Gunur, die das Ritual leitete, Emma erlaubt, die Frauen des Clans zu begleiten. Carl war davon zwar nicht begeistert, Emma dafür umso mehr. Sie würde mit an den heiligen Platz wandern – was für eine einmalige Gelegenheit! Sie wäre zwar nicht beim gesamten Ritual dabei, das war für eine Uneingeweihte undenkbar, aber sie würde von ferne dem Gesang lauschen können. Und wer wusste schon, welche aufregenden Erlebnisse sie sonst noch erwarteten?

Gunur hatte Carl ruppig, aber aufrichtig erklärt, dass niemand Emma verletzen würde; und da Birwain dies ebenfalls versichert hatte und Emma sowieso nicht von ihrem Vorhaben abrücken wollte, ließ Carl sie zähneknirschend gewähren. Die Hände in den Hosentaschen sah er ihr mit angespanntem Gesichtsausdruck nach, als sie mit den schwarzen Frauen das Lager verließ und in den nächtlichen Regenwald eintauchte.

Ununterbrochen singend wanderten sie zum heiligen Platz des Clans. Emma folgte den Frauen stumm, da sie keines der uralten Lieder kannte; ohnehin klopfte ihr das Herz bis zum Hals, so dass ihr das Singen schwergefallen wäre.

Vor vielen Monaten war Emma diesen Weg schon einmal gegangen. Damals hatte Birwain ihr auf wundersame Weise geholfen, mit ihrer Vergangenheit abzuschließen. Das Erlebnis, das sie auf der heiligen Lichtung gehabt hatte, stand Emma so deutlich vor

Augen, als sei es erst gestern gewesen: In jener Nacht hatte sie fest daran geglaubt, die Marmbeja hätten sie auf einen Seelenflug mitgenommen.

Dabei hatte sich, davon war Emma mittlerweile überzeugt, lediglich eine Lücke in ihrer Erinnerung geschlossen. Wie sehr eine Nacht im dunklen Regenwald den Verstand doch verwirren konnte!, dachte Emma nervös. Als sie stolperte, schrie sie vor Schreck auf.

Alle drehten sich zu ihr um.

»Entschuldigung«, murmelte sie betreten. »Ist nichts passiert.«

Mit rotem Kopf setzte sie ihren Weg fort. Warum, fragte sie sich, stolperten die Schwarzen eigentlich nie? Und was noch viel wichtiger war: Warum hatte sie das bizarre Gefühl, dass bei den steinernen Schildkröten auch heute wieder etwas auf sie wartete, das ihr Leben unwiderruflich verändern würde?

Ich werde nicht dabei sein, beruhigte sie sich. Nur von ferne zuhören. Interpretieren, analysieren und später aufschreiben, was ich mir zusammengereimt habe. Alles vollkommen harmlos.

Bloß dass es sich überhaupt nicht harmlos anfühlte.

Nach einer Weile teilten sich die Bäume, und sie trat mit den Frauen auf die heilige Lichtung. Im Mondlicht erblickte Emma sie sofort: die großen, wie Schildkröten geformten Steine, die in der Mitte der Lichtung lagen, so als habe ein Riese aus ihnen ein Dreieck geformt.

Beklommen sah Emma die grauen Steintiere an.

Hier hatte sie damals das Eukalyptusfeuer erlebt.

Und hier würde heute das geheime Ritual stattfinden – an dem sie zwar nicht teilnahm, das aber irgendetwas mit ihr zu tun hatte. Plötzlich wünschte sie sehnlichst, dass dem nicht so wäre.

»Es ist Zeit, dass du dich zurückziehst«, sagte Purlimil neben ihr feierlich.

Fast war Emma erleichtert. »In Ordnung. Wohin soll ich mich zurückziehen?«

»Ich führe dich. Komm mit, wir müssen ein Stück gehen.«

Emma starrte in den nachtschwarzen Wald, und ihr wurde bewusst, dass sie dort draußen allein sein würde.

Vielleicht hätte sie doch auf Carl hören sollen.

Emma fror.

»Ich bin Forscherin, und da muss man eben Opfer bringen. Alles kein Problem. Was ist denn schon dabei?«

Ihr eigenes Gemurmel, mit dem sie sich Mut zusprechen wollte, klang fremd in ihren Ohren. Sie beschloss, lieber wieder zu schweigen. Verflixt, das war aber auch gruselig, so ganz allein im Dunkeln! Wie lange hockte sie hier eigentlich schon? Stunden, ganz gewiss. Es war duster, um sie herum raschelte es unheimlich, und es war verdammt kalt – nicht gerade die besten Voraussetzungen dafür, eine angenehme Nacht zu verbringen.

Vom Ritual der Schwarzen hörte Emma entgegen ihren Erwartungen nur wenig: Gesang, fern wie das Murmeln eines Baches, immer wieder übertönt von den Schreien und den Rufen nachtaktiver Tiere, von einem beunruhigenden Knacksen oder vom Säuseln des kühlen Windes in den Blättern über ihr. Worte verstand Emma gar keine, nicht einmal zusammenhängende Melodien vermochte sie zu erkennen.

Schließlich verstummte der Gesang für eine Weile ganz. Emma durchzuckte der Gedanke, dass die Schwarzen den Platz vielleicht einfach verlassen hatten. Aber würden die Frauen es wirklich fertigbringen, sie, Emma, mutterseelenallein zurückzulassen? Das konnte sie sich beim besten Willen nicht vorstellen.

Sie schlug die Arme um ihren Oberkörper. Dann lehnte sie sich gegen den rauen Stamm des Baumes, an dessen Fuß sie saß, und durchforstete ihr Gedächtnis nach sämtlichen Informationen, die sie im Laufe der letzten Wochen von Purlimil und Birwain über die heiligen Rituale erhalten hatte.

Viele waren es nicht. Immerhin fiel ihr ein, dass das Erzählen von Geschichten, ebenso wie die Gesänge, einen wesentlichen Teil der Kulthandlungen ausmachte. Nun, damit war klar, warum sie nichts mehr hörte. Wie hatte sie das bloß vergessen können? Jetzt war schlicht und einfach Erzählstunde!

Sie erinnerte sich daran, was Birwain einmal zu ihr gesagt hatte: Die Geheimnisse und Mythen der »Traumzeit«, die für die Schwarzen eine solch große Rolle spielten, würden in mündlich weitergegebenen Geschichten lebendig gehalten; schriftliche Überlieferungen gab es nicht. Das Geschichtenerzählen, so Emmas Schlussfolgerung, war das Pendant zu Bibellesen und Kirchgang in der Gesellschaft der Weißen.

Nur dass der Kirchgang nicht so schrecklich geheim und mysteriös war wie dieses Ritual hier.

An dem sie, Emma, *nicht* teilnehmen durfte.

Warum hatten die Frauen sie überhaupt gebeten mitzukommen? Damit sie nun auf dem harten Boden allein in der Dunkelheit hockte, müde und enttäuscht war und wahrscheinlich bereits von Giftspinnen und Schlangen belauert wurde? Als Lohn durfte sie nichts tun, als dem Gesang aus der Ferne zu lauschen, und jetzt nicht einmal mehr das. Wirklich sehr aufschlussreich für die Wissenschaft.

Ein plötzlicher Regenschauer ging über Emma nieder, und sie zog den Kopf zwischen die Schultern. Warum hatte sie ihr Cape nicht angezogen, hätte sie sich doch denken können, dass es mal wieder regnen würde! Emmas Laune sank auf den Tiefpunkt. Jetzt war sie also nicht nur müde und durchgefroren, sondern auch noch nass. Wunderbar.

Ach, wie schön wäre es jetzt im Zelt! Carl neben ihr, sie beide unter eine warme Decke gekuschelt, nackte Haut an nackter Haut …

Es rauschte in den Blättern, als etwas durch die schwarzen Bäume auf sie zustürmte. Wie der Blitz war Emma auf den Beinen und zog ihr Messer.

Sie ließ es mit einem halb erleichterten, halb ärgerlichen Seufzer sinken, als sie Purlimil erkannte.

»Musst du mich so erschrecken?«, rief sie der Freundin entgegen. »Und überhaupt, kurz vor der Geburt sollte man sich besser nicht wie ein Berserker durchs Gebüsch schlagen, sondern …«

Sie verstummte, als sie Purlimils Gesichtsausdruck wahrnahm. Pures Entsetzen malte sich auf den schönen Zügen der Schwarzen ab.

Emma steckte das Messer weg, ging rasch auf Purlimil zu und griff nach ihren Händen. Die Freundin zitterte am ganzen Körper.

»Um Gottes willen, Purlimil, was ist passiert? Wie kann ich dir helfen? Was ist denn los? So rede doch!«

Aber Purlimil schüttelte nur den Kopf. »Komm mit«, flüsterte sie erstickt. »Du bist an der Reihe.«

Was?!

Emma kämpfte die aufsteigende Panik nieder und ballte die Fäuste. Was immer die anderen Frauen mit Purlimil angestellt hatten, sie, Emma, würde es gewiss nicht mit sich machen lassen!

»Du bist an der Reihe«, wiederholte Purlimil leise.

»Damit es mir danach genauso geht wie dir? Kommt nicht in Frage«, sagte Emma bestimmt. »Erst erzählst du mir, was passiert ist.«

Purlimil erschauerte noch einmal, dann ließ das Zittern nach, und sie senkte in einer Geste der Resignation den Kopf. Ihre Hand strich sanft über ihren Bauch, doch ihr Blick war dabei so traurig, dass Emma überhaupt nichts mehr begriff. Seit wann machte Purlimil der Gedanke an ihr Baby traurig? Die Schwangerschaft war doch von Anfang an eine Quelle der Freude für sie gewesen. Das konnte sich doch nicht so plötzlich geändert haben.

Es sei denn …

Oh bitte, das durfte nicht wahr sein!

Das Baby in Purlimils Bauch war doch nicht etwa … tot?

»Es sind zwei Babys«, flüsterte Purlimil. »Die Marmbeja haben es mir gerade enthüllt.«

»Du bekommst Zwillinge.« Vor Erleichterung lachte Emma hell auf. »Aber Purlimil, selbst wenn es stimmt, ist das doch kein Grund, so aufgelöst zu sein! Natürlich ist es anstrengend, zwei Babys zugleich zu haben, aber es ist doch auch schön. Sieh mal, die Kinder können immer miteinander spielen, wenn sie größer sind!«

Die Schwarze hob den Kopf und sah Emma verzweifelt an. »Du verstehst nicht. Wir müssen wandern, immer wieder, das ist unser Brauch. Manchmal müssen wir vor Gefahren fliehen, oder die Nahrung reicht nicht mehr aus, oder wir wandern für die Geister. Es gibt viele Gründe, Emma.« Tränen traten in Purlimils Augen. »Aber jede Frau kann zusätzlich zu ihrem Hausrat nur ein Baby tragen. Deshalb darf keine Frau zwei Babys gleichzeitig haben. So lautet das uralte Gesetz, das die Schöpferwesen festgelegt haben. So war es immer.«

Emma zuckte verständnislos mit den Schultern. »Na und? Wenn man Zwillinge bekommt, dann ist das halt so, Gesetz hin oder her. Eure Ahnenwesen in Ehren, Purlimil, aber gegen Zwillingsgeburten können nicht einmal sie etwas ausrichten!«

Purlimil schlug die Hände vor das Gesicht und weinte.

Emma starrte die Freundin an.

Und sie begriff das Ungeheuerliche.

# 9

Als Wissenschaftlerin war Emma aufgebrochen, als entsetzte, aufgelöste Frau stolperte sie nun hinter Purlimil her auf die heilige Lichtung.

Der Gesang hatte wieder eingesetzt, er war nun wild und ekstatisch. Die Frauen tanzten und schlugen rhythmisch mit den Händen gegen ihre Hüften, keine schien Notiz von Emma und Purlimil zu nehmen.

Zwischen den Schildkrötensteinen brannte ein Feuer. Um Steine und Feuer herum bildeten die bemalten Ritualstöcke, die die Frauen in die feuchte Erde gerammt hatten, einen geschlossenen Kreis. Wie todbringende Speere ragten sie in den Himmel; jeder einzelne von ihnen, so kam es Emma vor, bedrohte das ungeborene Leben in Purlimils Leib.

Emma warf einen gehetzten Blick auf die Freundin, die ergeben neben ihr stand und auf die tanzenden Frauen blickte. Purlimil hatte zwar Tränen in den Augen, schien jedoch nicht auf die Idee zu kommen, das Ritual in irgendeiner Weise zu stören oder sich gegen das ihrem zweiten Baby auferlegte Schicksal zu wehren.

Emma war fassungslos. Warum kämpfte Purlimil nicht um ihr zweites Kind? Warum versuchte sie es nicht einmal? Wut löste das Entsetzen in Emmas Herz ab, und sie weigerte sich beharrlich zu glauben, was ihr Verstand bereits akzeptiert hatte: dass die Gesetze der Traumzeit unveränderlich und unantastbar waren. Dass Purlimil sich ihnen trotz ihres Schmerzes bedingungslos unterwarf. Und dass sie, Emma, absolut nichts dagegen tun konnte.

Purlimils zweites Baby würde sterben.

Gequält wandte Emma den Blick von ihrer Freundin ab. Die Gesichter der tanzenden Frauen, die sie noch vor wenigen Minuten als Freundinnen bezeichnet hätte, erschienen ihr nun grausam und barbarisch. Das Feuer verzerrte ihre Mienen, die weiß bemalten Körper zuckten in rauschhafter Bewegung. Emma wollte die Frauen anschreien oder davonlaufen oder einfach nur heulen – aber auf gar keinen Fall hierbleiben, bei diesem grässlichen Ritual, zwischen diesen Eingeborenen, die ihr fremder vorkamen denn je.

Sie spürte, wie sie hysterisch wurde, kam aber nicht dagegen an. Ununterbrochen hämmerte ihr Verstand es ihr ein: Die Schwarzen wollten Purlimils zweites Baby töten. Ein kleines, unschuldiges Geschöpf … einfach umbringen … während Emma sich seit Monaten vergeblich danach sehnte, schwanger zu werden … oh Gott, wie gerne sie ein Baby hätte, wie sehr sie sich danach verzehrte …

Ruhig. Ruhig, zum Teufel!

Emma atmete tief durch und rang verbissen um Selbstbeherrschung. Es ging hier nicht um sie, Emma, es ging um Purlimil. Die Freundin brauchte ihren Trost. Und vor allem brauchte sie ihre Hilfe.

Der Gesang schwoll an, wurde noch bizarrer und bedrohlicher, und Emma klammerte sich an ihren letzten Gedanken – Purlimil und ihre Babys brauchten ihre Hilfe, wenn sie auch noch keine Ahnung hatte, welcher Art diese Hilfe sein sollte –, als die alte Gunur stampfend den Kreis der Tanzenden verließ.

Und genau auf Emma zusteuerte.

Ehe sie sich's versah, hatte Gunur sie zum Feuer gestoßen. Rasch bildete sich ein enger Kreis aus ekstatisch zuckenden Leibern um Emma herum, und sie wurde auf einen der Schildkrötensteine gedrängt. Es blieb ihr nichts übrig, als ihn widerwillig zu erklimmen. Das Feuer hinter ihr trieb ihr den Schweiß auf die Stirn, ihre Gedanken rasten. Purlimil, die Babys, die Geister, Emmas Aufgabe, der bedrohliche Gesichtsausdruck der alten Gunur – alles vermischte sich zu einem Strudel aus Ängsten und Ahnungen, die aufblitzten und wieder verschwanden. Und inmitten dieses Alptraums stand sie wie erstarrt, unfähig, sich von ihrem Stein wegzubewegen.

Gunur breitete die Arme aus, legte den Kopf in den Nacken und beschwor murmelnd die Geister.

Dann begann sie mit unnatürlich hoher Stimme zu singen.

Die anderen Frauen verstummten. Es war nun ganz still, selbst aus dem nächtlichen Regenwald war nichts mehr zu hören. Die ganze Welt schien aus einer lähmenden schwarzen Bewegungslosigkeit zu bestehen, die jeden Ton, jedes Anzeichen von Lebendigkeit verschluckte, so dass nichts übrig blieb als der klagende Gesang der Alten. Ein Gesang, bei dem sich die Härchen auf Emmas Armen aufstellten.

»Du, duuuuuuu«, sirrte Gunur, während ihr Blick sich bis in Emmas Seele zu bohren schien, »duuuuuu wirst den Tod bringen! Du bist auserwählt, den Tod zu bringen! Du, du, duuuuu wirst den Tod bringen!«

Ein Raunen ging durch die versammelten Frauen.

Den Tod, hallte es in Emmas Kopf nach. Sie sollte den Tod bringen.

Sie sollte den Tod bringen?

Die Alte lügt!, dachte Emma panisch. Sie will mir Böses unterstellen, sie will mich anschwärzen!

Alles in ihr bäumte sich gegen Gunurs Worte auf, und ihr Widerstand löste die Erstarrung. Sie schüttelte heftig den Kopf, um wieder klar zu werden, und wollte gerade hitzig ausrufen, dass nicht sie es war, die den Tod eines unschuldigen Babys beschlossen hatte, sondern diese abergläubischen Frauen hier, als ihr bewusst wurde, dass jegliche Ablehnung und jegliches Misstrauen aus Gunurs Augen verschwunden waren.

Im Blick der Alten, die immer noch dicht vor ihr stand, las Emma nur noch Respekt, vermischt mit Furcht.

Oh, mein Gott, schoss es Emma durch den Kopf, Gunur glaubt das alles wirklich!

Ihr Blick flog von einem Gesicht zum anderen. Von Gunur zu Nowalingu, von alten zu jungen Frauen, von denen, die Emma als lustig und offen kannte, zu denen, die zurückhaltender waren.

Überall entdeckte sie die gleiche Mischung aus Ehrfurcht und Angst.

*Ich bin kein Todesengel!*

Am liebsten hätte sie es herausgeschrien, doch die seltsame unheimliche Stille verschloss ihr den Mund wie klebriges Gift. Flehend suchte Emma den Blick ihrer Freundin. Zumindest Purlimil kannte sie doch! Sie musste doch wissen, dass Emma niemals irgendjemanden verletzen könnte! Geschweige denn ein Baby töten …

*Meine Mutter, zerschlagen am Fuß der Treppe liegend. Die Blutlache, die sich unter mir ausbreitet. Mein Baby. Alle dem Tode geweiht. Ach, Purlimils armes Kind, es darf nicht sterben … nicht noch ein Baby … nicht so …*

Gedanken und Gefühle stoben wild durcheinander und zogen unerbittlich die Kraft aus Emmas Körper. Sie sackte auf dem Stein zusammen, stützte die schweißnasse Stirn in ihre Hände und stieß mühevoll hervor: »Ich bin Forscherin! Sonst nichts. Ich bin kein Werkzeug des Todes, und ich werde dem Willen eurer Geister niemals Folge leisten.« Ein Funke des alten Trotzes glomm in ihr auf, und sie setzte hinzu: »Geister gibt es ja sowieso nicht!«

Keine der Frauen antwortete ihr. Emma hob den Kopf, der ihr plötzlich viel zu schwer auf dem Hals zu sitzen schien.

Die Eingeborenen fixierten sie, als sei sie der Sensenmann persönlich.

Aber das war sie nicht, verdammt! Emma rappelte sich auf, und als sie mit wackeligen Beinen wieder auf dem Schildkrötenstein stand, wiederholte sie lauter: »Ich bringe niemandem den Tod. Im Gegenteil, ich werde alles dafür tun, diesen Tod zu verhindern. Ich stehe Purlimil und ihren Babys bei, mit aller Kraft. Mit aller … mit all meiner … Kraft …«

Wie wenig davon sie in diesem Moment besaß, merkte sie, als ihre Beine einknickten.

Im Fallen schienen die düsteren Erwartungen der Eingeborenen sie zu umhüllen. Sterben und Unglück legten sich wie ein Leichentuch über sie.

Dann schwanden ihr die Sinne.

# 10

Emma erwachte im dunklen Zelt.

Eine Kerze flackerte auf dem Boden. Carl saß neben ihr und hielt ihre Hand; sein Blick war unverwandt auf ihr Gesicht geheftet.

»Carl«, sagte sie schwach.

»Willkommen zurück, Amazone.« Seine Stimme klang belegt. Er lächelte, doch sie sah die tiefe Sorge in seinen Augen. »Gott sei Dank bist du endlich wach.«

Emma befeuchtete ihre trockenen Lippen mit der Zunge. Nur langsam, in unzusammenhängenden Fetzen, kam die Erinnerung zurück. »Was ist passiert? Das Ritual …«

Carl reichte ihr einen Becher mit Wasser und ließ sie trinken. »Die Frauen haben dich zurückgetragen. Sie sagten, du seist ganz plötzlich ohnmächtig geworden.« Er beugte sich zu ihr herunter und gab ihr einen zarten Kuss auf den Mund.

Emma schlang die Arme um seinen Hals, und in diesem Moment brach die Erinnerung über sie herein, ohne Vorwarnung und mit der Gewalt einer Sturmflut. Sie gab einen erstickten Laut von sich.

Carl strich ihr bekümmert übers Haar. »Willst du es mir nicht erzählen?«

Mehr an Aufforderung bedurfte es nicht.

»Ach, Carl, es war schrecklich!«, brach es aus ihr heraus. »Sie wollen Purlimils zweites Baby töten! Und sie sagen, dass ich es bin, die den Tod bringt … ich … und alle haben Angst vor mir … dabei könnte ich doch niemals jemandem etwas antun, das weißt du doch, du vertraust mir, nicht wahr? Damals in Stuttgart … meine Mutter … du weißt, dass es nicht meine Schuld war, und das Baby … die Fehlgeburt …«

»Schschsch«, machte er beruhigend. »Das alles ist Vergangenheit, Emma. Es ist lange vorbei.«

Sie presste sich an ihn und versteckte ihr Gesicht an seinem Hals.

Carl schien zu spüren, dass seine Worte ihr nicht gereicht hatten. Also sagte er: »Es ist Vergangenheit, und nichts davon war deine Schuld. Du weißt das seit dem Eukalyptusfeuer, nicht wahr? Erinnere dich daran, Emma. Du hast niemandem den Tod gebracht! Du nicht.« Er lächelte. »Und natürlich tust du auch in der Zukunft niemandem etwas an. Was für ein hanebüchener Unsinn!«

Die tröstliche Gewissheit, dass Carl ihr so rückhaltlos vertraute, vertrieb langsam, ganz langsam ihre Angst.

Carl kannte sie besser als jeder Mensch sonst; er wusste um ihre Vergangenheit, um die zerstörerische Beziehung, die Emma in Stuttgart geführt hatte. Zu einem Mann, der ihre Zuneigung mit Füßen getreten hatte. Carl wusste auch um den Tod, der aus dieser giftigen Liebe erwachsen war, und um die Fehlgeburt, die Emma schließlich erlitten hatte.

Wenn Carl ihr dennoch vertraute, war alles gut.

*Außer dass ich keine Kinder mehr bekommen kann.*

Sie umschlang ihren Mann noch fester.

*Es ist nicht mein Schicksal, anderen den Tod zu bringen. Das ist Unsinn. Alles ist gut.*

Carl zog sie hoch, bis sie aufrecht neben ihm saß. Er umfasste ihre Schultern mit seinen großen, warmen Händen, sah ihr fest in die Augen und sagte: »Ich bin immer bei dir, Emma. Vergiss das nie: Solange ich lebe, wird dir nichts geschehen.«

Sie schluckte hart. »Und wenn es stimmt, was sie sagen? Dass ich gar nicht das Opfer bin, sondern die Gefahr? Für wen auch immer?«

Carl schüttelte den Kopf. »Haben sie dich so sehr durcheinandergebracht, Liebste, dass du das wirklich glaubst?«

»Ich weiß es nicht. Ich will es nicht glauben. Aber …«

»Emma«, sagte er bestimmt. »Halten wir uns doch einfach an die Tatsachen: Du bist Forscherin und hast ein Ritual der Eingeborenen beobachtet. Sie haben dich, Gott weiß aus welchen Gründen, in ihre abergläubischen Prophezeiungen eingebunden, aber das ändert nichts daran, dass es Aberglauben bleibt. Es – ist – nicht – wirklich! Wir sollten das Ganze analysieren, für unsere Berichte verwerten und dann einfach ruhen lassen.«

Sie klammerte sich an seine nüchterne Selbstsicherheit, redete sich ein, dass er recht hatte. »Du vertraust mir, ja? Immer, Carl? Ganz egal, was die anderen sagen?« Ihr Herz klopfte schmerzhaft in ihrer Brust.

Carls Antwort kam ohne jedes Zögern. »Ich vertraue dir absolut.«

Aufatmend schloss sie die Augen und überließ sich Carls Wärme. Es stimmte ja: Sie hatte sich verunsichern lassen, und das war dumm von ihr gewesen. Eine weiße Forscherin sollte keine Angst vor magischen Prophezeiungen haben, sondern sie mit freudigem wissenschaftlichem Interesse zur Kenntnis nehmen.

Weiter nichts.

Als Emma die Augen wieder öffnete, sagte sie verlegen: »Oh weh. Deine Frau gibt ein recht klägliches Bild ab, oder?«

»Ach was. Selbst Amazonen fühlen sich manchmal schwach«, behauptete Carl. »Das ist ganz normal.«

Emma lächelte. »Und woher willst du das wissen?«

»Ich bin mit einer verheiratet«, sagte Carl und grinste.

Obwohl Emma am nächsten Morgen wenig Lust verspürte, Gunur und den anderen Frauen zu begegnen, ließ es sich nicht vermeiden.

Carl, dem sie noch in der Nacht alles Restliche über das Ritual erzählt hatte und der nun ihr Unbehagen spürte, legte ihr beschützend den Arm um die Schultern, als sie durch das Lager zum Bach wanderten. Purlimil war nirgends zu sehen; nur Yileen saß vor der gemeinsamen Hütte und bearbeitete mit grimmiger Miene ein Stück Holz.

Als er Emma und Carl kommen hörte, hob er den Kopf. Ohne in seiner Tätigkeit innezuhalten, sagte er: »Haben die Geister dich also wieder freigegeben, Emma.«

Seine Worte gefielen ihr nicht. »Wenn du damit meinst, dass ich nicht mehr ohnmächtig bin: ja.«

Ihr Blick fiel auf das Holzstück, das Yileen bearbeitete. Es sah aus wie eine große Schale … oder wie eine der Tragen, in denen die Babys des Clans zu schlafen pflegten.

Eine Trage, registrierte sie. Für zwei Babys.

Kaum hatte sie den Gedanken zu Ende gedacht, sprudelte es aus ihr heraus: »Yileen, hat deine Frau dir erzählt, was Gunur ihr angekündigt hat?«

Der Schwarze schwieg.

Ein Dingo kam herangetrottet und schnupperte an dem Holz herum. Verbissen und ohne den Hund zu beachten, arbeitete Yileen weiter.

»Es stimmt nicht, dass ihr einen der beiden Säuglinge töten werdet, oder?«, drängte Emma. »Yileen?«

Abweisend sagte er: »Das Gesetz verlangt es so. Das Gesetz ist unveränderlich.«

Sie starrte ihn an. »Aber du bist der Vater! Das kannst du doch nicht zulassen!«

»Emma!« Carls Stimme klang warnend. »Hör auf, dich einzumischen!«

»Die Anweisung für solche Fälle ist eindeutig«, beharrte Yileen. »Die Ahnen haben sie uns gegeben, und wenn wir uns nicht mehr an die Gesetze halten, dann wird alles zerstört.«

Diese vermaledeite Gesetzestreue! Wenn er jetzt noch mit dem Blitzmann anfängt wie Birwain, dachte Emma wild, dann schreie ich.

Doch Yileen fing nicht mit dem Blitzmann an.

Er sagte überhaupt nichts mehr.

Und als Emma ihm in die Augen schaute und die abgrundtiefe Verzweiflung in seinem Blick erkannte, die Zerrissenheit und die Trauer, da fehlten auch ihr plötzlich die Worte. Denn Yileen litt nicht weniger als sie selbst – wahrscheinlich sogar mehr.

An ihrer Stelle sagte Carl gedämpft: »Verzeih uns, mein Freund. Wir sind als Gäste hier und haben kein Recht, eure Sitten zu kritisieren. Emma weiß das. Sei versichert, es ist nur die Liebe zu euch und euren ungeborenen Kindern, die sie dazu treibt, sich immer wieder einzumischen.«

»Ich weiß. Ich verstehe euch ja auch.« Unglücklich sah Yileen zu ihnen hoch. »Ich habe dieses Gesetz nicht geschaffen. Ich weiß nur, dass es nicht missachtet werden darf. Der Zorn der Geister wäre verheerend.«

Sein Blick traf sich mit Emmas, und sie sah ihre eigene Ohnmacht darin gespiegelt. Es war unmöglich, das zweite Baby zu retten. Selbst wenn sein Tod Purlimil und Yileen das Herz brechen würde.

Emmas Gedanken rasten, während sie ihren Weg durch das Lager fortsetzten. Sie passierte mit Carl die Hütten der unverheirateten Männer, die etwas abseits der Behausungen der Paare standen. Emma bemerkte kaum, dass man sie allenthalben respektvoll grüßte; erst als sie bei den ledigen Frauen, den Witwen und jungen Mädchen vorbeikam, fiel ihr auf, dass sie auch dort von jeder einzelnen Schwarzen angelächelt wurde. Ganz offensichtlich nahm niemand es ihr übel, dass sie während des Rituals so unrühmlich zusammengebrochen war – und dass Gunur ihr die Rolle der Henkerin aufgedrängt hatte.

Doch diese Rolle, dachte Emma wild, würde sie auf keinen Fall spielen! Sie war eine Kämpferin für das Leben, nicht für den Tod. Wenn sie nur wüsste, auf welche Art dieser Kampf geführt werden musste, um in ihrem Sinne auszugehen … wenn sie nur wüsste, wie sie es schaffen konnte, Purlimils todgeweihtes Baby zu retten …

Emma grübelte immer noch, als Carl und sie den Bach erreichten. Üppig wucherten die Farne entlang des Ufers, das Wasser plätscherte über die glänzenden, moosbedeckten Steine. Emma setzte sich auf einen flachen Felsen.

Es musste eine Lösung geben! Natürlich gab es eine Lösung. Sie hatte sie nur noch nicht gefunden.

Carl ließ sich neben ihr auf dem Felsen nieder. Er zog seine Stiefel von den Füßen, und während er sich auch die Strümpfe abstreifte, sagte er: »Wir sind hier, um die Schwarzen zu beobachten, Emma. Nicht, um sie zu belehren. Die Diskussion hatten wir vor wenigen Wochen schon einmal, richtig?«

»Ja, und wir führen sie weitere hundert Male, wenn es sein muss«, schnappte Emma. »Weil der Tod eines Kindes noch wesentlich schlimmer ist als das Ritual, mit dem sie Birrinbirrin gequält haben!«

»Wir haben kein Recht«, beharrte Carl, »uns gegen die Eingeborenen zu stellen, nur weil uns eine ihrer Sitten nicht gefällt.«

»Nicht gefällt?« Emma sah Carl ungläubig ins Gesicht. »Wie kannst du so einfach akzeptieren, was hier passiert? Das ist Mord!«

»Für uns ist es Mord«, sagte er und zog sich das Hemd über den Kopf. »Für die Eingeborenen ist es ein uralter Weg, die Gemeinschaft am Leben zu erhalten. Es mag uns grausam erscheinen, aber wenn sie wandern müssen …«

»Herrgott, sie wandern doch gar nicht so oft! Nein, Carl. Es ist Mord, simpler, brutaler Mord, und das lasse ich nicht zu, alte Sitten hin oder her.« Eine wahnwitzige Idee schoss Emma durch den Kopf. »Ich werde das Baby nehmen. Ich werde an Purlimils Stelle seine Mutter sein.«

Carl seufzte. Er stand auf und entledigte sich seiner restlichen Kleidung. Unwillkürlich schluckte sie, als sie ihm dabei zusah.

Seine Hose landete neben dem Hemd auf dem Boden. »Wie willst du das Kind ernähren?«, fragte er sachlich. »Es braucht Muttermilch, um zu überleben.«

»Ich … nun, ich könnte …«

Tja, was? Nichts konnte sie. Ihre Brüste würden niemals Milch produzieren. So wie ihr Körper niemals ein Kind austragen würde. Sie konnte ja keine Kinder bekommen, die letzten Monate hatten es bewiesen. Sie hatte es verwirkt; die Fehlgeburt, damals in Deutschland, hatte sie unfruchtbar gemacht. Es war so verdammt bitter: Weil sie schwanger gewesen war vom falschen Mann, konnte sie nun Carl nicht zum Vater machen.

Ich bin als Ehefrau genauso eine Enttäuschung wie als Forscherin, schoss es ihr durch den Kopf, und deshalb wird Carl früher oder später aufhören, mich zu lieben.

Er wandte sich von ihr ab. Tränenblind beobachtete sie, wie er ins Wasser stieg. Seine braune Haut glänzte in der Sonne, und er sah so gut aus, so muskulös und männlich … während sie selbst gar keine richtige Frau mehr war.

Ihr Jammer entlud sich in einem heftigen Vorwurf. »Wie kannst du nur derart gefühllos sein, Carl? So kenne ich dich gar nicht! Deine Haltung ist unmenschlich.«

Carl antwortete nicht. Stattdessen watete er zu einer tiefen Stelle, tauchte einmal ganz unter, kam prustend wieder hoch und schüttelte sich das Wasser aus dem schwarzen Haar, bevor er sich zu ihr umdrehte.

Sie erschrak über den Zorn in seinem Blick.

»Ich bin also gefühllos, ja?« Carls Stimme vibrierte vor unterdrückter Wut. »Wenn du das wirklich glaubst, dann lass dir eines gesagt sein, Emma: Ich verabscheue die Tötung dieses Babys genauso sehr wie du, und es quält mich nicht weniger als dich. Aber wenn wir anfangen, den Schwarzen unsere Wertvorstellungen aufzudrängen, wenn wir sie nach unseren Vorstellungen formen wollen, dann sind wir keine Forscher mehr, sondern können uns gleich den christlichen Missionaren anschließen!«

Emma presste die Lippen aufeinander. Carl hatte recht – und doch auch wieder nicht. Sie war vollkommen unsicher, welche Haltung richtig war, ihre oder seine. Aber konnte man aus Unschlüssigkeit einfach zur Tagesordnung übergehen, wenn ein solches Verbrechen bevorstand? Musste man nicht manchmal ohne zu überlegen auf sein Herz hören und handeln?

Das alte Problem.

Wie sollte sie nur weiter hier leben, wenn sie das Gefühl hatte, innerlich zu zerreißen?

Stumm sahen sie einander an, suchten beide nach Antworten, die es nicht gab. Ihre Blicke schlangen sich umeinander, Zorn mischte sich mit Sehnsucht, und plötzlich wünschte Emma sich nichts mehr, als die Kluft zu überwinden, die sich zwischen ihnen aufgetan hatte.

Carl war es, der schließlich den Arm nach ihr ausstreckte. »Willst du nicht ins Wasser kommen? Zum Baden sind wir schließlich hier.«

Sie bemühte sich um ein Lächeln. »Ich komme.«

Als sie sich vor ihm auszog, fühlte sie, dass etwas anders war als sonst. Sie fürchtete, dass Carl sie nach ihrem Streit kritischer betrachtete. Weniger liebevoll.

Realistischer.

Kaum war sie nackt, flüchtete sie in den Bach. Sie nahm sich nicht die Zeit, sich abzukühlen, sondern tauchte sofort unter Wasser. Der Schockmoment tat ihr gut. Gänsehaut überzog ihren Körper, während sie mit kräftigen Stößen zu Carl schwamm. Seine Arme umfingen sie so zärtlich wie immer, und das beruhigte sie ein wenig.

»Vielleicht sind es ja gar nicht zwei Babys«, sagte sie, um Carl und sich selbst eine Brücke zu bauen. »Dass es Zwillinge werden, ist schließlich nur eine Vermutung.«

»So ist es. Lass uns einfach hoffen, dass diese unerträglich allwissenden Geister sich dieses Mal geirrt haben.«

Carls Stimme klang versöhnlich, und Emma nickte. Er nahm ihr Gesicht in seine Hände und küsste sie.

# 11

Nun hatte seine junge weiße Freundin also ihre Aufgabe erhalten. Glücklich war Birwain trotzdem nicht, denn es war genau so gekommen, wie er befürchtet hatte: Sie wehrte sich.

Mit den Honigwaben in der Hand, die er für das gemeinsame Essen am abendlichen Feuer erbeutet hatte, trottete Birwain nachdenklich durch den Farnwald, der im grünen Dämmerlicht versank. Er verstand Emma und dass sie niemandem den Tod bringen mochte. Doch auch sie musste versuchen zu verstehen: Was die Geister verlangten, das musste man ihnen geben. Es war nicht an den Menschen, ihren Willen in Frage zu stellen.

Wenn Emma nicht gewillt war, ihrem Ruf zu folgen, dann würden die Geister sie dazu zwingen.

Birwain schauderte, als er sich vorstellte, wie sie das anstellen würden.

# 12

Sie hätte es Carl gegenüber niemals zugegeben, doch Emma wünschte sich in den nächsten Tagen oft, dass sie in der Nacht des Rituals einfach in ihrem Zelt geblieben wäre.

Sie bemühte sich, die Stunden unter dem kalkweißen Mond aus ihrer Erinnerung zu tilgen und wieder zur Tagesordnung überzugehen, aber es gelang ihr nicht. Sobald sie Gunur oder eine der anderen Frauen sah, kamen ihr die ekstatisch verzerrten Gesichter im Feuerschein wieder in den Sinn. Und wenn sie mit Purlimil sprach, wirkte diese auf Emma nicht mehr stark und selbstbewusst, sondern wie ein schicksalsergebenes Opferlamm. Eine Veränderung, die Emma ganz und gar nicht gefiel.

Die Eingeborenen jedoch schienen Emma mit neuem Respekt zu betrachten. Ihr Gefühl am Morgen nach dem Ritual hatte sie nicht getrogen: Fast alle Schwarzen verhielten sich ihr gegenüber nun gleichbleibend freundlich und zuvorkommend – sogar Gunur, die Emma bisher kaum mit Wohlwollen begegnet war.

Emma fand das seltsam. Fürchteten die Eingeborenen etwa, dass sie Emmas Zorn auf sich ziehen und somit das Ziel ihrer tödlichen Kraft werden könnten? Die Vorstellung, dass es so sein könnte, machte Emma unglücklich. Sie mochte kein weißhäutiges Schreckgespenst sein! Emma wünschte sich, so wahrgenommen zu werden, wie sie gerne sein wollte: friedlich, menschenfreundlich und ohne jede Neigung zur Gewalttätigkeit.

Nach einigen Tagen fasste sie sich ein Herz und sprach mit Birwain über ihre ungute neue Stellung im Clan. Der Schamane versuchte sie zu beruhigen: Alles sei in bester Ordnung. Der Clan habe schlicht und einfach akzeptiert, dass die Geister Emma eine wichtige und verdienstvolle Aufgabe übertragen hätten. Aber Emma brauche sich nicht zu sorgen: Der Tod von ihrer Hand treffe nur jemanden, der ihn auch verdient habe. Emma solle sich fügen, müsse sich fügen, denn alles andere vergrößere das anstehende Unglück.

Nach dieser Auskunft hätte Emma sich am liebsten die Haare gerauft. Auf eine verdienstvolle Aufgabe dieser Art konnte sie gut und gerne verzichten. Sie war weder Todesengel noch Werkzeug der Geister. Sie war Forscherin. Punktum.

Warum nur, fragte sie sich verzagt, wollte das niemand hier begreifen?

Weihnachten kam und ging vorüber, ohne dass sie in bessere Stimmung gekommen wäre.

Immer öfter ertappte Emma ihren Ehemann dabei, dass er sie verstohlen beobachtete. Carl bemühte sich um sie, war noch zärtlicher und aufmerksamer als sonst. Doch aus ihrer Grübelei konnte auch er sie nicht reißen. Selbst als er Emma am Heiligen Abend zwar keine Badewanne, aber zwei in Ipswich gekaufte brandneue Romane und als ungewohnten Luxus ein zartes Duftwasser schenkte, fühlte sie keine wirkliche Freude.

Denn jedes Mal, wenn sie Purlimils runden Leib und ihren traurigen Gesichtsausdruck sah, verfiel Emma in Verzweiflung. Verzweiflung über die Bedrohung, die wie ein Fallbeil über Purlimils Zweitgeborenem hing, und Verzweiflung über Gunurs düstere Voraussage.

An manchen Tagen hätte sie den Clan am liebsten verlassen.

Ende Dezember, die Luft lag drückend und unerträglich heiß über dem Lager, war es so weit.

Emma kam gerade vom Bach zurück, wo sie eines ihrer Kleider gewaschen hatte, als Nowalingu ihr aufgeregt entgegenlief. Dann ergoss sich ein Redeschwall über Emma, aus dem immer wieder »Purlimil« herauszuhören war.

Emma begriff sofort: Purlimil bekam ihre Babys! Und Purlimil wollte ihre Freundin bei der Niederkunft dabeihaben.

Ohne nachzudenken, drückte sie dem neugierigen Mann, der ihr am nächsten stand, ihr tropfnasses Kleid in die Hand und begann zu rennen. Die unterschiedlichsten Gefühle bemächtigten sich ihrer, als sie Nowalingu aus dem Lager hinaus ins Dickicht folgte: Rührung, dass Purlimil ihren Beistand wünschte. Freudige Erregung, die sich mit einem mulmigen Gefühl in der Magengegend die Waage hielt. Sorge, ob alles gut gehen würde … eine Geburt im Regenwald, ohne heißes Wasser, saubere Tücher und fachkundige Hilfe kam Emma ziemlich gefährlich vor. Über allem aber schwebte die bodenlose Angst, dass eines der Babys getötet würde, sobald es Purlimils Leib verlassen hätte, und dass sie, Emma, es vielleicht nicht würde verhindern können.

Aufgewühlt und nassgeschwitzt kam Emma bei der Geburtsstätte an. Im Gegensatz zu ihr selbst hatte Nowalingu sich auf dem Weg beruhigt und Emma im Laufen erzählt, dass die Frauen des Clans seit jeher an diesem Platz ihre Kinder zur Welt brachten. Schwer atmend sah Emma sich um: Verwitterte, mit Moos bedeckte Felsen lagen auf einer Lichtung, die von hohen Farnen umrahmt wurde wie ein natürliches, grünes Zimmer. Am Rande der Lichtung gab es einen stillen Tümpel, in der Mitte einen einzelnen, knorrigen Baum, vor dem ein Feuer aus Gras und Zweigen qualmte.

Purlimil lehnte mit geschlossenen Augen breitbeinig und zitternd am Stamm des Baumes, ihr Körper war von einem feinen Schweißfilm bedeckt. Neben ihr stand Gunur, stützte die Gebärende und redete ihr gut zu. Offenbar kam Gunur in der Gemeinschaft nicht nur die Rolle der Ritualleiterin zu, sondern auch die der Hebamme – zumindest bei den Frauen, die, wie Purlimil, keine eigene Mutter als Beistand mehr hatten.

Zögernd trat Emma näher. Der scharfe Geruch von Urin stieg ihr in die Nase. Darunter mischte sich etwas Fremdes, Süßliches, das ebenfalls von der Flüssigkeit aufzusteigen schien, die das Moos unter Purlimils geöffneten Beinen tränkte. Fruchtwasser, vermutete Emma und hielt sich reflexartig die Hand vor Mund und Nase.

Sie hatte nicht geahnt, dass das Gebären mit solchen Mengen an Körperflüssigkeit einherging. Woher hätte sie es auch wissen sollen? In Deutschland war die Kenntnis der Geburtsvorgänge verheirateten Frauen vorbehalten gewesen, und hier in Australien gab es niemanden, der Emma nach ihrer Hochzeit in derlei Geheimnisse eingeweiht hätte. Ob Carl es ihr wohl erklärt hätte, wenn sie schwanger geworden wäre? Schließlich war er Arzt …

Aber sie wurde ja nicht schwanger. Müßig, darüber nachzugrübeln.

Purlimil wimmerte, dann übergab sie sich würgend neben das qualmende Feuer.

Emmas Magen fing an zu rebellieren.

»Gut so«, sagte Nowalingu neben ihr zufrieden. »Jetzt wird das erste Baby bald kommen. Siehst du, Purlimil hockt sich schon hin.«

Die gelassene Stimme des jungen Mädchens brachte Emma zur Besinnung. Sie ärgerte sich über sich selbst: Was stand sie hier wie eine Steinstatue herum, ekelte sich und dachte an ihre eigenen Probleme, ein Kind zu bekommen? Vor ihren Augen kamen gerade zwei Babys zur Welt!

Energisch drängte sie die Übelkeit zurück. Purlimil hatte nach ihrem Beistand verlangt, und verflucht, den würde sie auch bekommen! Den üblen Geruch nach Urin und Erbrochenem ignorierend trat Emma zu ihrer Freundin und ging neben ihr in die Knie.

Purlimil hob den Kopf und sah Emma mit vor Schmerzen verschleiertem Blick an. »Wirst du uns helfen?«, flüsterte sie, bevor eine neue Wehe sie überrollte und sie gequält aufstöhnte.

»Natürlich helfe ich dir«, versicherte Emma ihr tröstend und wollte gerade fragen, was sie tun sollte, als sie die tiefe Erleichterung in Purlimils Augen wahrnahm.

Doch erst als ihr mit einiger Verspätung aufging, dass Purlimil »uns« gesagt hatte, verstand sie die Frage der Freundin wirklich.

Die Art Hilfe, die Purlimil von Emma erbat, ging über alles hinaus, was Gunur oder Nowalingu ihr würden geben können.

Jegliches Zeitempfinden kam Emma abhanden, während Purlimil sich keuchend durch die Geburt kämpfte. Gunur und Emma hielten abwechselnd ihre Hand, kühlten ihr die Stirn mit nassen Blättern und feuerten sie an, wenn Purlimil die Kraft zu verlassen schien. Als endlich das erste Baby aus Purlimils gequältem Leib glitt, stieg ein erleichtertes Hochgefühl in Emma auf – bis sie mit Entsetzen sah, wie Gunur mit den Zähnen die Nabelschnur durchbiss und den kleinen verschmierten Jungen sofort danach über das rauchende Feuer hielt. Um Himmels willen, was tat die Alte denn da? Wollte sie das erste Baby etwa auch umbringen, nicht nur das Zweitgeborene?

Emma wollte schon aufspringen, um Gunur von ihrem unseligen Tun abzuhalten. Doch da spürte sie Purlimils Hand auf ihrem Arm.

»Keine Gefahr«, sagte die Freundin matt und lächelte.

Zögernd setzte Emma sich wieder auf den Boden, ließ Gunur jedoch nicht aus den Augen.

Das Baby hustete im Qualm, und die Alte grunzte zufrieden. Sie legte den kleinen Jungen in sicherem Abstand zum Feuer auf den Boden. Doch statt ihn nun endlich mit Wasser aus dem Tümpel zu säubern, wie Emma es erwartet hätte, fing Gunur an, den Säugling von oben bis unten mit einem Gemisch aus Sand und kalter Asche einzureiben.

Prompt begann der Kleine jämmerlich zu schreien.

Als Purlimil die Stimme ihres Sohnes hörte, lächelte sie glücklich. Doch schon überrollte sie eine weitere Wehe und kündigte das zweite Baby an.

Das Baby, das dem Tode geweiht war.

Sofort richtete sich Emmas gesamte Aufmerksamkeit auf Purlimil, und als nur Minuten später das Köpfchen zwischen Purlimils Beinen sichtbar wurde, war Emma angespannt bis in die Fingerspitzen. Jetzt war es also so weit. Jetzt würde Emma der Freundin und ihrem Baby helfen, egal, was Gunur und Nowalingu dazu sagten. Es musste so sein, es war richtig; es war die einzige Entscheidung, mit der Emma reinen Gewissens würde leben können.

»Ich verspreche es dir, Purlimil«, flüsterte sie heiser, während Purlimil mit verzerrtem Gesicht presste. »Verlass dich auf mich.«

Purlimil schrie. Mit einem letzten Pressen schob sie ein kleines, zerknautschtes Mädchen auf die Welt, direkt in Emmas zitternde Hände hinein.

Ergriffen schaute Emma auf das Baby herab. Es war nass, blutverschmiert und warm, und es erschien ihr ungeheuer zerbrechlich.

Da Gunur noch mit dem Erstgeborenen beschäftigt war, trat Nowalingu hinzu und biss, ohne zu zögern, die Nabelschnur durch. Danach griff sie nach dem Baby, doch Emma schüttelte heftig den Kopf und umschloss das winzige Mädchen schützend mit ihren Armen. Sie drehte sich halb von Nowalingu weg, die ratlos die Arme sinken ließ. Mit Widerstand hatte sie wohl nicht gerechnet.

Das Baby schaute zu Emma hoch, und die Zeit blieb stehen. Sein Blick war verwundert, als fragte es sich, ob es hier wohl richtig sei. Emma musste lachen, gleichzeitig schossen ihr die Tränen in die Augen. Sie senkte den Kopf und rieb zärtlich ihre Nase am nassen Haar des Babys. Tief sog sie den süßen und zugleich säuerlichen Duft ein.

Er war so unverwechselbar wie das Baby selbst.

Emma trank seinen Duft, spürte die seidenzarte Haut unter ihren vorsichtig streichelnden Händen und wusste, dass es kein Zurück gab. Niemand auf der Welt würde diesem Baby etwas antun, solange sie, Emma, da war, um es zu beschützen.

»Emma!« Purlimils Stimme klang trotz ihrer Erschöpfung dringlich, und als Emma langsam aus ihrer Versunkenheit auftauchte und die Freundin ansah, erkannte sie die tiefe Sorge in Purlimils Blick.

Emma wischte sich die Tränen von den Wangen. »Wenn du es stillst, kann das Baby bei mir leben. Ich werde für die Kleine sorgen, als sei sie mein eigenes Kind. Das verspreche ich dir. Sie muss nicht sterben, Purlimil.«

Nowalingu stieß bei diesen Worten einen erschrockenen Schrei aus. Sie starrte Emma mit großen Augen an, hob flehend die Hände, ließ sie wieder sinken. Fast sah sie aus, als ringe sie mit der Frage, ob sie Emma das Baby nicht einfach entreißen solle.

Emma schüttelte warnend den Kopf; am liebsten hätte sie geknurrt. Während sie Nowalingu mit finsteren Blicken auf Abstand hielt, schickte sie ein Stoßgebet zum Himmel, dass es nicht zu einem Kampf kommen würde. Emma hatte noch nie gekämpft, mit wem auch immer; für dieses Baby aber, das wusste sie ohne den leisesten Zweifel, würde sie es mit jeder und jedem aufnehmen.

Nowalingu gab auf, zuckte mit den Schultern und ließ sich auf den Boden fallen.

Das Baby begann zu schreien. Emma warf Nowalingu noch einen abschreckenden Blick zu, dann beschloss sie, dass sie es wagen konnte, ihre Aufmerksamkeit dem Baby zuzuwenden. Sie betrachtete das kleine, rundliche Gesicht, die winzige, vollkommen geformte Nase. Die zusammengekniffenen Augen. Das zarte Mündchen, aus dem so erstaunlich laute Töne kamen – denn das Baby schrie jetzt aus Leibeskräften.

»Es hat eine gute Lunge«, sagte Emma ergriffen.

»Und es hat Hunger«, flüsterte Purlimil. »Du musst es über den Rauch halten und mit Sand und Asche einreiben, Emma. Das reinigt es an Körper und Seele und hält die bösen Geister fern. Danach lass es mich anlegen, es braucht seine erste Milch.«

»Jetzt schon?«, fragte Emma erstaunt. »Ich dachte, nach der Geburt muss die Mutter erst einmal schlafen. Das Kind bekommt solange … äh …«

Jäh in die praktischen Niederungen des Alltags zurückgeworfen durchforstete sie ihr Gehirn nach dem Wenigen, was ihr über Säuglingspflege bekannt war.

»Zuckerwasser!«, fiel es ihr ein. Vor lauter Aufregung verfiel sie ins Englische. »Oder Fencheltee. Oder Anistee, verdünnt und gesüßt. Ja, das ist es. Das Baby braucht diese Flüssigkeiten, um den zähen Schleim zu entfernen, der ihm im Mund hängt. Sehr empfehlenswert ist auch Rhabarbersaft, schließlich wird der bei uns sogar Kindersäftchen genannt, und …«

»Emma!« Trotz ihrer Erschöpfung brachte Purlimil einen ironischen Gesichtsausdruck zustande. »Das klingt ja alles gut, auch wenn ich nicht weiß, was Fenchel, Anis und Rhabarber sind. Bloß: Woher soll ich hier diese seltsamen Flüssigkeiten bekommen?«

»Oh.« Etwas verspätet wurde Emma bewusst, dass ihr solides Halbwissen in dieser Umgebung ziemlich unnütz war. »Tut mir leid, du hast natürlich recht. Aber was machen wir dann? Der Schleim muss entfernt werden, daran erinnere ich mich genau! Und das Baby darf auf keinen Fall angelegt werden, bevor nicht mindestens zwölf Stunden vergangen sind.«

»*Wir* legen unsere Babys sofort an, und keines hat je unter Schleim im Mund gelitten«, sagte Purlimil bestimmt. »Wie kommt ihr Weißen nur darauf, dass ein Baby etwas anderes brauchen könnte als das, was seine Mutter ihm bieten kann?«

Bevor Emma über diese durchaus berechtigte Frage auch nur nachdenken, geschweige denn sie mit Purlimil ausdiskutieren konnte, trat Gunur hinzu.

Wie eine Schicksalsgöttin hielt sie den Erstgeborenen im Arm, der ebenso vehement schrie wie seine Schwester, und ließ eine Wortattacke los, unter deren Heftigkeit Purlimil zusammenzuckte.

Emma verstand zwar kaum etwas, da Gunur noch schneller redete als sonst. Doch sie konnte sich denken, worum es ging: Gunur drohte Purlimil den Zorn sämtlicher Geister und Ahnen an, wollte die junge Mutter ihr Baby nicht den Gesetzen des Clans opfern.

Nowalingu hatte sich auf dem Boden zusammengekauert und die Hände vor das Gesicht geschlagen, Gunur zeterte in einem fort, Purlimil schaute mit Tränen in den Augen zu der Alten hoch, ohne sich zu wehren, und beide Babys brüllten.

Das war ja nicht auszuhalten!

Energisch stand Emma auf, das kleine Mädchen sicher an ihrer Brust geborgen. Über das Geschrei hinweg sagte sie laut: »*Ich* werde mich um das Baby kümmern.«

Augenblicklich verstummte Gunurs Gekeife.

Die drei Frauen starrten Emma an, Purlimil dankbar, Gunur und Nowalingu bass erstaunt.

»Der Zorn der Geister …«, setzte Gunur an, doch Emma unterbrach sie mit den Worten: »Der wird ganz allein mich treffen. Ich nehme den gesamten Zorn der Geister auf mich, Gunur. Es sind nicht meine Geister, und ich fürchte sie nicht.«

Gunurs Blick veränderte sich, wurde ängstlich, dann nachdenklich.

Schließlich fragte sie: »Wirst du alle Strafen der Geister akzeptieren, welcher Art sie auch sein mögen?«

Das klang unheilvoll.

Emma sah der Alten in die Augen, und nun stieg doch eine leichte Beklemmung in ihr auf. War sie sich eigentlich sicher, worauf sie sich da gerade einließ?

Verdammt, wenn es diese rachsüchtigen Geister nun doch gab?

Das Baby in ihren Armen weinte, sein Mündchen fuhr suchend auf dem Stoff ihres Kleides hin und her. Es hatte Hunger, wollte endlich an die Brust; es wollte leben. Emma senkte den Kopf und vergrub ihre Nase erneut in den zarten, feuchten Haaren. Wieder atmete sie den Duft des Babys ein, und obwohl es schmutzig und verklebt war, begann sich sein Eigengeruch immer stärker durchzusetzen – ein süßer Duft, der vom Neubeginn kündete, von Unschuld und vom Bedürfnis, in dieser Welt zu bleiben und geliebt zu werden.

Und Emma konnte ihm diese Liebe geben.

Sie hob den Kopf und sagte fest: »Alle Strafen, welcher Art auch immer.«

Gunur nickte feierlich. »Dann soll es leben.«

Vor Erleichterung versagte Emma die Stimme. Sie räusperte sich heftig, um zu verhindern, dass sie auf der Stelle anfing zu heulen. »Danke«, krächzte sie und klang dabei wie Birwain.

Gunur, die nun gar nicht mehr wirkte wie eine Schicksalsgöttin, sondern eher wie eine liebevolle Großmutter, legte Purlimil den kleinen Jungen in die Arme. Mit der Hilfe seiner Mama fand er rasch die Brustwarze und fing an zu trinken.

Nun wandte Gunur sich an Emma. »Auch dein Baby muss trinken«, sagte sie langsam und deutlich. »Ich zeige dir, was du tun musst, damit es an Körper und Seele rein wird. Danach gibst du es Purlimil, bis es satt ist.«

Emma hatte nun keine Mühe mehr, die Rede der Alten zu verstehen, und in diesem Moment begriff sie zwei Dinge:

Gunur hatte sie endgültig und unwiderruflich akzeptiert.

Und sie, Emma Scheerer, war Mutter geworden.

Ihr Verstand hatte Mühe, es zu begreifen. Sie sollte wirklich und wahrhaftig Mutter sein? Sie sollte ein eigenes Baby haben, ein Baby, das ihr in den Schoß gefallen war wie eine warme, reife Frucht? Ein schwarzes Baby?

Verwirrt und glücklich folgte sie Gunurs Anweisungen. Statt das Baby in lauwarmem Wasser und Kuhmilch zu baden, wie sie es in Deutschland getan hätte, hielt Emma den winzigen Körper gehorsam über den Rauch und rieb ihn dann sehr zart und vorsichtig mit Sand und Asche ab. Eine seltsame Prozedur, fand sie, doch ihr Baby schien diese Pflege zu genießen. Es schrie nun nicht mehr, sondern wimmerte nur noch ein wenig.

Wie wunderbar das klingt, mein Baby, dachte Emma, während ihre Finger über die zarte Haut strichen, mein Baby. Mein Baby!

Leider schob ihr Geist sogleich einen unangenehmen Gedanken hinterher. Denn das Wunder dieser unverhofften Mutterschaft hatte einen kleinen Schönheitsfehler: Nicht nur war Emma Mutter geworden. Sondern Carl zugleich Vater.

Und Emma wusste ganz und gar nicht, was er davon halten würde.

# 13

Carl saß vor dem Zelt und schrieb an einem wissenschaftlichen Bericht, als Emma mit dem schlafenden Säugling im Arm auf ihn zutrat.

Er hob den Kopf und lächelte. »Emma! Ich habe schon gehört, dass du dich als Geburtshelferin betätigen durftest. Und da ist ja auch das Kleine … deiner glücklichen Miene nach zu urteilen, waren es also doch keine Zwillinge.«

»Ich … nun ja.«

Emma sah unbehaglich auf ihren Ehemann hinunter. Sie fragte sich, wie sie ihm wohl möglichst schonend beibringen konnte, dass er Vater war. Konnte man einem Mann so etwas überhaupt schonend beibringen?

Ihre Auseinandersetzung am Bach fiel ihr ein; seine Weigerung, ihre Idee, das Baby zu adoptieren, ernst zu nehmen, die Wut in seinem Blick.

Carl legte die Schreibfeder beiseite, stand auf und drückte Emma einen Kuss auf den Mund. Dann betrachtete er das kleine Mädchen in ihrem Arm. Es war nun sauber, wenn auch immer noch nackt; Kleidung war für die Babys der Eingeborenen ebenso wenig üblich wie für die Kinder und die Erwachsenen. Die Haut des Babys war nicht schwarz, sondern goldbraun, sein Mund war gespitzt, und es ballte im Schlaf seine winzigen Fäuste.

Carl strich mit seinem Zeigefinger zart über die kleine Wange. »Wie schön sie ist«, murmelte er lächelnd.

Emma räusperte sich verlegen.

Erst jetzt fiel Carl auf, dass etwas nicht stimmte. Er blickte seiner Frau tief in die Augen. »Hat die Geburt dich so durcheinandergebracht? Na, ist ja auch kein Wunder. Es gibt wenig, was so ergreifend ist wie der Beginn eines neuen Lebens, nicht wahr?«

»Ja. Vor allem wenn der Beginn doppelt … ich meine, doppelter Beginn, doppeltes Ergriffensein …«

Ach, es hatte keinen Sinn! Sie musste es ihm einfach sagen, geradeheraus und ohne zu stottern.

»Es sind Zwillinge«, stieß sie hervor. »Purlimil wird für den Jungen sorgen und ich für das Mädchen. Das hier ist von nun an unser Baby, Carl.«

Stille.

Er starrte sie an, schien den Sinn ihrer Worte gar nicht zu begreifen. Sein Blick war so ungläubig, als habe Emma ihm gerade eröffnet, dass sie in Wirklichkeit eine spanische Prinzessin sei – oder ein australischer Baumgeist.

Tapfer sagte Emma: »Ich habe geholfen, es auf die Welt zu holen, und Purlimil hat mich darum gebeten, es zu retten. Wie also hätte ich dieses Baby«, unwillkürlich drückte sie das kleine Wesen fester an ihre Brust, »dem Tode ausliefern können?«

Carl erwachte aus seiner Erstarrung. Seine Stimme verriet keinerlei Emotionen, als er sagte: »Aber es kann nicht überleben, wenn es niemanden hat, der es stillt.«

»Purlimil wird es stillen«, sagte Emma schnell. »Den gesamten Rest übernehme ich.«

»Ach.« Er verschränkte die Arme vor der Brust. »Und das haben die Schwarzen einfach so akzeptiert? Trotz dieser Geschichte mit dem Zorn der Geister, wenn man das Gesetz missachtet? Das kann ich mir nicht vorstellen.«

Emma holte tief Luft. Jetzt kam der Teil der Geschichte, der Carl mit seinem ausgeprägten Beschützerinstinkt am wenigsten gefallen würde.

»Ich habe ihnen gesagt, dass ich den Zorn der Geister auf mich nehme.«

»Du hast was?«

»Ach, Carl, das ist doch völlig gleichgültig! Du weißt so gut wie ich, dass es diese heidnischen Geister nicht gibt. Was soll mir schon passieren?«

*Denk an das Eukalyptusfeuer. An das Ritual und die Prophezeiung. Vergiss nicht, was du schon alles erlebt hast …*

Sie fegte die Mahnung, die durch ihren Kopf wehte, entschieden beiseite. »Was ist wichtiger, Carl, nicht existierende Geister oder ein lebendiges, unschuldiges, gerade geborenes Menschenkind, das noch sein ganzes Leben vor sich hat?«

Emma sah ihrem Mann herausfordernd in die Augen, doch ihr Herz klopfte dabei zum Zerspringen. Du liebe Güte, was verlangte sie da eigentlich von ihm? Er sollte ein Eingeborenenbaby als sein eigenes annehmen. Nur weil Emma zu sentimental war, um den Dingen ihren jahrtausendealten Lauf zu lassen.

*Ich handele nicht wie eine Forscherin, sondern wie eine verzweifelte Frau, die keine eigenen Kinder bekommen kann, aber unbedingt ein Baby will. Und ich setze voraus, dass mein Ehemann meine folgenschweren Entscheidungen klaglos akzeptiert.*

Carl sah sie lange an, schien ihren stummen Kampf mit sich selbst zu begleiten. Er schimpfte nicht, rührte sich nicht, beobachtete sie nur.

Schließlich sagte er: »Dann muss es wohl so sein.«

Zitternd stieß Emma die Luft aus.

Erst jetzt wurde ihr bewusst, dass sie keine Ahnung gehabt hatte, wie sie hätte reagieren sollen, wenn ihr Mann das Baby abgelehnt hätte. Sie sah die Resignation in Carls Blick und fragte sich, ob sie den Bogen überspannt hatte; ob sie mit ihrer eigenmächtigen Entscheidung für ein schwarzes Kind etwas Wichtiges zwischen ihnen zerstört hatte. Ihr Mann hatte es immer akzeptiert, dass Emma für sich selbst entschied – aber das hier betraf sie beide.

Im Grunde ließ sie Carl keine Wahl.

Ob das seiner Liebe zu ihr Abbruch tat?

Sie wagte es nicht, ihm die Frage zu stellen, denn sie hatte zu viel Angst vor der Antwort. Stattdessen lehnte sie sich mit dem Baby im Arm an Carls Brust und redete sich ein, dass alles in bester Ordnung war. Das Baby war gerettet, und Carl hatte ihr letztlich ihren Willen gelassen.

Emma würde ihm schon beweisen, dass sie beide mit diesem Baby glücklich werden konnten.

# 14

Einen Tag später saßen die erwachsenen Mitglieder des Clans vollzählig versammelt um das abendliche Feuer. Auch Carl, Emma und das neugeborene Mädchen waren dabei, lediglich Purlimil und ihr Säugling fehlten. Die junge Mutter würde, wie es die Tradition verlangte, die nächsten Tage noch am Geburtsort verbringen, von Gunur großzügig mit Nahrung versorgt.

Am Vormittag hatte Gunur Emma in ihrem Zelt aufgesucht. Die Alte hatte ihr eröffnet, dass trotz ihres Einverständnisses als Älteste noch in großer Runde über das Schicksal des Babys beraten werden müsse. Das letzte Wort in dieser Angelegenheit sei noch nicht gesprochen.

Das war ein Schock für Emma gewesen, und nun fühlte sie sich angespannt und elend. Würde man versuchen, ihr das kleine Mädchen doch noch wegzunehmen? Und wenn ja: Würde sie es schaffen, sich zu wehren – gegen sie alle?

Nervös ließ sie ihren Blick über die versammelten Schwarzen schweifen. Gunur hatte ihnen soeben mitgeteilt, dass Emma das zweite Baby als ihr eigenes aufnehmen wolle. Ein Raunen war durch die Reihen der Eingeborenen gegangen, als Gunur erklärt hatte, dass Emma sogar bereit sei, für diese Tat den Zorn der Geister auf sich zu nehmen. Die meisten Schwarzen schauten nun voller Mitleid auf Emma, wirkten aber auch erleichtert, dass das Baby am Leben bleiben durfte.

Vor allem Yileen sah unendlich dankbar aus. Er grinste von einem Ohr zum anderen und konnte den Blick gar nicht von seinem kleinen Mädchen lassen, das friedlich in Emmas Armen schlief.

Dayindi, der *law man*, sah weniger fröhlich aus, als er nun aufstand, um zum Clan zu sprechen. Mit zusammengezogenen Augenbrauen blickte er in die Runde, Feuerschein und Schatten tanzten auf seinen Zügen. Emma betrachtete ihn unbehaglich. Ihr war klar, dass er es hasste – ja fast schon als persönlichen Affront auffasste –, wenn das Gesetz missachtet wurde. Und so wunderte es Emma nicht, dass sein Blick sie und das Baby auf ihrem Arm voller Feindseligkeit durchbohrte, als er zu sprechen begann.

»Die Ahnen sind ständig um uns herum. Sie sehen alles!«, drohte er dem Clan düster. »Und sie werden uns schwer bestrafen, wenn wir zulassen, dass eine weiße Frau unsere Gesetze mit Füßen tritt. Wollt ihr etwa, dass unser Lager von einem verheerenden Wirbelsturm zerstört wird? Wollt ihr, dass der Blitzmann seine tödlichen Äxte auf uns schleudert? Oder dass die Ahnen uns eine Überschwemmung schicken? Denn dazu sind sie imstande, das könnt ihr mir glauben. Der Bach kann anschwellen, er wird reißend und tödlich, er ertränkt uns alle, bis auf den letzten Mann.«

Emma ließ seine Drohrede angespannt über sich ergehen. Bald wurde ihr klar, dass Dayindi nichts gegen das kleine Mädchen an sich hatte. Ihm ging es um das Prinzip.

Neu waren seine Argumente und Drohungen den Schwarzen wohl nicht, aber Dayindi wusste sie furchterregend zu verpacken: In den schrecklichsten Farben malte er dem Clan aus, welche Gräuel sie alle zu erwarten hätten, falls man Emma ihren Willen ließe.

Emmas Nervosität wich zunehmendem Ärger. Je länger sie Dayindi zuhören musste, desto stärker fühlte sie sich an ihren alten Pfarrer in Stuttgart erinnert. Dieser hatte seinen Schäfchen von der Kanzel herab in schöner Regelmäßigkeit die übelsten Höllenqualen für ihre Sünden versprochen. Schon damals hatte Emma es gehasst, wenn jemand so plump versuchte, anderen Menschen Angst zu machen. Aber bei vielen seiner Schäfchen war der Pfarrer damals sehr erfolgreich gewesen.

Ob die Schwarzen ebenso leicht einzuschüchtern waren wie die schwäbischen Gläubigen? Dann würde es für das Baby schlecht aussehen. Unwillkürlich strich Emma dem kleinen Mädchen in ihren Armen über das feine, schwarze Haar.

*Dir wird nichts geschehen, niemals! Ich habe es Purlimil versprochen, und jetzt verspreche ich es dir, Baby.*

In dem langen Schweigen, das auf Dayindis Rede folgte, kroch die Angst wieder in Emma hoch. Sie rückte näher an Carl heran, und er legte seinen Arm um sie. Zumindest er war auf ihrer Seite, auch wenn sie ihn mit ihrer Entscheidung überrumpelt hatte. Emma war ihm dankbar dafür.

Endlich ergriff Birwain das Wort. Anders als Dayindi blieb der Schamane im Schneidersitz auf dem Boden hocken, und seine Stimme klang ruhig und gelassen. Der Inhalt seiner Worte allerdings ließ an Deutlichkeit nichts zu wünschen übrig.

»Die Geister«, krächzte er in die gespannte Stille hinein, »haben Emma ausgewählt, ihr Werkzeug zu sein. Sie hat eine Aufgabe. Deshalb muss sie bei uns bleiben, bis diese Aufgabe erfüllt ist.«

»Niemand ist hier ein Werkzeug!«, murmelte Carl empört.

»Wenn wir das Baby aber töten, wird Emma uns verlassen, ohne ihre Aufgabe erfüllt zu haben«, fuhr Birwain langsam fort. »Also muss das Baby am Leben bleiben. So einfach ist das.«

Aller Augen richteten sich auf Emma.

Carl zog sie noch näher zu sich heran, als wollte er sie schon jetzt vor den Ansprüchen von Geistern, an die er gar nicht glaubte, beschützen.

Emmas Gedanken überschlugen sich. Ausgewählt? Werkzeug? Verdammt, sie hatte dem Schamanen doch deutlich zu verstehen gegeben, dass sie nicht bereit war, den Todesengel zu spielen! Sie atmete tief durch und bemühte sich um einen klaren Kopf. Eigentlich war es ja gar nicht wichtig, was die Schwarzen glaubten. Wichtig war nur, dass der alte Schamane – der ebenso hoch geachtet wurde wie Dayindi und im Gegensatz zu diesem auch noch geliebt – sich für das Leben des Babys einsetzte.

Und in einem Punkt hat er recht, schoss es ihr durch den Kopf, wenn das Baby getötet wird, dann kann ich nicht hierbleiben, nicht im Regenwald; nicht bei diesem Clan, der mein Kind auf dem Gewissen hätte, ich würde es nicht ertragen.

Yileen stand auf. Laut sagte er: »Meine Tochter soll leben!«

Auch Gunur erhob sich. »Ihr wisst, dass ich derselben Meinung bin.«

»Ich ebenfalls«, sagte Nowalingu schüchtern und schenkte Emma ein Lächeln.

Und dann schloss sich ihnen ein Eingeborener nach dem anderen an. Manch einer sagte ein paar wohlüberlegte Worte, andere nickten nur, doch das Ergebnis war eindeutig: Alle außer Dayindi stimmten für das Leben.

»Damit ist es entschieden«, sagte Gunur aufatmend und wandte sich mit feierlicher Miene an Emma. »Wir alle werden dir dabei helfen, eine gute Mutter zu sein. Wir werden dir beibringen, was du wissen musst, und das Leben deines Babys soll nie wieder in Frage gestellt werden.«

Bei diesen Worten hätte Emma am liebsten vor Freude geschrien, doch auch eine Sturzflut an Tränen war nicht weit, und sie biss sich kräftig auf die Lippen, um nicht vor lauter Erleichterung die Beherrschung zu verlieren.

Die Schwarzen kannten solche Hemmungen nicht: Ohrenbetäubender Jubel brach aus. Ein paar Frauen sprangen auf, begannen zu singen und zu tanzen, andere Frauen und Männer schlossen sich ihnen an, und im Nu war aus der Versammlung ein Fest geworden. Nun vergoss Emma doch einige Tränen, aber sie lächelte dabei, und während sie die Schwarzen dabei beobachtete, wie sie mit überschäumender Freude feierten, wiegte sie ihr Baby in ihren Armen.

Heiße Dankbarkeit durchflutete sie. Jeder einzelne Schwarze hatte sich gegen die Angst und für das Leben entschieden, und Emma wusste, dass das den furchtsameren Naturen unter ihnen nicht leichtgefallen sein konnte. Sie fragte sich beschämt, wie sie die Schwarzen nur je als Barbaren hatte bezeichnen können. Zwar unterwarf sich der Clan notgedrungen den Gesetzen, die sich über Jahrtausende als überlebensfördernd herausgestellt hatten. Das hieß aber noch lange nicht, dachte Emma reuevoll, dass die Eingeborenen nicht ebenso viel Mitleid und Menschenliebe empfanden wie sie selbst – sie, Carl und der Rest der weißen Christenheit.

Unversehens fiel ihr Oskar ein. Dem konnte man wirklich viel unterstellen; christliche Menschenliebe gehörte nicht dazu.

Oskar, schon wieder Oskar.

Gedankenverloren streichelte Emma ihr Baby, das sich von dem Tohuwabohu nicht beeindrucken ließ und friedlich schlief. Emma wollte jetzt nicht an Oskar denken, sondern dieses wunderbare Fest genießen. Das Heute bestand aus niemandem als Emma, ihrem Ehemann und ihrem neugeborenen, schwarzen Baby.

*Aber du spürst seinen Schatten, nicht wahr? Und die Nacht riecht nach Gefahr und Tod …*

Plötzlich war Carls Mund an ihrem Ohr. »Herzlichen Glückwunsch, Amazone! Jetzt sind wir Eltern«, flüsterte er, und die Beklemmung, die sie so plötzlich überfallen hatte, verschwand. Als Carl ihr vor aller Augen einen Kuss auf den Mund drückte, vergaß sie Oskar, wurde puterrot über die anzüglichen Bemerkungen ihrer Freunde, die ihr nach diesem Kuss eine lustvolle Nacht prophezeiten, und stimmte schließlich verlegen in deren Lachen mit ein.

Carl zog Emma auf die Füße. Er lächelte auf sie hinunter, und wieder einmal fiel ihr auf, wie unglaublich gut er aussah, mit seinen verwegenen schwarzen Locken, den blauen Augen und den markanten Gesichtszügen. Als er seine Hände auf ihre Seiten legte, tanzte sie mit ihm im Feuerschein, das Baby auf dem Arm, und war eine selbstvergessene Stunde lang glücklich.

Später brachte sie das Baby zu Purlimil an die Geburtsstätte, damit diese es stillen konnte. Erst als Emma zum großen Feuer zurückkehrte und sah, dass Carl auf seine Taschenuhr blickte, fiel ihr wieder ein, dass es heute noch einen anderen Grund zu feiern gab.

»Herrje!«, rief sie aufgeregt aus. »Carl, heute ist ja Silvester!«

Er zog sie in seine Arme. »Ganz genau. Und zwar in wenigen Minuten! Fast hätten wir's verpasst.«

»Da haben wir ja gerade noch mal Glück gehabt.« Sie lächelte, und in ihrem Kopf formte sich ein Gedanke. »Das Baby ist für die nächste halbe Stunde bei Purlimil. Wollen wir die freie Zeit nicht nutzen, um uns ein gutes neues Jahr zu wünschen?«

Er zog die Augenbrauen hoch. »Eine halbe Stunde lang?«

Sie nickte.

»Hier?«

»Och …«

Es brauchte keine weiteren Worte: Sie wünschten sich das gute neue Jahr im Zelt, allein und zunehmend atemlos.

# 15

Dayindi kochte vor Wut.

Die Menschen, die er für seine Freunde gehalten hatte – vor allem, seit seine Eltern nicht mehr lebten –, feierten in dummer blinder Freude ihren eigenen Untergang. Während er, Dayindi, am Rande des Festes in der Dunkelheit saß und Gift und Galle spuckte, weil sie sich nicht hatten überzeugen lassen.

Die Ahnen würden sich rächen. Verderben würde über sie alle kommen, Tod und Elend, und das alles nur, weil diese verfluchten Forscher ihre Welt in den Regenwald trugen.

Er hasste sie. Er hasste sie glühend, so wie er alle Weißen hasste, seit seine Eltern ermordet worden waren. Ein Unfall, sagten die anderen, aber das sagten sie nur, weil sie das Entsetzliche nicht gesehen hatten. Dayindi wusste es besser; er war dabei gewesen.

Und nun führten Emma und Carl das Werk der Zerstörung weiter, auf eine tückische, hinterlistige Art, die nicht einmal der Schamane durchschaute. Vielleicht hatten sie Birwain ja verhext. Ein verhexter Schamane! Dayindi lachte bitter auf. Die Vorstellung war ebenso beängstigend wie komisch.

Ein Gedanke stieg in ihm auf, dunkel und verführerisch.

Die Marmbeja würden ihm nicht helfen, die standen immer auf der Seite des Schamanen. Aber es gab andere Geister, die weitaus williger waren.

Und womöglich mächtiger.

# 16

JANUAR 1860

Emma erwachte davon, dass etwas Nasses ihr Nachthemd durchweichte.

»Oh nein. Sie ist ausgelaufen!«

Verschlafen hob Carl neben ihr den Kopf. Als er die Bescherung sah, die das schlummernde Baby auf Emmas Brust angerichtet hatte, verzog er den Mund. »Uuuuh. Du bist voller …«

»Ich weiß«, unterbrach sie ihn hastig. Sie legte das Baby vorsichtig zwischen Carl und sich auf den mit Decken gepolsterten Boden. »Die Windel ist nicht … perfekt. Nicht sehr dicht.«

Carl rollte sich auf die Seite und stützte sich auf den Ellbogen. Er sah ihr zu, wie sie sich das nasse Nachthemd auszog, es zusammenknüllte und nach einem Handtuch griff, um sich trocken zu reiben.

»Dass die Windel nicht dicht ist, liegt womöglich daran«, sagte er, »dass es sich gar nicht um eine Windel handelt. Sondern um zwei deiner Strümpfe.«

Emma zuckte mit den Schultern. »Was soll ich denn sonst benutzen? Bis du nach Ipswich kommst, um für die Kleine einzukaufen, muss ich sie schließlich irgendwie wickeln! Und meine Strümpfe haben genau die richtige Größe.«

Carl setzte sich auf und strubbelte sich durchs Haar. »Warum hat sie überhaupt auf deiner Brust geschlafen? Sie sollte doch neben dir liegen.«

»Na ja, sie hat geweint«, erklärte Emma, »nur eine Stunde nachdem Purlimil sie das letzte Mal gestillt hatte. Ich konnte sie doch nicht schon wieder an die Geburtsstätte bringen! Mitten in der Nacht … und eigentlich soll ein Baby ja auch nur alle drei bis vier Stunden an die Brust, habe ich mal gehört … aber ich wollte auch nicht, dass du von ihrem Weinen aufwachst, also musste ich sie irgendwie beruhigen, und ich dachte, meine Nähe …« Verlegen brach sie ab.

»Meinst du nicht, du verwöhnst die Kleine?« Carl runzelte die Stirn. »Ich finde, sie sollte das gar nicht erst lernen: Wenn ich schreie, darf ich auf Emmas, äh, Mamas Brust.«

»Carl, sie ist zwei Tage alt«, verteidigte Emma das Baby. »Zwei Tage, nicht Monate oder Jahre!«

»Schon, aber Erziehung kann gar nicht früh genug beginnen. Mütter sollten sich nicht zu Sklaven ihrer Kinder machen. Irgendwann möchte die Kleine nur noch auf deiner Brust schlafen und nirgendwo sonst! Ich weiß nicht, ob mir das gefällt.«

Ach, daher wehte der Wind! Emma musste lachen. »Carl, bist du etwa eifersüchtig?«

Seine Ohren verfärbten sich zartrosa. »Ich? Wie kommst du denn darauf? Ich möchte dich nur warnen, sonst nichts. Schließlich habe ich Medizin studiert. Würde ich als Arzt arbeiten, so gehörte die Belehrung von jungen Müttern zu meinem täglich Brot!«

»Du hast zwar Medizin studiert, aber du hast immer nur als Forscher gearbeitet, mein Lieber. Erlaube mir also, dass ich deine Belehrungen ein klein wenig anzweifle.«

Carl winkte ab. »Wie auch immer: Dass Babys allein schlafen sollten, ist vollkommen unstrittig.«

»Unstrittig ist, dass deine Eifersucht dir peinlich ist.« Emma verkniff sich ein weiteres Lachen. »Aber weißt du was? Du siehst gut aus, wenn du rote Ohren hast.«

Seine Antwort bestand aus einem Knurren.

Emma befreite sich von den letzten Spuren des Säuglingspipis. »Ein bisschen eklig ist das ja schon.«

»Die Kleine braucht eben normale Windeln statt deiner Strümpfe«, sagte Carl. »Dieses Jahr war ich sowieso noch nicht in Ipswich; es wird also höchste Zeit für ein paar Einkäufe.«

»Stimmt, schließlich haben wir schon den ersten Januar«, sagte

Emma augenzwinkernd, warf das Handtuch aus dem Zelt und ihr feuchtes Kleid gleich hinterher. »Aber zuerst einmal – was hältst du von einem Bad im Bach?«

»Und das Baby?«

Sie zog sich ein frisches Hemd über den Kopf. »Nehmen wir mit.«

»Es ist nass«, gab er zu bedenken.

»Ich ziehe ihm etwas Frisches an.«

»Wie viele Strümpfe hast du denn noch?«

Emma musste zugeben, dass das ein Problem war. Ihr blieben nicht mehr als zwei Paar Strümpfe, und mindestens eines davon brauchte sie für sich selbst. Denn wenn sie barfuß in ihre Stiefel schlüpfte, bekäme sie nach wenigen Stunden Blasen an den Füßen.

»Gut, du hast gewonnen«, sagte sie seufzend. »Die Windelfrage geht vor, das Bad muss warten. Ich bringe die Kleine zu Purlimil, damit sie trinken kann, und dabei schaue ich mir gleich mal an, wie Purlimil ihren Jungen wickelt. Ich frage Purlimil einfach über die hiesige Säuglingspflege aus, hm? Das ist auch für unser Forschungsprojekt interessant!«

Feixend sagte Carl: »Oh, ich bin sicher, auf diesem Gebiet können wir alle viel Neues lernen. Die Herren von der Kolonialregierung werden staunen.« Er grinste, wurde jedoch unvermittelt wieder ernst. »Apropos Regierung: Es gab politische Veränderungen, Emma. Der Cunningham's Gap Scrub gehört nun nicht mehr zu New South Wales.«

Emma runzelte die Stirn.

Leichthin fügte ihr Mann hinzu: »Das hatte ich dir wohl noch gar nicht erzählt?«

»Allerdings nicht! Was ist denn geschehen?«

»Es wurde eine neue Kolonie gegründet, Queensland. Zu der gehört auch unser Regenwald hier. Seit einigen Wochen hat Queensland den Segen der englischen Königin, ist offiziell eigenständig, und Brisbane fungiert als Amtssitz seines Gouverneurs.«

Emma starrte ihn an. »Und was bedeutet das für unser Forschungsprojekt?«

»Gar nichts«, beruhigte er sie. »Wir dürfen hierbleiben.«

»Gott sei Dank.« Emma atmete auf.

»Schön zu sehen«, sagte Carl und klang mit einem Mal ganz ernst, »dass unser Projekt dich noch interessiert. Ich hatte schon Angst, dass du an nichts anderes mehr denkst als an das Baby.«

Noch bevor Emma ihrem Mann versichern konnte, dass sie weiterhin mit Leib und Seele Forscherin war, meldete besagtes Baby sich zu Wort. Es öffnete seinen kleinen Mund und begann laut und fordernd zu schreien.

Carl zuckte unter dem plötzlichen Geschrei zusammen. Rasch warf er sich ein Hemd über und zog sich seine Hose an. »Wir müssen unser Gespräch wohl auf später verschieben. Die kleine Madame fordert ihr Recht. Und ich gehe jetzt lieber. Ich mache uns Frühstück ... Beeren und Fladen.«

Emma hob das nasse Baby auf und drückte es an ihre Brust, bevor ihr einfiel, dass sie sich gerade umgezogen hatte und dass nun auch dieses Hemd nach Urin riechen würde. Oje. Würde sie von nun an ständig stinken wie ein voller Nachttopf? Schöne Aussichten ...

Das Baby schrie ohrenbetäubend.

»Wahrscheinlich ist Madame zornig«, rief Carl mit Kennermiene über das Gebrüll hinweg.

»Warum sollte sie zornig sein?«, rief Emma. Sie fühlte sich überfordert. »Und warum nennst du sie ständig Madame?«

Er zuckte mit den Schultern. »Zwei Fragen, eine Antwort: Das Baby hat keinen Namen. Wärst du nicht ungehalten, wenn ich dich ständig nur die Frau nennen würde?«

Betroffen blickte Emma auf das schreiende Baby auf ihrem Arm. Sie schüttelte den Kopf angesichts ihrer Säumigkeit; über all der Aufregung hatte sie das völlig vergessen.

»Tja, wie heißt du, meine Kleine?«, murmelte sie und wiegte das brüllende Bündel sanft hin und her, während Carl fluchtartig das Zelt verließ. »So ein schönes Mädchen ... wie möchtest du heißen?«

Sie betrachtete die Kleine, ihre geballten, karamellfarbenen Fäustchen, die zusammengekniffenen Augen, die winzige Nase. Sogar wenn sie brüllte, war sie wunderschön, fand Emma.

Und da wusste sie, wie das Baby heißen sollte.

»Dein Name soll Belle sein«, flüsterte Emma und lächelte.

Purlimil saß am Wassertümpel, der schlafende Säugling lag neben ihr in der von Yileen gefertigten Holztrage. Sie sah erschöpft aus. Sowohl die Zwillingsgeburt als auch die seelische Anspannung zeichneten sich deutlich in ihren Zügen ab.

»Emma!«, begrüßte sie die Freundin mit einem matten Lächeln. »Bringst du mir deine Kleine?«

»Ja. Sie braucht die Milch ihrer Mutter.«

Emma reichte ihr die schreiende Belle, und Purlimil legte sie an. Augenblicklich herrschte Ruhe, nur unterbrochen von zarten Schmatzgeräuschen. Emma atmete auf. Es war wohltuend, statt Gebrüll wieder die Geräusche des Regenwaldes vernehmen zu können. Rascheln, Vogelgezwitscher, Quaken.

»Gunur hat mir erzählt, dass es nun entschieden ist.« Purlimil sprach leise, um das trinkende Baby nicht zu stören. »Ich habe dir noch gar nicht richtig für das Leben meines Babys gedankt.«

»Das brauchst du auch nicht. Es war eine vollkommen egoistische Entscheidung«, sagte Emma. Ihre Worte sollten Purlimil zeigen, dass sie nicht in Emmas Schuld stand; zudem waren sie nicht ganz unwahr.

Bevor Purlimil ihr widersprechen konnte, fügte Emma rasch hinzu: »Ich habe ihr übrigens einen Namen gegeben. Sie heißt Belle.«

»Belle? Das Wort kenne ich nicht. Es ist nicht englisch, oder?«, fragte die Freundin neugierig.

»Französisch. Es heißt ›Schöne‹«, erklärte Emma. Als sie Purlimils fragenden Blick sah, fügte sie verlegen hinzu: »Na ja, ich weiß, eure Namen sind tiefgründiger. Aber ich finde, Belle passt auch. Nicht nur, weil ich sie hübsch finde. Sondern weil ich sicher bin, dass ihre Seele ebenso vollkommen ist wie ihr Äußeres.«

»Belle«, wiederholte Purlimil, als müsse sie den Namen prüfen. Sie nickte und strich dem Baby an ihrer Brust über das zarte Köpfchen. »Ja, Belle passt zu ihr.«

Emma setzte sich neben die Freundin an den Tümpel. Einträchtig schauten sie auf die stille, braungrüne Wasseroberfläche.

»Möchtest du auch wissen, wie ich meinen Jungen nenne?«, fragte Purlimil.

»Natürlich. Verrate es mir!«

Purlimil wandte den Kopf und sah Emma ernst in die Augen. »Er heißt Gelar.«

»Sehr schön«, meinte Emma höflich. »Und was bedeutet das?«

»Bruder«, sagte Purlimil schlicht. »So wird er nie vergessen, dass er noch eine Schwester hat. Egal, wohin diese Schwester eines Tages gehen wird.«

Es gelang Emma nicht sofort, der Freundin zu antworten. Betroffen blickte sie auf den kleinen Gelar in seiner Trage. Ihr war klar, worauf Purlimil anspielte: dass Emma den Clan irgendwann einmal verlassen würde. Ewig würden die finanziellen Mittel aus Sydney nicht fließen; jedes Forschungsprojekt war einmal beendet, und Gott allein wusste, wohin es Emma und Carl danach verschlagen würde.

Und Belle mit ihnen.

Aber noch war es ja nicht so weit. Ein Blick auf Belle machte Emma klar, dass in diesem Moment sowieso ein ganz anderes Problem gelöst werden musste – nämlich das, weshalb sie hergekommen war.

»Womit hast du Gelar eigentlich gewickelt?«, lenkte sie das Gespräch in weniger bedrückende Bahnen. »Das sieht ja fast aus wie Papier.«

Purlimil ließ sich bereitwillig auf den Themenwechsel ein. Was sie hatte sagen müssen, war gesagt worden, und jetzt konnte man sich wieder dem Alltag widmen. »Es ist Rinde. Sie ist dünn und weich und hält Gelar warm. Wenn sie schmutzig ist, werfe ich sie weg und wickele Gelar einfach in neue Rinde. Aber du, Emma, was hast du da um Belle geschlungen? Es ist …« Sie schien nach einer freundlichen Umschreibung zu suchen. Doch dann lachte sie und sagte ehrlich: »Es ist nass, und es riecht.«

Emma stimmte in ihr Lachen ein. »Ja, wenn Belle so weitermacht, werde ich bald nackt herumlaufen müssen. Weil sie mir all meine Kleidung verschmutzt und ich nichts mehr habe, was ich anziehen könnte!«

»Warum du dich so dagegen sträubst, ohne Kleidung herumzulaufen, ist mir sowieso ein Rätsel«, feixte Purlimil. »Bist du so hässlich unter all deinen Stoffschichten? Und Carl? Der wäre doch bestimmt eines Blickes wert, oder?«

Emma ging auf das Spielchen ein und knuffte Purlimil übertrieben empört gegen die Schulter.

Belle verlor die Brustwarze und begann zu weinen.

»Oh, tut mir leid.« Zerknirscht sah Emma zu, wie Purlimil dem Baby die Brustwarze wieder ins Mündchen schob. »Wie dumm von mir, sie zu erschrecken. Ich glaube, ich muss noch viel lernen, was den Umgang mit Babys betrifft.«

Purlimil nickte. »Das müssen wir beide. Aber wir haben ja Hilfe. Gunur und die anderen werden uns unterweisen.«

»Carl wird mich auch nicht mit seinen Ratschlägen verschonen, fürchte ich.« Emma dachte an die morgendliche Lektion im Zelt.

»Ist doch gut«, fand Purlimil. »Wir werden noch froh um jeden Ratschlag sein, den wir bekommen können, jedenfalls wenn das stimmt, was Gunur sagt.«

Emma zog fragend die Augenbrauen hoch.

»Sie meint, zu Anfang befänden sich die Babys noch gar nicht richtig in unserer Welt«, erklärte Purlimil. »Sie lebten noch halb in der Welt der Geister, und hier bei uns schliefen sie so viel, dass für die Mütter alles ganz einfach sei. Aber wenn die Babys erst einmal aufwachten und richtige Menschenkinder würden, dann, ja, dann …«

Welcher Art die Schwierigkeiten waren, die sie dann erwarten würden, ließ Purlimil wohlweislich offen. Doch Emma konnte sich schon denken, was sie meinte: Ein Baby zu versorgen war in der Wildnis des Regenwaldes fernab jeder Zivilisation keine Kleinigkeit. Diese Aufgabe konnte nicht mal so nebenher erledigt werden. Emma und Purlimil würden die Erfahrung, die Hilfe und das Vorbild der anderen Clanfrauen dringend brauchen.

Emma betrachtete Belle, die konzentriert und mit fest geschlossenen Augen an Purlimils Brust saugte. Hoffentlich, dachte sie, wichen die Vorstellungen der Schwarzen, was gute Kindererziehung betraf, nicht allzu sehr von ihren eigenen ab. Und von denen Carls … Denn Streitereien wegen des Babys wollte Emma auf jeden Fall vermeiden.

Aber sie würden das schon hinbekommen. Carl und sie liebten sich, und deshalb würden sie diese neue Herausforderung gemeinsam meistern, so wie sie bisher alles gemeistert hatten. Sie würden nach Ipswich reiten und Windeln kaufen, und wenn das Baby erst einmal aufhören würde, alles und jeden nasszupieseln, dann würde es schon werden.

Optimismus war das Gebot der Stunde.

# 17

FEBRUAR 1860

Im Regenwald ein Baby aufzuziehen war nicht einfach nur schwierig. Es war absolut nervtötend.

Frustriert schaute Emma auf das kleine Bündel, das zappelnd und brüllend vor ihr auf dem Boden lag und sich beharrlich weigerte, sich in die Rinde einwickeln zu lassen, die ihm als Windel dienen sollte.

Emma biss die Zähne zusammen und versuchte es noch einmal. Ganz ruhig, sagte sie sich, ein Schritt nach dem anderen: Baby mit einer Hand auf der Rinde festhalten, das Ende der Rinde in die andere Hand nehmen, um das Baby legen, feststecken … Belle strampelte, und die mühsame Verpackung fiel wieder auseinander.

Verflixt noch mal! Emma schimpfte leise vor sich hin. Bei Purlimil hatte es doch so einfach ausgesehen. Was zum Teufel machte die Freundin mit Gelar anders?

Ich sollte nicht so viel fluchen, ging es ihr durch den Kopf. In letzter Zeit fluchte sie ständig. Das war eine ungute Entwicklung. Sollte eine junge Mutter nicht ruhig und heiter sein, erfüllt von sanften, liebevollen Glücksgefühlen?

Nun, wenn das so war, dann war sie, Emma, eine Ausnahmeerscheinung. Selten hatte sie sich so nervös und unzufrieden gefühlt wie in den Wochen, seit Belle bei ihnen lebte. Und das lag nicht nur am Schlafmangel. Sondern vor allem daran, dass sie das Gefühl hatte, auf ganzer Linie zu versagen.

Purlimil riet ihr dies, Gunur jenes und Carl etwas völlig anderes. Sie selbst bemühte sich, es allen recht zu machen, inklusive des undankbaren Babys, das vor ihr lag und wie am Spieß brüllte. Doch es war vergebene Liebesmüh, sie kam einfach auf keinen grünen Zweig, zum Teufel!

Und schon wieder hatte sie in Gedanken geflucht.

Missmutig beschloss sie, das Rindenexperiment für heute aufzugeben. Dann würde sie ihr Baby eben doch wieder in die Windeln wickeln, die Carl ihr aus Ipswich mitgebracht hatte. Na und? Es waren gute Stoffwindeln, sie waren teuer gewesen, und auch schwarze Babys sollten sich darin wohlfühlen können. Rindenstreifen, pah! Emma würde ihr Baby ja wohl noch auf zivilisierte Art und Weise wickeln dürfen.

*Ich würde aber wirklich gerne die Technik mit der Rinde beherrschen. Windeln zu waschen ist so unendlich mühsam.*

Sie seufzte. Ja, es war mühsam. Mühsam, den schweren Feldkessel zum Bach zu schleppen und dann auf kleinen Feuern so viel Wasser zu erhitzen, dass es für die vielen schmutzigen Stoffstreifen reichte. Mühsam, sich die Hände an den Windeln wund zu schrubben, anstatt einfach die alte Rinde ins Gebüsch zu werfen und sich eine neue zu suchen. Mühsam, das Ganze jeden Tag zu wiederholen, während ihre Forschungsarbeit brachlag. Was Carl natürlich merkte. Und was ihm ganz und gar nicht gefiel.

In düstere Gedanken versunken legte Emma die Rinde beiseite und griff nach einer Stoffwindel.

Sie musste zugeben, dass Gelar unter der Obhut Purlimils mindestens genauso gut gedieh wie Belle unter ihrer eigenen. Immer öfter fragte Emma sich, woran sie sich eigentlich orientieren sollte – an den Sitten ihrer alten Welt oder an denen der Eingeborenen, die sich ja ebenfalls zu bewähren schienen. Emma schüttelte verzagt den Kopf. Im Moment fühlte sie sich, als säße sie zwischen allen Stühlen, und das verunsicherte sie zutiefst. Carl war ihr in dieser Hinsicht keine große Hilfe, er war genauso gespalten wie sie selbst. Immerhin musste sie ihm zugestehen, dass er sich bemühte: Er hatte in Ipswich ein kleines, schlaues Buch für sie erstanden. Es hieß »Die ersten Mutterpflichten und die erste Kindespflege. Belehrungsbuch für junge Frauen und Mütter«, und geschrieben war es von Dr. Friedrich August von Ammon.

Emma seufzte erneut, als sie an das vermaledeite Büchlein dachte. Carl hatte es in einem Laden entdeckt, der von einem deutschen Ehepaar mit fünf reizenden Kindern geführt wurde. Das Ehepaar hatte Carl versichert, jeder einzelne der vielen Ratschläge des Dr. von Ammon, Leibarzt des Königs von Sachsen, sei Gold wert. Sie selbst besäßen ebenfalls ein Exemplar dieses Werkes, und es habe ihnen bei all ihren Kindern gute Dienste geleistet. Nach einem zweiten Blick auf die wohlerzogenen Buben und Mädchen, die im Laden aushalfen, den Boden blank fegten und Waren abwogen, hatte Carl nicht nur die Windeln, sondern kurzentschlossen auch das Buch gekauft. Und nun lag es hier im Zelt, ein kleiner, dunkelgrüner Band mit Goldschnitt, der so harmlos aussah … und der doch imstande war, Emma das Leben gehörig schwer zu machen.

Weil die Schwarzen ihre Babys völlig anders behandelten, als Dr. von Ammon es in seiner Publikation anempfahl.

Da war zum Beispiel das Stillen, dachte Emma missmutig, während sie der schreienden Belle die Windel umlegte. Purlimil bestand nach wie vor darauf, Belle und Gelar die Brust zu geben, wann immer sie danach verlangten – auch nachts. Da Purlimil inzwischen von der Geburtsstätte in ihre Hütte zurückgekehrt war, war es für Emma theoretisch auch kein Problem, Belle in der Dunkelheit die paar Schritte zu Purlimil zu bringen.

Doch wie konnte sie das guten Gewissens tun, wenn der Leibarzt des Königs dringend dazu riet, »*das Kind so zu gewöhnen, daß es vor dem Schlafe der Mutter die Brust nimmt, und daß dann erst wieder gegen den frühen Morgen hin sein Nahrungsbedürfniß befriedigt wird. Einige Mühe verursacht allerdings diese Gewöhnung in der ersten Zeit des Wochenbettes, allein durch Festigkeit erreicht man sie; die junge Mutter braucht nur den Muth zu haben, das Kind schreien zu lassen …*«

Als Emma ihrer schwarzen Freundin diese Zeilen vorgelesen hatte, hatte die bloß gelacht. Und in der ersten und einzigen Nacht, in der Emma sich bemüht hatte, gemäß dem Rat des guten Dr. von Ammon hart zu bleiben, hatten Carl und sie stundenlang unter dem Gebrüll des hungrigen Babys gelitten, bis Emma aufgegeben und Belle mit einem Gefühl der Niederlage zu Purlimil getragen hatte. Schlaftrunken hatte sie abgewartet, bis die Kleine sich satt getrunken hatte, und dann ein friedlich schlummerndes Baby ins Zelt zurückgebracht. Das hätten wir auch früher haben können, hatte Emma entnervt gedacht. Zu allem Überfluss hatte Carl, der nun nicht mehr einschlafen konnte, ihr danach im Lampenschein noch ein Stück aus Dr. von Ammons Weisheitsschatz vorgelesen. Emma hatte die klugen Tipps eine Zeitlang ertragen, doch irgendwann hatte sie Carl das Buch aus der Hand gerissen und es in die Zeltecke gefeuert.

Später hatte sie sich zwar für ihre Unbeherrschtheit entschuldigt; Schlaf aber hatte in jener Nacht keiner von ihnen mehr gefunden. Abgesehen von Belle. Und am nächsten Tag hatte Gunur die müde Emma zur Seite genommen und ein ernstes Wort mit ihr gesprochen: Sie wisse ja nicht, wie die Bäuchlein weißer Babys beschaffen seien, aber schwarze Babys bräuchten in kurzen Abständen Milch, ob es nun Tag sei oder Nacht. Damit war zumindest dieses Thema erledigt gewesen.

Doch es gab ja noch etliche andere Ansichten des allwissenden Dr. von Ammon, über die sich trefflich streiten ließ, dachte Emma säuerlich und steckte die Windel fest. So hatte Carl ihr schon mehrmals die Seiten vorgelesen, in denen es um die Unsitte ging, weinende Babys durch Umhertragen zu beruhigen. Die Passage endete mit den mahnenden Worten: »*Wie viel schlaflose Nächte bereiten sich Mütter und Wärterinnen durch falsche Gutmütigkeit und durch Versehen im Anfange der Pflege des neugebornen Kindes!*«

Da waren sie wieder, die schlaflosen Nächte. Natürlich sehnte Emma sich nicht nach chronischem Schlafmangel, und natürlich wollte sie auch nichts falsch machen bei diesem Kind, das aller Voraussicht nach ihr einziges bleiben würde.

Doch wie konnte sie Belle schreien lassen, wenn ihr Herz sich dabei vor Mitleid zusammenzog? Sollte es wirklich gut für Belle sein, wenn man ihr Trost und Nähe strikt verwehrte?

Die Frauen des Clans jedenfalls waren auch diesmal nicht Dr. von Ammons Meinung. Für sie gab es nichts Normaleres, als ihre Babys und Kleinkinder ständig mit sich herumzuschleppen. Den Kindern schien das nicht zu schaden, musste Emma zugeben, sie wirkten allesamt ausgeglichen und fröhlich. Dennoch hatte Emma lange gezögert, es den Schwarzen gleichzutun: Was, wenn das ständige Tragen ihrer kleinen Belle einen schiefen Rücken bescheren würde, wovor Dr. von Ammon eindringlich warnte? Was, wenn die schädliche Verwöhnung des Säuglings dazu führen würde, dass Belle zu einem unausstehlichen Fratz heranwüchse? Schlussendlich hatte sie sich überzeugen lassen, dass der deutsche Arzt sich irrte. Seitdem verbrachte Belle die meiste Zeit auf Emmas Arm.

Carl war jedoch nicht glücklich darüber, dass seine Frau die Ratschläge des deutschen Doktors in den Wind schlug. Wenn Belle wirklich ihre Tochter sein sollte, dann müsste das Kind auch wie eine Weiße erzogen werden, fand Carl. Wie sollte Belle später außerhalb des Clans zurechtkommen, wenn sie in jeder Hinsicht eine Wilde war? Jetzt, im Babyalter, würde sie herumgetragen wie ein Äffchen; später würde sie die fast grenzenlose Freiheit genießen, die Kleinkindern hier zugestanden wurde; und noch später würde sie lernen, nach fetten Maden zu graben, anstatt wie weiße Kinder die Schulbank zu drücken.

»Das alles ist ja schön und gut, falls Belle sich entschließt, beim Clan zu bleiben«, hatte Carl gesagt. »Aber was ist, wenn sie sich uns so sehr verbunden fühlt, dass sie bei uns leben will, auch wenn wir den Regenwald verlassen?« Sorgenvoll hatte er den Kopf geschüttelt. »Ist dir klar, Emma, wie unendlich schwer deine Tochter es in der Welt der Weißen haben wird, wenn sie nicht nur äußerlich, sondern auch vom Benehmen her eine Eingeborene ist?«

Darauf hatte Emma, die spürte, dass ihr Mann nicht ganz unrecht hatte, keine Antwort gewusst. Stattdessen hatte sie, dünnhäutig wie sonst nie, angefangen zu weinen. Emma schämte sich, als sie sich daran erinnerte, wie lange Carl sie in den Armen hatte halten müssen, bis ihre Schluchzer endlich abgeebbt waren.

Dass es sie nicht nur körperlich, sondern auch seelisch so sehr mitnehmen würde, mehrmals pro Nacht aufzustehen und mit Belle zu Purlimil zu gehen, hatte sie nicht erwartet. Schlafen … Hatte sie den Genuss, sieben Stunden am Stück schlafen zu können, eigentlich je angemessen gewürdigt?

Würde sie jemals wieder ausschlafen können?

»Reiß dich zusammen, Emma«, knurrte sie sich selbst an. »Du bist nicht die erste Frau auf der Welt, die sich um ein Baby kümmern muss!«

Aber möglicherweise war sie die erste, von der erwartet wurde, dass sie ein schwarzes Baby aufzog, als sei es ein weißes. Mitten im Regenwald, umgeben von schwarzen, weißen und papiernen Besserwissern. Heilandsack!

Sie bemühte sich, die ungerechten Gedanken ebenso wie die lästerlichen heimatlichen Flüche zurückzudrängen, und richtete ihre Aufmerksamkeit wieder auf das Baby. Belle war endlich fertig gewickelt, und Emma betrachtete stirnrunzelnd die Windel und fragte sich, ob sie wohl halten würde. Mit den gekauften Windeln ging das Wickeln zwar leichter, aber da Emma keine Stecknadeln besaß, lösten sich auch die Stoffbahnen gerne mal von selbst, zumal Belle keine stützende Kleidung über der Windel trug. Emma kam es immer noch seltsam vor, ihr Baby nicht anzuziehen, aber kein Kind des Clans trug Kleidung, zumal bei der andauernden Hitze.

Ob sie Belle trotzdem an das Gefühl von Stoff auf ihrer Haut gewöhnen sollte? Was Carl wohl dazu meinte? Sie würde ihn fragen. Oder nein, doch lieber nicht. Bestimmt würde er ihr bloß erklären, dass es bisher völlig falsch von ihr gewesen sei, die zarte Babyhaut frischer Luft und sengender Sonne auszusetzen. Emma machte ja sowieso alles falsch. Und Carl wusste stets, wie es besser ginge.

Emma wurde sauer, Belles Geschrei immer verzweifelter.

Herrje, was plagte das Baby bloß? Jetzt war es doch frisch und sauber, sollte es da nicht zufrieden sein? Oder war es schon wieder hungrig? Musste Emma es zu Purlimil bringen? Sollte sie es herumtragen, um es zu beruhigen? Oder waren dies bereits die ersten Anzeichen von Verwöhnung, vor der Dr. von Ammon stets warnte? Dann wäre es höchste Zeit, dass Emma das Baby so lange schreien ließ, bis es sich, nach des Leibarztes Worten, ausgeschrien habe. Somit hätte Emma sich als Herrin des Babys durchgesetzt und seinen Willen gebrochen.

Eine schreckliche Vorstellung.

Aber dieses ständige Geschrei war ebenfalls schrecklich.

Verflucht noch mal!

Die Unsicherheit, die sie begleitete, seit Belle zu ihr und Carl gehörte, wurde zu einer dunklen Woge der Verzweiflung, und für den Bruchteil einer Sekunde fragte Emma sich, ob ihre Entscheidung für Belle richtig gewesen war.

Sie verwarf den erschreckenden Gedanken auf der Stelle und nahm Belle auf den Arm. »Komm, ich bringe dich zu Purlimil. Du hast Hunger, nicht wahr? Ja, ganz gewiss hast du Hunger. Du musst trinken, dann geht es dir wieder gut. Und mir auch. Uns allen.«

Mit Belle auf dem Arm verließ Emma das Zelt und ging zur Hütte ihrer Freundin, aus der kaum ein Laut drang. Brüllte Gelar eigentlich nie? Er war schließlich auch ein Baby! Tränen schossen Emma in die Augen, als sie die friedliche Ruhe, die über Purlimils und Yileens Hütte lag, mit der Lautstärke verglich, die üblicherweise in ihrem eigenen Zelt herrschte.

Was machte sie bloß falsch?

Zu dieser Frage hätte Dr. von Ammon ihr bestimmt eine Menge zu sagen.

# 18

Dayindi war zufrieden, ein Gefühl, das er nicht oft verspürte.

Die dunklen Geister waren erschienen, und sie hatten ihm den Weg gezeigt.

Vergnügt dachte Dayindi, dass es schon seltsam war mit den D'anba: Man stellte sie sich grausig und grotesk vor, und dann kamen sie in Gestalt zweier ganz normaler Männer daher. Obwohl, ganz normal stimmte auch wieder nicht: Sie waren weiß gewesen.

Dayindi lachte in sich hinein. Die D'anba hatten ihre Rache an den Fremden, die in ihr Land eingedrungen waren, gut gewählt. Weiße Menschen willenlos zu machen, indem man ihre Seelen besetzte, war immer gut. Keine Strafe war erniedrigender, keine Unterwerfung absoluter, als besessen zu sein.

Dayindi hatte ihr Angebot natürlich angenommen. Wie hätte er auch ablehnen können? Es war die Lösung, um die er die D'anba so lange angefleht hatte. Er selbst würde gar nicht viel zu tun haben. Er musste lediglich warten, beobachten und den richtigen Augenblick abpassen.

Danach kam der Teil, auf den er sich am meisten freute: Emma, die Gesetzesbrecherin, würde an ihren Schuldgefühlen zugrunde gehen.

Und Dayindi würde ihr in aller Ruhe dabei zusehen.

# 19

## MÄRZ 1860

»Vielleicht brüllt sie, weil sie keine Matratze aus Seegras hat, wie Dr. von Ammon es empfiehlt«, sagte Carl. Ratlos kratzte er sich am Kinn. Belle war nun zwölf Wochen alt, und nie hatte sie mehr geschrien als in diesen Tagen.

Es war noch früh. Orangefarbene Sonnenstrahlen bahnten sich ihren Weg durch den graugrünen Dunst, doch weder Carl noch Emma hatten Augen für die Schönheit der Natur. Carl blätterte in seinem schlauen Büchlein herum, während Emma erschöpft und genervt auf den Decken im offenen Zelt hockte, neben sich die schreiende Belle.

»So ein Unfug, Seegrasmatratzen«, beschied sie ihrem Mann unwirsch. »Die Decken sind weich und warm genug, jedenfalls sind sie weicher und wärmer als die Holztrage, in der Gelar schläft. Und schreit der sich etwa die Lunge aus dem Leib? Nein.«

»Aber irgendeinen Grund muss das unaufhörliche Gebrüll doch haben!« Carl hatte dunkle Schatten unter den Augen.

»Hungrig ist sie jedenfalls nicht, sie hat ja gerade erst getrunken. Sie hat Schmerzen, glaube ich.« Emma streichelte bekümmert den Bauch des Babys, das seine Beinchen ruckartig anzog und wieder von sich wegstieß. »Es sieht aus, als leide sie unter Krämpfen, findest du nicht? Sag doch was, schließlich bist du der Arzt!«

»Sie ist gesund, da bin ich mir ziemlich sicher.« Carl betrachtete Belle und schüttelte langsam den Kopf. »Sie mag Bauchweh haben, aber sie hustet nicht … hat kein Fieber … leidet nicht an Verstopfung … Blähungen hat sie, gut, aber das allein ist noch kein Krankheitszeichen.«

»Aber was hat sie denn dann, um Gottes willen?«

Emma hörte selbst, wie verzweifelt sie klang. Sie war übernächtigt, ihre Nerven zum Zerreißen gespannt. Jesusmaria, das Kind *musste* doch etwas haben! Denn wenn es etwas hatte, konnte man etwas dagegen unternehmen.

Eine Lösung finden.

Und dann würde dieses furchtbare Geschrei aufhören.

Carl begann vor dem Zelt hin und her zu wandern. »Wenn du mich fragst: Sie hat Blähungen und schreit deshalb. Dagegen können wir nichts tun. Es ist aber wenigstens nicht gefährlich.«

»Für sie ist es nicht gefährlich. Uns macht es verrückt!«, entfuhr es Emma. Erschöpft fügte sie hinzu: »Vielleicht sollte ich es doch einmal mit dieser Pflanzenmedizin versuchen, die Purlimil mir ständig andrehen will.«

»Vielleicht.« Carl wiegte den Kopf. »Aber wir wissen nichts Genaues über die Wirkungsweise dieser Medizin. Ich finde das ein bisschen fahrlässig. Aber warte mal, vorhin habe ich etwas gelesen … Moment, ich hab's gleich …« Er blätterte in dem Büchlein, bis er gefunden hatte, wonach er gesucht hatte. »Ah, hier steht es, hör zu: ›*Findet man die Ursache des Schreiens nicht auf, oder kann man ihm nicht abhelfen, und das Kind beharrt im Schreien, so darf man es keineswegs zu lange liebkosen, sondern muß es schreien lassen.*‹«

Sein Blick fiel auf Emmas Hand, die immer noch Belles Bäuchlein streichelte.

Dann fuhr er fort: »›*Ein Kind schreit sich wohl kaum krank. Das Schreien ist eine Art Bewegung. Durch diese Thätigkeit der Lunge und der Bauchmuskeln geschieht eine beschleunigtere Circulation des Blutes und eine vermehrte Thätigkeit in vielen Theilen des Körpers.*‹«

Carl ließ das Buch sinken. »Da haben wir's. Es ist nicht gefährlich, das ist doch schon mal beruhigend.«

»Beruhigend findest du das? Ich finde, der kluge Dr. von Ammon macht es sich ganz schön leicht«, sagte Emma bissig und deutete auf das Baby, dessen karamellfarbene Haut sich krebsrot verfärbt hatte. »Schau sie dir doch an, Carl! Das soll gesund sein?«

»Es ist auf jeden Fall nicht gefährlich«, wiederholte Carl stoisch.

Je besser ihr Mann es schaffte, ruhig zu bleiben, desto zorniger wurde Emma. Aufgebracht rief sie: »Also sollen wir es einfach akzeptieren! Belle am besten irgendwo ablegen, wo sie keinen stört, mutterseelenallein, ja? Und wir selbst verziehen uns ganz gemütlich an einen schönen, ruhigen Ort, während wir uns darüber freuen, dass Belles Blut so schön zirkuliert, wenn sie brüllt. Großartig!«

Sie merkte, dass die Worte viel zu scharf herausgekommen waren, aber sie war so wütend! Auf sich selbst, weil sie insgeheim tatsächlich schon von einem solch schönen, ruhigen Ort geträumt hatte. Auf Dr. von Ammon mit seinen klugen Tipps, die er gewiss in einer Schreibstube ersann, in der Kindern der Aufenthalt strengstens verboten war, von Babys ganz zu schweigen. Auf Carl, der viel besonnener war als sie selbst, was ihr die eigene Unbeherrschtheit umso deutlicher vor Augen führte. Und sogar auf Belle war sie wütend, weil diese ihr seit Wochen das Gefühl gab, eine schlechte Mutter zu sein.

Carls Augen wurden schmal. »Ich habe nie gesagt, dass wir Belle allein lassen sollen.«

»Aber du wolltest es sagen! Dr. von Ammon rät den Müttern bestimmt, das Baby in eine Abstellkammer zu verfrachten, wollen wir wetten? Es passt zu ihm. Lies es mir vor, komm, tu dir keinen Zwang an!«

Doch Carl tat nichts dergleichen. Schweigend fixierte er sie, in seinem Ausdruck eine Mischung aus Erstaunen und Ärger.

Emma wurde bewusst, dass sie gerade ungehemmt ihre Wut an Carl ausließ und ihn wegen Dingen angriff, für die er nichts konnte – er war genauso müde wie sie, litt genauso unter Belles Gebrüll, wollte dem Baby genauso gerne helfen. Aber die Erkenntnis, dass sie Carl gegenüber ungerecht war, fachte ihren Zorn nur noch mehr an, ebenso wie dieses unaufhörliche, unerträgliche, markerschütternde Gebrüll.

Sie sprang auf und riss Carl das Buch aus der Hand. Mit zitternder Stimme las sie weiter, wo er geendet hatte: »›*Bedenken Mütter das nicht, sondern glauben sie, sobald ihr Kind schreit, ihm durch Liebkosungen, durch Umhertragen entgegenkommen zu müssen, so werden sie dasselbe gar bald verwöhnen und sich ein unruhiges Kind heranziehen.*‹ Ha, da haben wir es ja schon: Ich bin an allem schuld. Was auch sonst! Weil ich Belle streichle, anstatt sie ihrem Schicksal zu überlassen.«

»Emma, niemand sagt, dass du schuld …«

»Doch! Dr. von Ammon sagt es.«

»Du liebe Güte, es ist doch nur ein Buch!«

»Aber du liest mir ständig daraus vor, und deshalb glaubst du es auch! Du denkst, Belle ist so … so unausstehlich, weil ich alles falsch mache, nicht wahr?«

Hatte sie das wirklich gesagt? Sie hatte ihr eigenes Baby unausstehlich genannt? Was war sie, eine Mutter oder eine Hexe? Weder noch, schoss es ihr durch den Kopf. Du bist eine sentimentale Versagerin, und dieses arme Kind wäre bei seiner leiblichen Mutter tausendmal besser aufgehoben.

»Hör doch endlich auf!«, sagte Carl scharf.

Aber Emma konnte nicht aufhören. Sie musste sie endlich loswerden, all ihre Zweifel und geheimen Ängste, sonst würde sie daran ersticken. Sie bekam zu wenig Luft, um sich Vorsicht leisten zu können.

»Ich bin eine Enttäuschung für dich«, stieß sie hervor, während Belles Geschrei in ihren Ohren dröhnte. »Ich kann keine Kinder bekommen, kann dich nicht zum Vater machen, stattdessen nehme ich ein fremdes Baby auf … und nicht einmal das kann ich zufriedenstellen. Wahrscheinlich bereust du es schon längst, mich geheiratet zu haben, nicht wahr?«

Carl starrte sie an. »Auf so einen Unsinn antworte ich nicht.«

Alles in Emma warnte sie. Schrie nach Gefahr, bedrängte sie, sich einfach in Carls Arme zu werfen und sich bei ihm auszuheulen, anstatt ihn weiter gegen sich aufzubringen.

Aber sie hatte solche Angst, dass sie mit ihren Anschuldigungen richtiglag … dass er sie nicht mehr liebte … dass sie eine Enttäuschung für ihn war … und so sprudelten die anklagenden Worte ganz von selbst aus ihrem Mund.

»Wahrscheinlich wünschst du dir, dass es Belle gar nicht gäbe! Und mich auch nicht.«

»So, jetzt reicht's.«

»Nein, es reicht nicht! Ich hatte mir das Ganze nämlich auch anders vorgestellt, weißt du? Du könntest mir helfen, anstatt mich immer nur zu schulmeistern. In dem blöden Buch lesen kann ich nämlich selbst, und deine Besserwisserei geht mir gehörig auf die Nerven!«

Carl drehte sich um und ging ohne ein weiteres Wort davon.

Belle brüllte.

»Ist das alles?«, schrie Emma ihrem Mann mit sich überschlagender Stimme hinterher. »Mehr hast du dazu nicht zu sagen?«

Carl drehte sich nicht einmal mehr um.

Emma warf sich neben Belle auf den Zeltboden. Heulend vergrub sie ihr Gesicht in den kratzigen Decken.

# 20

Baby und Mutter weinten sich gründlich aus, und als Purlimil wenig später zu ihnen ins Zelt hineinlugte, fühlte Emma sich verquollen und ausgelaugt. Purlimil bot ihr vorsichtig an, das Baby mitzunehmen, damit sie sich ein wenig ausruhen könnte, und Emma besaß nicht die Kraft abzulehnen.

Ihre Freundin ging mit Belle davon, das Geschrei ebbte ab, und mit ihm legte sich langsam auch die Verzweiflung. Endlich herrschte Ruhe, wunderbare, süße Ruhe, und Emma fiel in einen traumlosen Schlaf. Erst als ihr Hunger sie am frühen Abend weckte, öffnete sie widerwillig die Augen.

Die Erinnerung an die Szene, die sie Carl gemacht hatte, traf sie wie ein Keulenschlag.

Sie stöhnte auf. Was hatte sie getan! Welch ungerechte Vorwürfe und kindische Verdächtigungen hatte sie ausgestoßen! Sie hatte Carl nicht nur angegriffen, sondern auch offen an seiner Liebe gezweifelt … die er ihr doch jeden Tag aufs Neue bewies. Niemals hatte er etwas getan oder gesagt, was ihre Zweifel hätte rechtfertigen können.

Emma setzte sich auf und stützte die Stirn in die Hände. Hatte sie wirklich alles an ihm ausgelassen, ihre ganze Ohnmacht, ihren ganzen Zorn auf sich selbst und auf diese vermaledeite Situation? Jetzt, wo sie sich seit Wochen zum ersten Mal ausgeschlafen fühlte, schämte sie sich unendlich. Dafür, dass sie sich benommen hatte wie eine Verrückte.

Sie hoffte inständig, dass sie Carl ebendies würde vermitteln können: dass sie nicht sie selbst gewesen war. Dass sie sich bloß so schrecklich erschöpft gefühlt hatte und dass Carl alles, alles vergessen müsse, was sie ihm an den Kopf geworfen hatte. Dass ihre Ehe wunderbar war. Dass sie Carl liebte und dass sie wusste, dass er sie ebenfalls liebte. Dass sie niemals ernstlich an seiner Zuneigung gezweifelt hatte.

Wo war Carl überhaupt?

Vielleicht schrieb er vor dem Zelt an seinen Berichten.

Sie rappelte sich auf, fuhr sich mit der Bürste durch ihr wirres Haar und trat dann hinaus ins Freie.

Kein Carl.

Suchend sah Emma sich um, ob sie ihn irgendwo entdeckte. Doch außer einigen schwarzen Frauen, die in der Kochgrube ein Tier garten – dem Geruch nach eine Schlange, dachte Emma mit knurrendem Magen –, war niemand zu sehen.

Emma ging zu den Frauen an die Kochgrube.

»Warum schaust du so ernst?«, begrüßte Nowalingu sie lächelnd. »Dein Baby ist nun gesund, es schreit nicht mehr. Du solltest lachen, Emma!«

*Ein paar Stunden von dir getrennt, und schon ist Belle ruhig und glücklich. Versagerin!*

Sie atmete tief durch. »Wo ist Belle denn? Und wie habt ihr es geschafft, dass sie aufgehört hat zu schreien?«

Nowalingu stocherte in der Grube herum, in der tatsächlich zwei riesige Schlangen lagen. Die Tiere würden mit ihrem Fleisch, das zart und fein wie Hühnchen schmeckte, die Hälfte des Clans satt machen. Emma merkte, wie hungrig sie war.

»Alle haben zusammengearbeitet«, sagte Nowalingu, während sie die Schlangen in der Glut wendete. »Purlimil hat ihr zuerst Medizin gegeben. Gunur hat sie dann noch einmal geräuchert, mit heiligen Kräutern. Und zum Schluss hat Birwain den bösen Geist vertrieben, der sich in Belles Magen eingenistet hatte. Birwain hat den Magen herausgeholt, den Geist verscheucht und den Magen wieder eingesetzt.«

Einen Augenblick lang starrte Emma die junge Frau entsetzt an. Birwain hatte Belle den Magen aus dem Leib gerissen?

Doch dann nahm ihr Gehirn seine Arbeit wieder auf, und sie erinnerte sich an eine ähnliche Heilung, die sie vor Monaten bei einem kranken jungen Mann beobachtet hatte: Birwain hatte vorgegeben, die Leber des Mannes aus dem Körper zu holen – in Wirklichkeit jedoch nichts getan, als mit den Händen bestimmte Bewegungen in der Luft zu vollführen. Das Herausholen von Organen und deren Heilung geschehe, hatte der Schamane Emma und Carl später erklärt, auf einer rein geistigen Ebene. Diese Ebene könne zwar nicht beobachtet werden, würde aber nichtsdestoweniger stark auf den Körper des Kranken wirken.

Emma und Carl hatten höflich genickt und danach eine äußerst skeptische Bemerkung in ihren Forschungsbericht geschrieben.

Und nun hatte Birwain offensichtlich den gleichen Zauber bei Belle vollführt.

Emma suchte nach einer unverbindlichen Antwort. Auf keinen Fall sollte Nowalingu ihr anmerken, dass sie an derlei Heilung nicht glaubte, mehr noch: dass sie das Ganze für kompletten Humbug hielt.

»Das ist nett von Birwain«, sagte sie schließlich lahm.

Emma war sich ziemlich sicher, dass Belles Verwandlung in ein zufriedenes, ruhiges Baby nicht von Dauer sein würde. Aber wenn sie auch nur ein paar Tage hielt, dachte Emma sehnsüchtig, wäre das schon wunderbar und erholsam genug.

»Wo ist Belle denn jetzt?«, fragte sie Nowalingu. »Und hast du zufällig Carl gesehen?«

Die junge Frau nickte. »Belle ist bei Birwain. Und Carl habe ich heute Morgen gesehen. Als die Sonne noch orangefarben war, ist er weggegangen.«

Das wusste Emma selbst. »Aber seitdem?«

»Nein, heute Morgen war das letzte Mal.«

Emma bedankte sich bei Nowalingu und machte sich auf den Weg zu Birwains Hütte. Je näher sie seiner Behausung kam, desto sicherer erwartete sie, Belles Weinen zu hören; doch alles blieb ruhig.

»Lässt du mich rein?« Mit sanftem Nachdruck schob Emma den Dingo beiseite, der vor der Hütte gedöst hatte, nun aber bereitwillig aufstand und sich ein paar Schritte entfernt auf den Boden plumpsen ließ. Emma bückte sich und schlüpfte in die Hütte.

Sie sah Belle sofort. Wach und zufrieden lag die Kleine auf dem staubigen Boden, keine Decke schützte sie vor Erde und Staub. Doch das schien sie nicht zu stören. Als sie Emma entdeckte, fuchtelte sie noch ein wenig heftiger mit ihren dicken Ärmchen, gluckste und verzog den Mund zu etwas, das fast so aussah wie ein begeistertes, zahnloses Lächeln.

Emma schluckte, ihr Hals wurde eng. Belle hatte noch nie gelächelt, außer manchmal im Schlaf. Wie süß sie dabei aussah! Wie glücklich. Gott, sie liebte dieses Baby so sehr … trotz allem.

»Geht es dir besser?«, krächzte Birwain zur Begrüßung, und Emma nickte verlegen.

»Nowalingu hat mir erzählt, du hättest Belle geheilt. Stimmt das?«

»Wir alle haben sie geheilt, Purlimil, Gunur und ich«, antwortete er bedächtig. »Heilung ist immer ein Zusammenspiel von vielem und vielen. Für Belle war es an der Zeit.«

Emma unterdrückte ein Seufzen. Sie hatte sich bereits daran gewöhnt, dass Birwain sich blumig und gerne auch geheimnisvoll ausdrückte. Jetzt aber brauchte sie eine klare Aussage.

»Wird es von Dauer sein, Birwain?«, fragte sie den Schamanen und blickte ihm direkt in die Augen. »Oder geht alles von vorn los, wenn sie wieder bei mir ist?«

Birwain lächelte, sein Gesicht wurde zu einem Meer aus Falten und feinen Runzeln. »Du bist zu zögerlich, das ist alles. Du musst unseren Frauen vertrauen. Musst die Ratschläge aus deiner Welt vergessen, Emma. Du lebst nicht mehr unter deinesgleichen, sondern bei uns.«

Stumm beugte Emma sich zu Belle hinab. Es stimmte, sie lebte nicht mehr unter ihresgleichen. Sie lebte hier – und war weder richtig weiß noch schwarz.

Emma hob Belle vom Boden auf, strich ihr sanft den Staub von Kopf und Rücken und drückte das warme, glucksende Baby an sich. Sofort fühlte sie sich besser. Irgendwie hatten die Schwarzen es geschafft, aus einem verzweifelten Schreihals ein glückliches Baby zu machen. Ob es nun die Organheilung gewesen war, die Kräuterräucherung oder doch Purlimils Pflanzenmedizin, wichtig war allein, dass es Belle gut ging.

Carl wird sich freuen, dachte Emma.

Lächelnd verabschiedete sie sich von Birwain.

Der Schamane schaute Emma nach. Er konnte das Gefühl der Sorge um sie nicht unterdrücken, das sich ihm so urplötzlich aufgedrängt hatte. Etwas war zu Ende gegangen, aber Birwain bekam nicht zu fassen, was es war. Sosehr er sich auch bemühte, er konnte die Zeichen nicht deuten.

Mit gefurchter Stirn wandte er sich ab.

Als Emma aus Birwains Hütte in den Abend trat, der bereits in eine samtschwarze Nacht überging, wurde ihr zum ersten Mal bewusst, dass der Sommer vorüber war. Jetzt, Ende März, hatte eine trockene Frische die große Hitze abgelöst, und Emma nahm sich vor, Belle nun an die Babykleidung zu gewöhnen, die Carl aus Ipswich mitgebracht hatte.

Mit neuem Mut schritt sie durchs Lager, das stillvergnügte Baby in ihren Armen haltend wie das Unterpfand einer besseren Zukunft. Oh ja, ab heute würde alles anders: ein Familienleben ohne ständiges Säuglingsgeschrei würde seinen Anfang nehmen, ohne Streit zwischen ihr und Carl und ohne die permanenten Selbstzweifel.

Sie würden wieder glücklich sein – nicht nur als Paar, sondern endlich auch mit Belle.

Froh ging Emma zurück zu ihrem Zelt. Sie war sich fast sicher, Carl dort vorzufinden. Es war schließlich bald Nacht, wo sollte er sonst sein, wenn nicht zurück in ihrem kleinen Zuhause?

Aber Carl war nicht im Zelt.

Er war auch sonst nirgendwo im Lager.

Er war weg.

Ach was, natürlich war er nicht weg. Dummes Zeug! Wohin sollte er denn gegangen sein? Dennoch begann Emma im Lager herumzufragen, ob irgendjemand wisse, wo ihr Mann sich aufhielte.

Alle schüttelten die Köpfe.

Leise Sorge stieg in Emma auf. Sie überwand sich und fragte jedes einzelne Clanmitglied, sogar Dayindi, ob sie etwas über Carls Verbleib wussten. Doch niemand konnte ihr sagen, wohin Carl gegangen war. Kein einziges Mitglied des Clans hatte Carl gesehen, seit er am frühen Morgen zornig und verletzt in den Regenwald gegangen war.

Später wurden die Schlangen verzehrt.

Belle wurde gestillt.

Die Eingeborenen zogen sich zum Schlafen in ihre Hütten zurück.

Und dann erlosch ein Feuer nach dem anderen, während Emma, das friedliche Baby an sich gedrückt, vor ihrem Zelt saß. Sie starrte in die Schwärze, kämpfte die Furcht in ihrem Herzen nieder und wartete auf Carl.

Sie wartete die ganze Nacht hindurch.

Zwischendurch brachte sie Belle zum Stillen zu Purlimil; danach legte sie das Baby auf seinen Schlafplatz und deckte es warm zu. Sie selbst nahm ihren Wachposten vor dem Zelt wieder ein, in ihr Cape gehüllt und trotz der späten Stunde hellwach.

Einer der Dingos trottete heran und leistete ihr Gesellschaft, und Emma legte ihre Hand auf sein tröstlich warmes Fell. Der Dingo war schon alt, seine Schnauze grau. Er verdrehte den Kopf, um ihr die Finger lecken zu können, und Emma hätte über seine Verrenkungen gelacht, wenn die Furcht in ihrem Herzen nicht mittlerweile zu kalter Angst geworden wäre.

Erst als der neue Morgen graute und sie steif und durchgefroren ins Nichts starrte, gestand Emma es sich ein.

Carl war verschwunden.

# TEIL 2

# 1

»Carl! Caaaaarl!«

Ihre Stimme war heiser vom stundenlangen Rufen. Seit Emma bei Sonnenaufgang die Eingeborenen alarmiert hatte, dass Carl nicht zurückgekommen war, streifte sie mit einigen der Männer durch den Regenwald, um ihn zu suchen. Bislang erfolglos.

Emma war nun fast sicher, dass ihrem Mann etwas passiert sein musste. Wenn sie ihn doch nur bald finden würden! Was, wenn jede Sekunde zählte? Wenn er von einer Schlange gebissen worden war, wie damals, als er zum ersten Mal mit Yileen auf die Jagd gegangen war? Was, wenn er sich verletzt hatte und nun irgendwo lag, hilflos und ohnmächtig, so dass er ihr Rufen gar nicht hören konnte?

Was, wenn er tot war?

Nein! Nein, das war unmöglich. Er konnte nicht tot sein. Er war doch so jung und stark, so klug, hatte noch so viele Pläne, stand mitten im Leben. Die Forschung brauchte ihn.

*Ich, ich brauche ihn! Lieber Gott im Himmel, tu mir das nicht an!*

Verzweiflung und Müdigkeit drohten Emma zu überwältigen, doch sie nahm all ihre Kraft zusammen und schlug sich weiter durchs Gestrüpp.

In diesem Teil des Regenwaldes war sie noch nie gewesen; Lianen, zarte Orchideen und uralte Baumriesen hätten ihn Emma paradiesisch vorkommen lassen, wenn die Sorge um Carl nicht all ihr Denken und Fühlen in Anspruch genommen hätte. Sie roch nicht den schweren Duft der Blumen, hatte keinen Sinn für die samtige Textur des Mooses, das die Stämme gefallener Bäume überzog. Sie sah nur, dass diese Baumstämme mit ihrem enormen Durchmesser ein Hindernis auf ihrem Weg darstellten und dass sie wieder klettern musste, um weiterzukommen. Dass die Kletterei sie wertvolle Sekunden kostete, Sekunden, die das Schlangengift noch umfassender in Carls Blutbahn verteilen würden, Sekunden, die ihn den wilden Tieren auslieferten, Sekunden, die ihn dem Tod näher brachten …

*Als ob es jetzt noch auf Sekunden ankäme.*

Diese verdammte, mutlose Stimme in ihrem Kopf! Sie wollte sie nicht hören, wollte nicht denken, wollte nichts als weitersuchen, um Carl endlich zu finden. Verbissen kämpfte sie sich über den feuchten Baumstamm, rutschte aus und riss sich im Herunterfallen das Kleid auf. Sie schlug auf dem Boden auf und stieß sich den Kopf an einer mächtigen, freiliegenden Wurzel. Benommen blieb sie auf dem Rücken liegen. Sterne tanzten vor ihren Augen, die Lianen und Blätter hoch über ihr drehten sich wie ein grünes, sonnendurchflutetes Wagenrad. Nicht ohnmächtig werden, wehte es durch ihren Kopf, du musst Carl suchen, er braucht dich …

Sie rappelte sich auf, die Handfläche auf die schmerzende Stelle an ihrer Schläfe gepresst. Sie musste weitersuchen, koste es, was es wolle. Sie würde so lange weitersuchen, bis sie Carl gefunden hatte, und wenn es Tage dauern würde.

»Emma! Was ist passiert?« Yileens besorgtes Gesicht tauchte neben ihr auf. Er deutete mit dem Finger auf ihren Kopf. »Du blutest.«

Sie winkte mit der freien Hand ab. »Ist nichts Schlimmes. Hast du Carl gefunden?«

»Nein.«

»Und einer der anderen Männer?«

Sie ahnte die Antwort, doch als Yileen erneut verneinte, hatte Emma trotzdem das Gefühl, als würde etwas in ihr absterben; ein weiteres Stück Hoffnung.

Sie schluckte und drängte die Tränen zurück. Mit dem Finger wies sie ins Dickicht neben sich. »Dann gehe ich jetzt dort entlang. Ich glaube, da war ich noch nicht.«

In Wahrheit hatte sie keine Ahnung mehr, wo sie war. Längst hatte sie sich rettungslos verlaufen, was sie aber nicht kümmerte, weil sie wusste, dass die Eingeborenen den Regenwald in- und auswendig kannten. Die anderen Sucher würden Emma immer und überall finden, egal, wohin sie ging.

Und das bedeutet, folgerte ihr Verstand gnadenlos, dass sie auch Carl immer und überall finden müssten, tot oder lebendig. Wenn sie ihn nicht finden, ist er nicht mehr da. So einfach ist das.

Die Wunde an ihrem Kopf pochte, warmes Blut rann ihr über die Finger und den Arm entlang. Yileen sah ihr in die Augen, und als sie an seinem Blick erkannte, dass er die Suche aufgeben wollte, übermannte sie die Verzweiflung.

»Wo kann er nur sein?«, fragte sie erstickt. »Er hat doch nichts dabei, keine Nahrung, kein Wasser … nicht einmal sein Gewehr! Er kann doch nicht so weit gelaufen sein, oder? Ach, Yileen, er wird verhungern, wenn wir ihn nicht finden!«

Ihr Freund machte eine weit ausholende Armbewegung. »An Nahrung und Wasser zu kommen ist im Regenwald kein Problem. Das sollte auch Carl hinkriegen, nachdem er so viele Monde bei uns gelebt hat.«

»Aber … aber wohin sollte er denn wollen?«

»Wenn überhaupt ein Mensch die Antwort auf diese Frage wissen kann, dann du«, sagte Yileen und seufzte. »Komm.«

»Wohin? Hast du eine Idee? Wo sollen wir suchen, Yileen?«

Er antwortete nicht, sondern setzte sich nur stumm in Gang.

»Yileen!«

Das Flehen in ihrer Stimme veranlasste ihn dazu, ihr einen Blick über die Schulter zuzuwerfen, doch er blieb nicht stehen. »Komm mit ins Lager, Emma. Wir werden den Rat der Ältesten befragen. Sie werden wissen, was zu tun ist.«

»Was? Ihr wollt die Suche abbrechen? Das geht nicht! Wenn Carl hier irgendwo … wir können doch nicht einfach …«

Die Tränen liefen ihr übers Gesicht, vermischten sich mit dem

Blut aus ihrer Schläfenwunde und sammelten sich in ihrem Mundwinkel, eine widerliche, warme Mischung aus Salz und Metall. Sie stolperte hinter Yileen her, schluchzend und darum bettelnd, dass er weitersuchen möge, doch er antwortete ihr nicht mehr. Irgendwann weinte sie nur noch still vor sich hin, zu erschöpft, um sich weiter gegen die Aussichtslosigkeit ihrer Bemühungen aufzulehnen.

Vielleicht war Yileens Vorhaben ja auch gar nicht so schlecht, versuchte sie sich müde einzureden. Sie gaben die Suche nach Carl schließlich nicht auf, sondern unterbrachen sie lediglich. Emma würde ein wenig schlafen, essen und dem Rat der weisen Ältesten zuhören, denn vielleicht hatten Birwain, Gunur und Dayindi ja tatsächlich eine Idee, wie und wo sie suchen musste, um mehr Erfolg zu haben. Danach würde sie erneut mit den Schwarzen losziehen oder, wenn niemand ihr mehr helfen wollte, eben allein.

Orlando!, blitzte es in Emmas Gedanken auf, und schlagartig verschwand ihre Müdigkeit. Wenn Carl nun sein Pferd genommen hatte? Fanden sie ihn nur deshalb nicht, weil sie im falschen Gebiet suchten?

*Natürlich! Er hat Orlando geholt, um sich nach unserem Streit bei einem wilden Ritt abzureagieren.*

Wenn dem so war, dann musste Emma den Regenwald verlassen und ihre Suche auf den Eukalyptuswald ausdehnen … auf die gebirgigen Regionen unterhalb des *Scrub* … sie musste ihre Stute Princess holen und überall dorthin reiten, wo man zu Pferd hinkam.

Neue Energie durchströmte Emmas Körper, als sie es sich gestattete, sich an diese Hoffnung zu klammern. »Yileen«, sagte sie, »ich komme nicht mit ins Lager. Ich gehe in unser ehemaliges Forscherlager, wo Princess und Orlando stehen. Ich werde Carl zu Pferd suchen!«

Yileen blieb stehen. »Du bist verletzt«, sagte er, »und wir sollten zuerst den Rat der Ältesten anhören. Außerdem hast du nicht geschlafen und nichts gegessen. In diesem Zustand wirst du vom Pferd fallen, wie ich dich kenne.«

Emma stemmte die Hände in die Hüften. »He, was soll das denn heißen? Ich bin noch nie vom Pferd gefallen!«

Was unter anderem daran lag, dass es praktisch unmöglich war, von ihrer phlegmatischen Stute abgeworfen zu werden.

Ungeduldig entgegnete Yileen: »Ihr Weißen haltet nicht viel aus, das wisst ihr doch selbst. Also hör auf zu reden, komm mit mir und stärke dich. Deinem Mann ist nicht damit geholfen, wenn du irgendwohin reitest und dann zusammenbrichst. Dann seid ihr nämlich beide verschwunden.«

Widerwillig musste sie zugeben, dass Yileens nüchterne Überlegungen einleuchtend waren. Außerdem schmerzte die Wunde an ihrer Schläfe immer mehr, und Emma sehnte sich nach Purlimils kühlender Heilpaste.

Sie bezwang ihre Ungeduld und sagte: »Also gut. Aber ich schlafe höchstens eine Stunde lang – höchstens, hörst du! Es ist bestimmt schon Mittag, und ich möchte auf jeden Fall heute noch losreiten.«

»Dann sollten wir uns besser beeilen, anstatt zu reden oder zu grübeln«, sagte Yileen trocken.

Wo er recht hat, hat er recht, dachte Emma und erlaubte sich keinen weiteren Gedanken an Unfälle, Tierbisse, Ohnmachten oder Tod. Stattdessen versicherte sie sich während des ganzen restlichen Weges im Stillen, dass sie Carl noch heute wiedersehen würde. In der kommenden Nacht würden sie dann bereits wieder zusammen in ihrem Zelt liegen und sich versöhnt und glücklich in den Armen halten.

Nichts und niemand durfte Carl und sie jemals trennen.

# 2

Emma hatte geschlafen, ein paar Früchte heruntergewürgt und sich von Purlimil verarzten lassen. Außerdem hatte sie nach Belle gesehen, die unter Purlimils Obhut stand, seit Emma am frühen Morgen begonnen hatte, nach Carl zu suchen. Und jetzt, am späten Nachmittag, saß sie endlich mit den drei Ältesten in Birwains Hütte. Gerade hatte sie ihnen stockend von ihrem Streit erzählt; davon, dass Carl sie in höchstem Maße verärgert verlassen hatte. Danach hatte Emma die Vermutung geäußert, dass ihm etwas passiert sein müsse, weil ihr Mann niemals freiwillig so lange von ihr fortbleiben würde.

Was sie daraufhin zu hören bekam, war nicht sehr aufbauend.

»Vielleicht ist er ertrunken«, sagte Gunur düster.

»Hat keinen Zweck, ihn weiter zu suchen«, bekräftigte Dayindi.

»So leid es mir tut, Emma«, sagte sogar Birwain und runzelte kummervoll die Stirn, »mir scheint, es ist vergebens.«

Emma starrte ihn ungläubig an. »Vergebens? Was redest du denn da? Wir haben gerade mal einen halben Tag lang gesucht. Er kann überall sein, so schnell gibt man doch nicht auf!«

Statt des Schamanen antwortete ihr der *law man.* »Du wusstest, dass das passieren würde, also hör auf, dich dagegen zu wehren«, sagte er kalt.

»Was meinst du damit?« Emma war verwirrt.

»Du hast Belle bekommen und Carl dafür verloren – Leben gegen Leben. Hatte ich es nicht gesagt? Unsere Geister lassen nicht mit sich spaßen. Jetzt hast du deine Strafe.«

»Aber das ist doch verrückt.« Sie spürte, wie sie wütend wurde.

»Carl lebt, das spüre ich! Gewiss liegt er irgendwo in der Wildnis und wartet auf unsere Hilfe, und ihr … ihr redet von der Strafe der Geister!«

Dayindi sah aus, als läge ihm eine barsche Erwiderung auf der Zunge, doch Birwain brachte ihn mit einem Blick zum Schweigen.

»Das tun wir, weil alles darauf hindeutet«, sagte der Schamane traurig zu Emma. »Du durftest das Baby behalten, doch als Ausgleich dafür haben die Geister sich …«

»… deinen Mann geholt«, ergänzte Gunur leise.

Emma starrte die drei Ältesten an. Die Geister sollten Carl entführt haben? Was waren denn das für Schauermärchen? Liebe Güte, in welchem Jahrhundert lebten diese Menschen eigentlich? Geister spukten, wenn es hoch kam, auf schottischen Schlössern. Vielleicht hausten sie auch in den Feuerpalmen hier im Regenwald, wer konnte das schon so genau wissen? Aber dass sie einen Menschen verschwinden lassen konnten – diese Vorstellung ging Emma entschieden zu weit. Wegen solch abergläubischer Hirngespinste sollte sie aufhören, ihren Mann zu suchen? Niemals!

Mit vorgerecktem Kinn hielt Emma den Blicken der drei Schwarzen stand. »Das ist absoluter Unsinn«, sagte sie kühl. »Die Strafe sollte mich treffen, nicht Carl.«

»Nun, das tut sie auch, oder?« Dayindi zupfte an dem Knochen in seiner Nasenscheidewand herum. Hinterhältig sagte er: »Deinetwegen ist dein Mann fort. Vielleicht hat er dich verlassen, weil er es nicht mehr mit dir ausgehalten hat. Vielleicht ist er tot. Mit dieser Ungewissheit wirst du von nun an leben müssen. Ist das keine Strafe für dich?«

Heiß kochte die Wut in Emma hoch. »Carl hat mich weder verlassen, noch ist er tot! Hör doch auf, mir das einreden zu wollen, Herrgott!«

»Dein Herrgott, Weib, befindet sich nicht in dieser Hütte«, zischte Dayindi. »Nur unsere Geister, und die haben endlich gehandelt. Ob es dir nun gefällt oder nicht.«

Gunur neben ihm schnappte hörbar nach Luft. Ihre Augen weiteten sich in plötzlichem Verstehen, als sie rief: »Natürlich, das Ritual!«

Emmas Blick flog zu der Alten hinüber.

»Die Voraussage der Geister!«, sprudelte es aus Gunur heraus. »Sie hatten dich auserwählt, den Tod zu bringen, und nun wissen wir endlich, wem du den Tod bringen solltest: Carl! Mit eurem Streit hast du ihn vertrieben, deshalb hatte er einen Unfall, und so hat er den Tod gefunden!«

Alle Farbe wich aus Emmas Gesicht.

Nein, dachte sie, nein, nein, nein! Das würde sie sich nicht auch noch einreden lassen.

»Carl hat gesagt, dass ich nichts auf eure abergläubischen Voraussagen geben soll«, schleuderte sie den Ältesten entgegen. »Er war sich sicher, dass nichts davon real ist. Dass wir eine Forschungsnotiz machen und das Ganze vergessen sollten und …«

»Dann«, unterbrach Dayindi sie spöttisch, »wurde dein Mann wohl mittlerweile eines Besseren belehrt.«

Fassungslos schaute Emma in das selbstgerechte Gesicht des *law man*, und plötzlich stieg ein solch glühender, mörderischer Hass in ihr auf, dass sie aufsprang und fluchtartig die Hütte verließ.

Sie rannte durch das Lager, fort von der Hütte, fort von Dayindi. Ihre feindseligen Gefühle tobten in ihr, brannten, wollten ausgelebt werden, und instinktiv wusste Emma, dass sie hier wegmusste, sofort. Sie stürzte zu ihrem Zelt, schnappte sich ein Gewehr und die wassergefüllte Kalebasse und verließ das Lager.

Sie würde jetzt zu Princess laufen, würde die ganze verdammte Umgegend abreiten, so lange, bis sie Carl gefunden hatte, und dann würde sie den Ältesten entgegentreten und sie alle drei zwingen, ihr ins Gesicht zu schauen. Sie, Emma, sollte für den Tod ihres Mannes verantwortlich sein? Sie sollte schuld daran sein, dass er nicht mehr lebte, nur weil diese fiesen Geister sich einen Spaß daraus machten, Emma an ihrer Schuld ersticken zu lassen? Oh nein, das konnte man ihr nicht weismachen, nicht einmal Birwain! So grausam war Gott nicht. Und *er* war es, an den Emma glaubte, nicht diese grässlichen Ahnen und Marmbeja, die nichts als Furcht, Schrecken und Hoffnungslosigkeit verbreiteten.

*Haben wir dir nicht geholfen, als du unsere Hilfe benötigt hast? Haben wir dich nicht während des Eukalyptusfeuers geheilt?*

»Nein!«

Sie schrie ihren Zorn in den Regenwald hinaus, schleuderte ihn in den Himmel und verschloss sich im selben Moment mit aller Kraft den Halluzinationen, diesen trügerisch liebevollen Stimmen, die ihr überreizter Verstand ihr vorgaukelte. Sie wollte nichts mehr hören, weder aus den Bäumen noch aus ihrem Inneren noch sonst woher. Sie, Emma, lebte in der wirklichen Welt, im aufgeklärten 19. Jahrhundert, und sie würde tun, was hier und heute zu tun war:

Zu Princess laufen.

Carl suchen.

Dafür sorgen, dass er weiterlebte … mit ihr, für sie. Für Belle. Für seine Forschung.

Für alles, was ihm wichtig war.

Bei Gott und allen Ahnen und Geistern, er musste einfach leben.

# 3

Langsam ritt Emma zurück in ihr ehemaliges Forschungslager. Sie hatte den Kopf mit der pochenden Wunde gesenkt, achtete schon lange nicht mehr auf den nachtschwarzen Weg. Ihre Stute würde sie auch ohne ihre Hilfe sicher zurückbringen.

Wie es aussah, war Orlando weniger verlässlich gewesen.

Stunde um Stunde war Emma durch den offenen Eukalyptuswald geritten, der sich meilenweit über die Main Range erstreckte. Steinige, schlechte Wege hatten sie in alle Himmelsrichtungen geführt; wenn der Wald zu dicht oder der Weg zu holperig geworden war, war Emma abgestiegen und hatte Princess am Zügel geführt. Pferd und Reiterin hatten etliche Hügel erklommen und ebenso viele Täler durchquert. Pausen hatte es nicht gegeben. Emma hatte im Sattel getrunken, Hunger verspürte sie nicht; sie wollte nicht essen, sondern Carl finden. Nur Carl finden. Sich mit eigenen Augen davon überzeugen, dass er nicht tot war.

Jetzt kehrte sie zurück. Unverrichteter Dinge und mit einem Herzen schwer wie Blei.

Princess wurde schneller, als sie sich ihrer Weide näherten. Sie freute sich auf ihre Nachtruhe; Emma hingegen würde ganz gewiss keinen Schlaf finden.

Nicht ohne Carl.

Sie schaute über die nächtliche Weide und wollte gerade absteigen, tief in Gedanken versunken, als ihr eine andere Nacht in den Sinn kam. Die Nacht vor so vielen Monaten, als Carl Oskar niedergeschlagen hatte und sie vor der Auseinandersetzung der beiden Männer hierhergeflohen war. Wenig später war auch Oskar zur

Weide gewankt, und sie hatte darum gebetet, dass er sie – aggressiv und betrunken, wie er war – nicht entdecken würde.

Die Schatten stürzten sich auf sie, und alles fiel ihr wieder ein. Oskars Drohung, Yileen zu erschießen, um sein Skelett in einem Hamburger Museum auszustellen … seine Unverschämtheiten Carl gegenüber, dem Oskar sich von Anfang an unterlegen gefühlt hatte … Oskars aufdringliche Berührungen, als Emma noch seine Assistentin gewesen war … seine gierigen Hände auf ihrer Haut, sein widerlicher Versuch, sie zu vergewaltigen … sein Keuchen.

*Du sollst dich dein ganzes Leben lang daran erinnern, dass ich dich bezwungen habe. Es wird dich nie mehr loslassen, verstehst du?*

Und Oskar hatte recht gehabt: Es ließ sie nicht los. Es war immer noch alles da, der Schrecken, die Angst, und obwohl ihr Verstand wusste, dass Oskar längst wieder in Deutschland lebte, durch Meere und monatelange Reisen von ihr getrennt, spürte ihre Seele die Bedrohung, als stünde er neben ihr. Emma begann zu zittern, während Princess hin und her tänzelte und nicht verstand, warum ihre Reiterin mit ihr vor dem Holzzaun stehen blieb, statt sie endlich auf die Weide zu führen.

Carl hatte es in den letzten Monaten geschafft, dass sie Oskar und seine giftigen Drohungen in den hintersten Winkel ihres Bewusstseins hatte verbannen können. Mit Carl an ihrer Seite war Oskars Geist in dem verlassenen Forschungslager nichts weiter als ein flüchtiger, übelriechender Hauch gewesen.

Aber jetzt war Carl nicht mehr da. Sie war allein in dieser dunklen Nacht, diesem wilden Land, an einem Ort, der sie gnadenlos den Schatten der Vergangenheit auslieferte. Panik breitete sich in ihr aus. Oskar ließ sie nicht los, er würde es niemals zulassen, dass sie sich von ihm befreite, und wenn Carl nicht bei ihr war, um sie zu …

Princess' Wiehern, nun laut und ungeduldig, brachte Emma zur Besinnung.

Sie stieß den Atem aus und rieb sich über das Gesicht. Die Panik ebbte ab.

Was tat sie hier eigentlich? Stand herum und fürchtete sich vor Gespenstern, als hätte sie im wirklichen Leben nicht Sorgen genug! Sie hinderte ihr müdes Pferd, sich von den Strapazen der letzten Stunden auszuruhen, und sich selbst hinderte sie daran, sinnvolle Maßnahmen zu ergreifen. Maßnahmen, um Carl zu retten – vor was auch immer.

Emma saß entschlossen ab, schickte Princess mit einem Klaps auf die Weide und die Erinnerung an Oskar zum Teufel. Dann lehnte sie sich gegen einen der Holzpfähle und bemühte sich, ruhig und konzentriert nachzudenken. Was war zu tun?

Sie hatte die nahe Umgebung mit den Schwarzen abgesucht und die weitere mit Princess, dennoch hatte sie Carl nicht gefunden. So weit, so schlecht. Wo konnte sie noch suchen? Sollte sie einfach jeden Tag von Neuem losziehen? Aber hatte sie denn überhaupt eine Chance, ihn in dieser endlosen, menschenleeren Region zu finden?

Plötzlich kam ihr ein beunruhigender Gedanke. Wenn Carl vom Pferd gefallen war und sich verletzt hatte … warum war Orlando dann nicht allein zurückgekehrt, wie Pferde es normalerweise taten?

Emma runzelte die Stirn. Vielleicht war Carl so weit fortgeritten, dass Orlando den Weg nach Hause nicht allein gefunden hatte. Aber Carl hatte doch nur einen kleinen Ausritt zur Beruhigung unternehmen wollen … oder?

*Oder ist ihm gar nichts passiert? Hatte er gar keinen Unfall, so dass ich ihn auch nicht finden kann? Ist er freiwillig fortgeritten?*

Sie starrte auf die vom Mond beschienene Weide, auf der Princess schnaubend herumtrottete, auf der Suche nach dem perfekten Schlafplatz oder vielleicht auch nach Orlando.

Hatte Carl sie verlassen? Unmöglich. Er hätte doch seine Habseligkeiten mitgenommen, zumindest sein Forschungsmaterial.

*Das lässt sich doch alles ganz leicht ersetzen.*

Eine erbarmungslose Kälte breitete sich in Emma aus, und sie kam nicht von der Nachtluft. Carl zu verlieren, weil er selbst es so wollte … nichts konnte schrecklicher sein.

Was war passiert? Wo war er? Lebte er? Liebte er sie noch? Würde er zurückkommen? Konnte er zurückkommen?

Die Fragen rotierten in ihrem Kopf, und schlagartig wurde ihr klar, dass die Ungewissheit schlimmer war als alles andere. Sie musste herausfinden, was wirklich geschehen war, sonst würde sie verrückt werden.

Und deshalb brauchte sie schnellstens einen Plan.

Was würde Carl tun, wenn er in ihrer Situation wäre? Was tat man als Weißer, wenn ein Mensch verschwand?

Polizei.

»Genau! Ich gehe nach Ipswich zur Polizei«, sagte Emma laut. Wenn sie es aussprach und ihre eigene Stimme hörte, kamen ihre Pläne ihr realer und erfolgversprechender vor. »Und ich schreibe einen Brief an die Kolonialregierung!«

Ja, das war gut; denn selbst wenn Carl beschlossen hätte, sein Leben mit Emma hinter sich zu lassen, so war er doch zu sehr Wissenschaftler, um alle Brücken hinter sich abzubrechen. Die Kolonialregierung würde wissen, was er vorhatte. Und Emma würde zumindest wissen, dass er lebte – wenn auch nicht mehr bei ihr.

Sie straffte die Schultern, wandte sich von der Weide ab und beschloss, sofort zum Eingeborenenlager zurückzukehren, damit sie gleich morgen nach Ipswich reiten konnte. Mit schlechtem Gewissen dachte sie an Belle. Ob die Kleine sie bereits vermisste? Sie war es schließlich nicht gewohnt, so lange ohne ihre Adoptivmutter zu sein und an einem anderen Ort zu schlafen als im Zelt. Nach Ipswich würde Emma Belle auch nicht mitnehmen können. Das Städtchen lag anderthalb scharfe Tagesritte vom Lager entfernt, und Belle brauchte Purlimils Muttermilch. Hoffentlich würde Purlimil überhaupt so lange auf Belle aufpassen, obwohl sie das ja eigentlich nicht durfte … weil der verdammte Zorn der Ahnen sie sonst ebenfalls treffen würde.

Die nähere Zukunft versprach mehr als kompliziert zu werden.

# 4

Ich bedaure, Mrs Scheerer, aber ich glaube nicht, dass ich Ihnen helfen kann.«

Der Constable lehnte sich in seinem Stuhl zurück und verschränkte die Hände über dem Bauch. Es war ein enorm großer Bauch, und der Constable sah aus, als träumte er schon wieder vom Essen.

Emma betrachtete ihn irritiert. Gemütlichkeit hin oder her, er musste doch seiner Pflicht nachkommen! Wie konnte er ihr Ansinnen abschmettern, bevor er auch nur den ganzen Sachverhalt vernommen hatte?

»Sie müssen mir aber helfen«, beharrte sie. »Mein Mann ist verschwunden! Da muss man doch irgendetwas tun können.«

»Ja, nämlich abwarten«, sagte der Constable und zog ein Stofftaschentuch hervor. Umständlich tupfte er sich damit die Schweißtropfen von der Stirn.

Auch Emma schwitzte. Sie war die stehende Luft und die hohen Temperaturen nicht mehr gewohnt. Seit Monaten war sie nicht aus dem Lager und seiner Umgebung herausgekommen, und während nun, Anfang April, eine angenehme Wärme im Regenwald herrschte, schien Ipswich von der flirrenden Mittagshitze regelrecht erdrückt zu werden.

Aber sie war nicht den ganzen langen Weg hierhergeritten, hatte nicht schweren Herzens Belle zurückgelassen und sich Dayindis Beschimpfungen angehört – »Wer ein Baby aufnimmt, hat sich gefälligst auch darum zu kümmern!« –, um sich nun Gedanken über das Wetter zu machen.

»Constable«, sagte sie eindringlich, »ich habe nicht vor, lediglich abzuwarten. Mein Mann hatte möglicherweise einen Unfall und ist verletzt. Jeder weitere Tag, der vergeht, könnte seinen Tod bedeuten!«

Der Constable seufzte. »Wann, sagten Sie, haben Sie Mr Scheerer zum letzten Mal gesehen?«

»Vor drei Tagen, sehr früh am Morgen.«

»Und Sie haben die Umgegend bereits abgesucht?«

»Ja. Die nähere Umgebung mit den Eingeborenen zu Fuß und die weitere Umgebung allein zu Pferd.«

Der Constable hob die Hände. »Aber liebe gute Frau, was soll ich denn dann noch tun?«

Emma starrte ihn an. »Ich dachte eigentlich, genau das würden Sie mir jetzt erklären. Sie sind schließlich die Polizei.«

Ohne seine bequeme Sitzposition aufzugeben, sagte der Constable: »Ich verstehe ja, dass Sie besorgt sind. Aber wir von der Polizei haben kaum eine Möglichkeit, Mr Scheerer zu finden, das muss Ihnen doch klar sein. Ihr Mann kann weiß Gott wohin geritten sein. Vielleicht ist er längst tot. Bei dieser Hitze verletzt im Busch, ohne Wasser, ohne Nahrung … das hält kein Mensch lange aus.«

Emma ballte die Fäuste, bis ihre Fingernägel sich schmerzhaft in ihre Handflächen gruben. »Er lebt«, presste sie hervor. »Das weiß ich.«

»Ach ja?« Endlich war das Interesse des Constable geweckt, und er beugte sich neugierig vor. »Woher denn?«

Sie zwang sich, die Worte auszusprechen. »Ich würde es spüren, wenn er tot wäre.« Ihr war klar, dass das seltsam klang; dennoch war es die Wahrheit.

Der Constable ließ sich enttäuscht zurücksinken. »Das ist nicht gerade ein Beweis«, sagte er vorwurfsvoll.

Emma schwieg.

Der Constable betrachtete sie eine Weile unbehaglich. Offensichtlich wusste er nicht recht, was er mit ihr anfangen sollte. Er scheuchte eine Fliege fort und trommelte mit den Fingern auf die Tischplatte. Schließlich seufzte er und sagte: »Vielleicht sollten Sie sich einfach damit abfinden, dass Ihr Mann verschwunden ist, Mrs Scheerer. Ob er noch lebt oder nicht, ist ja zweitrangig.«

»Wie bitte?«

»Verstehen Sie mich nicht falsch, gute Frau: Es kann schon sein, dass Mr Scheerer zu Ihnen zurückkommt. Aber viel Hoffnung würde ich mir an Ihrer Stelle nicht machen.« Plötzlich schien ihm etwas Erfreuliches einzufallen, denn sein Blick hellte sich auf. »Ach ja, sollte Ihr Mann weiterhin verschwunden bleiben, dürfen Sie ihn natürlich als verstorben melden! Nach einer gewissen Zeit ist es Ihnen dann erlaubt, neu zu heiraten, nach … warten Sie … wie lange war das noch? Ich sehe schnell nach, Moment …«

»Um Gottes willen, lassen Sie das bleiben!«, sagte Emma so scharf, dass der Constable, der bereits angefangen hatte, in einem ledergebundenen Buch zu blättern, erschrocken innehielt. »Ich will nicht neu heiraten! Mein Mann ist seit gerade mal drei Tagen verschwunden. Wie können Sie glauben, dass ich auch nur in Erwägung ziehe, ihn als verstorben zu melden?«

Beleidigt sagte der Constable: »War ja nur ein Vorschlag. Die meisten Damen wären dankbar dafür, so umfassend beraten zu werden.«

»Aber ich will keine Beratung«, rief Emma, »ich will, dass Sie ihn finden! Das ist doch Ihre Aufgabe, oder?«

»Mrs Scheerer!« Der Constable stemmte seine fleischigen Hände auf den Tisch und sah Emma streng an. »Sie sind erregt, und das ist in Anbetracht der Umstände in gewisser Weise verständlich. Dennoch muss ich Sie ernsthaft ermahnen, sich zu mäßigen. Sie sprechen mit einer Amtsperson!«

Emma holte tief Luft und schloss für einen Moment die Augen. Dann öffnete sie sie wieder und sagte beherrscht: »Also gut. Angenommen, mein Mann lebt. Was wäre dann zu tun?«

»Nichts.« Er lehnte sich wieder zurück und betrachtete sie grimmig. »Wenn er lebt und nicht zu Ihnen zurückkehrt, wird er schon seine Gründe dafür haben.«

»Sie meinen …«

»Ganz recht, Mrs Scheerer, das meine ich. Glauben Sie mir: Ihr Mann wäre nicht der Erste, der morgens aus dem Hause geht und abends bereits ein neues Leben angefangen hat. Weit weg von daheim.«

»Aber …«

»Wenn ein unzufriedener Ehemann verschwinden will«, sagte der Constable fest, »dann hat er es damit nirgendwo so leicht wie in Australien.«

Die Vorstellung war kaum zu ertragen.

Auch wenn Emma sich bei ihrer nächtlichen Suche bereits eingestanden hatte, dass diese Möglichkeit existierte, so war es doch etwas ganz anderes, dies nur zu denken, als es aus dem Munde eines fremden Menschen zu hören.

Benommen lief Emma durch die staubigen Straßen, kaum nahm sie die Menschen um sich herum wahr. Sie wanderte umher ohne Sinn und Ziel, Princess am Zügel und die vernichtenden Worte des Constable im Ohr.

*Carl, ach Carl … es war doch nur ein dummer Streit … ich war so übernächtigt … es tut mir so schrecklich leid …*

Unmittelbar vor ihr flatterte krächzend ein bunter Papagei in die Luft, und Princess riss nervös den Kopf hoch. »Ruhig, meine Süße«, beruhigte Emma die Stute, wobei sie die Zügel fester fasste, jäh in die Wirklichkeit zurückgeworfen.

Sie sah sich um. Ohne es zu merken, war sie am Bremer River angelangt. Sie musste durch den Ort gegeistert sein wie eine Schlafwandlerin.

Emma beschattete ihre Augen mit der freien Hand und blickte auf den trüben, breiten Fluss, auf dem etliche Dampfschiffe verkehrten. Carl hatte ihr einmal erzählt, dass im Hafen von Ipswich hauptsächlich Wolle verladen wurde, angeliefert von den umliegenden Schafstationen. Die Dampfschiffe dienten aber nicht nur dem Gütertransport, sondern ebenso als Postschiffe, und auch Reisende nahmen sie in Anspruch. Die Fahrt nach Brisbane dauerte auf dem Wasserweg keinen Tag lang.

Nachdenklich betrachtete Emma das bunte Treiben auf dem Fluss. Brisbane … dort lebten die Dunnings. Ob sie Mr und Mrs Dunnings um Rat fragen sollte? Sie waren Carls älteste und liebste Freunde in Australien. Vielleicht hatten sie ja etwas von ihm gehört?

*Wenn Carl mich wirklich verlassen hat, so sind die Dunnings die Personen, die als Erste davon erfahren werden – und möglicherweise als Einzige.*

Die Idee allerdings, die Dunnings selbst aufzusuchen, verwarf Emma sofort. Sie war sowieso schon drei Tage lang von Belle getrennt, und sie konnte die leise Furcht nicht abschütteln, dass es für das Baby ohne sie nicht sicher im Lager war. Zwar würde Purlimil alles tun, um Belle zu schützen; aber wie hatte Dayindi vor Emmas Abreise gedroht? »Wenn Purlimil auf das Kind aufpasst, so wird der Zorn der Ahnen auch sie treffen!«

Diesen Zorn fürchtete Purlimil ebenso sehr wie alle anderen Schwarzen, das wusste Emma. Niemand konnte voraussehen, wie lange Purlimil dem Druck des *law man* standhalten würde und das Baby versorgte. Nein, es kam nicht in Frage, Belle länger allein zu lassen als unbedingt nötig. Emma musste sich noch heute auf den Weg zurück in den Regenwald machen.

Aber sie könnte den Dunnings einen Brief schreiben. Zur Post musste sie ohnehin.

Der Brief an die Kolonialregierung lag seit dem frühen Morgen in Emmas Beutel; sie hatte ihn auf der Station verfasst, wo sie als zahlender Gast übernachtet hatte. Schlaf hatte sie sowieso keinen gefunden, stattdessen hatte sie Stunde um Stunde über ihren Formulierungen gebrütet. Es war ihr nicht leichtgefallen, den richtigen

Ton zu finden, schließlich sollten ihre Auftraggeber in Sydney den Ernst der Lage begreifen, andererseits ihren fähigsten Forscher aber auch nicht gleich abschreiben. Vielleicht kehrte er ja doch noch zurück …

»Komm, Princess«, sagte Emma leise zu der braven Stute. »Wir gehen zur Post. Dort kann ich an Mrs Dunnings schreiben und dann beide Briefe abgeben. Danach machen wir uns auf den Heimweg. In zwei, drei Wochen kommen wir wieder her und schauen, ob wir Antworten bekommen haben. Früher hat es wahrscheinlich keinen Sinn, denn manchmal kommen vier Postschiffe pro Tag an, manchmal aber auch tagelang gar keines, und ich kann Belle ja nicht ständig allein lassen, um zur Post zu reiten. Aber vielleicht ist Carl bis dahin ja auch längst wieder bei mir, und ich habe mir alle Sorgen umsonst gemacht. Na ja, es ist immerhin eine Möglichkeit, was meinst du?«

Eine weiß gekleidete Dame mit Hut und Schleier ging an ihr vorüber und schüttelte missbilligend den Kopf. Emma war einen Augenblick lang von dem abfälligen Blick der Dame verwirrt, bis ihr klar wurde, dass sie die ganze Zeit vor sich hin gebrabbelt hatte. Emma hatte völlig selbstverständlich mit ihrem Pferd gesprochen. Lieber Gott, sie erzählte einem Pferd ihre Pläne! Mehr noch: Sie fragte es um seine Meinung.

Was Carl wohl dazu gesagt hätte?

*Er hätte gelacht, und dann hätte er mich in den Arm genommen und geküsst. Ihm gefällt es, dass ich nicht so bin wie andere Frauen. Bei ihm darf ich immer genau so sein, wie ich mich fühle. Ach, Carl!*

Das plötzliche Bedürfnis, sich in Carls Armen seiner Liebe zu versichern, überrollte sie wie eine Flutwelle. Die Sehnsucht war so überwältigend und gleichzeitig so hoffnungslos, dass Emma fürchtete, nicht mehr atmen zu können. Am liebsten hätte sie sich an der nächsten Hauswand zu Boden sinken lassen, den Kopf in ihren Armen vergraben und geweint.

Aber damit war Carl auch nicht geholfen.

Also wartete sie einfach ab, bis der Augenblick der Schwäche vorüberging. Dann nahm sie einige große Schlucke Wasser aus der Kalebasse, hob das Kinn und setzte schweigend ihren Weg zur Post fort. Was sie tun konnte, um Carl zu finden, das wollte sie tun. Sofort.

Es war wenig genug.

Noch am selben Abend machte Emma sich auf den Heimweg in den Regenwald. Sie musste einige Stunden lang durch die Dunkelheit reiten, um die Station zu erreichen, auf der sie Pause machen und die restliche Nacht verbringen würde, doch der nächtliche Ritt schreckte sie nicht. Was konnte ihr schon passieren, was ihr am Tage nicht ebenso passieren konnte? Die Landschaft – flach, gleichförmig und spärlich mit Eukalypten besetzt – war stets menschenleer. Sollte sie auf einen einsamen Reisenden treffen, der ihr Böses wollte, so hätte dieser bei Helligkeit ein ebenso leichtes Spiel wie in der Nacht.

Emma fürchtete sich auch nicht davor, sich zu verirren, denn mit Carl hatte sie den Weg nach Ipswich schon so oft zurückgelegt, dass sie und Princess ihn im Schlaf gefunden hätten. Nein, um sich selbst machte Emma sich keine Sorgen.

Aber um Carl.

Carl, an den sie ununterbrochen denken musste.

Emma trieb Princess energisch an. Ein sehr gemütlicher Galopp war alles, wozu sie ihre Stute überreden konnte, doch damit war Emma zufrieden. Auf diese Weise würden sie die Station um Mitternacht erreichen, und dies hatte Emma der Farmerin bei ihrem Aufbruch am Morgen angekündigt.

Emma und Carl übernachteten bei ihren kurzen Reisen nach Ipswich immer auf derselben Station, und man hieß sie dort stets herzlich willkommen. Die Farmersleute, Mr und Mrs Conolly, waren gebürtige Iren, was man ihnen mit ihren braun gebrannten Gesichtern allerdings kaum ansah. Sie waren als junges Ehepaar ausgewandert, lebten schon seit zwei Jahrzehnten in Australien und hatten sich eine bescheidene Schafzucht aufgebaut. Reich waren sie damit nicht geworden, das erkannte Emma an den geflickten Röcken der Frau und an der Dankbarkeit in ihren Augen, wenn Emma die Bezahlung für Übernachtung und Frühstück ein wenig aufstockte. Doch die Conollys schienen mit ihrem bescheidenen Wohlstand, ihren Schafen und den Hunden zufrieden zu sein. Sie strahlten ein ruhiges Glück aus, dem man sich kaum entziehen konnte, und Emma fühlte sich mittlerweile, als kehre sie bei Freunden ein, wenn sie auf der Station zu Gast war.

Dennoch hatte sie sich Mrs Conolly in der vergangenen Nacht nicht anvertraut. Die Farmerin hatte sie erstaunt gefragt, wo Emma denn diesmal ihren Mann gelassen habe, und Emma hatte etwas von »dringenden Forschungsarbeiten« gemurmelt.

Sie fragte sich, ob sie es ein zweites Mal fertigbringen würde, die freundliche Mrs Conolly anzuschwindeln. Nach der Enttäuschung auf der Polizeiwache fühlte Emma sich kaum mehr dazu imstande, die gelassene Fassade zu wahren.

Der Mond stand hoch am Himmel, als Emma endlich die Station erreichte. Sie zügelte Princess und ritt im Schritt durch das, was die Conollys ihren Garten nannten. Selbst im Dunkeln fand Emma den Garten bezaubernd.

Sie atmete tief ein, und als ihr Blick über die im Licht der Sterne glänzenden Zierbäume schweifte, fühlte sie einen Moment lang fast so etwas wie Frieden. Trotz ihres Kummers nahm sie die Schönheit um sich herum mit allen Sinnen wahr: den kühlen Wind, der einen Hauch von Herbst auf ihrer Haut hinterließ, das geschäftige Rascheln der nächtlichen Fauna. Feigen mit ihren weit ausladenden Kronen verschmolzen mit der Dunkelheit, zierliche Granatapfelbäume verwoben ihre Äste mit Hibiskussträuchern und einheimischen Kirschbäumen. Es roch nach Dunst und feuchter Erde, und nach der Eintönigkeit der letzten Meilen kam der Garten Emma wie ein kleines Paradies vor.

Unwillkürlich kam ihr das Glück in den Sinn, das sie im vergangenen September hier verspürt hatte.

Auch damals war sie auf dem Rückweg in den Regenwald gewesen, aber nicht allein. Sie war mit Carl im letzten Abendlicht durch den Garten gewandert, und er hatte sie unter dem grünen Baldachin einer Feige geküsst …

*»Keine Frau auf der Welt hat so weiche Lippen wie du, Emma, weißt du das?«*

*Neckend fragt sie: »Ach, hast du schon alle Frauen durchprobiert?«*

*Er lächelt. »Das brauche ich nicht. Ich weiß es auch so.«*

*»Gut, denn etwas anderes will ich dir auch nicht geraten haben!« Sie versucht, streng zu schauen, was ihr nicht gelingen will.*

*Er zieht sie an sich. »Komm her, Kratzbürste, gib mir noch einen Kuss.«*

*»Kratzbürste? Ich? Also, mein Lieber, deinen Kuss bekommst du erst, wenn du die Kratzbürste zurücknimmst!«*

*»Niemals.« Leise lacht er. »Ehrlichkeit ist nämlich eine Tugend, die ich auch weiterhin kultivieren möchte. Aber weißt du was? Ich liebe dich, kratzbürstige Emma, und ich will dich kein bisschen anders haben, als du bist. Ich liebe dich.«*

*Das genügt ihr als Entschuldigung.*

*Sein Kuss schmeckt süß und vielversprechend.*

*Emma spürt die Bewegung seiner Lippen an ihrem Mund, als er flüsternd hinzusetzt: »Nur dich, Emma. Ich liebe nur dich. Für immer.«*

Einer der Hunde fing an zu bellen und fegte auf sie zu, doch als er Emma und Princess erkannte, verwandelte sich das wütende Gekläff in fröhliches Schwanzwedeln. Mechanisch saß sie ab und streichelte das struppige Tier, aber alles, woran sie denken konnte, war Carls Liebeserklärung im Garten.

*Ich liebe dich, kratzbürstige Emma …*

Du lieber Himmel, wie hatte sie auch nur eine Sekunde lang glauben können, dass Carl sie verlassen hatte? Er liebte sie, hatte sie immer geliebt, genau so, wie sie war! Er wollte sie nicht anders – nicht sanfter, nicht nachgiebiger, nicht damenhafter, nicht weniger störrisch. Nein, Carl hätte es niemals fertiggebracht, freiwillig von ihr fortzugehen, nicht einmal, wenn sie ungerecht und aggressiv war. In jeder Ehe gab es gute und schlechte Tage, und Carl war nicht so wankelmütig, an einem schlechten Tag gleich alles hinzuwerfen.

*Nur dich, Emma. Ich liebe nur dich. Für immer.*

Zögernd ließ sie ein Quäntchen Zuversicht in ihr Herz. Wenn Carl lebte, dann würde er zu ihr zurückkehren – irgendwann. Sie durfte die Hoffnung nicht aufgeben! Carl war alles für sie, ihr Leben und ihre Liebe. Es konnte, es durfte einfach nicht sein, dass diese Liebe so früh zum Sterben verurteilt sein sollte.

*Nur dich, Carl. Nur dich liebe ich. Für immer.*

Im Wohnraum der Station flammte Licht auf. Mrs Conolly trat mit einer Laterne in der Hand, in ein wollenes Umschlagtuch gehüllt, auf die Veranda und lächelte ihr müde entgegen.

Emma warf einen letzten Blick in den dunklen Garten. Dann verschloss sie ihre Gefühle tief in ihrem Herzen, erwiderte Mrs Conollys Lächeln und trat mit festem Schritt auf sie zu.

# 5

APRIL 1860

Die Zeit ohne Carl zog sich dahin wie zäher, erstickender Schleim.

Aber Emma kämpfte.

Tag für Tag bemühte sie sich aufs Neue, ihren gewohnten Alltag im Regenwald so zu meistern, als sei alles in Ordnung. Carl, so sagte sie sich, würde es ihr nicht danken, bei seiner Heimkehr auf eine schwermütige Frau, ein vernachlässigtes Baby und brachliegende Forschungen zu treffen. Deshalb musste Emma funktionieren. Musste morgens aufstehen, tagsüber ihren Pflichten nachkommen und abends Schlaf finden. Musste sich liebevoll um Belle kümmern, musste an ihren Aufzeichnungen weiterarbeiten, wenn das Baby schlief, und musste sich zwingen zu essen, obwohl sie niemals Appetit verspürte. Sie musste bei Kräften bleiben. Für ihn.

Wenn Emma trotzdem das Gefühl hatte, nicht mehr zu können, wenn sie einfach aufgeben und sich irgendwo verkriechen wollte wie ein waidwundes Tier, dann stellte sie sich vor, dass Carl plötzlich vor ihrem Zelt stand. Erschöpft und abgerissen, aber mit einem Lächeln auf den Lippen und vor allem: mit einer guten und vollkommen logischen Erklärung für sein Verschwinden.

Diese Vorstellung half zuverlässig, sie wieder aufzurichten. Oh ja, Carl würde zu ihr zurückkehren. Es war alles nur eine Frage der Zeit, und deshalb bewahrte Emma Hoffnung und Zuversicht eisern in ihrem Herzen.

Wie sollte sie auch sonst weiterleben?

Die Schwarzen behandelten Emma nun vorsichtig und rücksichtsvoll, ganz so, als sei Carl tatsächlich tot. Mitleidige Blicke folgten ihr, wenn sie durch das Lager ging. Es hagelte wohlmeinende Ratschläge in Bezug auf Belle, und beim Abendessen reichte man Emma unaufgefordert die besten Bissen. Alle schienen sich um sie zu sorgen und sie aufmuntern zu wollen. So nett das auch gemeint war, nervte es Emma doch unsäglich, denn es vermittelte ihr beständig das Gefühl, eine trauernde Witwe zu sein. Doch die war sie nicht!

Birwain schien allerdings genau das zu glauben. Gleich nach ihrer Rückkehr aus Ipswich hatte er Emma beiseitegenommen und ihr versprochen, alles in seiner Macht Stehende zu tun, um ihr den Verlust zu erleichtern. Sie hatte ruhig entgegnet, dass es keinen Verlust gebe, da sie sicher sei, Carl wiederzusehen. Der alte Schamane hatte sie mit einem langen, seltsamen Blick bedacht. Dann hatte er traurig den Kopf geschüttelt.

Emma hatte sich im ersten Moment über den Alten geärgert, sich dann aber bemüht, Verständnis für Birwains Reaktion aufzubringen. Wie alle Schwarzen glaubte ja auch er, dass Carls Verschwinden die Strafe dafür war, dass Emma der kleinen Belle das Leben gerettet hatte. Oder, noch schlimmer: dass Emma ihre unselige Aufgabe erfüllt hatte, indem sie Carl den Tod gebracht hatte. Kein Wunder, sagte sie sich bitter, dass Birwain ihren Optimismus bezüglich Carls Rückkehr nicht teilte.

Am meisten von allen bemühte sich Purlimil um Emma. Die Freundin wich ihr kaum mehr von der Seite, und mehr denn je verhielt sie sich, als seien Emma und sie tatsächlich Schwestern. Für den Clan wurde es zum gewohnten Bild, die Frauen mit ihren Babys im Quartett umherstreifen zu sehen.

Emma war froh über jede Ablenkung, und so kam sie gar nicht auf die Idee, sich gegen Purlimils ständige Begleitung zu wehren. Bald jedoch ging die Fürsorge so weit, dass Purlimil Emma nicht einmal mehr nachts allein lassen wollte. Yileen, ob es ihm passte oder nicht, musste allein in seiner Hütte liegen, während die Frauen mit ihren Babys in Emmas Zelt schliefen. Emma war das peinlich, zudem sehnte sie sich danach, ab und zu ein paar Stunden allein zu sein. Doch Purlimil bestand hartnäckig darauf, ihr auf jede nur mögliche Weise beizustehen.

Besorgt fragte Emma sich, ob die übertriebene Fürsorge der Freundin in deren Schuldgefühlen wurzelte. Schließlich war es Purlimil gewesen, die Emma um Hilfe für ihr Baby gebeten und damit den Zorn der Ahnen provoziert hatte. In Emmas Augen war das natürlich grober Unfug, und genau das sagte sie auch zu Purlimil. Daraufhin brach die Freundin in Tränen aus.

Emma war bestürzt. Dass die patente und optimistische Purlimil einen Heulkrampf bekommen würde, war das Letzte, womit Emma gerechnet hätte. Sie beeilte sich zu erklären, dass es ihre ureigene Entscheidung gewesen war, Belle zu sich zu nehmen, und dass sie diese Entscheidung um nichts in der Welt rückgängig machen würde. Doch obgleich sie mit Engelszungen auf die Schwarze einredete, beruhigte diese sich nur langsam.

Danach war Purlimil für geraume Zeit in sich gekehrt und schweigsam, und Emma schwor sich im Stillen, niemals mehr an dieses heikle Thema zu rühren. Irgendwann, so hoffte sie, würde die Freundin schon von selbst darauf kommen, dass Emma ihr weder böse war noch ihr die Schuld an Carls Abwesenheit gab. Bis dahin musste Emma die übertriebene Fürsorge eben ertragen.

Belle zumindest gefiel es, ständig in Begleitung ihres Brüderchens zu sein. Ihre Verwandlung vom Schreihals in ein heiteres, friedliches Baby war von Dauer gewesen, und darüber war Emma heilfroh. Nach wie vor bezweifelte sie, dass Birwains Hokuspokus oder Gunurs Räucherung für die wundersame Veränderung verantwortlich waren; eher glaubte sie an die Heilkraft des Pflanzensaftes, den Purlimil ihr überlassen hatte und den Emma der Kleinen gewissenhaft dreimal täglich eingab. Belles Blähungen waren verschwunden, und wenn sie jetzt schrie, dann aus Hunger oder weil sie auf Emmas Arm wollte. Die Kleine schlief nun auch besser –

nachts immerhin vier Stunden am Stück –, und die tiefe Erschöpfung, die Emma in den ersten Wochen empfunden hatte, war einer leichten, gut auszuhaltenden Müdigkeit gewichen.

Emma fand es nun gar nicht mehr so besonders schwer, ein Baby im Regenwald aufzuziehen. Ob das daran lag, dass sie langsam, aber sicher gelernt hatte, wie eine Eingeborene mit Belle umzugehen? Aus der papierartigen Rinde eine Windel zu falten war inzwischen ein Leichtes für Emma, und das lästige Windelwaschen war ebenso Vergangenheit wie das Herumhantieren mit ellenlangen Stoffbahnen. Emma machte sich auch keine Vorwürfe mehr, wenn sie Belle »verwöhnte« und mit sich herumschleppte wie ein Koalajunges. Yileen hatte Belle die gleiche Holztrage angefertigt wie Gelar, und wenn Purlimil und Emma zusammen das Essen zubereiteten, Heilpaste herstellten oder Früchte sammelten, lagen die Babys zufrieden strampelnd neben ihnen auf dem Boden.

Neben alldem fand Emma sogar Zeit dafür, an ihren Aufzeichnungen weiterzuarbeiten. Da Carl abwesend war, musste sie sich ihren Forschungen allein widmen. Die Kolonialregierung erwartete regelmäßige Berichte von den Scheerers; blieben diese Berichte aus, würden die Gelder für das Projekt bald aufhören zu fließen, das war Emma vollkommen klar. Also bemühte sie sich, ihr neues Leben als Mutter für die Wissenschaft fruchtbar zu machen, indem sie alles notierte, was ihr auch nur im Geringsten interessant und verwertbar erschien.

Glücklicherweise gab es da etliches. Besonders ergiebig, fand Emma, war die bei den Eingeborenen übliche, äußerst kuriose Vermischung von Babypflege und Spiritualität. So ließ man den Babys Massagen angedeihen – nicht etwa, um die Kleinen zu entspannen, sondern um ihre starke spirituelle Energie in Schach zu halten. Im Clan glaubte man nämlich, dass Babys und Kleinkinder noch in besonderem Maße mit der Welt in Verbindung stünden, aus der sie gekommen waren. Das Plappern der Kleinen hielt man demzufolge für Gespräche mit Geistern, und die babytypischen, ziellosen Handbewegungen für Zeichen dafür, dass die Kleinen in der Geisterwelt auf die Jagd gingen.

Emma fand diese Vorstellungen teils lustig, teils befremdlich. Doch da sie sich dafür entschieden hatte, sich in Sachen Kindererziehung den Sitten des Clans anzupassen, machte sie keine halben Sachen, sondern passte sich gewissenhaft an: Emma achtete darauf, dass Belle im Schlafen ihr Mündchen geschlossen hielt, damit kein böser Geist in sie eindringen konnte. Sie legte Belle unverzüglich auf die rechte Seite, wenn nachts eine Krähe schreiend über das Lager flog. Und sie rieb Belles Stirn mit Pollen ein, was böse Geister vertreiben sollte.

Nötig, glaubte Emma, war das alles natürlich nicht. Aber warum nicht ausprobieren, ob die seltsamen Bräuche irgendeine Wirkung zeigten? Purlimils Medizin gegen das Schreien hatte schließlich auch geholfen. Als Forscherin musste sie für alles Neue offen sein.

In diesen Tagen wünschte Emma sich oft, mit Carl über ihre Beobachtungen zu sprechen oder zusammen mit ihm über die merkwürdigen Verrichtungen der Kinderpflege zu lachen. Wenn er doch nur da wäre! Wenn er sehen könnte, wie süß und ausgeglichen Belle nun war und wie gelassen und sicher Emma inzwischen mit ihr umging! Jetzt, das wusste sie, würde aus ihnen dreien eine glückliche Familie werden.

Nach zwei Wochen, die Emma auf diese Weise im Lager verbracht hatte, wurde sie nervös.

Ob Mrs Dunnings' Nachricht wohl schon auf dem Postamt in Ipswich auf sie wartete? Ob Mrs Dunnings etwas von Carl gehört hatte? Ob sie den geheimnisvollen Grund kannte, der ihn noch immer von Emma forthielt? Auch die Kolonialregierung hatte vielleicht schon geantwortet. Eigentlich müsste sie schnellstens nach Ipswich reiten!

Andererseits: Wenn kein Brief da wäre, hätte sie den langen Weg umsonst gemacht – und würde wegen Belle nicht so bald wieder in die Stadt reiten können. Deshalb war es wohl besser, noch eine Weile zu warten. Zumindest so lange, bis sie einigermaßen sicher sein konnte, auf der Post die gewünschten Antworten vorzufinden.

Nach drei Wochen war die innere Unruhe kaum mehr zu ertragen.

Und eines Morgens – Purlimil rieb sich gerade verschlafen die Augen – hielt Emma es nicht mehr aus.

Sie setzte sich auf und sagte entschlossen: »Purlimil, ich muss dir noch einmal für drei Tage Belle überlassen. Es tut mir leid, ich weiß, wie sehr Dayindi dir zusetzt, wenn ich nicht da bin. Aber es muss sein. Ein letztes Mal.«

Purlimil war nun hellwach. Sie sah erschrocken aus, fasste sich jedoch sogleich. »Natürlich. Du wartest auf Nachrichten, nicht wahr?«

Emma nickte stumm.

»Nur drei Tage?«, versicherte sich Purlimil.

»Ja. Ich reite zurück, sobald ich auf dem Postamt war.«

Nervös sah Purlimil sich um, als erwarte sie, Dayindi im nächsten Augenblick aus einer Zeltfalte kriechen zu sehen. »Gut, du kannst mir Belle dalassen«, stimmte sie schließlich zu. Ihre Stimme aber klang unsicher, ihr Blick war gehetzt.

*Was ist nur aus ihr geworden? Früher war sie so mutig und unbeschwert! Seit Carl weg ist, ist sie gar nicht mehr sie selbst.*

Emma wandte den Blick von Purlimil ab und widmete sich Belle, die strampelnd und glucksend auf den Decken lag. Die Kleine schenkte ihr ein strahlendes, zahnloses Lächeln, und Emma kitzelte sie am Bauch, bevor sie sich daranmachte, sie anzuziehen. Das war das Einzige, was sie beharrlich anders hielt als die Schwarzen: Wenn es herbstlich kühl war – und das war es jetzt immer öfter –, ließ sie Belle nicht ohne Kleidung ins Freie.

Mit dem Baby auf dem Arm ging sie aus dem Zelt hinaus in den dunstigen Morgen. Belle quietschte vergnügt, und Gelar, der noch im Zelt lag, antwortete mit einem beherzten Lallen. Emma lächelte, und im selben Moment sah sie aus den Augenwinkeln, dass ein Mann auf sie zukam.

Keiner der Eingeborenen.

Sondern ein Weißer.

Emmas Herz hämmerte in ihrer Brust.

Sie stolperte einen Schritt in seine Richtung, um sich zu vergewissern, dass er es wirklich war, Carl …

Alles in ihr zog sich schmerzhaft zusammen.

Denn natürlich war er es nicht.

# 6

Der junge Mann, der mit festem Schritt auf sie zukam, war schmaler und nicht so muskulös wie ihr Ehemann. Er hatte auch keine schwarzen Locken, sondern dichtes, dunkelblondes Haar, das im Nacken modisch kurz geschnitten war. Reglos sah Emma ihm entgegen, während die Enttäuschung in ihrer Seele wütete.

Was suchte dieser Mensch hier im Regenwald? Er sah keineswegs so aus, als habe er sich verirrt. Er wirkte frisch und ausgeruht, seine unverkennbar teure Kleidung war sauber, und er blickte auch nicht hilfesuchend oder gar verzweifelt um sich. Mit natürlicher Selbstsicherheit schritt er durch das Lager, direkt auf Emma und Purlimil zu.

Erst als er sie fast erreicht hatte, registrierte Emma den Brief in seiner Hand.

Ihr Gruß blieb ihr im Halse stecken. Eine Nachricht von Carl!, schoss es ihr durch den Kopf, und sie starrte wie hypnotisiert auf den weißen Umschlag.

»Gestatten, John Roberts«, sagte der junge Mann. Seine Stimme hatte ein angenehmes Timbre. »Und Sie sind Mrs Emma Scheerer, nehme ich an.«

Emma zwang sich, ihren Blick von seiner Hand zu lösen und ihm ins Gesicht zu sehen.

»Ganz recht. Was führt Sie zu mir, Mr Roberts?« Emma hoffte, dass ihre Stimme einigermaßen gelassen klang, als sie hinzufügte: »Es muss ja sehr wichtig sein, wenn Sie sich die Mühe machen, mich in diesem entlegenen Winkel der Erde aufzusuchen.«

»Das ist es in der Tat.« Er schenkte ihr ein entwaffnendes Lächeln. »Aber ich würde mein Anliegen gerne unter vier Augen mit Ihnen besprechen.«

Der junge Mann warf einen beredten Blick auf Purlimil, die ihn mit unverhohlener Neugier anstarrte.

»Natürlich.« Emma schluckte nervös. »Ähm, Purlimil, würdest du uns bitte für einen Moment allein lassen?«

In der Sprache der Eingeborenen fragte Purlimil leise: »Hat der Mann Nachricht von Carl?«

»Ich weiß es nicht«, flüsterte Emma in gleicher Weise. »Aber ich werde es hoffentlich bald herausfinden.«

Purlimil nickte, und in ihrem Gesicht zeichnete sich leise Hoffnung ab. Ohne ein weiteres Wort nahm sie Emma die kleine Belle ab, drehte sich mit den Babys auf den Armen um und ging.

Mr Roberts schaute ihr sekundenlang nach. Dann blickte er hastig zu Boden, räusperte sich und fuhr sich durch das blonde Haar.

Trotz ihrer Anspannung musste Emma grinsen. In Mr Roberts' Welt zeigten Damen in der Öffentlichkeit nicht einmal ihre Fußknöchel; kein Wunder, dass ihn der Anblick einer gänzlich unbekleideten Frau aus der Fassung brachte.

Er räusperte sich ein weiteres Mal, dann hob er entschlossen den Kopf. »Also, Mrs Scheerer«, sagte er geschäftsmäßig. »Kommen wir zum Grund meiner Anwesenheit in diesem Lager.«

Emma sah ihn abwartend an.

»Wir sind gewissermaßen Kollegen, Sie und ich.« Mr Roberts hatte sich wieder vollkommen gefangen. »Wie Sie und Ihr Ehemann arbeite auch ich im Dienste der Kolonialregierung New South Wales. Mein Spezialgebiet ist die Pflanzenforschung; ich habe Medizin und Pflanzenkunde studiert.«

Seine Worte rauschten an ihr vorbei, alle – bis auf eines: Kolonialregierung.

*Es ist also wahr. Er bringt mir Nachricht von Carl.*

»Ich nehme an, Ihr Mann ist nicht wieder aufgetaucht?«, erkundigte sich Mr Roberts.

Emma runzelte verwirrt die Stirn. »Nein. Ich dachte, dass Sie, Mr Roberts … ich meine, sind Sie denn nicht gekommen, um mir etwas über seinen Verbleib mitzuteilen?«

Er schüttelte bedauernd den Kopf. »Leider wissen wir über Mr Scheerers Verbleib genauso wenig wie Sie. Er hat uns keinerlei Informationen zukommen lassen. Deshalb gehen wir davon aus, dass er leider …«

Mr Roberts brach ab, als er Emmas Gesichtsausdruck gewahrte. Unbehaglich sah er sie an. »Mrs Scheerer, es muss Ihnen doch klar sein, dass Ihr Mann mit hoher Wahrscheinlichkeit nicht mehr lebt.«

»Nein, ich … ich dachte …« Emma fasste sich an die Stirn. Die Welt um sie herum drehte sich. »Warum sind Sie denn extra gekommen, wenn Sie mir gar keine Nachricht von ihm bringen?«

Mr Roberts schien die Verzweiflung in ihrer Stimme zu hören, denn in seinen Ausdruck mischte sich Mitleid. »Mrs Scheerer, ich … Nun, ich habe den Auftrag zu prüfen, ob die Zuteilung von Mitteln an Sie noch gerechtfertigt ist, jetzt, wo Sie uns davon benachrichtigt haben, dass Ihr Ehemann … nun ja … verschwunden ist.«

Emma starrte ihn an. Man hatte Carl also bereits abgeschrieben? Dieser Gedanke war schlimm. Aber nicht ganz so schlimm wie der, der ihm folgte.

Denn da ein Vollblutwissenschaftler wie Carl seine Auftraggeber niemals aus einer persönlichen Laune heraus im Ungewissen gelassen hätte, konnte das Fehlen von Informationen nur eines bedeuten: Mr Roberts hatte recht.

Carl war tot.

Die Umgebung um Emma verschwamm. Niemand existierte mehr als sie ganz allein, sie ohne Carl, sie ohne ihren Geliebten, Freund, Seelengefährten … unwiderruflich allein.

»Ich habe noch einen Brief für Sie«, drang Mr Roberts' Stimme wie durch dichten Nebel zu ihr durch. »Ich hatte in Ipswich auf der Post zu tun, und als ich mit dem Angestellten ins Gespräch kam und ihm erzählte, wohin ich unterwegs sei, drückte er mir den hier in die Hand.«

Wie betäubt griff Emma nach dem Umschlag. Minuten zuvor hatte sie sich noch nach dem Brief verzehrt; jetzt erschien er ihr wie ein Ausdruck reinsten Hohns.

Er war von Mrs Dunnings. Gleichgültig riss Emma ihn auf, kaum merkte sie, was ihre Hände taten; und nachdem sie die Zeilen überflogen hatte, war sie noch nicht einmal enttäuscht. Mrs Dunnings hatte weder etwas von Carl gehört, noch konnte sie sich erklären, warum er einfach fortgeritten war. Sie war genauso ratlos und unwissend wie Emma.

Was auch sonst?

Denn Carl war ja tot.

Tot.

»Mrs Scheerer?«

Emma hob den Kopf, und an dem Schleier vor ihren Augen erkannte sie, dass sie wohl weinte. Seltsam, dass sie das gar nicht spürte. Sie spürte auch sonst nichts, überhaupt nichts, abgesehen von einer entsetzlichen Kälte.

John Roberts sah sie hilflos an. »Es tut mir leid, wenn Sie schlechte Nachrichten bekommen haben. Und ich … na ja, ich fürchte, ich bin nicht gerade sensibel vorgegangen. Wirklich, Mrs Scheerer, es tut mir leid.«

»Nicht Ihre Schuld«, sagte sie und schauderte.

Ob ihm auch so kalt war wie ihr?

Ob sie Carl in einer anderen Welt wiedersehen würde, wenn sie jetzt starb? Ob das funktionierte – einfach aufgeben und sterben? Hier, sofort? Wie schön es wäre, ihn wiederzusehen … zu sterben und ihn wiederzusehen … Carl …

John Roberts musterte sie mit zusammengezogenen Brauen. Dann griff er entschlossen nach ihrem Arm. »Sie sehen aus, als würden Sie gleich in Ohnmacht fallen. Wissen Sie was? Kommen Sie mit mir, ich mache Ihnen eine Tasse Tee. Ich habe mich in dem verlassenen Forschungslager eingerichtet, wo Sie Ihr Pferd untergebracht haben. Ich werde ja länger bleiben, so lange, bis ich weiß, ob Sie … ob … ob die Regierung die Gelder … wie auch immer.«

Er verstummte.

Sie wehrte sich nicht, als er sie fortführte. Hatte gar keine Kraft dazu. Willenlos drang sie mit John Roberts in die Wildnis ein, folgte ihm auf verschlungenen Pfaden zum ehemaligen Forschungslager, Pfaden, die Mr Roberts nur kennen konnte, weil Carl der Kolonialregierung detailreiche Karten gezeichnet hatte. Auch im Zeichnen war Carl begabt gewesen. Wie in allem.

Vorbei.

Denn er war tot.

Emma wollte nichts als ebenfalls sterben.

*Aber nein! Er lebt!*

Emma blinzelte überrascht. Der Nebel, der sie eingehüllt hatte, löste sich auf. Zaghaft regte sich die Hoffnung.

Und diese Hoffnung folgte ihr beharrlich, raunte ihr zu, dass sie nicht aufgeben dürfe, umwehte sie wie ein wüstenwarmer Lufthauch. Erst als der Regenwald sich lichtete und die subtropische Vegetation Eukalypten und hohen Gräsern Platz machte, wurden die Stimmen leiser.

Sofort wandte sie den Kopf, blickte zurück zum Regenwald und fragte sich, ob sie recht haben konnten, die Stimmen … waren sie aus ihr selbst gekommen oder gar aus der Luft? Fast kam es ihr so vor.

John Roberts nahm nichts von alledem wahr. Nach wie vor schweigend stapfte er mit Emma durch das verlassene Lager, führte sie über den gerodeten Platz mit seinen windschiefen Hütten und schob sie schließlich ins Haupthaus hinein.

Dort drückte er sie auf einen grob gezimmerten Stuhl und verschwand in die Küche, um Tee zuzubereiten. Offensichtlich war er froh, endlich etwas Handfestes tun zu können.

Emma saß bewegungslos auf ihrem Stuhl und lauschte. Einbildung oder nicht? Marmbeja-Halluzinationen oder ein tiefes inneres

Wissen? Einmal noch wollte sie die Stimmen hören, einmal noch sich an dieses winzige bisschen Hoffnung klammern! An das irrationale Versprechen, dass doch noch nicht alles verloren war … Wenn sie ganz still war, konnte sie es vielleicht noch einmal hören …

Sie vernahm das Klappern von Tassen. Das Plätschern von Wasser. John Roberts' Murmeln. Das Knistern von rasch entzündetem Feuer.

Aber keine Stimmen.

Natürlich nicht, dachte sie niedergeschlagen. Es gab ja keine Geister. Und wenn es sie gab, dann waren sie jetzt eindeutig fort.

Sie wandte sich um und starrte aus dem Fenster über den vernachlässigten Platz.

Und da bemerkte sie, dass sie wieder etwas spürte. Die Todessehnsucht und Kälte, die sie vorhin umfangen hatten, waren verschwunden und hatten etwas anderem Platz gemacht.

Kampfgeist!, erkannte sie verwundert. Die seltsamen Stimmen haben mir Kampfgeist verliehen.

Offensichtlich war die Amazone in ihr doch noch nicht gestorben.

John Roberts trat an den Tisch, und Emma zuckte wenig amazonenhaft zusammen, als sie ihn bemerkte.

»Der Tee ist gleich fertig«, sagte er, legte den Kopf schräg und musterte sie. »Ah, ich sehe, es geht Ihnen besser. Das ist gut! Sie haben wieder ein wenig Farbe im Gesicht.«

Emma nickte. Sie suchte nach den passenden Worten, aber es fielen ihr keine ein. Was sollte sie diesem Fremden auch sagen? Dass die Geister des Regenwaldes die Kriegerin in Emma auferweckt hatten? Beim Gedanken daran, wie Mr Roberts sie dann wohl ansehen würde, musste sie lächeln.

Obwohl dieses Lächeln ziemlich schief ausfiel, schien es John Roberts als Antwort zu genügen. Er stellte zwei Tassen auf den Tisch, zog sich ebenfalls einen Stuhl heran und setzte sich ihr gegenüber.

»Trinken Sie Ihren Tee, Mrs Scheerer«, sagte er erleichtert. »Und wenn es Ihnen dann besser geht, unterhalten wir uns.«

# 7

Emma saß mit Purlimil vor dem Zelt, drinnen schliefen die Babys. Über ihnen blinkten einzelne Sterne durch das dunkle Blätterdach.

Gerade hatte Emma der Freundin erzählt, was Mr Roberts ihr auseinandergesetzt hatte: dass er einige Wochen Zeit habe, ihre Arbeit in aller Ruhe zu beurteilen. Dass er es durchaus verstehe, wenn sie in der ersten Zeit noch nicht effektiv arbeiten könne. Ihm sei bewusst, dass ihre unsichere Lage und ihr Kummer sich auf ihre Forschungen auswirken müssten, und er sei bereit, ihr mit Nachsicht zu begegnen sowie ihr mit Rat und Tat beiseitezustehen, wenn sie Hilfe benötige.

»Er ist nett«, sagte Emma, stützte das Kinn auf die Hand und blickte ins Feuer. »Ich glaube zwar nicht, dass er wirklich nachvollziehen kann, wie ich mich fühle. Aber er ist trotzdem sehr ... na ja, verständnisvoll.«

»Warum auch nicht?«, entgegnete Purlimil unbeeindruckt. »Diese Leute sollen dich gefälligst unterstützen. Du arbeitest genug für sie.«

»Ja.« Emma verzog das Gesicht. »Aber es kann sein, dass es ihnen trotzdem nicht reicht.«

»Wie meinst du das?«

Emma überlegte, wie sie der Freundin ihre Schwierigkeiten begreiflich machen konnte. Was die Welt außerhalb des Regenwaldes betraf, war Purlimil nach wie vor völlig unbedarft.

»Die Herren finanzieren unser Forschungsprojekt, solange sie das Gefühl haben, es lohnt sich. Wenn ich nicht genug Material liefere – Beobachtungen, Schlussfolgerungen, verwertbare Ergebnisse –, dann ziehen sie mich hier ab. Ewig kann Mr Roberts mich nicht davor schützen, so nett er auch sein mag. Tja, und wenn ich versage und das Projekt beendet wird, kann ich von Glück reden, wenn die Regierung mich mit einer anderen, weniger anspruchsvollen Aufgabe betraut; sicher ist das keineswegs. Ich bin eine Frau. Und ich habe nicht studiert.«

Purlimil schüttelte verständnislos den Kopf. »Aber wenn du weggehst und keine Arbeit mehr hast, wovon lebst du denn dann?«

»Das«, sagte Emma und starrte ins Feuer, »ist die große Frage, Purlimil.«

Einer der Dingos trottete heran und ließ sich schnaufend neben ihnen auf den Boden plumpsen. Es war das Tier, das in der Nacht nach Carls Verschwinden mit Emma gewacht hatte. Seither suchte es oft ihre Nähe, als ahne es, dass Emma Trost nötig hatte.

»Na, mein Alter?«, sagte Emma zärtlich und streichelte seine graue Schnauze. »Was rätst du mir für meine Zukunft?«

»Emma, du musst bei uns bleiben, egal, wie dieser Mr Roberts über dich urteilt«, sagte Purlimil heftig. »Wir überleben ja auch ohne Geld. Dann kannst du das auch.«

Emma schwieg. Konnte sie das?

Ihre Hand strich über die Flanke des Hundes, während sie nachdachte.

»Ich weiß nicht, Purlimil«, sagte sie schließlich. »Es gibt Dinge, die ich im Gegensatz zu euch brauche oder glaube zu brauchen, die ich mir ohne Geld aber nicht beschaffen kann. Kleidung zum Beispiel.«

Oder Körperpflege, setzte sie in Gedanken hinzu. Briefpapier. Ein Ticket für die Reise nach Brisbane, um irgendwann einmal Mrs Dunnings zu besuchen. Nähzeug. Feder und Tinte. Geld, um bei den Conollys zu übernachten … Es gab so viel, wofür sie finanzielle Mittel benötigte! Nein, ganz ohne Geld konnte sie nicht leben.

Nicht wenn sie sich die letzten Reste ihrer Identität als Weiße bewahren wollte.

Denn obwohl sie die Schwarzen liebte und ihre Lebensweise respektierte, so würde sie, Emma, doch nie eine Schwarze sein. Sie war nicht bereit, alle Brücken hinter sich abzubrechen und der Zivilisation unwiderruflich den Rücken zu kehren. Eine Zeitlang im Regenwald leben, mit Carl an ihrer Seite – ja, das mit Freuden. Aber für immer? Ohne jede Möglichkeit, in ihre alte Welt zurückzugehen? Das war etwas ganz anderes. Allein die Vorstellung erschreckte sie. Aber das konnte sie Purlimil natürlich nicht sagen.

Also zuckte sie bloß mit den Schultern. »Mir bleibt wohl nichts anderes übrig, als Mr Roberts davon zu überzeugen, dass ich mein Geld wert bin. Auch ohne Carl. Ich meine, solange Carl … na ja, bis er …«

»Er kommt nicht zurück«, sagte Purlimil leise. »Niemals. Das weißt du doch. Und es ist meine Schuld.«

Oh nein, nicht wieder diese Leier! Unwirsch sagte Emma: »Hast du es immer noch nicht verstanden, Purlimil? Nichts ist deine Schuld! Außerdem ist Carl sehr wohl am Leben. Das weiß ich!« Sie nickte trotzig zur Bekräftigung. »Meine innere Stimme hat es mir versichert. Als ich mit Mr Roberts zum Lager gegangen bin.«

Purlimil starrte sie an. »Aber Carls Tod ist deine Strafe! Und zugleich war es deine Aufgabe, ihn zu töten, wenn auch keiner von uns versteht, warum. Er kann nicht leben, Emma. Du musst dich irren.«

»Das tue ich nicht!«, beharrte Emma wütend.

»Dein Mann ist tot, davon sind alle hier überzeugt. Auch Birwain und Dayindi, und sie sind die Ältesten. Sie müssen es wissen! Wenn das, was du innere Stimme nennst, dir Hoffnung macht, dann nur, um dich noch ein wenig länger zu quälen. Denn solange du hoffst, kannst du die Trauer nicht überwinden. Außerdem kannst du nicht tun, was getan werden muss: Carls Habseligkeiten verbrennen. Seine Lagerstätte mit einem Rauchritual reinigen. Das Zelt an eine andere Stelle verlegen, damit wir alle und du selbst diesen Ort in Zukunft meiden können. So will es unser Gesetz, Emma. Das weißt du doch mittlerweile. Eigentlich dürften wir nicht einmal mehr über deinen Mann sprechen. Wir tun es nur, weil du darauf bestehst, dass er lebt.«

Das ist alles nicht wahr!, schrie es in Emmas Herz.

Aber was wusste ihr Herz schon von den Strafen der Ahnen?

»Carl ist nicht tot«, wiederholte sie betont ruhig, um ihre aufkommende Panik in Schach zu halten. »Nichts muss verbrannt oder gereinigt werden, und wir müssen seinen Namen auch nicht meiden oder gar aufhören, von ihm zu sprechen. Sag so etwas bitte nie wieder, Purlimil.«

»Du musst mich wirklich verabscheuen«, fuhr die Freundin bitter fort, als hätte sie Emma gar nicht gehört. »Meinetwegen wurde dir dein Mann genommen, und jetzt verlierst du vielleicht noch deine Arbeit. Ich weiß ja nicht genau, was du tust, wenn du uns beobachtest und schreibst, aber ich weiß, dass es deine Leidenschaft ist. Und ich bin schuld, ich ganz allein, dass all dies bald vorbei sein wird. Dann nimmst du Belle mit, ihr geht fort und werdet in der Stadt im Elend leben.«

In diesem Moment wurde es Emma zu viel. »Purlimil, hör doch endlich mit den Selbstvorwürfen auf! Denkst du, das macht irgendetwas besser?« Ihr ganzer Jammer brach sich Bahn. »Ich weiß nicht, warum Carl weg ist und ob er wiederkommt, ich weiß nicht, ob er lebt, ob meine Hoffnung berechtigt ist, ob es eure Geister gibt und diese grässlichen Ahnen oder ob ich einfach verrückt werde, wenn ich Stimmen höre, ich weiß nicht, wie Mr Roberts sich entscheidet und wovon ich in Zukunft leben soll, was mit Belle wird, wie Carl mich finden soll, wenn ich den Clan verlasse …« Zitternd brach sie ab und vergrub das Gesicht in ihren Händen.

»Es tut mir so leid«, hörte sie Purlimil mit tränenerstickter Stimme sagen. »Ich verstehe, dass du mich jetzt hasst.«

Nichts, gar nichts hast du begriffen, dachte Emma. Verzweifelt hob sie den Kopf. »Ich hasse dich nicht. Wenn du mir nur endlich glauben würdest!«

Purlimil sah Emma tieftraurig an.

»Aber ich selbst hasse mich, Emma. Schließlich habe ich allen Grund dazu.«

Dann verlor ihr Blick sich ins Leere.

In diesem Moment begriff Emma, dass Carls Verschwinden Purlimil nicht nur Schuldgefühle beschert hatte. Über Schuldgefühle konnte man reden. Man konnte sie anerkennen, überwinden und früher oder später seine Lebensfreude wiederfinden.

Purlimil jedoch schien gefangen zu sein in einer Welt aus Düsternis, zu der niemand Zugang hatte als sie selbst.

Damals in Stuttgart lebte eine Tante von Emma, die Emma nie anders gesehen hatte als teilnahmslos in ihrem Sessel sitzend. Im Gesichtsausdruck dieser Tante stand dieselbe Hoffnungslosigkeit, die Emma nun bei ihrer Freundin wahrnahm. Hatte man sich damals bemüht, die Tante aufzuheitern, war man ebenso wenig zu ihr durchgedrungen wie Emma jetzt zu Purlimil. Und das bedeutete …

Emma senkte den Kopf und legte gequält die Hand über ihre Augen.

Ihre Freundin war der Schwermut verfallen.

# 8

Emma verbrachte eine unruhige, von Ängsten durchsetzte Nacht, in der sie nichts fand, was den Namen Schlaf verdient hätte.

Im ersten Morgengrauen stand sie auf und packte die schlafende Belle vorsichtig in ihre Trage. Noch bevor im Lager das Leben erwachte, war sie bereits auf dem Weg zu Mr Roberts.

Während sie mit dem Baby auf dem Rücken durch den feuchten, kühlen Regenwald lief, wurde ihr schmerzhaft bewusst, wie einsam sie sich fühlte. Carl war fort, ihre beste Freundin war gemütskrank. Alle anderen behandelten Emma wie ein rohes Ei, weil sie sich nicht mit Carls Verschwinden abfinden wollte … weshalb nun alle an ihrem Verstand zweifelten. Dass statt ihrer Purlimil krank geworden war, bemerkte hingegen niemand.

Wem konnte Emma sich anvertrauen? Wer würde sie verstehen, ohne dass sofort wieder die alte Litanei von Geistern, Strafe und unumstößlichen Gesetzen angestimmt würde? Wer würde ihren Sorgen mit Verständnis begegnen, wer würde ihr einen fundierten medizinischen Rat geben können?

Nur jemand, der in einer ähnlichen Welt aufgewachsen war wie sie. Jemand, der wie sie der Wissenschaft anhing statt dem Glauben an die Geister der Ahnen.

Jemand wie John Roberts.

Wenig später saß sie ihm im Haupthaus gegenüber. Die ersten Strahlen der Morgensonne fielen schräg durchs Fenster, Belle schlief auf dem Boden in ihrer Holztrage, und Emma trank die unvermeidliche Tasse Tee, die der Engländer ihr angeboten hatte.

Sie wusste nicht recht, wie sie anfangen sollte. Ihr war klar, dass ihr Besuch in aller Herrgottsfrühe ebenso unangemessen war wie ihre Bitte um Hilfe. Mr Roberts war als Kontrolleur gekommen, nicht als rettender Engel!

Trotzdem wollte sie, dass er genau das wäre.

Sie schluckte nervös.

»Mr Roberts«, hob sie an und knetete ihre Hände, »glauben Sie mir, wenn ich mir anders zu helfen gewusst hätte, dann hätte ich Sie nicht belästigt, aber …«

»Machen Sie sich keine Sorgen«, unterbrach der Engländer sie entspannt. Er nahm einen Schluck Tee, dann lächelte er sie über den Rand seiner Tasse hinweg an. »Ich frühstücke gerne mit Ihnen. Sogar lieber als allein.«

Emma senkte rasch den Blick.

»Im Ernst«, fuhr er locker fort. »Ein bisschen Gesellschaft tut jedem Menschen gut. Ich kann mir lebhaft vorstellen, wie Sie sich fühlen müssen, Mrs Scheerer. Allein im Regenwald, unter lauter Wilden, in einer solch ungeklärten Situation! Und das als junge Frau … als sehr junge Frau. Wie alt sind Sie eigentlich?«

Empört sah sie ihn an. Seine Frage schickte sich nicht, und das musste Mr Roberts auch klar sein. Andererseits brauchte er ja bloß in seinen Unterlagen nachzusehen, wie alt sie war, wenn es ihn wirklich interessierte. Da konnte sie es ihm ebenso gut ins Gesicht sagen.

»Ich bin dreiundzwanzig.« Herausfordernd hob Emma das Kinn. »Und Sie?«

Er grinste und lehnte sich auf seinem Stuhl zurück. »Tja, da Sie ehrlich waren, muss ich es wohl auch sein. Fünfundzwanzig.«

»So jung?«, rutschte es ihr heraus. »Und schon Kontrolleur?«

»Kontrolleur! So sehen Sie mich also?«

Emma beschloss, ehrlich zu sein. »Nun ja. Schließlich sind Sie gekommen, um meine Arbeit unter die Lupe zu nehmen und gegebenenfalls in der Luft zu zerreißen.«

»Unter die Lupe nehmen: ja. In der Luft zerreißen: nein«, korrigierte er sie. »Vertrauen Sie mir, Mrs Scheerer, ich werde vollkommen sachlich darlegen, was ich von Ihrer Arbeit halte. Nicht mehr und nicht weniger.«

»Das klingt ja sehr beruhigend.« Emma konnte sich den ironischen Tonfall nicht verkneifen. »Ich soll Ihnen also vertrauen, dass Sie mir das Messer nur dann in die Brust stoßen werden, wenn Sie es für sachlich gerechtfertigt halten?«

»So ungefähr.« Mr Roberts musste lachen. »Sie wären eine gute Advokatin, wissen Sie das? Sie drehen einem das Wort im Munde herum.«

»Tja, vielleicht sollte ich es mit den Rechtswissenschaften versuchen, wenn es mit meiner Forscherlaufbahn bergab geht.«

»Schlagfertig genug wären Sie jedenfalls.«

»Darf ich das als Kompliment nehmen?«

»Ich bitte darum.«

Er betrachtete sie mit einem amüsierten Lächeln. Emma lächelte mit plötzlicher Verlegenheit zurück. Ihr fiel auf, dass seine Brauen über den grüngrauen Augen dicht und dunkel waren, obwohl er blondes Haar hatte. Ein äußerst reizvoller Kontrast.

Er sah überhaupt sehr gut aus.

*Warum, um Himmels willen, fällt dir Mr Roberts' Aussehen auf?!*

Sie räusperte sich und wischte die unpassenden Gedanken aus ihrem Kopf. Im Bemühen, die geschäftsmäßige Basis ihres Zusammenseins wiederherzustellen, sagte sie steif: »Gut. Darf ich Sie nun um Ihre Hilfe bitten? Dafür bin ich schließlich gekommen.«

Mr Roberts akzeptierte ihren Stimmungsumschwung, ohne mit der Wimper zu zucken. »Selbstverständlich, Mrs Scheerer. Schießen Sie los.«

Wenig später war der junge Mediziner über Purlimils Zustand im Bilde, Emmas Hoffnungen jedoch, dass er ihr ein Wundermittel gegen Schwermut präsentieren würde, waren deutlich geschrumpft.

»Gibt es denn wirklich gar nichts, was man dagegen tun kann?«, fragte sie zum wiederholten Male. Dabei wiegte sie Belle, die mittlerweile erwacht war, sanft in ihren Armen.

Mr Roberts schüttelte den Kopf. »Ich habe es Ihnen ja schon erklärt: Die einzige Lösung bestünde darin, die junge Frau in ein Irrenhaus einweisen zu lassen. Manchmal wird Schwermut dort mit kalten Güssen behandelt; es gibt Ärzte, die von dieser Vorgehensweise überzeugt sind. Auch Arsen- oder Quecksilbergaben sollen helfen. Ich persönlich bezweifle allerdings den Nutzen solch brachialer Mittel. Um ehrlich zu sein, glaube ich sowieso nicht, dass die Ärzte um eine erkrankte Wilde so viel Aufhebens machen würden.«

Auch wenn es ihr nicht passte, musste Emma sich eingestehen, dass er recht hatte. Sie stellte sich Purlimil im Irrenhaus vor und schauderte: von Weißen, die sämtliche Eingeborenen verachteten, in eine Zelle gesperrt und mit kaltem Wasser traktiert zu werden – nein, alles wäre für Purlimil besser als das. Auch Arsen oder Quecksilber waren Emmas Meinung nach keine gute Lösung, erinnerte sie sich doch an äußerst kritische Bemerkungen ihres Vaters über diese Heilmittel. Ihr Vater war zwar kein Mediziner gewesen wie Mr Roberts, aber immerhin ein sehr fähiger Apotheker.

»Ich fürchte«, sagte Mr Roberts, »Sie können Ihrer Freundin nicht helfen. Sie können lediglich hoffen, dass Purlimil zu den Fällen gehört, bei denen sich die Schwermut irgendwann von allein bessert.«

Irgendwann?

Emma presste die Lippen aufeinander. Sie sperrte sich gegen seine Worte. Es musste etwas geben, was sie tun konnte! Sollte sie denn bei allem, was ihr widerfuhr, stets nur danebenstehen wie eine hilflose Zuschauerin?

»Lassen Sie uns ein paar Schritte gehen«, sagte Mr Roberts und erhob sich. »Sie sehen schon wieder so mitgenommen aus. Bewegung wird Ihnen guttun. Kommen Sie, ich nehme Ihnen das Baby ab.«

»Sie?« Emma war so erstaunt, dass sie Purlimils Probleme für einen Augenblick glatt vergaß.

Mr Roberts zog die dunklen Augenbrauen hoch. »Keine Sorge, ich weiß, wie man Babys trägt. Ich bin erfahrener Onkel von drei kleinen Mädchen und einem Jungen. Also geben Sie mir … Belle, richtig? Und lassen Sie uns einen Spaziergang machen.«

Zögernd reichte Emma ihm das Baby. Belle schenkte dem jungen Forscher ein strahlendes Lächeln, und Mr Roberts lachte. Zufrieden kitzelte er sie am Kinn. »Sehen Sie, die Kleine mag mich.«

»Offensichtlich«, sagte Emma und griff nach der leeren Holztrage. »Das ist erstaunlich!«

Sein intensiver Blick traf den ihren. »Dass sie mich mag?«

»Was? Nein! Ich meinte, erstaunlich, dass Sie so gut mit Babys, äh, Sie als Mann, ich meine, es ist doch ungewöhnlich …«

Sie brach ab. Ihr Gestammel ärgerte sie, und sie spürte, wie ihr die Röte ins Gesicht stieg. Von wegen schlagfertig!

»Tja, Mrs Scheerer, Sie als Frau können wissenschaftlich arbeiten, und ich als Mann kann Babys herumtragen, ohne dass sie in sofortiges Angstgeheul ausbrechen. Es geschehen noch Zeichen und Wunder!«

»In der Tat.« Emma lächelte verlegen.

»Wissen Sie was?«, meinte Mr Roberts aufgeräumt. »Ich habe eine Idee: Ich begleite Sie einfach zum Clan zurück. Dann bekommt Belle ihre Milch, denn sie hat doch bestimmt bald Hunger, nicht wahr? Und wir beide können mit der Arbeit anfangen.«

Emmas Lächeln erstarb. Denn was er mit »Arbeit« meinte, war ihr leider nur allzu klar: Er würde mit der Prüfung ihrer Notizen beginnen.

Langsam folgte sie Mr Roberts und Belle aus dem Haupthaus. Dabei hämmerte sie sich ein, dass der junge Mann – so nett er auch war, so gut er auch aussah und so geschickt er auch mit Belle umging – kein Freund war, sondern eine Bedrohung. Niemals durfte sie vergessen, warum er im Regenwald weilte: Er war der Mensch, der über ihre berufliche Zukunft entscheiden würde; der Mensch, der ihr guten Gewissens das Messer in die Brust rammen würde, wenn es ihm gerechtfertigt erschien.

Somit war er der Letzte, der ihr Vertrauen verdiente.

# 9

Hm. Ein bisschen ungeordnet und unvollständig. Aber gar nicht so schlecht.«

Mr Roberts saß vor Emmas Zelt, den Kopf über ihre Aufzeichnungen der letzten Wochen gebeugt. Mit ineinander verknoteten Fingern stand sie neben ihm und trat von einem Bein auf das andere.

Er sah zu ihr hoch. »Wollen Sie sich nicht setzen? Ihre Zappeligkeit macht mich ehrlich gesagt ein wenig nervös.«

»Setzen? Nein danke. Ich werde wohl eher … spazieren gehen. Ja, genau. Obwohl, lieber nicht. Denn dann können Sie mich nicht fragen, wenn Sie etwas wissen wollen. Zum Beispiel wenn Sie etwas nicht verstehen, was ich nur so als Notiz geschrieben hatte und erst später genauer ausführen …«

»Immer mit der Ruhe«, unterbrach er sie und bedachte sie mit einem nachsichtigen Blick. »Ich dachte, ich hätte mich klar ausgedrückt: Auf keinen Fall werde ich der Kolonialregierung eine negative Beurteilung Ihrer Arbeit übersenden, bloß weil Ihre Aufzeichnungen im Moment nicht perfekt sind.«

Emma schluckte und starrte auf den staubigen Boden.

Mr Roberts schien auf eine Antwort zu warten; als sie ausblieb, strich er sich seufzend durchs Haar. »Hören Sie, Mrs Scheerer. Ich möchte mir einen Überblick verschaffen, das ist alles. Und ich weiß sehr gut, dass wissenschaftliche Notizen oft wirr sind und erst in Form gebracht werden müssen, bevor sie präsentabel sind. Hören Sie also auf, neben mir zu stehen, als sei ich ein Inquisitor. Und Sie die Angeklagte.«

»Aber wenn es gar nicht so sehr auf meine Aufzeichnungen ankommt …« Emma knetete ihre Hände. »Na ja, Mr Roberts, worauf denn dann?«

Er schob die Blätter zu einem Stapel zusammen, dann erhob er sich. »Ich muss es Ihnen also noch einmal erklären.«

»Wenn es Ihnen nichts ausmacht«, sagte Emma und bemühte sich um einen würdevollen Tonfall. Was gar nicht so leicht war, da sie sich Mr Roberts nicht nur unterlegen, sondern auch noch ziemlich ausgeliefert fühlte.

»Also, worauf kommt es mir an?« Er musterte sie nachdenklich. »Auf Ihre Arbeitsweise, Mrs Scheerer. Ich möchte nicht nur Ihre Aufzeichnungen begutachten, sondern Sie vor allem beobachten. Sie begleiten und mir ansehen, wie genau Sie Ihre Forschungen betreiben. Ob Sie überhaupt noch genug Zeit dafür haben, jetzt, wo Ihr Mann weg ist und Sie den Alltag allein bewältigen müssen. Zumal Sie ja auch noch dieses Baby adoptiert haben.«

Entsetzt starrte sie ihn an. »Sie wollen die ganze Zeit über dabei sein? Bei allem, was ich tue?« Das war ja noch schlimmer, als sie befürchtet hatte.

»Soweit es Ihre Forschungen betrifft, ja«, sagte er achselzuckend.

Du liebe Güte! »Aber alles hier betrifft meine Forschungen! Sie dürften mir von morgens bis abends nicht von den Fersen weichen!«

»Diese Last nehme ich der Wissenschaft zuliebe gerne auf mich.« Er grinste.

»Wie Sie wollen, Mr Roberts.« Emma stemmte die Hände in die Hüften. »Fangen wir doch am besten gleich an. Holen wir Belle bei Purlimil ab und wickeln wir sie. Wenn ich es mir recht überlege: Ich könnte es Ihnen zeigen, und dann wickeln Sie Belle! Es interessiert Sie bestimmt brennend, wie man das hier im Regenwald macht, oder? Gehört alles zu meinen Forschungen.«

Er fixierte sie unter schweren Lidern. Dann nahm er die Herausforderung mit einem knappen Nicken an. »Worauf warten wir noch? Holen wir das Baby.«

Wenig später musste Emma zugeben, dass er sich gar nicht so dumm anstellte. Um ehrlich zu sein, machte er seine Sache sogar recht gut.

Das ärgerte sie.

Mit vor der Brust verschränkten Armen sah sie Mr Roberts zu, wie er auf dem Boden kniete, die papierdünne Rinde um Belles kleinen Popo wickelte, sie feststeckte und es dabei auch noch schaffte, mit dem glucksenden Baby zu schäkern. Emma konnte kaum glauben, dass er das Ganze zum ersten Mal machte. Sie selbst hatte Wochen gebraucht, um so weit zu kommen!

»Fertig«, sagte er schließlich und blickte zu Emma hoch. »Habe ich den Test bestanden?«

Sie nickte widerwillig. »Sie waren nicht schlecht. Aber das war kein Test, Mr Roberts.«

»Sie lügen schlecht. Und, was steht als Nächstes an? Soll ich versuchen, Belle zu stillen?«

Sie starrte ihn an.

Mr Roberts lachte. »Nur ein Scherz.«

Er stand auf, drückte ihr das Baby in die Arme und klopfte sich den Staub von der Hose. Dann sah er sie direkt an. »Hören Sie, lassen wir die Spielchen, in Ordnung?«

Abweisend sagte Emma: »Ich weiß überhaupt nicht, was Sie meinen.«

»Oh doch, das wissen Sie genau. Ein Vorschlag zur Güte: Sie versuchen nicht mehr, mich in Verlegenheit zu bringen, und ich bemühe mich im Gegenzug darum, Ihnen meine Anwesenheit so angenehm wie möglich zu gestalten. Ich werde Sie nicht nerven; ich werde mich nicht in alles einmischen; ich bin bloß dabei. Gehen Sie Ihrer Arbeit nach wie immer. Ignorieren Sie mich einfach.«

Zweifelnd erwiderte sie seinen Blick. Diesen attraktiven, gleichwohl äußerst lästigen Mann einfach ignorieren – wie sollte das wohl gehen?

Aber hatte sie denn eine Wahl? Sie konnte sich gegen Mr Roberts sperren und es sich mit ihm verderben, was sich mit Sicherheit ungünstig auf sein Urteil auswirken würde. Oder sie konnte versuchen, die nächsten Wochen mit größtmöglicher Würde und Gelassenheit hinter sich zu bringen. Irgendwie würde es schon gehen; sie hatte schließlich schon ganz andere Herausforderungen gemeistert.

»Abgemacht«, sagte Emma fest.

In der Nacht träumte sie von Carl.

Es war kein guter Traum.

Ihr Mann war auf der Erde und gleichzeitig in der Hölle, in einer düsteren Zwischenwelt, die aus Verzweiflung, Qual und Bedrohung bestand. Carl war nicht tot, noch nicht. Sein Körper funktionierte, doch er war kaum bei Bewusstsein.

Wenn Carl für einige Augenblicke aus der Schwärze auftauchte, litt er unsägliche Schmerzen, die Emma mit vernichtender Deutlichkeit an sich selbst zu spüren vermeinte. Er rief sie, aber nur in seinen Gedanken; gleichzeitig wollte er nichts dringender, als dass sie ihm fernblieb. Emma flehte ihn an, dass sie zu ihm kommen, dass sie ihn berühren und heilen durfte, denn sie wusste, dass sie es konnte. Doch er war unerbittlich. Diese Hölle war nur für ihn bestimmt, und wenn er darin umkommen musste, dann allein.

Er schloss die Augen, wandte sich von ihr ab. Und als eine dunkle Gestalt sich über Carl erhob, um ihren tödlichen Schatten auf ihn zu werfen, fing Emma an zu schreien.

# 10

MAI 1860

Ich könnte Ihnen einen Stuhl bringen. Im Forschungslager gibt es genug Stühle, wie Sie wissen.«

Mr Roberts stand im grüngoldenen Abendlicht neben Emma und schaute mit gerunzelter Stirn auf sie herab. Emma hockte mit Nowalingu auf dem Boden und zerstampfte Farnsamen mit einem Stein. Neben ihnen lag Belle in ihrer Trage, schaute hoch ins Blätterdach und brabbelte zufrieden vor sich hin.

Obwohl die Herbstluft frisch und trocken war, standen Schweißtropfen auf Emmas Stirn. Immer noch empfand sie es als anstrengend, stundenlang auf diese archaische Art Samen zu zerstampfen, um später ein paar flache, harte Farnbrote daraus backen zu können. Aber sie nahm mittlerweile all ihre Mahlzeiten mit den Eingeborenen ein, und deshalb, fand Emma, musste sie auch dabei helfen, sie zuzubereiten.

Sie wischte sich eine feuchte Strähne aus der Stirn, dann blickte sie zu Mr Roberts hoch. »Einen Stuhl? Meinen Sie das ernst?«

»Selbstverständlich.« Er sah sich kurz um – hohe Farnbüschel, staubiger Boden, flackernde Feuer – und zuckte mit den Schultern. »Wenn Sie mich im Forschungslager besuchen, sitzen Sie schließlich auch nicht auf dem Boden. Nur weil die Wild… weil die Eingeborenen es so gewohnt sind, müssen Sie es ihnen ja nicht gleichtun, oder?«

Emma schüttelte unwillig den Kopf und fuhr fort, den Stein rhythmisch auf die Samen zu stoßen. »Jetzt beobachten Sie mich schon so viele Tage, Mr Roberts, und doch scheinen Sie das Wesen meiner Arbeit überhaupt nicht begriffen zu haben.«

»Ach nein?«

»Nein. Es geht mir doch genau darum: es den Menschen hier gleichzutun! Ich möchte die Position des Beobachters aufgeben, um mit ihren Augen zu sehen! Um mich mit Herz und Seele in sie einzufühlen.«

Nowalingu, die neben Emma hockte und ebenfalls Samen zerstieß, verfolgte das Gespräch neugierig. Emma fiel auf, dass die junge Schwarze Mr Roberts kokett anlächelte. Er erwiderte ihr Lächeln mit dem ihm eigenen entwaffnenden Charme.

»Sich einfühlen mit Herz und Seele, das klingt hübsch«, sagte Mr Roberts und ließ sich zwischen Emma und Nowalingu auf den Boden fallen. »Aber was ist mit dem Verstand? Anders gefragt, wo bleibt bei diesem Vorgehen die wissenschaftliche Objektivität, Mrs Scheerer?«

Emma biss die Zähne zusammen, während sie nach einer klugen Antwort suchte. Dies hier war, trotz Mr Roberts' Plauderton, kein nettes, oberflächliches Gespräch. Es war offensichtlich, dass Mr Roberts sie prüfen wollte. Und auch wenn er Wort gehalten und sich bisher sehr zurückhaltend gezeigt hatte, so war Emma doch klar, dass er in der Zwischenzeit einige Schlüsse über ihre Arbeitsweise gezogen haben musste.

Zum Beispiel den, dass sie nicht fähig war, mit wissenschaftlicher Objektivität zu arbeiten?

Emma mied seinen Blick, als sie sagte: »Die Objektivität, Mr Roberts, kommt später. Nämlich dann, wenn ich meine Berichte anfertige und das Erlebte analysiere.«

»Aha.« Es klang zweifelnd.

Nun schaute sie ihn doch an. »Mir ist bewusst, dass mein Mann und ich mit diesem Projekt etwas Ungewöhnliches angefangen haben. Dass wir Methoden anwenden, die sehr von den althergebrachten abweichen.«

*Sagt zumindest Carl.*

»Aber wir sind auf diese Weise zu ganz erstaunlichen Erkenntnissen gekommen. Sie haben unsere früheren Berichte doch gelesen, oder nicht?«

Nowalingu stand auf und mischte sich unbekümmert in ihr Gespräch. »Fertig. Ich fange schon mal an zu backen. Bringst du mir nachher den Rest?«

»Mach ich.«

Emma nickte der jungen Frau zu, doch die beachtete sie schon gar nicht mehr. Erstaunt registrierte Emma, dass Nowalingus Blick fest mit dem von Mr Roberts verhakt war, bevor sie ihm ein letztes Lächeln schenkte, sich umdrehte und fortging.

Mr Roberts schaute ihr versonnen nach.

Was war denn hier im Gange?

Spitz sagte Emma: »Ich störe Ihre Träumereien ja nur ungern, aber Sie sind mir eine Antwort schuldig, Mr Roberts.«

»Was? Oh, natürlich. Verzeihen Sie. Ich war abgelenkt.«

»Das war nicht zu übersehen.«

Er grinste verlegen. »Wie auch immer: Was wollten Sie noch mal wissen?«

»Ob Sie unsere früheren Berichte kennen. Denn dann müsste Ihnen klar sein, dass ich mit der Methode, die mein Mann und ich entwickelt haben, durchaus imstande bin, zu objektiven Erkenntnissen zu gelangen, die jeglichen wissenschaftlichen Anforderungen genügen.«

»Die früheren Berichte kenne ich selbstverständlich, Mrs Scheerer. Und sie sind allesamt höchst überzeugend – wie bei einem Forscher vom Format Ihres Mannes nicht anders zu erwarten.«

Emma sah ihn irritiert an. »Ja, mein Mann genießt einen ausgezeichneten Ruf. Ich bin auch sehr stolz auf ihn. Aber, Mr Roberts, die Berichte, von denen wir sprechen, stammen samt und sonders von uns beiden.«

»Mag sein. Dennoch ist genau dies meine Aufgabe: zu prüfen, ob Mr Scheerers Anteil an Ihren Berichten nicht doch unverhältnismäßig groß war. Nicht dass ich Ihren Beitrag nicht würdigen würde, aber Sie sind doch immerhin eine Frau, Sie haben nicht studiert, und da liegt die Vermutung nahe, dass Ihr Mann …«

»Mr Roberts!« Emmas Hände begannen zu zittern. »Ich habe einen eigenständigen Vertrag als Forscherin, und ich bitte Sie, das zu beachten! Ich möchte zwar nicht leugnen, dass Carl mir viel beigebracht hat, aber ich bin durchaus in der Lage, unsere Forschungen auch allein weiterzuführen!« Sie schluckte, dann fügte sie hinzu: »Jedenfalls so lange, bis Carl zurückkommt.«

Stille folgte ihren Worten. »Er wird nicht zurückkommen«, sagte Mr Roberts' Blick.

Emma rang darum, ihm standzuhalten. Sie musste dem Engländer die Stirn bieten, musste auf ihren Fähigkeiten als Forscherin bestehen und darauf, dass ihr Mann nicht für immer fort sein würde. Verdammt, sie würde nicht zulassen, dass Mr Roberts ihr die Hoffnung raubte, die sie so verzweifelt zu bewahren versuchte!

Zwei halbwüchsige Dingos fetzten an ihnen vorbei, jagten sich und bissen einander spielerisch in die Seiten. Direkt neben Belle purzelten sie im Eifer des Gefechts übereinander. Belle erschrak. Sie fing an zu weinen, und Emma nahm sie rasch auf den Arm.

»Pschschsch, meine Süße, alles ist gut«, murmelte sie dem Baby zu. »Sind doch nur die Hunde. Sie tun dir nichts. Dir passiert nichts, meine Kleine, ich passe auf dich auf. Pschschsch, nicht weinen.«

Sie spürte, dass Mr Roberts sie immer noch beobachtete, und ihre beruhigenden Worte erschienen ihr mit einem Mal verlogen und schal. Nein, von den Hunden drohte Belle keine Gefahr. Aber was, wenn Emma Mr Roberts' Prüfung nicht bestand? Dann würde sie den Clan verlassen müssen … und sie würde Belle mit sich nehmen. Würde das Kind seiner Wurzeln berauben und es damit garantiert unglücklich machen. Aber Belle hierzulassen, bei ihrer schwermütigen Mutter und dem gnadenlosen Dayindi, war auch keine Lösung.

Das vertraute Gedankenkarussell begann sich zu drehen.

Belle hatte sich beruhigt, aber in Emma hatte sich wieder einmal drohend und mächtig die Sorge um ihre Zukunft erhoben. Sie war es so leid! Immer wieder dieselben Probleme und Fragen, dieselben Ängste. Die Hoffnungsfunken, dass Carl zurückkehren und alles wieder gut würde. Dasselbe tiefe Fallen in die Mutlosigkeit … seit so vielen Wochen. Was war Carl nur zugestoßen, und wie, um Himmels willen, würde es weitergehen?

Irgendwann würden diese Gedanken, diese ewig ungelösten Fragen sie verrückt machen. Oder schwermütig, so wie Purlimil. Wenn Carl dann doch noch zurückkäme, würde er eine Frau vorfinden, die den Verstand verloren hatte, wirres Zeug vor sich hin brabbelte, ihn vielleicht nicht einmal mehr erkannte und …

Ruhig drang Mr Roberts' Stimme in ihr rotierendes Bewusstsein. »Glauben Sie wirklich noch daran, dass Ihr Mann lebt, Mrs Scheerer?«

Sie hob den Kopf und begegnete seinem Blick. In den graugrünen Augen stand nun keine kühle Sachlichkeit mehr, sondern tiefes Mitgefühl.

Die Aussicht auf Trost.

Etwas in Emma bekam einen Riss, und sie wusste, wenn sie nicht aufpasste, würde es zerspringen wie Porzellan.

»Ich weiß es nicht«, flüsterte sie erstickt.

»So schwer es auch sein mag«, sagte Mr Roberts leise, »müssen Sie doch versuchen, sich mit dem Tod Ihres Mannes abzufinden. Zumindest wenn Sie eine Zukunft haben möchten.«

Emma fing an zu weinen. Der Schmerz war zu scharf.

*Lieber Gott, er fehlt mir so sehr! Warum tust du mir das an?*

Zart legte Mr Roberts ihr seine große Hand auf den Rücken.

Emma hob das tränenüberströmte Gesicht. »Warum sucht ihn denn niemand?«, schluchzte sie. »Ich verstehe das nicht! Warum will mir niemand helfen, meinen Mann zu finden?«

Seine Hand strich über den Stoff ihres Kleides, tröstlich, beruhigend. Seine Worte jedoch trafen Emma wie Messerstiche. »Weil niemand daran glaubt, dass er noch am Leben ist.«

»Aber warum denn nicht?«, rief sie verzweifelt aus. »Die Regierung könnte zumindest einen Suchtrupp losschicken! Er hat doch für sie gearbeitet, er war … er ist einer ihrer besten Forscher! Ist man ihm das denn nicht schuldig?«

»Die Regierung vertraut, zumindest in dieser Hinsicht, den Fähigkeiten der Eingeborenen«, entgegnete Mr Roberts ernst. »Glauben Sie mir, ich habe den Herren die gleichen Fragen gestellt wie Sie, als ich den Auftrag bekommen habe, Ihr Projekt zu überprüfen. ›Wenn die Wilden Mr Scheerer nicht gefunden haben, dann wird niemand ihn finden‹, war ihre lapidare Antwort. Außerdem sei das die Aufgabe der Polizei. Die sei dafür ausgebildet.«

Die Polizei – fast hätte Emma hysterisch losgelacht, als sie an ihren sinnlosen Besuch in Ipswich zurückdachte.

»Also wird erwartet, dass ich mich damit abfinde«, brachte sie gallig hervor. »Dass ich Carl loslasse. Einfach so.«

Mr Roberts schüttelte den Kopf. »Einfach so bestimmt nicht. Aber in kleinen Schritten. Jeden Tag ein Stückchen mehr. So lange, bis Sie Ihren Mann irgendwann einmal freigeben und mit Liebe an ihn zurückdenken können. Mit Liebe, aber ohne Trauer. Meinen Sie nicht, dass Sie das schaffen, Emma?«

Durch den Nebel seiner Worte hindurch – Carl freigeben? – kam ihr vage zu Bewusstsein, dass Mr Roberts sie zum ersten Mal nicht mit dem förmlichen Mrs Scheerer angesprochen hatte. Emma hätte ihn kühl dafür zurechtweisen müssen, auch dies geisterte durch ihren Verstand; gleichzeitig wusste sie, dass sie es nicht tun würde. Er hatte sie Emma genannt, aber damit hatte er nicht mutwillig die Grenzen der Schicklichkeit übertreten, sondern ihr seine Freundschaft angeboten. Und Emma fühlte sich zu einsam, als dass sie dieses Angebot hätte ablehnen können.

Langsam versiegten ihre Tränen. Sie schniefte ein letztes Mal. Belles zarter Duft stieg ihr in die Nase.

*Ich habe immer noch mein Kind. Wenn ich auch alles andere verliere, so habe ich doch immer noch mein Kind.*

Sie schloss die Augen und umfasste Belle fester, wiegte das Baby und sich selbst im Rhythmus des Trostes, und die ganze Zeit über strich Mr Roberts' Hand über ihren Rücken. Endlich, es mochte eine Minute vergangen sein oder eine Viertelstunde, ebbte die Verzweiflung ab. Sie verschwand nicht, aber sie verblasste; zog sich zurück in einen stillen Seelenwinkel und erlaubte es ihr, wieder zu funktionieren.

Emma atmete tief durch, straffte sich und hob den Kopf.

John Roberts registrierte, dass sie ihre Fassung wiedergefunden hatte, und ließ augenblicklich seine Hand sinken. Bewusst stellte er die körperliche Distanz zwischen ihnen wieder her. Emma war ihm dankbar dafür; beinahe so sehr wie für seinen Trost.

»Mr Roberts … John«, sagte sie unsicher. »Bitte verzeihen Sie mir, dass ich mich in Ihrer Anwesenheit so jämmerlich vergessen habe.«

Sein Blick ruhte auf ihrem verweinten Gesicht. »Entschuldigen Sie sich nicht dafür, dass Sie um Ihren Mann trauern. Ich mag als Kontrolleur gekommen sein, aber ich bin kein Unmensch.«

*Ich trauere nicht um meinen Mann, ich vermisse ihn bloß! Ich vermisse ihn schrecklich, aber er lebt. Er lebt! Ich sehe es Nacht für Nacht in meinen Träumen!*

Doch sie blieb stumm.

Was waren schon Träume? Fantasiegebilde, trügerische Hoffnungen, Schall und Rauch. Nichts weiter.

Vielleicht hatte John Roberts recht. Vielleicht war es für sie tatsächlich an der Zeit, sich der Wirklichkeit zu stellen und Carl loszulassen.

Aber sie konnte es nicht.

# 11

Birwain betrachtete Emma, deren Augen im Feuerschein rot und verquollen aussahen. Obwohl sie sich beharrlich sträubte, den Tod ihres Mannes anzuerkennen, erkannte Birwain, dass sie trauerte.

Er legte den Kopf in den Nacken und starrte in die abendliche Dunkelheit. Warum gaben sie ihm keine Antwort, die Marmbeja, die doch sein ganzes Leben lang zu ihm gesprochen hatten? Warum erklärten sie ihm nicht, welchen Sinn das alles hatte? Emmas Leid, Carls Tod. Birwain begriff es einfach nicht: Die Marmbeja waren nicht grausam, und sie hatten keine Freude daran, sich einen Unschuldigen zu holen. Warum also hatten sie Emma eine solche Aufgabe gestellt?

Denn dass es Emmas Aufgabe gewesen war, ihren Mann in den Tod zu treiben, davon war der gesamte Clan überzeugt. Und dass die Aufgabe der Marmbeja auf geheimnisvolle Weise mit der Strafe der Ahnen verknüpft war, glaubten auch alle: Weil Emma Belle gerettet hatte, musste sie jetzt die Trauer um ihren Mann erleiden.

Allein Birwains Herz war voller Zweifel. Er war der Schamane, und er kannte seine Geister; diese Geschichte passte nicht zu ihnen. Er kannte auch die Ahnen, und wiewohl er stets betonte, dass man ihre Gesetze befolgen müsse, hatte Birwain sie doch niemals anders als gerecht und hilfreich erlebt.

*Wenn nun jemand anders hinter all dem Unglück steckt?*

In den Blättern über Birwains Kopf rauschte es.

Eine Antwort jedoch bekam er nicht.

# 12

JUNI 1860

Gelar, du kleiner Teufelsbraten! Willst du wohl stillhalten? Wie soll ich dich denn waschen, wenn du so zappelst?«

Emma lachte, dann fiel ihr Blick auf den Platz, wo noch vor einer Minute Belle gelegen hatte. Sie erstarrte. »Belle! Himmel, was machst du denn da? Vorsicht, nicht weiter drehen, sonst fällst du ins Wasser!«

So schnell sie konnte, rannte Emma das Ufer entlang, den quietschenden Gelar unter den linken Arm gequetscht. Sie bekam Belle just in dem Moment zu fassen, als das Baby sich abstieß und von dem flachen Felsen ins Wasser rutschte.

»Ich hab dich!« Emma atmete auf. »Puh, das war knapp. Was hast du dir nur dabei gedacht?«

Gar nichts, gab sie sich selbst zur Antwort, schließlich war Belle gerade einmal fünfeinhalb Monate alt. Zu jung also, um abzuschätzen, wie gefährlich ihre neu erworbenen Fähigkeiten, sich zu drehen und so von der Stelle zu kommen, ihr werden konnten. Aber leider nicht zu jung, um Lust auf Entdeckungen zu haben, vor allem auf gefährliche.

»Ganz die Adoptivmutter«, hatte John grinsend gesagt.

Emma musste lächeln, als sie daran dachte.

Auf jeder Hüfte ein strampelndes, glucksendes Baby ging sie zurück zu der flachen Uferstelle, die sie als Waschplatz für Belle und Gelar auserkoren hatte. Sie legte die Babys wieder auf die warme Decke, ermahnte Belle mit strenger Stimme, sich nicht von der Stelle zu rühren, und hüllte den frischgewaschenen Gelar eilig in das Fell, das ihn vor der kalten Luft schützen sollte.

Es war Winter geworden im Regenwald. Kein Winter wie daheim in Deutschland, mit Schnee und Frost, aber doch so kühl, dass sogar die Eingeborenen sich Felle umhängten. Barfuß allerdings liefen sie immer noch, und Emma kam sich im Vergleich zu ihnen recht verzärtelt vor. Sogar die Babys waren härter im Nehmen als sie selbst: Wenn Emma sie mit dem eisigen Bachwasser wusch, ertrugen Belle und Gelar diese Prozedur mit stoischem Gleichmut. Emma hingegen konnte sich ein erschrockenes Aufschreien vor Kälte nicht verkneifen, sobald sie sich Wasser auf ihre Gänsehaut spritzte, und ganz untergetaucht war sie seit Wochen nicht mehr.

Sie schnallte sich die Trage mit Belle auf den Rücken; Gelar nahm sie auf den Arm. So bepackt machte sie sich auf den Rückweg zum Lager.

»Glo-glo-glo«, lallte Belle fröhlich, und Gelar antwortete mit »Me-me-me«, während er nach Belles schwarzem Händchen griff und zärtlich hineinkniff. Belle quiekte. Gelar sabberte auf Emmas Schal.

Sie schüttelte lachend den Kopf. »Ihr beiden amüsiert euch prächtig, während ich mich mit euch abschleppe, ja?«

Das Lachen verging ihr jedoch, als ihr durch den Kopf ging, warum sie hier zwei Babys durch den Regenwald trug statt nur eines.

Der Grund war Purlimils Zustand.

Emma ging unwillkürlich schneller. Es wurde höchste Zeit, dass sie die Ältesten zusammentrommelte und sich mit ihnen beriet, denn so wie jetzt konnte es nicht weitergehen: Purlimil ging vor ihrer aller Augen zugrunde. Und Emma war nicht gewillt, nach Carl nun auch noch ihre Freundin zu verlieren.

Ich habe Carl nicht verloren! Er wird zurückkommen, verbesserte sie sich automatisch.

Ob sie diesen Reflex jemals loswerden würde?

Emma zwang sich, sich auf Purlimil zu konzentrieren statt auf Carl. Es genügte, dass sie ständig von ihm träumte. Große Fortschritte darin, ihn freizugeben, hatte sie jedenfalls noch nicht gemacht.

*… die Eisenstange schwebt über dem Kopf des Dunklen, bevor sie niedersaust und auf Carls Oberkörper kracht. Carls Schrei ist der eines Tieres, unmenschlich in seiner Qual, bar jeder Hoffnung auf Erlösung …*

Emmas Herz pochte hart in ihrer Brust, ihre Hände fingen an zu zittern. Rasch packte sie Gelar fester, verankerte sich mit Hilfe des warmen, quicklebendigen Babys im Hier und Jetzt. Nicht an die Träume denken. Vielleicht war alles ganz anders.

Vielleicht hatte Carl sie bloß verlassen.

Vielleicht war er tot und ruhte in Frieden.

*Aber vielleicht ist die Wirklichkeit noch viel schlimmer.*

Als sie wenig später das Lager erreichte, war sie wieder vollkommen gefasst. Darin hatte sie es in den letzten Wochen zur Meisterschaft gebracht: Sie konnte blitzschnell umschalten – von tiefster Sorge und grauenvollen Ahnungen zur ruhigen, patenten Bewältigung ihres Alltags. Alle, die Schwarzen ebenso wie John, lobten Emma dafür, dass sie endlich begann, ihr Schicksal anzunehmen, und sie freuten sich, dass Emma auf dem Wege war, ins Leben zurückzufinden.

Niemand ahnte, dass sie lediglich gelernt hatte, ihre Gedanken und Gefühle besser zu verbergen.

Über Purlimils Hütte lag bedrückende Stille. Yileen saß im Schneidersitz draußen und wärmte sich an einem kleinen Feuer die Hände.

»Wie geht es ihr?«, fragte Emma zur Begrüßung.

Er schüttelte nur trübe den Kopf.

Wie üblich also.

Emma seufzte, dann bückte sie sich und schlüpfte mit den Babys in die Hütte.

Purlimil lag auf der Seite und starrte blicklos an die Wand aus Gras und Rinde. Als sie Emma bemerkte, versuchte sie ein Lächeln, das zur Grimasse geriet.

»Ich bringe dir die Kinder zum Stillen«, sagte Emma.

Stumm setzte die Freundin sich auf. Sie ließ sich die Babys in die Arme legen, die gierig nach ihren Brustwarzen schnappten, und blieb dann teilnahmslos sitzen, als ginge sie das alles nichts an.

Emma schaute unglücklich auf sie hinunter.

»Ich muss dich für eine Weile mit den Kindern allein lassen, Purlimil. Ich möchte mit den Ältesten sprechen. Meinst du, du schaffst es, auf Belle und Gelar aufzupassen?«

»Natürlich«, sagte Purlimil langsam. »Es sind doch meine Kinder.«

*Aber du vergisst, dass es sie gibt, sobald sie nicht mehr an deinen Brüsten hängen.*

Laut sagte sie: »Dann gehe ich jetzt. Ich komme bald zurück, ja?«

Purlimil schaute sie nur leer an.

Als Emma die Hütte verließ, drehte sie sich noch einmal nach ihr um. Sie hockte da wie eine willenlose Puppe, eine Hülle ohne Substanz.

»Als habe sie keine Seele mehr, nicht wahr?«, sagte Yileen, der leise neben Emma getreten war und nun verzweifelt auf seine Frau blickte, die einmal ein so fröhlicher Mensch gewesen war.

Seelenlos, dachte Emma. Ja, das traf es genau.

»Ich glaube, du solltest mitkommen, Yileen«, sagte sie kurzentschlossen. »Wir müssen die Ältesten davon überzeugen, dass Purlimil Hilfe braucht, welcher Art auch immer.«

Yileen nickte. »Du hast recht. So kann es mit meiner Frau nicht weitergehen.«

Die drei Ältesten, Emma und Yileen saßen vor Dayindis Hütte am Rande des Lagers. Hohe Nadelbäume umstanden die Behausung des *law man.* Doch während die *hoop pine*, unter der Emmas Zelt stand, ihr stets wie ein mächtiger Beschützer vorkam, wirkten die gleichen Bäume um Dayindis Hütte herum bedrohlich und düster.

Emma hätte das Gespräch mit den Ältesten lieber an einem anderen Platz geführt, doch Dayindi hatte sich ihrer Bitte verweigert. Wenn er sich schon unbedingt mit Purlimil befassen müsse, hatte er Emma beschieden, dann zumindest so, dass es ihm möglichst wenig Umstände bereite. Emma hatte seine mangelnde Kooperationsbereitschaft zähneknirschend akzeptiert, wusste sie doch, worin sie wurzelte: Seit Purlimil mit Emma gemeinsame Sache gemacht hatte, um Belles Leben zu retten, war auch sie in Dayindis Ansehen rapide gesunken.

Eben knurrte der *law man*: »Es liegt doch auf der Hand, was dem Weib fehlt!«

»Ach ja?«, fragte Emma gereizt.

»Ja«, sagte er. »Für mich jedenfalls.« Herausfordernd sah er sie an.

Wie schaffte der Kerl es nur, sie regelmäßig mit seinen knapp bemessenen Worten zur Weißglut zu treiben? Wie auch immer, heute brauchte sie Dayindi, also musste sie gute Miene zum bösen Spiel machen. Zwei der Ältesten zu befragen, während man den dritten außen vor ließ, war nach den ungeschriebenen Regeln des Clans ein Ding der Unmöglichkeit. Deshalb musste Emma freundlich bleiben, egal, wie sehr der grimmige *law man* sie auch nervte.

Also sagte sie beherrscht: »Du hast recht. Es liegt auf der Hand, woran Purlimil leidet: an Schwermut. Weniger klar ist allerdings, wie wir ihr helfen können. Aber helfen müssen wir ihr, sonst werden wir sie verlieren.«

Dayindi sah nicht so aus, als würde ihn diese Vorstellung übermäßig schrecken. Birwain jedoch wirkte bekümmert, und auch Gunur schien sich ernsthafte Sorgen zu machen.

»Was sagt denn dein junger Doktor dazu?«, fragte die Alte an Emma gewandt.

Emma spürte, wie sie rot wurde. Gunur pflegte John und sie mit Argusaugen zu beobachten, und es war kein Geheimnis, dass die Alte den Neuankömmling nicht mochte. Aus ihrer Sicht drängte er sich dem Clan seit Wochen auf.

»John glaubt, dass man Schwermut nicht heilen kann«, sagte Emma langsam. »Man müsse auf die Zeit vertrauen oder Purlimil in ein Irrenhaus einweisen lassen.«

Yileen stieß einen erschrockenen Laut aus. »Niemals!«

»Purlimil gehört zu uns!«, pflichtete Birwain ihm bei. »Nicht in eine Anstalt der Weißen.«

Beruhigend sagte Emma: »Natürlich, das finden wir ja auch. Keine Angst, John hat nicht vor, Purlimil irgendwohin zu entführen!«

»Das würde auch nichts nützen«, sagte Gunur leise. »Denn ich glaube, Purlimil ist nicht krank. Nein. Sie wurde bestohlen.«

Bestohlen? Emma runzelte die Stirn. Was meinte die Alte damit? Noch ratloser als ihre Worte machte Emma die Wirkung, die diese auf die anderen Eingeborenen hatten: Yileen starrte Gunur entsetzt an; Birwain schlug sich die runzelige Hand vor den Mund. Selbst Dayindi sah erschrocken aus.

Gunur verzog den Mund. »Ihr kennt die Anzeichen ebenso gut wie ich. Ihr wisst, was sie bedeuten. Birwain, du bist der Schamane! Warum siehst du nicht, was so offensichtlich ist? Irgendjemand hat Purlimil ihre Seele geraubt.«

Emma verstand immer noch nichts. Eine Seele konnte man doch nicht stehlen wie ein Stück Brot! Und selbst wenn die Schwarzen davon überzeugt waren, dass das möglich war, warum holten sie Purlimils Seele dann nicht einfach zurück? So schwierig konnte das doch nicht sein … jedenfalls einfacher, als sich einzubilden, Organe aus dem Körper zu lösen und mit Zaubersprüchen zu heilen. Und das machte Birwain schließlich auch alle Tage.

Ein Blick auf den Schamanen überzeugte Emma jedoch, dass er die Sache wesentlich ernster nahm als sie. Birwain sah aus, als sei er auf einen Schlag um zehn Jahre gealtert: Sein Gesicht schien nur noch aus kummervollen Falten zu bestehen.

»Seelenraub«, krächzte er. »Alle Ahnen und guten Geister mögen verhüten, dass das stimmt!«

»Du weißt, dass es stimmt«, sagte Gunur traurig.

Emma sah, dass Yileen die Tränen in die Augen stiegen. Rasch senkte der junge Mann den Kopf, schniefte und wischte sich die Nase mit dem Handrücken ab.

»Könnte mir mal jemand erklären, worum es hier eigentlich geht?« Emma blickte in die Runde. »Wie kann man eine Seele stehlen? Wer sollte das wollen? Und warum?«

»Viel zu viele Fragen, wie immer.« Dayindis Blick bohrte sich in ihre Augen. »Aber gut, lass mich dir die Antworten geben. Obwohl … es lohnt sich nicht. Warum sollte ich dir erklären, woran du sowieso nicht glaubst? Unsere Gesetze achtest du ja auch nicht.«

Emma zwang sich zu einem freundlichen Tonfall. »Du grollst mir immer noch, Dayindi. Du denkst, ich achte euch nicht, weil ich Belle gerettet habe. Kannst du denn nicht verstehen, dass ich aus Liebe gehandelt habe? Ich liebe meine Freundin Purlimil, und ich liebe Belle – wie mein eigenes Baby.«

»Schön gesprochen«, sagte Dayindi kalt. »Aber es hilft dir nichts, dein Vergehen bleibt und auch deine Strafe. Nein, ich glaube nicht, dass ich dir erklären möchte, was ein Seelenraub ist und welch schreckliche Folgen er hat.« Er fixierte Emma wie ein Raubtier kurz vor dem Angriff. »Außerdem hat Purlimil es verdient. Das verstehst du auch wieder nicht, oder? Also hör gut zu: Egal, wie oft du dich dafür einsetzt, Gnade walten zu lassen – am Ende bekommt jeder genau die Strafe, die ihm zusteht. Niemand entgeht der Gerechtigkeit der Ahnen. Du nicht. Und auch nicht Purlimil.«

Er lächelte breit.

Emmas gute Vorsätze lösten sich in Luft auf. Ruhig und freundlich bleiben im Angesicht dieses grausamen, selbstgerechten Mannes? Unmöglich! Sie bebte vor Abscheu und musste schwer an sich halten, um ihren Aggressionen gegen den *law man* nicht freien Lauf zu lassen. Am liebsten wäre sie aufgesprungen und hätte ihm das Gesicht zerkratzt.

Als ihr bewusst wurde, wie sehr es sie danach drängte, Dayindi wehzutun, verknotete sie rasch die Hände im Schoß, zutiefst erschrocken über sich selbst. Ihr fiel ein, dass sie sich schon einmal so gefühlt hatte: kurz nach Carls Verschwinden, als Dayindi ihr hatte einreden wollen, dass sie ihrem geliebten Ehemann den Tod gebracht hätte. Damals war Emma vor ihrem eigenen mörderischen Zorn geflohen, war zum ehemaligen Forschungslager gerannt und hatte sich Princess geschnappt, um wie eine Verrückte überall nach Carl zu suchen.

*Um mich von der Wahrheit abzulenken, die in Dayindis Worten steckt?*

Birwain neben ihr erhob sich. »Komm mit«, sagte er zu Emma, und sein Ton duldete keine Widerrede. »Wir wandern ein bisschen herum.«

Er zog sich sein graues Fell enger um den Körper und wandte sich an Yileen und Gunur. »Währenddessen könnt ihr euch überlegen, wie wir Purlimil helfen wollen.« Sein kühler Blick streifte den *law man*. »Und, Dayindi?«

Desinteressiert sah Dayindi zu ihm hoch.

»Was Purlimil auch getan haben mag«, sagte Birwain, »sie bleibt eine von uns. Vergiss das nicht, *law man*.«

# 13

Den Seelenraub vorausgesehen hatte nicht einmal er.

Dayindi lehnte sich zurück, während die anderen aufgeregt über Purlimils Schicksal diskutierten. Wie es schien, sinnierte Dayindi, hatten die D'anba sich nicht damit zufriedengegeben, langsam und qualvoll die weiße Gesetzesbrecherin zu zerstören. Stattdessen hatten sie sich auch noch die Seele ihrer schwarzen Helferin geholt. Das hatte Dayindi nicht beabsichtigt, als er sich mit den D'anba eingelassen hatte.

Aber er gab gerne zu, dass die Entwicklung der Dinge ihn befriedigte.

# 14

Emma spürte, dass John sie beobachtete, und hob den Kopf von ihren Notizen.

»Ich bin gleich fertig. Gib mir noch ein paar Minuten, ja? Dann kann ich dir erklären, worum es geht.«

Ihn John zu nennen war viel selbstverständlicher, als Emma zu Anfang befürchtet hatte. Wahrscheinlich, weil sie – abgesehen von ihren seltenen Besuchen in Ipswich – in ihrem Alltag sowieso niemanden mehr beim Nachnamen nannte. Bei den Eingeborenen existierten Nachnamen nicht, und mit anderen Menschen kam Emma nicht mehr in Kontakt. So erschien es ihr mittlerweile nur natürlich, dass auch Mr Roberts und sie die sprachlichen Förmlichkeiten weggelassen hatten, zumal das englische *you* sich sowieso gleich blieb.

»Nur die Ruhe, du hast alle Zeit der Welt.« John grinste frech, als er hinzufügte: »Als dein Kontrolleur bin ich sogar sehr davon angetan, wenn du dich in deiner Arbeit vergräbst. Wissenschaftlicher Eifer macht sich in einer Beurteilung immer gut, weißt du?«

Emma verzog das Gesicht. »Setz mich nur unter Druck. Besten Dank!«

»Gern geschehen. Wie wäre es übrigens mit einer Tasse Tee?«

Emma ließ die Feder sinken. »Sollte es wahr sein? Denkt ihr Engländer wirklich an nichts anderes als an euren ewigen, bitteren Tee?«

»Oh doch.« Sein Blick wanderte zu ihrem Mund. »Es sind nur nicht alle Gedanken dazu geeignet, sie laut auszusprechen. Also sprechen wir über Tee und manchmal auch über das Wetter.«

Emma verzichtete auf eine Antwort und beugte sich hastig wieder über ihre Notizen. John brachte sie ganz durcheinander, wenn er so unverblümt versuchte, mit ihr zu flirten.

Oder tat er das gar nicht? Vielleicht war sie bloß überempfindlich und meinte, etwas wahrzunehmen oder herauszuhören, das gar nicht existierte. Schließlich hatte er sich ihr nie anders zu nähern versucht denn als Freund. Dennoch glaubte sie in Augenblicken wie diesen, dass John sie durchaus nicht nur als Freundin, sondern auch als Frau wahrnahm – trotz ihrer fehlenden Eleganz und trotz ihrer tiefbraunen Haut, die jegliche vornehme Blässe vermissen ließ.

*Ganz unrecht hat Gunur nicht, wenn sie John und mich so misstrauisch beobachtet.*

Zwar gehörte, so versicherte sie sich rasch, ihr Herz nach wie vor Carl. Aber in den Augenblicken ihrer größten Einsamkeit, wenn die Zweifel an Carls Rückkehr übermächtig wurden … fiel ihr manchmal auf, wie intensiv Johns Blick auf ihr ruhte. Wie anziehend sein sorgloses, selbstbewusstes Lächeln war. Und wie leicht es wäre, Vergessen und Trost in seiner Umarmung zu finden – wenn auch nur für ein paar Stunden.

Emma merkte, dass sie, anstatt zu schreiben, ihre Notizen anstarrte. Sie biss sich auf die Lippen; fühlte sich von sich selbst ertappt. Eilig warf sie ein paar bedeutungslose Worte aufs Papier, um den Anschein zu erwecken, sie sei vollauf mit ihren Forschungen beschäftigt statt mit Gedanken, die sie nicht denken, und Sehnsüchten, die sie nicht spüren wollte.

Nicht solange sie nicht vollkommen sicher war, dass Carl tot war.

Natürlich hatte John auch für sie Tee gebrüht, obwohl sie ihm nicht geantwortet hatte. Und natürlich trank Emma den Tee dankbar aus, während der Engländer sie mit jener charmanten Lässigkeit unterhielt, die sie fast noch mehr verwirrte als sein Blick.

Während sie ihm mit halbem Ohr zuhörte, ermahnte sie sich streng, sich darauf zu besinnen, wer und was sie war: Emma Scheerer, verheiratet, und zwar äußerst glücklich.

Na ja, glücklich zumindest in der Zeit, die Carl und sie zusammen gewesen waren.

Aber verheiratet war sie definitiv immer noch, und deshalb würde sie John gegenüber zwar freundlich bleiben, aber auf eine distanzierte, unnahbare Weise. Keinesfalls würde sie ihm in irgendeiner Form zu verstehen geben, dass sie sich von ihm angezogen fühlte.

Klirrend stellte sie die Teetasse auf dem Tisch ab. Um ein Haar wäre ihr Stuhl umgefallen, als sie abrupt aufstand. Mit brennenden Wangen sagte sie: »John, lass uns nach den Pferden sehen. Ich … ich habe Princess vernachlässigt in der letzten Zeit. Wir sollten uns vergewissern, dass Princess und dein Sirius gut miteinander zurechtkommen.«

»Keine Sorge«, sagte John, lehnte sich zurück und kippelte auf seinem Stuhl. »Sirius kommt mit allen Pferden zurecht und besonders gut mit Stuten.«

Emma schoss ein Bild durch den Kopf, an das sie eigentlich nicht gerne dachte: das Bild Nowalingus, die John mit Blicken und Lächeln zu verstehen gab, dass sie gegen ein bisschen Spaß nichts einzuwenden hätte. In letzter Zeit hatte Nowalingu John immer öfter auf diese anzügliche Weise angelächelt.

Und John hatte stets zurückgelächelt.

»Das mit den Stuten glaube ich dir sofort«, murmelte Emma, drehte sich um und floh vor dem Wirrwarr in ihrem Inneren hinaus ins Freie.

Das Gras auf der Koppel war nun nicht mehr stachelig und braun, sondern saftig grün. Vernichtete der Winter in Europa jegliche Vegetation, so bewirkte er hier genau das Gegenteil: Ohne die glühende Hitze der Sonne erholte sich die Natur, alles wuchs und gedieh, und was im Sommer dürr und vertrocknet war, erwachte in den Wintermonaten zu neuem Leben.

Emma lehnte an einem Pfosten des mehr schlecht als recht zusammengezimmerten Zaunes und schaute über die Weide zu ihrem Kontrolleur. Er war damit beschäftigt, seinen Casanova Sirius zu striegeln, der aussah, als sei er in ein Schlammloch gefallen. Princess war deutlich weniger schmutzig gewesen, und so war Emma mit der Pflege ihrer Stute schnell fertig geworden. Jetzt trabte Princess frei und zufrieden über die Weide, immer in Sirius' Nähe.

Sie scheint Orlando gar nicht mehr zu vermissen, dachte Emma. Der Gedanke gab ihr einen Stich.

Trotz des Wollschals, den Emma sich um den Oberkörper geschlungen hatte, fröstelte sie. Der Himmel war bedeckt. Sie legte den Kopf in den Nacken und schaute in die schieferfarbenen Wolken. Wolken waren etwas, das sie in ihrem Leben hier nur selten zu Gesicht bekam, obwohl es häufig regnete. Doch im Regenwald verdeckten die dichten Schirme aus Blättern, Ästen, Palmwedeln und in langen Schleifen herabhängenden Pflanzenparasiten fast überall die Sicht auf den Himmel. Emma hatte sich schon so sehr an das grüne Dämmerlicht gewöhnt, dass ihr der helle, klare Tag und die Weite um sie herum nun beinahe exotisch vorkamen.

Sie besuchte John nicht oft im Forschungslager. Nur an Tagen wie heute, wenn Gunur sich anbot, auf Belle aufzupassen, und Emma es sich gestattete, der Sehnsucht nach einem anständigen Schreibplatz und einem Minimum an Zivilisation nachzugeben. Dann arbeitete sie bei John im Haupthaus an ihren Berichten und überließ ihm das Ergebnis gleich zur Begutachtung.

Meist aber war es John, der vormittags zu ihr in den Regenwald kam, der sie tagsüber begleitete, ihr über die Schulter schaute, aber auch eigene Pflanzenforschungen betrieb. Nur Kontrolleur zu spielen, das sei nichts für ihn, hatte er Emma schon früh anvertraut. Wenn er nicht selbst sammeln, kategorisieren und konservieren könne, fühle er sich überflüssig und nutzlos.

Emma hatte dieses Geständnis gefallen.

Auch das Zusammensein mit John, ihre lockeren Gespräche, die kleinen Scherze, seine Unbeschwertheit gefielen ihr.

Und langsam, fast unmerklich, hatte sich ihr Verhältnis zueinander gewandelt. Statt dass John Emma überwachte, arbeiteten sie nun miteinander. An besonders guten Tagen war es fast ein bisschen so, wie es mit Carl gewesen war.

Nein, verbesserte sie sich erschrocken. Wie mit Carl konnte es mit keinem anderen Mann sein! Nicht einmal auf der rein professionellen Ebene. Aber es war, musste sie zugeben, zumindest ähnlich: ein konzentriertes, stillvergnügtes Forschen, über das man sich gleichberechtigt unterhielt, beriet und austauschte.

Dennoch durfte sie nie vergessen, dass dieser positive Eindruck trog. Denn an den Fakten hatte sich nichts geändert: Er stand über ihr. Wenn John sich ein abschließendes Bild über sie gemacht haben würde, dann würde *sein* Bericht über *ihre* Zukunft entscheiden. Und es war Johns unbedingte Pflicht, nicht wohlwollend über sie zu urteilen, sondern objektiv – und möglicherweise vernichtend, ganz gleich, als wie angenehm er das Zusammensein mit ihr als Mensch empfinden mochte.

Mit ihr als Frau.

Sie wandte den Blick vom Himmel ab und betrachtete John wieder, wie er mit kräftigen Strichen sein Pferd striegelte. Er hatte die Ärmel seines Hemdes hochgekrempelt; seine Unterarme waren goldbraun und sehnig. Sirius schnaubte ihm zärtlich ins Ohr, und John lachte.

Emma musste lächeln. Sie fand es seltsam und bewundernswert zugleich, dass John immer gut gelaunt war, obwohl das Leben in dieser verlassenen Forschungsstation kaum nach seinem Geschmack sein konnte: schlechtes Essen aus lange haltbaren Lebensmitteln – denn anders als Emma aß John nicht mit dem Clan zusammen; kalte und einsame Abende; keine Neuigkeiten aus der weiten Welt; keinerlei Vergnügungen. Für einen lebensfrohen jungen Mann wie John musste dieses Leben einer Verbannung gleichkommen.

*Möglicherweise hat er es bald hinter sich.*

Der Gedanke tat überraschend weh.

Emma streckte den Rücken gerade. Bloß nicht wieder im Selbstmitleid versinken! Das war ihr in den letzten Wochen viel zu oft passiert.

Entschlossen schlüpfte sie durch den Zaun und ging quer über die Weide zu John. Sie war schließlich nicht in erster Linie gekommen, um an ihren Berichten zu schreiben, und ganz sicher nicht, um sich über einen attraktiven Engländer romantische Gedanken zu machen, sondern weil sie ihm erzählen wollte, wie die Beratung über Purlimils Schwermut geendet hatte. Sie wollte unbedingt Johns Meinung dazu hören – die nüchterne, realistische Sichtweise eines Weißen, dem die Vorstellung geraubter Seelen ebenso fremd sein musste wie ihr selbst.

Ob er versuchen würde, ihr auszureden, mit dem Clan zu den heiligen Stätten zu ziehen? Ob er mitkommen würde?

Oder ob er froh wäre, endlich einen guten Grund zu haben, nach Sydney zurückzukehren?

Sie würde es gleich erfahren.

# 15

Die Hufe ihrer Pferde wirbelten Erde und totes Laub auf. Die silbrigen Eukalyptusbäume standen weit genug auseinander, um ihnen freie Bahn zu gewähren, und Princess und Sirius genossen es ebenso sehr wie ihre Reiter, ungebremst durch den Busch zu galoppieren. Erst als der Boden steiniger und das Strauchwerk dichter wurde, zügelten Emma und John ihre Pferde. Mit geröteten Wangen und zerzausten Haaren ritten sie im Schritt nebeneinanderher.

Emma überlegte gerade, wie sie einen Einstieg in das Thema Seelenraub finden konnte, ohne allzu plump mit der Tür ins Haus zu fallen, als John sie auf eine besondere Gesteinsart hinwies. Offenbar war diese Art selten, denn John wurde ganz aufgeregt; kurzentschlossen sprang er von Sirius' Rücken und hob einen der mandelförmigen Brocken für sie auf.

»Schau dir das an!«, sagte er strahlend, als er wieder aufgestiegen war und ihr im Reiten den Stein überreichte. »Ist er nicht faszinierend?«

Emma beäugte das löcherige Gebilde. »Er sieht gar nicht aus wie ein Stein. Eher wie ein … na ja, wie ein löchriger Käse.«

John lachte. »Der wäre aber ziemlich hart für die Zähne. Nein, das ist ein so genannter Blasenstein. Das, was dich an Käselöcher erinnert, gibt dem Stein seinen Namen.«

»Er ist wunderschön.« Emma lächelte. »Darf ich ihn behalten?«

»Du *musst* ihn behalten! Als ewige, wenn auch löchrige Erinnerung an mich.«

Erinnerung. Eine gute Überleitung. »John, ich muss dir etwas sagen.«

»Ich dir auch«, meinte er leichthin. »Ich habe nämlich einen Entschluss gefasst: Ich werde die Regierung bitten, mir ein paar weitere Wochen im Regenwald zuzugestehen.«

Erstaunt blickte Emma ihn an. Er brauchte mehr Zeit? War das nun ein gutes Zeichen oder ein schlechtes?

»Was wirst du den Herren schreiben?«, fragte sie. »Über mich, meine ich. Über mein Projekt.«

John versenkte seinen graugrünen Blick in ihren. »Das darf ich dir nicht sagen, Emma. Tut mir leid, aber so steht es in meinem Vertrag.«

Uff. Das klang eindeutig nach einem schlechten Zeichen, auch wenn er sie noch so verwirrend intensiv ansah.

Sie wandte sich ab und starrte auf die grauweiße Mähne ihrer Stute. »Natürlich.«

»Abgesehen davon«, fuhr er locker fort, »fesseln mich meine eigenen Studien in diesem Landstrich so sehr, dass es sich allein dafür lohnt, noch eine Weile hierzubleiben. Ich glaube also nicht, dass die Herren der Regierung sich mir in den Weg stellen werden.«

»Hat sich dir überhaupt schon mal jemand in den Weg gestellt?«, fragte sie halb im Scherz.

»Nein«, sagte er entspannt. »Noch nie.«

Und plötzlich ärgerte sie sich über ihn. Obwohl John zwei Jahre älter war als sie, kam er ihr in diesem Augenblick sehr viel jünger vor. Für ihn war alles so einfach: Er sah gut aus, war gebildet und stammte, wie sie inzwischen wusste, aus einer vermögenden, hoch angesehenen Familie. Er übte einen Beruf aus, der ihn zu fesseln vermochte, war aber gleichzeitig frei, jederzeit etwas anderes zu tun, wenn es ihn danach verlangte. Für John war das Leben ein Spiel; eines, das bisher immer nach seinen Regeln gespielt worden war. Wusste er überhaupt, was Sorgen waren? Ahnte er auch nur, wie es war, wenn einem das Glück zur Abwechslung mal nicht in den Schoß fiel?

Doch obwohl Emma galligen Neid verspürte, wusste ein Teil von ihr, dass es genau das war, was sie an John anzog. Mit ihm zusammen zu sein bedeutete, alles ein bisschen leichter zu nehmen, eine Zeitlang zu vergessen, wie übel ihr das Leben mitgespielt hatte.

Es bedeutete, die Trauer um Carl in kleinen Schritten hinter sich zu lassen.

*Nur, dass ich das gar nicht will. Ich will Carl nicht aufgeben, nicht heute, nicht morgen und nicht in einem Jahr.*

Für eine Weile war nichts zu hören als das dumpfe Geklapper der Pferdehufe auf dem felsigen Boden.

»Jetzt bist du dran«, sagte John schließlich.

»Womit?«

»Wolltest du mir nicht auch etwas sagen?«

Vollkommen richtig. Emma bemühte sich, ihre widersprüchlichen Gefühle für den Moment zu vergessen, und konzentrierte sich auf das, was hier und jetzt wichtig war: nicht Carl, nicht John, nicht sie selbst. Sondern ihre beste Freundin.

Sie räusperte sich. »Wir haben doch letztens über Purlimils Schwermut gesprochen, erinnerst du dich? Du sagtest, man könne nichts dagegen tun. Nun, ich habe die Schwarzen befragt, und … es gibt Neuigkeiten.«

»Tatsächlich?« Neugierde blitzte in Johns Augen auf. »Glauben die Eingeborenen etwa, sie könnten Purlimil heilen?«

Emma wiegte den Kopf. »Heilen wäre zu viel gesagt. Aber die Ältesten haben über Purlimils Zustand beraten, und sie haben zumindest einen Beschluss gefasst. Einen schwerwiegenden Entschluss.« Sie machte eine Pause, dann setzte sie ehrlich hinzu: »Ich bin mir allerdings nicht sicher, ob dieser Beschluss mir gefällt.«

»Erzähl«, sagte John und verzog den Mund zu einem abenteuerlustigen Lächeln. »Vielleicht gefällt er ja mir.«

Also erzählte sie.

Nachdem Emma mit Birwain spazieren gegangen war und ihre Wut sich abgekühlt hatte, hatten sie ihre Beratungen gemeinsam fortgeführt. Die Ältesten und Yileen waren nun felsenfest davon überzeugt, dass Purlimils Seele tatsächlich geraubt worden war.

Als Übeltäter hatte Birwain fremde, böse Geister in Verdacht. »Es müssen sehr mächtige Geister sein«, sagte er mit einem Schaudern. »Vielleicht sind es sogar die D'anba.«

»Die D'anba!«, schrie Gunur auf. »Nur das nicht, nur das nicht!«

»Wer ist denn das nun wieder?« Skeptisch sah Emma in die Runde. »Und Seelenraub, das kommt mir nach wie vor weit hergeholt vor. Glaubt ihr eigentlich wirklich daran?«

Alle nickten.

Seufzend sagte Emma: »Wenn das so ist, sollten wir uns überlegen, wie wir diesen D'anba Purlimils Seele schnellstens wieder entreißen können.«

»Darin liegt ja das Problem«, sagte Birwain mit sorgenvoll gefurchter Stirn. »Dafür müsste genau der D'anba besiegt werden, der ihre Seele geraubt hat. Aber um gegen ihn kämpfen zu können, müssen wir wissen, wo er sich aufhält …«

»… und das wissen wir nicht«, ergänzte Dayindi schnell.

»Aber dann ist Purlimil verloren!« Gunur rang die Hände. »Ohne Seele überlebt kein Mensch länger als ein paar Monde!«

»Zuerst verblasst man zu einem Schatten seiner selbst«, bestätigte Birwain widerwillig. »Und dann stirbt man.«

Dayindi setzte hinzu: »Auf die qualvollste Weise, die man sich nur vorstellen kann.«

Emma schwieg entsetzt.

Doch dann ging ein Ruck durch Birwain, und er ballte die Fäuste. »Es sei denn, wir können die Marmbeja davon überzeugen, uns beizustehen. Sie müssen uns helfen, Purlimil zu retten!«

»Was Purlimil zugestoßen ist, gehört zu ihrer Strafe!«, schnappte Dayindi. »Und Strafen zu umgehen ist gegen das Gesetz. Die Marmbeja werden uns wohl kaum helfen, das Gesetz zu brechen!«

Diesen Einwand hatte Birwain offensichtlich vorausgesehen.

»Beruhige dich. Niemand hat vor, erneut das Gesetz zu brechen oder unsere Ahnen und die Marmbeja hinters Licht zu führen. Alles, was ich vorschlage, ist das Abhalten eines Wanderkultes.«

Gunurs Augen leuchteten auf. »Oh ja, wir wandern entlang der Traumpfade!«

Der Schamane nickte bedächtig. »Der ganze Clan muss zusammenhalten, nur dann kann es klappen. Wir alle müssen die heiligen Stätten aufsuchen und dort tanzen und singen. Vielleicht lassen die Marmbeja sich dadurch erweichen, uns beizustehen.«

»Und dann werden sie uns ein Zeichen geben!«, rief Yileen. Neu erwachte Hoffnung zeichnete sich auf seinem Gesicht ab. »Sie werden uns helfen, den einen D'anba zu finden, der Purlimils Seele gestohlen hat. Danach müssen wir nur noch versuchen, sie ihm wieder zu entreißen – mit dem Beistand unserer Geister.«

Dayindi schüttelte stur den Kopf. »Niemand wird uns beistehen, ihr Narren. Ich sage es noch einmal: Dass es den D'anba gelingen konnte, dem Clan eine Seele zu rauben, ist die Strafe für Purlimils Ungehorsam. Vielleicht waren es sogar die Marmbeja selbst, die sich an Purlimil vergriffen haben.«

»Aber die Marmbeja rauben doch keine Seelen!«, krächzte Birwain aufgebracht. »Sie sind gut, Dayindi!«

»Du irrst dich, Schamane«, spuckte der *law man* aus. »Sie sind nicht gut, sie sind gerecht.«

Birwain schlug mit der flachen Hand auf den Boden. »Du lästerst die Geister, indem du das Böse dort siehst, wo es nicht ist. Für die wirkliche Gefahr aber bist du blind!«

Böse D'anba, hilfreiche Marmbeja, spirituelle Strafen und Wanderkulte … selbst jetzt noch blieb Emma dieser Umgang mit Problemen fremd. Schließlich ging es hier um nichts anderes als um Purlimils höchst irdische Schwermut!

In diesem Moment rief Yileen ungeduldig: »Genug der Rede, wir müssen meine Frau retten. Also lasst uns wandern.«

Birwain atmete tief durch, wandte seinen Blick von Dayindi ab und fragte die anderen: »Dann ist es also beschlossen?«

»Nein«, knurrte Dayindi.

»Ja!«, sagten Gunur und Yileen laut.

Auch Emma nickte, wenngleich sie immer noch nicht recht begriff, was hier eigentlich vor sich ging. Gewiss, sie respektierte den Glauben der Eingeborenen; aber dass eine einzige schwermütige Frau den gesamten Clan aus dem Lager und auf Wanderschaft treiben konnte, das erstaunte sie.

»Mein lieber Dayindi«, sagte Birwain fest, »mir scheint, du bist überstimmt.«

Dayindi schnaubte bloß.

»Wir müssen es den anderen sagen!«, rief Yileen aufgeregt.

Erst da wurde Emma klar, was der Entschluss zu wandern für sie selbst bedeutete: Sie alle würden auf unbestimmte Zeit das Lager verlassen – und Carl, sollte er doch noch zurückkehren, würde nichts anderes mehr vorfinden als erloschene Feuer und verfallene Hütten.

»Wie lange werden wir denn unterwegs sein?«, fragte sie mit plötzlicher Beklommenheit.

»Viele Winterwochen lang«, antwortete Birwain feierlich.

Sie senkte den Blick und schwieg.

»Emma, es ist von höchster Wichtigkeit, die D'anba abzuwehren«, mischte Gunur sich ein. »Denn wenn sie einmal entfesselt sind, wenn sie Geschmack daran gefunden haben, die Seelen unseres Clans zu rauben, dann sind wir alle in höchster Gefahr!«

»Oh ja. Wir alle«, hatte Birwain hinzugefügt. »Schwarze wie Weiße.«

An diesem Punkt ihres Berichtes schaltete John sich ein.

»Das mit der Gefahr und all den komischen Geistern ist natürlich Humbug. Aber ansonsten ist das Ganze doch eine tolle Sache! Denk nur, wie spannend das für dich wird. Also ich finde, wir sollten mitgehen.«

Emmas Herz klopfte schneller. »*Wir* sollten mitgehen?«

John zog die Brauen hoch. »Glaubst du etwa, ich lasse dich ganz allein durch die Wildnis ziehen, ohne jeden Schutz? Selbstverständlich begleite ich dich.«

Emma war irritiert, wie sehr sie sich über seinen Entschluss freute, während die Begründung dieses Entschlusses sie gleichzeitig ärgerte.

Schnippisch sagte sie: »Darf ich dich daran erinnern, lieber John, dass ich es vor deinem Auftauchen ziemlich lange ohne deinen Schutz ausgehalten habe?«

»Und darf ich dich daran erinnern, liebe Emma, dass ich deine Arbeit noch eine Zeitlang beobachten möchte? Wir können uns also gar nicht trennen, schon aus beruflichen Gründen nicht.« Seine Stimme wurde weicher. »Abgesehen davon missfällt mir die Aussicht, dich gehen zu lassen. Wohin auch immer.«

Überrascht schaute sie John in die Augen. Er erwiderte ihren Blick eine Spur verlegen, und Emma meinte, durch den leichtsinnigen Charme, den er aller Welt zeigte, etwas Tieferes durchblitzen zu sehen. Etwas, das nur ihr allein galt. Etwas wie …

In diesem Moment scheute Sirius vor einem zurückschnellenden Ast, und der Augenblick war vorüber, ehe Emma auch nur halbwegs begriffen hatte, was sie gerade entdeckt hatte.

Danach schwiegen sie beide, und damit war das Thema erledigt: John würde Emma und den Clan begleiten.

Am Abend bat Emma Birwain um sein Einverständnis. Als er zögerte, gab sie zu bedenken, dass sie auf Johns positive Beurteilung angewiesen war, wollte sie auch zukünftig als Forscherin beim Clan bleiben.

»Nun, so soll der junge Weiße eben mit uns kommen.« Birwain blickte nachdenklich in die Dämmerung. »Vielleicht ist es ja der Wille der Geister.«

Auf jeden Fall ist es meiner, dachte Emma erleichtert.

# 16

Birwain blieb allein in seiner dunklen Hütte zurück. Er war sich nicht sicher, ob seine Entscheidung, den arroganten Grünschnabel mitzunehmen, richtig gewesen war.

Er war sich überhaupt keiner Sache mehr sicher.

So groß sein Verständnis der irdischen und spirituellen Zusammenhänge früher gewesen war, so gering erschien es Birwain jetzt. Auch wenn er es gut vor den anderen verbarg: Er hatte das Vertrauen in sich selbst verloren, in seinen Verstand, seine Ahnungen und seine Fähigkeiten als Schamane. Warum hatte er die dunkle Anwesenheit der D'anba nicht bemerkt? Warum hatte er nicht verhindern können, dass sie Purlimils Seele geraubt hatten?

Plötzlich kam dem Schamanen ein ungeheuerlicher Gedanke. Vielleicht waren sie ja an allem schuld! Vielleicht steckten die D'anba nicht nur hinter dem Seelenraub, sondern auch hinter Carls Verschwinden! War es Birwain nicht von Anfang an seltsam vorgekommen, dass seine Baumgeister, denen er ein Leben lang vertraut hatte, den Scheerers so übel mitgespielt haben sollten?

Aufgeregt sprang Birwain auf und tigerte in seiner Hütte hin und her. Denn wenn sein Gedankengang richtig war, dann bedeutete das …

Er blieb stehen und rang nach Luft.

Es bedeutete, dass es nicht Emmas Aufgabe gewesen war, Carl in den Tod zu treiben!

Sie hatte die wahre Aufgabe der Marmbeja noch gar nicht erfüllt.

Irgendjemandem stand immer noch der Tod von ihrer Hand bevor.

# 17

Unschlüssig packte Emma ihren Handspiegel in die Reisetasche. Dann holte sie ihn wieder heraus. Packte ihn wieder hinein. Holte ihn heraus. Und legte ihn schließlich seufzend auf den ständig höher werdenden Stapel vor dem Zelteingang.

Obwohl John so begeistert reagiert hatte, war Emma die Vorstellung, das Lager zu verlassen, immer noch suspekt. Wenn Carl nun doch …

Aber Carl würde nicht zurückkommen, und anstatt sich törichten Hoffnungen hinzugeben, sollte sie besser an Purlimil denken.

Weitere Gegenstände landeten auf dem Stapel: ausgelesene Bücher, ihre zweite Bürste, ein paar bunte Haarbänder. Diese Dinge brauchte sie alle nicht. Dafür packte Emma sämtliche Hemdchen, Röckchen und Jacken von Belle in ihre Reisetasche.

Die Kleine krähte fröhlich und rollte sich auf dem staubigen Boden vom Rücken auf den Bauch, dann legte sie den Kopf in den Nacken und schenkte Emma eines ihrer hinreißenden, zahnlosen Lächeln.

»Du weißt überhaupt nicht, was auf uns zukommt, nicht wahr?«, sagte Emma zärtlich. »Das wird ein ganz schönes Abenteuer, meine Süße. Aber es muss sein, sagen die Ältesten.«

Sie beugte sich über Belle und kitzelte sie, und das Baby dankte es ihr mit einem ausgiebigen »ma-ma-ma-ma-ma«. Es klang wie »Mama«, fand Emma, und sie küsste Belle gerührt auf die Stirn.

Doch dann richtete sie sich auf und ermahnte sich, dass es keinen Sinn hatte, es noch länger aufzuschieben.

Das, wovor sie sich schon die ganze Zeit über fürchtete.

Emma atmete tief durch und wandte sich den Dingen zu, die ausnahmslos auf den Stapel vor dem Zelteingang gehörten: Hosen, Hemden, Rasiermesser, ein Paar derbe Ersatzstiefel, ein Messer.

All das, was er zurückgelassen hatte und was jetzt sie zurücklassen musste.

Carls gesamte Habe.

Sie spürte, wie ihre Stimmung kippte; wie die Bereitschaft, sich zu fügen – dem Willen der Eingeborenen, den Erfordernissen ihres Alltags, dem Lauf ihres Schicksals –, verblasste und einer bodenlosen Trauer wich. Es war dasselbe Gefühl, das sie nachts überfiel, wenn sie von Carl träumte, diesen stets wiederkehrenden, entsetzlichen Traum.

*Carl zwischen Leben und Tod, gemartert, zerschlagen, unendlich fern von ihr. Sie möchte zu ihm eilen, aber er lässt sie nicht; will sie um jeden Preis von sich forthalten.*

*Getrennt von ihr, weil er es so will.*

Mit zitternder Hand strich sie über den Stoff eines seiner Hemden.

In den letzten Wochen hatte Emma sich oft gefragt, ob die nächtlichen Bilder und Botschaften eine reale Grundlage haben mochten, da sie sich so hartnäckig wiederholten. Und wenn schon! Was nützten ihr Botschaften, mit denen sie nichts anfangen konnte? Sie hatte Carl überall gesucht und nicht die kleinste Spur von ihm entdeckt. Er konnte Hunderte, Tausende Kilometer von ihr entfernt sein. Was ihm auch zugestoßen war – Emma hatte nicht die geringste Chance, ihn auf diesem riesigen, weitgehend unerforschten Kontinent wiederzufinden, zumal weder Polizei noch Regierung bereit waren, ihr zu helfen.

*Und außerdem will er dich ja gar nicht sehen.*

Sie zuckte zusammen wie unter einem Schlag. Vielleicht war dies die Botschaft ihrer Träume: dass sie Carl endlich freigeben musste, obwohl sich alles in ihr dagegen sträubte.

»Ma-ma-ma-ma-ma«, lallte Belle, und Emma fühlte ein kleines, dickes Händchen auf ihren Fuß patschen. Sie hob das Baby auf, drückte es fest an ihre Brust und schluckte ihre Tränen hinunter.

»Fangen wir an«, sagte sie mit rauer Stimme zu Belle.

Und dann packte sie Carls gesamte Habe in einen Koffer, als habe sie sich tatsächlich damit abgefunden, ihn verloren zu haben.

Als Emma Stunden später mit den Eingeborenen am abendlichen Feuer saß, Fladenbrot und gedünstetes Vogelfleisch verzehrte und den Gesprächen lauschte, die sich um den bevorstehenden Aufbruch drehten, sah sie durch die Schatten hinüber zu Purlimil.

Die Freundin hockte zusammengesunken neben Yileen, aß nichts, sagte nichts, schaute niemanden an. Es interessierte sie weder, dass Gelar auf Emmas Schoß saß statt auf ihrem eigenen, noch dass der ganze Clan ihretwegen auf Wanderschaft gehen wollte. Obwohl die Nacht empfindlich kalt war, reagierte Purlimil nicht einmal, als ihr das Fell von den Schultern rutschte. Sie saß einfach nackt und ungeschützt da, bis Yileen ihr Zittern bemerkte und ihr das Fell wieder umhängte.

Konnte man diesen Zustand Leben nennen?

Je länger Emma ihre Freundin beobachtete, desto mehr war sie davon überzeugt, dass die Entscheidung der Ältesten richtig gewesen war. Wenn es auch nur die geringste Chance gab, dass die rituelle Wanderung Purlimil zu neuer Gesundheit und Lebensfreude verhelfen konnte, dann stand außer Frage, dass sie es versuchen mussten. Purlimil durfte nicht auf diese jämmerliche Weise zugrunde gehen! Nicht sie, die einst so eine lebenslustige Frau gewesen war.

Emma dachte daran, dass John schon bald zu den Conollys reiten würde, um dort gegen Entgelt alles unterzubringen, was nicht unbewacht zurückbleiben durfte: einen Teil seiner eigenen Kleidung, Emmas vollgepackte Reisetasche, Carls Koffer. Danach würde John in Ipswich seine Briefe und Berichte zur Post bringen und einige Einkäufe tätigen, und sobald er zurück sein würde, konnte es losgehen.

Wieder einmal dem Unbekannten entgegen, dachte Emma, und in ihrem Herzen verbanden sich Furcht, Abenteuerlust und Sehnsucht nach ihrem Mann zu einer absonderlichen Mischung.

Kurzentschlossen erhob sie sich, bevor der schwächere Teil ihres Selbst auf die Idee kommen konnte, zu weinen oder alles abzubrechen.

»Lasst uns schlafen gehen«, sagte sie und packte sich Belle und Gelar auf die Hüften. »Wir haben anstrengende Wochen vor uns, meine Süßen. Ruhen wir uns aus, solange wir das noch können!«

# 18

JULI 1860

Obwohl John nur wenige Tage fort war, fehlte er ihr. Emma mochte es sich kaum eingestehen, doch ohne ihn erlebte sie die Vorbereitungen der Schwarzen auf die rituelle Wanderung als bedrückend. Das nun fast leere Zelt schien ihr Unheil zu verkünden; die Winterkühle empfand sie als feindlich und ihre ungewisse Zukunft als beängstigend.

Auch die tägliche Arbeit ging ihr ohne John schwerer von der Hand. Sie arbeitete gewissenhaft an ihren Forschungen, doch sie bedauerte es in jeder Sekunde, nicht mit ihm über die neuesten Ergebnisse sprechen zu können. Emma half den Frauen, als Vorbereitung auf die Wanderung verschlungene Symbole auf Arme und Oberkörper zu malen – und sehnte sich danach, mit John über deren mögliche Bedeutung zu diskutieren. Sie schleppte Belle und Gelar durchs Lager – und vermisste die ganze Zeit über Johns Späße, mit denen er die Babys zum Lachen brachte.

Sie weigerte sich, darüber nachzudenken, warum das so war.

Als sie eines Morgens mit Belle vor ihrem Zelt saß und ein paar der kleinen Hemdchen flickte, hörte sie schwere Schritte und hob den Kopf. Endlich!, dachte sie aufatmend, als sie John mit einem großen Paket in den Armen auf sich zukommen sah.

Sie ließ das Hemdchen sinken und konnte nicht verhindern, dass sich ein strahlendes Lächeln auf ihrem Gesicht ausbreitete. Das Dämmerlicht des Regenwaldes, das ihr eben noch matt und grau vorgekommen war, begann zu schimmern, und sie spürte, wie neue Zuversicht sie durchströmte.

»Meine liebe Emma! Ich hoffe, du hast mich vermisst?«, feixte John, und sie zog ironisch eine Augenbraue hoch, um zu verbergen, wie genau er ins Schwarze getroffen hatte.

»Aber dafür habe ich dir etwas mitgebracht.« Ächzend ließ er das Paket vor ihr und dem Baby auf den Boden poltern. »Na ja, eigentlich nicht dir, sondern Belle. Die junge Dame soll schließlich nicht ohne eine angemessene Ausstattung auf Reisen gehen, oder?«

Emma riss die Augen auf. »Du liebe Güte, John, hast du tatsächlich …«

Er nickte lächelnd, und sie öffnete mit fliegenden Fingern das Paket. Fassungslos schaute sie auf seinen wunderbaren Inhalt, holte das erste von vielen flauschigen, sahneweißen Kleidungsstücken heraus. Hemdchen, Röckchen, warme Jacken, eine Mütze, sogar winzige Schuhe waren dabei.

Die Schühchen an ihre Brust gepresst sah sie zu John hoch und fragte mit belegter Stimme: »Woher wusstest du, dass sie neue Kleidung braucht?«

John legte den Kopf schief. »Um das zu erkennen, braucht man nur ein funktionierendes Paar Augen. Belle ist so deutlich aus all ihren Kleidern herausgewachsen, dass ich auf keinen Fall mit leeren Händen aus Ipswich zurückkehren konnte. Ich hätte mich gefühlt wie der schlechteste Onkel der Welt.«

»Lo-lo-lo-lo-lo«, stimmte Belle sabbernd zu und griff nach Johns Schnürsenkel.

»John, das … das ist so furchtbar nett von dir!«, stammelte Emma. »So aufmerksam, so großzügig, so …«

»Schon gut«, grinste er und hob abwehrend die Hände. »Wenn du so weitermachst, werde ich noch rot.«

Voller Zuneigung erwiderte sie sein Lächeln. »Also dann, ganz schlicht: Tausend Dank, John.«

»Gern geschehen.« Er machte eine kleine, höfliche Verbeugung. Im Plauderton fügte er hinzu: »Ja, es ist schon erstaunlich, nicht wahr? Was ein Mann nicht alles tut, um das Herz eines schönen Mädchens zu gewinnen.«

*Um das Herz eines ...?*

Augenblicklich rief Emma sich zur Ordnung und versicherte sich, dass sie sich verhört haben musste. Oder hatte sie John schlicht und einfach falsch verstanden? Er konnte doch nicht wirklich gemeint haben ... nein! Ausgeschlossen. So etwas gestand man sich nicht morgens vor dem Zelt, mit einem sabbernden Baby zu seinen Füßen.

Andererseits musste Emma sich eingestehen, dass John sie gerade auf eine äußerst beunruhigende Art anschaute. Sein Blick war eine einzige lockende Verheißung – graugrüne, seidenkühle Tiefe unter schweren Lidern und langen, schwarzen Wimpern.

In Emmas Körper regte sich etwas, das sie viel zu lange nicht gespürt hatte. Etwas, das sie beinahe vergessen hätte, das ihr nun aber mit Macht die Hitze in die Wangen trieb.

John lächelte, ging in die Knie und nahm Belle auf den Arm. »Na, du kleine Schönheit, schenkst du mir dein Herz? Jetzt, wo ich dir so niedliche Kleider mitgebracht habe?«

Belle patschte mit ihren Händchen links und rechts auf Johns stoppelige braun gebrannte Wangen, und Emma stieß ruckartig die Luft aus.

»Das werte ich einfach mal als Ja«, sagte John und lachte.

Während er mit Belle schäkerte, saß Emma stocksteif daneben. Sie kämpfte darum, nicht nur ihren wild herumturnenden Magen zu beruhigen, sondern auch ihr Herz. Verheißung, von wegen! John hatte seine Bemerkung in aller freundschaftlichen Unschuld auf das Baby bezogen. Warum unterstellte sie ihm bloß immer, dass er an ihr, Emma, interessiert sein könnte?

*Weil ich diesen Mann begehre, verdammt noch mal!*

Zutiefst erschrocken schüttelte Emma den Kopf. Schluss mit dem Unsinn. Sofort!

Sie sprang auf und brachte ein paar Schritte Abstand zwischen sich und John, um es sich zu erleichtern, aus dieser verrückten Stimmung herauszufinden, in die seine Rückkehr und das großzügige Geschenk sie gebracht hatten. Emma wandte sich ab, nahm einige tiefe Atemzüge der frischen, kalten Winterluft und suchte dabei fieberhaft nach einem unverfänglichen, aber passenden Gesprächsthema. Wenn nötig, dachte sie mit einem Anflug von Verzweiflung, würde sie mit John sogar über das Wetter reden, wenn es ihr nur half, die Hitze in ihrem Körper wieder loszuwerden.

Schließlich entschied sie sich für die sachliche Frage: »Wie viel Geld bekommst du eigentlich von mir? Die Babyausstattung sieht mir nach guter Qualität aus. Sie war bestimmt sehr teuer.«

John winkte ab, während er weiter das Baby bespaßte. »Ach was, der Verkäufer wollte es loswerden. Er hat mir einen guten Preis gemacht, ich hab schon wieder vergessen, wie viel er wollte. Gib mir das Geld einfach irgendwann, es eilt nicht.«

Er hatte es vergessen? Das konnte glauben, wer wollte.

»Du brauchst mir nichts zu schenken, John.«

»Tue ich nicht!«, sagte er etwas zu schnell.

*Die Kleider waren also tatsächlich teuer. Und jetzt will er mir den Großteil des Geldes, das ich ihm dafür schulde, erlassen … ohne dass ich auch nur um seine Großzügigkeit wissen soll.*

Sie schaute verwirrt auf ihn hinab. Er mied ihren Blick, spielte stattdessen mit Belle auf den Knien hingebungsvoll den guten Onkel. Aber vielleicht, dachte sie, spielte er seine Rolle ja auch gar nicht. Vielleicht war ihm das Baby ans Herz gewachsen, und er hatte für Belle eingekauft, weil er sie liebgewonnen hatte. Diese Vorstellung erfüllte Emma mit Zärtlichkeit.

Zärtlichkeit?!

Verbissen kämpfte sie auch dieses Gefühl nieder. Es war ihr ebenso unwillkommen wie die hitzigen, lustvollen Anwandlungen kurz vorher, und sie ärgerte sich über sich selbst. Verflixt, ihr Begehren und ihre Zärtlichkeit gehörten Carl! Niemandem sonst, nur Carl allein, für immer!

*Aber wenn es wahr ist, was sie alle sagen? Wenn Carl tot ist … würde er dann wollen, dass ich für den Rest meiner Tage allein bleibe?*

Sie kannte die Antwort, noch bevor sie die Frage zu Ende gedacht hatte.

Wenn Carl wirklich tot war, dann würde er wollen, dass Emma ihr Leben auf die bestmögliche Art weiterlebte. Er würde sich wünschen, dass seine Frau wieder glücklich wäre. Gewiss würde er Emma eine neue Liebe gönnen. Es gab also überhaupt keinen Grund, sich gegen das, was sie für John zu fühlen begann, so heftig zu wehren.

»Emma!«

Sie blinzelte.

»Du siehst plötzlich so abwesend aus. Ist alles in Ordnung?« John musterte sie besorgt, während Belle an seinen Ohren und dem dichten, dunkelblonden Haar zupfte.

»Ja.« Emma schluckte. »Natürlich. Alles in Ordnung.«

Den ganzen Tag über verfolgte Emma der Gedanke, dass sie gelogen hatte.

Denn anders, als sie John versichert hatte, war überhaupt nichts in Ordnung. Ihr Verstand war dabei, Oberhand über ihr Herz zu gewinnen und sie dazu zu bringen, Carl aufzugeben. Und obwohl alle um Emma herum ihr genau das geraten hatten, obwohl sie wusste, dass es vernünftig und richtig war, schrie ihre innere Stimme verzweifelt dagegen an. Weigerte sich nachzugeben, brüllte und tobte und hielt die Hoffnung auf ein Wiedersehen hartnäckig am Leben.

Solange diese Stimme nicht verstummte, konnte sie John ihre Zuneigung nicht schenken, das wurde Emma mit jeder einzelnen Minute, die mit Packen, Kochen und Grübeln verstrich, klarer. Erst musste sie vollkommen davon überzeugt sein, dass ihr Leben mit Carl unwiderruflich vorbei war. Erst dann – und auch nur vielleicht – würde sie die große Liebe gegen etwas Leichteres, Geringeres eintauschen können. Gegen eine lustvolle Liebelei. Eine sehr enge Freundschaft. Gegen eine Beziehung, die sie nicht glücklich machen würde, aber zumindest … zufrieden.

Wäre das nicht besser als nichts?

*Zufrieden? Emma, du bist nicht dazu bestimmt, weniger als* glücklich *zu sein.*

Ihre innere Stimme? Oder meldeten sich da mal wieder die Marmbeja zu Wort? Genervt legte Emma den Kopf in den Nacken. Sie warf einen langen Blick in die hohen Wipfel.

Wenn ihr wollt, dass ich glücklich bin, beschied sie den unsichtbaren Geistern in der Höhe, dann gebt mir gefälligst meinen Mann zurück.

Ach, seufzte es in den Blättern oder in ihrem Herzen, wenn es nur so einfach wäre.

# 19

Der erste Tag der großen Wanderung war silbergrün und mild.

Die Dingos waren die Einzigen, die unsichere Blicke zurückwarfen. Unter den Menschen hingegen herrschte eine erwartungsvolle Aufregung. Frauen, Männer und Kinder redeten schnell und laut durcheinander, und bald ließen die Dingos sich von der allgemeinen Geschäftigkeit anstecken und rannten allen zwischen den Beinen herum.

Sie waren jetzt in der Gegend, wo Emma Carl nach seinem Verschwinden gesucht hatte, wo sie gestürzt war und sich verletzt hatte. Beinahe vier Monate war das nun schon her. Anders als damals fiel ihr heute auf, wie schön dieser Teil des Regenwaldes war; wie viel mehr purpurfarbene, gelbe und weiße Blüten sich ihrem Auge darboten als in der Umgebung des Lagers und wie viel süßer es roch. Emma fühlte sich wie in einem vernachlässigten, aber zauberhaften alten Garten, umgeben von satter Üppigkeit und geheimnisvollem Dickicht.

Sie hatte die Trage mit Belle darin auf den Rücken geschnallt und führte Princess am Zügel. Die Stute zockelte neben ihr her und trug geduldig die schwere Last, die Emma ihr aufgeladen hatte: Papier und Schreibzeug, die wichtigsten Utensilien für die Körperpflege, Kleidung für Emma und Belle sowie zwei Decken. Das alles war teils in Satteltaschen verstaut, teils in schwankenden Bündeln auf den Pferderücken gepackt.

Neben Emma ging John mit Sirius, der nicht nur die Habe seines Herrn, sondern zusätzlich Emmas schweren Zeltstoff schleppen musste. Emma hatte lange überlegt, ob sie ihr Zelt wirklich mitnehmen sollte, denn die Wintermonate waren trocken und die Gefahr, im Nassen zu nächtigen, gering. Aber John, der weniger an das wilde Leben in der Natur gewöhnt war als sie, hatte darauf bestanden – nicht zuletzt in seinem eigenen Interesse.

»Wir nehmen das Zelt mit, dann habt ihr, du und Belle, es schön gemütlich. Und wenn es tatsächlich mal regnen sollte, kannst du mich ja unter euer Dach lassen«, hatte er gesagt. Verschmitzt hatte er hinzugefügt: »Ich drücke mich auch an den äußersten Rand. Du wirst gar nicht merken, dass du nicht allein im Zelt bist. Versprochen.«

Mit John in einem Zelt schlafen?

Empört hatte sie ablehnen wollen, doch sein Lächeln war so harmlos gewesen, dass sie sich albern vorgekommen war. Sie waren schließlich gemeinsam auf einer rituellen Wanderung, da galten die üblichen Regeln der Schicklichkeit nicht. Alle Männer und Frauen schliefen beieinander, und ob Emma neben John unter freiem Himmel lag oder im schützenden Zelt, kam sich doch ziemlich gleich. Außerdem hatte John recht: Sie musste an Belle denken, der ein trockenes, warmes Plätzchen bestimmt guttun würde. Und so lag das Zelt nun in ordentlich gefalteten Bahnen über Sirius' Rücken.

John selbst hatte sich seine Forscherausrüstung, die Botanisiertrommel und das Gewehr umgehängt. Er hatte sogar angeboten, Gelar zu tragen, aber Yileen hatte protestiert, das sei die Aufgabe des Vaters, wenn schon die Mutter nicht mehr imstande sei, sich um ihr Kind zu kümmern.

Emmas Blick schweifte über das Gewirr der Männer, Frauen, Kinder und Hunde, bis sie ihn entdeckte: Mit gefurchter Stirn schlug Yileen sich durch den Regenwald, Gelar auf dem Rücken und Purlimil neben sich.

Purlimil schien es kaum zu schaffen, mit ihrem Mann Schritt zu halten. Obwohl sie als Einzige nichts schleppen musste, wirkte sie bereits erschöpft. Emma fiel auf, dass sie dünner geworden war – ihre Beine und Arme, die früher straff und schlank gewirkt hatten, sahen nun hager und knochig aus. Sie stolperte, und Yileen griff rasch um ihre Taille und richtete sie wieder auf. Dabei löste sich eines der Werkzeuge, die an der Schnur um seine Hüfte baumelten, und fiel auf den weichen Waldboden.

Purlimil blickte auf das Werkzeug hinab, machte aber keinerlei Anstalten, es aufzuheben. Das überließ sie Yileen, der mit Gelar, mehreren Fellen, zwei Netzen mit Früchten und seinem Speer bepackt war. Vorsichtig bückte sich Yileen, und ächzend richtete er sich mit dem Werkzeug und seiner Traglast wieder auf. Purlimil sah ihm gleichgültig dabei zu.

Emma wäre nicht verwundert gewesen, wenn Yileen seine Frau nun ärgerlich auf ihre mangelnde Hilfsbereitschaft hingewiesen hätte, doch nichts dergleichen geschah. Er warf ihr nicht einmal einen vorwurfsvollen Blick zu, und Emma musste an seine Worte vom Vortag denken.

Am abendlichen Feuer hatte Yileen ihr erklärt, dass es nicht Purlimil war, die da vor sich hin vegetierte, sich um nichts kümmerte und sich egoistisch verhielt. Nein, es war lediglich ihre Hülle; nicht seine Frau, sondern nur ihre Erscheinung. Purlimil selbst war bei den D'anba. Deshalb war sie in seinen Augen von jeder Schuld befreit, so lange, bis der Clan es mit vereinten Kräften geschafft haben würde, ihre Seele zurückzuholen.

»Dann ist sie wieder ein vollständiger Mensch«, hatte Yileen hoffnungsvoll gesagt.

Schaudernd wandte Emma sich ab. Die Vorstellung, dass Purlimils Seele von grausamen D'anba gefangen gehalten wurde, während ihr Körper wie eine leere Hülle hierblieb, empfand Emma nicht nur als traurig, sondern auch als gruselig.

»Aaaah, pass doch auf, Frau!«

Emma zuckte unter dem zornigen Verweis zusammen. Schräg vor ihr stand Dayindi, den sehnigen Körper gegen einen Baumstamm gepresst, die Augen schmal.

»Nimm dein Pferd weg! Na los, das Tier erdrückt mich sonst!«

Ohne nachzudenken, tat Emma, wie Dayindi ihr befohlen hatte, und führte Princess rasch fort. Er atmete auf, schoss mit seinem Blick jedoch giftige Pfeile auf Emma und ihre Stute.

Gerade wollte Emma ihn verwirrt fragen, was sie ihm denn nun schon wieder getan hatte, als sie John neben sich leise lachen hörte.

»Da hat wohl einer mächtig Angst vor Pferden«, raunte er Emma zu.

»Dayindi? Der hat vor gar nichts Angst«, erwiderte sie leise.

»Vor Princess schon. Du warst ja abgelenkt, aber ich habe die Szene beobachtet: Er hat nicht gemerkt, dass wir in seine Nähe gekommen sind, und als Princess ihm urplötzlich ins Ohr geschnaubt hat, ist er zur Seite gehüpft wie ein Springteufel. Leider war der Baum im Weg, so dass er in der Falle saß – hinter ihm der Baum, vor ihm dein Höllenross.«

Emma schaute auf ihre gutmütige Stute und versuchte, sie mit der Bezeichnung »Höllenross« in Einklang zu bringen. Unwillkürlich musste sie lachen.

Als Dayindi das mitbekam, wurde sein Blick noch finsterer. Abrupt wandte er sich ab und schloss sich eilig einer Gruppe unverheirateter Männer an.

»Er scheint es nicht zu mögen, wenn man ihn bei einer Schwäche ertappt«, stellte John ungerührt fest.

Emma schnitt eine Grimasse. »Er hasst es! Beim geringsten Anlass fühlt er sich erniedrigt und in seiner hohen Würde verletzt. Er ist ein schwieriger Mensch – und der Einzige im Clan, mit dem ich beim besten Willen nicht zurechtkomme.«

John schwieg eine Weile.

Dann warf er ihr einen seltsamen Blick zu.

»Hast du schon mal daran gedacht … Ach, egal.«

»Woran?«

»Nichts.«

»Komm schon, John, sag es, jetzt hast du mich neugierig gemacht!«

Er zögerte. »Na ja, ich dachte nur, wenn er dich nicht mag … und deinen Mann vielleicht auch nicht gemocht hat … ob er vielleicht …«

Sie starrte ihn an, während der Verdacht, den John hegte, in ihrem eigenen Kopf Form annahm.

Grundgütiger!

»Du meinst, er könnte etwas mit Carls Verschwinden zu tun haben?«

John zuckte mit den Schultern. »Ich will ihn nicht verdächtigen. Aber es wäre eine Möglichkeit, oder? Schließlich wurde dein Mann nie gefunden.«

Moment, langsam. Moment!

Glaubte John tatsächlich, dass …

»Dayindi soll Carl umgebracht haben?« Alle Farbe war aus Emmas Gesicht gewichen.

Unbehaglich ruderte John zurück. »Das ist nichts als eine Idee! Ich meine, irgendetwas muss ja mit deinem Mann passiert sein. Denn dass er dich verlassen hat, kann ich mir nicht vorstellen.« Ungewohnt ernst fügte er hinzu: »Je länger ich dich kenne, desto weniger.«

Sie schauten einander in die Augen, und Emma bemühte sich vergeblich, des Aufruhrs in ihrem Inneren Herr zu werden. Alles wirbelte durcheinander: Johns Kompliment, das ein bisschen zu vertraulich geklungen hatte; Dayindis hasserfüllte Blicke, mit denen er sie schon seit Monaten verfolgte; Carls Liebe, an der sie niemals wirklich gezweifelt hatte, trotz seines Verschwindens und trotz ihrer Alpträume; und über allem, wie ein Gewitter, das jederzeit losbrechen konnte, dieser unglaubliche, ihre ganze Welt aus den Angeln hebende Verdacht.

*Dayindi ist an jenem Morgen in den Regenwald gegangen. Genau wie Carl.*

Sie spürte, wie ihr übel wurde.

*Dayindi hasst mich, weil ich gegen ihn rebelliert und Belle gerettet habe. Ist es nicht ganz logisch? Als Ausgleich dafür, dass ich das Baby behalten durfte, hat er mir Carl genommen.*

Die Bäume um Emma herum drehten sich immer schneller. Viel zu schnell, um auf den Füßen zu bleiben.

*Das ist sein Verständnis von Gerechtigkeit. Er hat es doch selbst gesagt: Leben gegen Leben.*

»Ich muss mich für einen Moment hinsetzen«, flüsterte Emma.

»Natürlich.« John warf ihr einen nervösen Blick zu und fuhr sich mit der Hand durchs Haar. »Emma, es tut mir leid. Ich hätte nichts sagen sollen. Wahrscheinlich ist das alles bloß dummes Zeug, dein Mann ist schlicht und einfach verunglückt und …«

Während er redete, schnallte er Emma die Trage vom Rücken und nahm ihr Belle ab, doch sie bemerkte es kaum. Seine Worte rauschten an ihr vorbei, als sie sich auf den Boden sinken ließ, die Augen schloss und darauf wartete, dass Schwindel und Übelkeit nachließen. Ruhig atmen, dachte sie. Ruhig atmen. Atmen … atmen …

Die Schlingpflanze neben ihr, rot und voll erblüht, verströmte ihren schweren Duft. Moderig, faulig. Leichengeruch.

Emma beugte sich zur Seite und erbrach sich.

»Verdammt, verdammt, verdammt! Warum kann ich bloß nie meine Klappe halten?«, fluchte John leise vor sich hin, während er sich neben Emma kniete und ihr ein Taschentuch reichte. »Geht's besser? Herrgott, ich hätte das alles nicht sagen dürfen.«

»Schon gut.« Sie nahm das Taschentuch und wischte sich damit den Mund ab. Die Übelkeit war abgeflaut; dafür stiegen nun Verlegenheit und Scham in ihr hoch.

»John, ich wollte nicht vor deinen Augen … Himmel, das ist so eklig …«

»Ich habe Medizin studiert«, erinnerte er sie sachlich. »Glaub mir, in der Zeit habe ich weit Ekligeres gesehen.«

»Das beruhigt mich.« Sie lächelte schwach.

»Kannst du aufstehen?« Forschend musterte er sie. »Ich fürchte, wir müssen weiter, sonst verlieren wir die anderen.«

»Natürlich. Es geht schon wieder.«

*Funktionieren, Emma! Einfach funktionieren, so wie jeden Tag, seit Carl weg ist.*

Emma rappelte sich auf. Sie hängte sich die Trage mit der schlafenden Belle um, griff nach Princess' Zügeln und setzte sich entschlossen in Gang. Weder John noch sie kannten den Weg; sie wussten lediglich, dass die erste Etappe der Wanderung in Richtung Warwick gehen sollte. Und deshalb durften sie auf gar keinen Fall den Anschluss verlieren, auch wenn Johns Verdacht – *ihr* Verdacht – in einer Endlosschleife durch ihren Verstand zog.

Ununterbrochen um Aufmerksamkeit bettelte.

Nicht jetzt, dachte sie und biss die Zähne zusammen. Weiter, nur rasch weiter.

Denn wenn sie den Clan verlor, würde sie nicht tun können, was sie unbedingt tun musste.

Wie sie den restlichen Weg hinter sich brachte, ohne durchzudrehen, wusste Emma nicht. Sie spürte nur, dass ein Rest Zweifel sie davon abhielt, Dayindi sofort und vor aller Augen und Ohren mit ihren Anschuldigungen zu konfrontieren.

John nahm Emmas Anspannung wahr und versuchte mehr als einmal, die Rede auf Dayindi zu lenken. Er wollte seinen Verdacht mit der gebotenen Nüchternheit auf Herz und Nieren prüfen. Aber Emma blockte ab. Sie war vollauf damit beschäftigt, ihre Feindseligkeit und die dahinter lauernde abgrundtiefe Verzweiflung im Zaum zu halten; für Diskussionen war da kein Raum. Dass der *law man* Carl ermordet haben könnte, kam ihr so naheliegend und logisch vor, dass sie sich fragte, wie sie diese Möglichkeit so lange hatte übersehen können.

*Wenn er Carl ermordet hat, wird er dafür bezahlen.*

Sobald Birwain das Zeichen zur Rast gab – sie hatten den ersten heiligen Ort, einen tiefen, schwarzen Tümpel, erreicht –, fing Emma an, Dayindi zu beobachten wie ein Raubtier seine Beute.

Sie rechnete fest damit, dass er sich rasch vom Clan zurückziehen würde, um seiner gewohnten Einsamkeit zu frönen. Dann, so ihr Plan, würde sie ihm unverzüglich folgen und ihn zur Rede stellen.

Danach würde sie wissen, ob Carl tot war.

Ob Dayindi sein Mörder war.

Wie besessen von der Aussicht darauf, endlich Gewissheit zu erlangen, schottete sie sich von allen ab. Niemand durfte ihr jetzt noch in die Quere kommen, niemand sie daran hindern, die Wahrheit herauszufinden; nicht einmal John.

Sie verschwieg ihm, was sie vorhatte, denn sie ahnte, dass er von einem Überfall auf Dayindi wenig halten würde, solange sie nicht die Spur eines Beweises in der Hand hatten. John würde anders vorgehen wollen – überlegter, besonnener.

Aber John war es ja auch nicht, dem die große Liebe genommen worden war.

Ruhelos streifte Emma hin und her. Belle hatte sie Nowalingu überlassen, die sie Purlimil zum Stillen bringen und danach ein wenig mit ihr spielen wollte. In Johns Nähe, verstand sich. Nowalingu suchte Johns Nähe, wo und wann sie nur konnte.

Selbst das kümmerte Emma heute nicht.

Was Dayindi tat, kümmerte sie. Nur das.

Da! Der *law man* sagte etwas zu Birwain … deutete auf das Dickicht hinter sich … drehte sich um und machte sich davon.

*Los!*, befahl das Raubtier in Emma blutdürstig, und sie gehorchte. Ohne nachzudenken, fing sie an zu laufen.

Er stand etwa zehn Meter entfernt und hatte ihr den Rücken zugewandt. Sie zwang ihren Atem, ruhiger zu werden; sammelte ihre Kraft. Als sie die letzten Schritte auf den *law man* zuging, tauchte Carls Bild glasklar in ihr auf. Carl, überdeutlich in seiner Einzigartigkeit.

Carl mit seinen schwarzen Locken. Mit den lachenden, meerblauen Augen und dem muskulösen Körper.

Mit der dunklen Stimme, die so sanft wurde, wenn er zu Emma sprach; mit den zärtlichen Händen, die über ihre Haut glitten und ihr Wohlgefühl und Lust bescherten. Carl mit seinem Verständnis für all ihre Besonderheiten, ihre Macken, ihre Fehler. Mit seiner Güte, seinem scharfen Verstand, seinem Humor. Dieser wunderbarste aller Menschen war tot – und das nur, weil Dayindi unbedingt seine abstrusen Vorstellungen von Gerechtigkeit hatte durchsetzen wollen.

Grell flammte der Hass in Emma auf.

Sie hatte Dayindi erreicht, trat direkt hinter ihn. War allein mit ihm, mit ihrer Anklage, mit seiner Reaktion darauf, dass sie über alles Bescheid wusste.

»Ich weiß, dass du es warst.«

Der *law man* drehte sich um, nicht im Mindesten erstaunt oder gar erschrocken. Stattdessen blitzte Belustigung in seinen Augen auf, als er Emma musterte.

Emma rang nach Luft. Carl war tot, und Dayindi fand das alles amüsant?

Das Raubtier in ihr brauchte keine weitere Ermutigung. Es bettelte darum, zuschlagen zu dürfen … schwer, so schwer, es in Schach zu halten …

»Ich kann es nicht beweisen, aber ich weiß, dass du Carl ermordet hast«, stieß sie hervor, die Finger ineinander verkrampft, damit sie kein Eigenleben entwickelten und Dayindi die Belustigung aus dem Gesicht schlugen. »Und ich werde dafür sorgen, dass du für diese Tat zur Verantwortung gezogen wirst.«

Dayindi stieß einen Laut aus, der entfernt an ein Lachen erinnerte. Er legte den Kopf schief, zupfte mit Daumen und Zeigefinger an dem Knochen in seiner Nasenscheidewand herum und sagte: »Da muss ich dich leider enttäuschen, Frau. Ich habe Carl nicht angerührt.«

Vor Emmas Augen tanzten rote Punkte. »Dass du es leugnest, wird dir nichts nützen!«

»Ich leugne gar nichts, du verstehst bloß nicht.« Der amüsierte Ausdruck verschwand. Dayindi beugte sich vor und starrte Emma an. »Aber keine Angst, irgendwann wirst du alles wissen, alles begreifen, ja sogar Teil von allem sein. Möglicherweise schneller, als du glaubst. Freust du dich darauf?«

Sie zuckte vor der Verschlagenheit in seinem Blick zurück, aber nur für eine Sekunde. Dann kehrte ihr Abscheu zurück, heftiger als je zuvor.

Dayindi hatte recht, sie verstand ihn nicht. Vielleicht, weil er in Rätseln sprach, um sie zu quälen, ganz sicher aber auch deshalb, weil der Hass sie am Denken hinderte. Weil der Hass nicht mehr unterdrückt werden konnte, weil das Raubtier brüllte und die Muskeln anspannte, um sich endlich auf ihn zu stürzen, und sie konnte nichts dagegen tun, nichts. Denn Dayindi hatte Carl umgebracht, ihren Geliebten, ihren Seelengefährten …

Ein seltsam kühler, beobachtender Teil in ihr registrierte, dass sie nach dem Messer griff, das sie stets bei sich trug. Es in Brusthöhe hob. Zustechen wollte.

*Denk daran: Er hat panische Angst vor Pferden.*

Die Stimme schien aus jenem besonnenen Teil in ihr zu kommen, den der Hass noch nicht erreicht hatte, und ließ das Raubtier innehalten. Alle Gedanken stürzten gleichzeitig auf Emma ein.

*Carl war auf Orlando unterwegs. Orlando ist weit furchterregender als Princess … Dayindi hätte sich niemals an ihn herangewagt.*

Emma ließ das Messer sinken.

*Wer sagt denn, dass Carl auf Orlando unterwegs war? Dayindi kann Carl ermordet und Orlando nachträglich freigelassen haben.*

*Aber Orlando wäre immer zu seiner Weide zurückgekehrt. Und zu Princess, denn sie war seine Herde.*

*Vielleicht hat er Orlando mit dem Speer erlegt.*

*Aber wie soll er den Kadaver fortgeschafft haben, so panische Angst, wie er vor Pferden hat? Princess war doch die ganze Zeit über auf der Weide. Außerdem hätten die Schwarzen Carls Leiche bei der*

*Suchaktion gefunden, egal, wie gut Dayindi ihn versteckt hätte. Jeder Quadratzentimeter des Regenwaldes wurde doch durchsucht.*

*Dann … dann kann Dayindi Carl also gar nicht getötet haben?*

Das Messer glitt Emma aus der Hand.

Wie aus weiter Ferne hörte sie Dayindi zischen: »Du willst mir drohen, mit deinem lächerlichen Messer? Du mir? Ha! Das wirst du noch bereuen, so wahr ich hier stehe!«

Er stapfte davon, und Emma sah ihm wie betäubt hinterher.

Sehr langsam sickerte eine Erkenntnis in ihren Verstand. Sie, Emma, hatte einen anderen Menschen mit einer Waffe bedroht.

Es war nicht zu leugnen, und es war nicht rückgängig zu machen: Sie hatte den Drang verspürt, Dayindi mit ihrem Messer zu verletzen – ohne Rücksicht darauf, wie schwer diese Verletzung sein würde. Emma hatte den *law man* nicht töten wollen, das nicht. Doch ihr wurde erschütternd klar, dass von ihrem Credo absoluter Gewaltfreiheit in diesen glühenden, hasserfüllten Momenten nichts übrig geblieben war.

So weit war es mit ihr gekommen.

Voller Entsetzen über sich selbst schlug Emma die Hände vors Gesicht.

# 20

John verurteilte sie nicht. Obwohl sie beinahe einen Menschen angegriffen hatte und keineswegs sicher war, wie weit sie in ihrer kopflosen Aggression gegangen wäre, fand John nichts als beruhigende und verständnisvolle Worte für sie, als Emma ihm reumütig ihr Herz ausschüttete. Er an ihrer Stelle hätte genauso gehandelt, sagte John, und niemand könnte es Emma verdenken, dass sie im Angesicht des kaltblütigen Mörders ihres Mannes die Beherrschung verloren hatte.

Dass Dayindi höchstwahrscheinlich gar nicht der kaltblütige Mörder war, für den sie ihn gehalten hatten, ließ John als Argument nicht gelten: Der *law man* hatte etwas mit Carls Verschwinden zu tun, davon war John zutiefst überzeugt.

»Offensichtlich weiß dieser windige Kerl mehr, als er zugeben will«, überlegte er laut, während er fortfuhr, Emma beruhigend über den Rücken zu streichen.

Das Raubtier in ihr hatte sich zurückgezogen. Was blieb, war das Gefühl ungeheurer Scham, darüber, dass sie ihren Aggressionen freien Lauf gelassen hatte, ohne auch nur einen Moment lang mit klarem Kopf über ihre Anschuldigungen nachzudenken. So sehr schämte Emma sich, dass sie Johns Berührung nicht nur zuließ, sondern sogar suchte – war sein tröstliches Streicheln doch der beste Beweis dafür, dass zumindest John sie nicht als das außer Rand und Band geratene Monster sah, als das sie selbst sich fühlte.

Sie rückte eine Spur näher an ihn heran und fragte stockend: »Dass ich bald mehr erfahren werde … und Teil von allem sein werde … meinst du, das war eine Drohung?«

»Absolut«, sagte John grimmig. »Aber keine Angst, ich werde schon zu verhindern wissen, dass dir etwas passiert. Der Kerl soll es bloß nicht wagen, auch nur in deine Nähe zu kommen!«

Sein Arm legte sich fest und beschützend um Emmas Schultern. Sie schloss die Augen und erlaubte es sich ausnahmsweise, ihre Prinzipien zu durchbrechen und sich an John anzulehnen.

*Nur ein paar Sekunden lang Sicherheit spüren.*

Ja, sie liebte Carl. Sie wollte unbedingt wissen, was mit ihm geschehen war und ob sie weiterhin hoffen durfte. Aber jetzt, in diesem Augenblick, brauchte sie dringend Zuspruch und Trost, und Carl war nicht da.

John war da.

Er zog sie näher zu sich heran. Sie spürte seinen warmen Atem in ihrem Haar, und für einen herzklopfenden, panischen Moment dachte sie, er würde sie küssen. Doch John ließ sie wieder los, erhob sich und sagte entschlossen: »Lass uns zu Birwain gehen. Der Alte scheint mir noch der Vernünftigste hier zu sein. Wir müssen mit ihm sprechen und uns seiner Hilfe vergewissern.«

Emma sah zu John auf und wünschte sich die Wärme seiner Umarmung zurück. »Wir haben keine Beweise.«

Er zuckte mit den Schultern. »Aber auch keine andere Wahl.«

Birwain schien wenig geneigt, den besorgten Weißen seine Aufmerksamkeit zu schenken. Kaum konnten sie ihn dazu bewegen, sich kurz vom Trubel des provisorischen Lagers ins einsame Dickicht zurückzuziehen.

»Jederzeit, meine Freunde, aber nicht jetzt!«, krächzte er unwillig. »Das erste heilige Ritual steht unmittelbar bevor. Noch heute Abend werden wir uns am schwarzen Tümpel mit der Kraft der Fischfrau vereinigen. Ich muss mich darauf vorbereiten; alles andere kann warten.«

»Auch wenn es um Leben und Tod geht?«, fragte John mit hochgezogenen Brauen.

»Kommt darauf an, um wessen Leben und Tod«, sagte Birwain trocken.

Als John und Emma ihn entsetzt anstarrten, seufzte er. »Das war ein Scherz. Auch wir Wilden haben so etwas wie Humor, wisst ihr? Also, wer balanciert am Rande des Abgrunds und braucht so dringend meine Hilfe?«

Gerne wäre Emma sofort mit allem herausgeplatzt, doch Birwains ungewohnter Tonfall verunsicherte sie. So hilfsbereit und gütig der Schamane sich ihr gegenüber normalerweise verhielt, so zynisch und unfreundlich war er jetzt. Anscheinend stand er sehr unter Druck, alles für das abendliche Ritual vorzubereiten, das der Grund für ihre Rast am schwarzen Tümpel war.

Sie warf John einen raschen Blick zu. »Vielleicht verschieben wir unser Gespräch lieber auf morgen, was meinst du?«

»Nein.« Der Engländer musterte Birwain mit schmalen Augen. »Die Nacht steht bevor, und ich traue Dayindi zu, dass er seine Drohung so schnell wie möglich wahr machen will.«

»Dayindi?« Endlich war Birwains Interesse geweckt. »Was ist mit ihm? Wen hat er bedroht?«

»Emma«, sagte John knapp.

»Er hat dich bedroht?« Birwain starrte Emma fassungslos an.

Emma wand sich unter seinem Blick. Zwar war sie erleichtert, dass sie doch noch Birwains Aufmerksamkeit erlangt hatte; doch gleichzeitig fürchtete sie, Dayindi erneut Unrecht zu tun. Was, wenn er seine Worte im Zorn gesagt, aber gar nicht ernst gemeint hatte?

»Na ja, er hat mich nicht direkt bedroht. Es ging um Carl, und er meinte …«

Sie brach ab, unsicher, wie viel sie Birwain erzählen durfte, ohne dass sie es sich mit ihm verscherzte. Auch wenn der Schamane stets auf ihrer Seite gewesen war und Dayindi durchaus kritisch gegenüberzustehen schien, durfte sie doch nicht vergessen, dass die beiden Männer zum selben Clan gehörten – und sie selbst nur eine Weiße war. Sie wurde hier geduldet, aber sie war nichtsdestoweniger eine Frau, die aufgrund ihrer Hautfarbe, Herkunft und Kultur immer eine Fremde bleiben würde.

Plötzlich fühlte sie sich sehr einsam.

»Ich werde es dir erzählen, Birwain«, sagte John grimmig. »Danach wirst du unsere Sorge besser verstehen.«

# 21

Er begriff es nicht.

Er begriff einfach nicht, wie es so weit hatte kommen können, und außerdem wusste er nicht, ob er Emma und John trauen konnte.

Er hatte Emma als Freundin betrachtet, solange Carl da gewesen war und noch viele Wochen danach. Bis John sie umgarnt und wieder zu dem gemacht hatte, was sie in der Tiefe ihres Herzens vielleicht immer geblieben war: eine Weiße, die an nichts glaubte, was sie nicht sehen und anfassen konnte.

Und jetzt beschuldigte Emma auf ungeheuerliche Art einen der Ältesten.

Ob sie log? Oder glaubte sie wirklich, was sie gesagt hatte? War sie von John Roberts beeinflusst, oder war es ihre eigene Gehässigkeit, die sie dazu gebracht hatte, den *law man* derart anzuschwärzen?

Birwain wusste es nicht.

Er fragte sich, was er überhaupt noch wusste.

Alles wuchs ihm über den Kopf. Er war zu alt für seine Aufgabe, das wurde ihm mit jedem Tag klarer. Die Vorbereitungen der geheimen Rituale strengten ihn an, seine Ahnungen strengten ihn an, die Verdächtigungen strengten ihn an. Er hatte Angst vor den D'anba, und er fürchtete, Emma endgültig zu verlieren, noch bevor sie ihre Aufgabe erfüllen konnte. Worin bestand ihre Aufgabe? Würde sie die Zeichen erkennen? Und wie würden die Marmbeja reagieren, wenn Emma beschloss, einfach blind zu bleiben?

Es war höchste Zeit, dachte Birwain müde, dass er sich nach einem Nachfolger umsah. Aber nicht heute.

Morgen.

# 22

Niedergeschlagen trottete Emma zurück zu ihrem Zelt.

»Es war ein Fehler, Birwain ins Vertrauen zu ziehen«, sagte sie und schlug mit dem Arm einen Ast zur Seite.

»Einen Versuch war es wert«, meinte John. »Was hast du denn erwartet? Dass er Dayindi gleich am nächsten Baum aufknüpfen lässt?«

Sie warf ihm einen konsternierten Blick zu. »Nein. So etwas machen höchstens die Weißen.«

»Außerdem finde ich das Ergebnis unseres Gesprächs gar nicht so schlecht«, fuhr John fort, als hätte Emma nichts gesagt. »Birwain ist zwar sauer, dass du Dayindi beschuldigt hast, aber er hat dich zumindest angehört. Vielleicht denkt er ja doch noch darüber nach und glaubt dir.«

»Hm. Bis Dayindi kommt und ihm seine Version der Geschichte auftischt.«

Emma schüttelte mutlos den Kopf.

»Ach John, ich fürchte, ich habe riesigen Mist gebaut. Birwain mochte mich immer gern, aber jetzt ist er furchtbar wütend auf mich. Weißt du nicht mehr, was er gesagt hat? ›Ohne triftigen Grund wird einer der Unsrigen nicht beschuldigt, merkt euch das! Beim nächsten Mal müsst ihr beide den Clan verlassen.‹ Das ist doch ziemlich deutlich, oder?«

»Ja. Und dumm«, versetzte John. »Er hat unseren Verdacht bezüglich deines Mannes und Dayindi überhaupt nicht ernst genommen. Ehrlich gesagt hätte ich dem Schamanen mehr Weisheit zugetraut.«

»Dayindi ist eben einer der Ältesten. Und die beschuldigt man nicht ungestraft.«

Emma seufzte.

»Wahrscheinlich sind wir noch glimpflich davongekommen. Es ist zwar schade, dass wir nun doch nicht am Ritual heute Abend teilnehmen dürfen. Aber die Strafe hätte weit schlimmer ausfallen können.«

Johns Kiefer wurde hart, und in seiner Stimme schwang die ganze Arroganz seiner Klasse mit, als er sagte: »Von Schwarzen, meine Liebe, wird keiner von uns sich bestrafen lassen, zu keiner Zeit. Das wäre ja noch schöner.«

Emma schwieg. Sie spürte einen schmerzlichen Stich, weil sich alles so sehr verändert hatte. Statt in Frieden und Eintracht mit dem Clan zusammenzuleben, wie sie es mit Carl getan hatte, wurde die Kluft zwischen ihr und den Schwarzen immer tiefer. Purlimil hatte kein Interesse mehr an ihr, Dayindi war ihr zum unversöhnlichen Feind geworden, und selbst Birwain war wütend auf sie.

Welche Auswirkungen diese Entwicklung auf ihre Forschungen haben würde, mochte Emma sich gar nicht vorstellen.

»Ich schlafe heute Nacht bei dir«, verkündete John entschlossen und riss sie damit abrupt aus ihren kummervollen Gedanken.

»Bei mir? Aber John, das geht nicht!«, wehrte sie erschrocken ab. »Ich weiß deinen Trost ja sehr zu schätzen, aber …«

»Du missverstehst mich«, unterbrach er sie gelassen. »Ich habe nicht vor, dich, nun ja, noch eingehender zu trösten. Ich denke mehr an deine Sicherheit. Mein Gewehr wird Dayindi zuverlässig von dir fernhalten, meinst du nicht?«

»Ach so. Natürlich«, murmelte sie und blickte zu Boden. »Danke, John.«

Verdammt, wie peinlich! Warum musste sie ihm bloß ständig unterstellen, dass er sie verführen wollte, wo ihm doch scheinbar nichts ferner lag?

»Ich habe eine gute Idee: Während die Schwarzen ihre Zeremonie ausführen, halten wir beide Kriegsrat«, schlug John aufgeräumt vor. »Wäre doch gelacht, wenn wir nicht auch allein mit diesem knochengeschmückten Schreckgespenst fertigwürden, oder?«

Emma nickte. Gemeinsam konnten sie es mit Dayindi aufnehmen, davon war auch sie überzeugt. Ganz anders, schoss es ihr durch den Kopf, sah es mit Johns Nähe in Kombination mit ihrer eigenen Einsamkeit aus. Liebe Güte, sie würde aufpassen müssen, dass sie sich heute Nacht nicht im Halbschlaf an ihn schmiegte …

Emma riskierte einen schnellen Blick auf John, sein braun gebranntes Gesicht, die dunklen Augenbrauen, das dichte blonde Haar.

Vielleicht sollte sie einfach Belle zwischen sich und diesen attraktiven Engländer legen. Ja, das war ein guter Plan, und außerdem denkbar einfach.

Einfach und, wenn sie das Flattern in ihrem Magen richtig deutete, absolut notwendig.

Dass sie dem Ritual nicht beiwohnen durfte, ärgerte Emma – je länger die Lieder durch die Nacht zu ihr herüberwehten, desto mehr.

Sie wusste von Birwain, dass große Teile des Wanderkultes streng geheim waren. Emma und John durften zwar mit den Schwarzen durch das Land ziehen, doch den meisten Ritualen würden sie fernbleiben müssen. Manche Rituale blieben sogar den schwarzen Frauen verschlossen; nur eingeweihte Männer durften die roten Kulthölzer an sich nehmen, deren Enden mit schwarzen und weißen Strichen bemalt waren, und sie zu den Kraftplätzen bringen. Was dort mit den Hölzern geschah, darüber konnte Emma nur spekulieren: Mussten sie in einer bestimmten Richtung in die Erde gesteckt werden, wie sie die Frauen hatte tuscheln hören? Oder bestand der wichtigste Teil des Rituals darin, Fleisch an den Hölzern zu reiben, wie es einige vorwitzige Buben vermuteten?

All diese Annahmen waren zwar interessant, aber eben keine belegbaren Tatsachen, dachte Emma missmutig. Wie gerne hätte sie die Kolonialregierung mit authentischen, aufregenden Berichten über die Wanderrituale überrascht!

»Schreib trotzdem alles auf«, riet John ihr im Feuerschein und biss von seinem Fladenbrot ab. »Besser Vermutungen als gar keine Ergebnisse. Der Gesang klingt übrigens ziemlich unmelodisch, findest du nicht? Vielleicht solltest du das erwähnen.«

Emma musste trotz ihrer Niedergeschlagenheit lachen. »Na ja, es war nicht zu erwarten, dass die Schwarzen christliche Choräle zum Besten geben. Aber um die Ästhetik geht es bei einem Ritual ja auch nicht. Sag mal, kannst du außer Gesang irgendwas erkennen?«

Er horchte. »Gestampfe. Und klackende Geräusche … Klingt, als schlügen sie Hölzer gegeneinander.«

»Genau das vermute ich. Wenn du es auch hörst, kann ich es wohl in meinem Bericht vermerken.«

»Aber erst, nachdem du etwas gegessen hast! Im Moment schlage ich mir ganz allein den Bauch voll, und das, meine Liebe, ist weder gesellig noch gesund.«

Emma riskierte einen Blick auf die Stelle von Johns Leinenhemd, unter der sich sein Bauch befand. Zwar hatte sie ihn noch nie mit nacktem Oberkörper gesehen, aber vermutlich war sein Bauch ebenso makellos wie der Rest des Mannes. Schlagartig fiel Emma wieder ein, was ihr bevorstand: eine Nacht mit John in ihrem Zelt …

Wie sollte sie bei dieser Aussicht auch nur einen Bissen herunterkriegen?

»Ich hab keinen Hunger«, murmelte sie und wandte sich ab, um ins Zelt zu schlüpfen und der schlafenden Belle ihre Decke zurechtzuzupfen. Erst als sie sicher war, dass ihr Gesichtsausdruck keinerlei Gefühlsregung mehr preisgab, setzte sie sich wieder zu John an das Feuer.

»Wollten wir nicht Kriegsrat halten?«, fragte sie ausdruckslos.

»Ja.« Sofort legte John das letzte Stück Fladenbrot beiseite und blickte sie ernst an. »Emma, ich habe mir die ganze Sache durch den Kopf gehen lassen, während du Belle geholt hast. Und ich bin zu dem Schluss gekommen, dass es völlig sinnlos ist, Dayindi unter vier Augen zu befragen. Der Kerl wird niemals freiwillig etwas preisgeben, das seine Ehre verletzt oder ihn ins Unrecht setzt.«

Emma nickte nachdenklich.

»Aber auch offen können wir uns nicht gegen ihn stellen. Sonst haben wir den gesamten Clan gegen uns. Mit der Ältesten-Würde ist nicht zu spaßen, das haben wir ja an Birwains Reaktion gemerkt.«

»Viele Möglichkeiten bleiben uns also nicht«, sagte John. »Außer …«

Neugierig wartete Emma darauf, dass er weitersprach.

Zögernd sagte er: »Wenn du wirklich glaubst, dass Dayindi deinem Mann etwas angetan hat, dann könnten wir eine Botschaft an die Behörden schicken. Man wird Dayindi abholen und die Wahrheit aus ihm …«, er räusperte sich unbehaglich, »ähm, herauskitzeln.«

Emma überlief ein Schauder. »Kitzeln wohl kaum. Du liebe Güte, John, das ist doch keine Alternative!«

»Du warst höchstselbst bereit, ihn zu verletzen. Schon vergessen?«

»Als unser Verdacht mich aus der Fassung gebracht hat. Aber ich schäme mich schrecklich dafür.« Sie schüttelte den Kopf. »Außerdem ist das etwas ganz anderes, als Dayindi kaltblütig zu foltern, um an Informationen zu kommen, die er seinen Peinigern vielleicht gar nicht geben kann.«

»Wer sagt denn, dass man ihn foltern wird? Wir sind schließlich ein zivilisiertes Volk!«

»Eben.« Emma seufzte. »Es stimmt schon, ich habe Dayindi nach wie vor im Verdacht, dass er etwas mit Carls Verschwinden zu tun hat. Aber ich habe keinerlei Beweise! Ich mag ihn nicht, und er mag mich nicht, aber das reicht doch nicht aus, um ihn der Willkür weißer Polizisten zu überlassen! Vielleicht ist er unschuldig, John … und wird trotzdem gefoltert oder sogar umgebracht.«

John runzelte missbilligend die Stirn. »Du scheinst nicht viel von unserem Rechtssystem zu halten.«

»Weißt du denn nicht, wie sie mit den Schwarzen umgehen?« Emma erinnerte sich daran, was Carl ihr erzählt hatte. »Die Farmer schicken den Eingeborenen vergiftetes Mehl. Sie schlachten Dutzende von ihnen ab, wenn ein einziger Schwarzer sie bestiehlt. Ach John, wie viel mehr Grund für Grausamkeiten werden sie haben, wenn es um Mord geht statt um Diebstahl! Vielleicht löschen sie dann gleich den ganzen Clan aus … Das ist alles schon vorgekommen.«

John betrachtete sie mit zusammengepressten Lippen. Zwischen seinen Augenbrauen stand eine steile Falte.

Emma wunderte sich über seinen plötzlichen Missmut. Fühlte er sich etwa persönlich angegriffen, weil sie seine Landsleute kritisierte? Nun, darauf konnte sie leider keine Rücksicht nehmen. Nicht wenn es um das Leben so vieler Menschen ging.

Offen erwiderte sie seinen Blick. »Ich liebe meinen Mann«, sagte sie fest. »Aber das, John, würde er nicht wollen. Niemals! Da bin ich mir absolut sicher. Zumal es ihn nicht zu mir zurückbringen wird.«

Einige Sekunden lang musterten sie einander schweigend.

Dann sagte John langsam: »Ich verstehe. Und ich akzeptiere deine Meinung. Carl war dein Mann, also musst du entscheiden, wie es weitergehen soll.«

Emma atmete auf. »Danke.«

Sie schenkte John ein erleichtertes Lächeln, und die Amazone in ihr klopfte sich selbst auf die Schulter.

Dann aber fiel ihr ein, dass sie leider keine Ahnung hatte, wie sie und John weiter vorgehen sollten … was sie natürlich auf keinen Fall zugeben konnte, jetzt, wo er so überraschend bereit gewesen war, ihr die Führung zu überlassen.

»Ich denke, ähm, dass wir … dass wir noch einmal mit Birwain sprechen sollten.«

Toller Plan.

John zog bloß die Augenbrauen hoch, und sie wand sich innerlich wegen ihrer Unbeholfenheit.

Trotzig schob sie nach: »Wir haben den Schamanen nur auf dem falschen Fuß erwischt. Wir müssen ihn in einer ruhigen Minute um eine weitere Unterredung bitten, dann wird er sicher aufgeschlossener sein.«

»Hm«, machte John zweifelnd. »Wie du willst.«

Emma sah ihm deutlich an, dass er nicht überzeugt war, und das war sie selbst ja auch nicht. Aber was blieb ihnen anderes übrig? Tatsächlich war die Idee, Birwain doch noch dazu zu bringen, ihnen zu helfen, die einzig realistische Lösung.

»Schlafen wir erst einmal darüber«, schlug sie versöhnlich vor. »Morgen früh starten wir dann den nächsten Versuch bei unserem uneinsichtigen Schamanen.«

John sah sie mit einem schwer zu deutenden Ausdruck an. »Einverstanden. Schlafen wir darüber.«

Er wies mit der Hand auf den Zelteingang und lächelte. »Nach dir, meine Liebe.«

# 23

Verdammt, wer war nur auf diese fatale Idee gekommen, dass John und sie die Nacht miteinander im Zelt verbrachten? Getrennt nur durch ein friedlich schlafendes Baby, das keineswegs so viel Platz beanspruchte, dass die Köpfe der Erwachsenen nicht doch in gefährliche Nähe zueinanderrücken konnten …

Schlaflos lag Emma auf dem Rücken. Immer noch hallte der unheimliche Gesang der Schwarzen durch die Nacht, begleitet vom archaischen Rhythmus unaufhörlich aufeinanderschlagender Hölzer.

Wenn sie ehrlich war, lag ihre Schlaflosigkeit jedoch keineswegs am Lärm.

Emma zwang sich, in die Dunkelheit über sich zu starren statt auf den Mann, der nur wenige Zentimeter von ihr entfernt auf dem Boden lag, ebenfalls schlaflos.

Wie spät mochte es sein? Sie hatte das Gefühl, schon seit Stunden wach zu liegen. Obwohl das nicht ganz stimmte, zwischendurch war sie sehr wohl in einen unruhigen Schlaf gefallen; in einen Schlaf voller Träume, für die sie sich maßlos geschämt hatte, als sie erhitzt und aufgewühlt wieder aufgeschreckt war.

Keine anständige Frau träumte auf diese Art, und wenn doch, dann ausschließlich von ihrem Ehemann.

*Du hast keinen Ehemann mehr. Du bist allein, und du bist mitten im australischen Regenwald. Wer sollte dir vorschreiben, was du tun darfst und was nicht? Die Gesellschaft? In deinem Leben gibt es keine Gesellschaft mehr, mit deren Gunst du es dir verscherzen könntest.*

Emma spürte, dass John den Kopf in ihre Richtung drehte und sie ansah.

Er wollte dasselbe wie sie.

*Streck einfach nur die Hand nach seiner aus, alles andere ergibt sich von allein. Du bist erst dreiundzwanzig. Du hast ein Recht darauf, zu leben und zu lieben.*

Reglos lag Emma auf ihrer Decke und rang darum, weiter das Zeltdach anzustarren. Sich nicht zu bewegen. John kein Zeichen zu geben, dass sie kurz davor war, etwas Unverzeihliches zu tun, die schlummernde Belle einfach an den äußersten Rand des Zeltes zu schieben, Vergangenheit und Zukunft zu vergessen und sich hier und jetzt von diesem hinreißenden Engländer lieben zu lassen. Und damit nicht nur ihren Körper aus seinem Schlaf zu erwecken, sondern auch die Leere in ihrer Seele zu füllen, die seit Carls Verschwinden in ihr klaffte wie eine Wunde.

Monotone Rhythmen und hypnotisierende Melodien wirbelten durch die Dunkelheit. Tanzten über dem Lager, erfüllten das Zelt, ließen die Luft vibrieren. Die uralten Klänge lockten die Ahnen und Geister an, berauschten die Menschen und verwischten die Trennlinie zwischen Realität und Fantasie.

Übermächtig pulsierte das Verlangen in Emmas Körper und in ihrem Kopf das Bedürfnis, eine einzige Nacht lang allen Kummer zu vergessen. Es drängte sie danach, endlich die Hand nach John auszustrecken, ihm die Erlaubnis zu geben, sie zu berühren … ihren Körper zu entzünden … ihren Verstand auszuschalten … alle Trauer mit süßer Lust zu überdecken …

Doch Emmas Herz raunte Carls Namen. Beschwor sein Bild herauf, seine liebevolle Stärke, das Glück ihrer Ehe, und erinnerte sie an die Hoffnung, die sie immer noch hegte wie eine schwache, schöne Blume. Ihr Denken setzte wieder ein.

Sie zuckte innerlich zusammen unter dem, was sie gerade fast getan hätte. Verflucht sollte sie sein, wenn sie Carl wiedersähe und dann die Ansprüche eines anderen Mannes zwischen ihnen stünden! Eines Mannes, der Emmas Körper, ihr Begehren und ihre Träume auf die gleiche Art kennengelernt hätte wie Carl.

Nein.

Um keinen Preis der Welt durfte John merken, wonach sie sich verzehrte. Niemals durfte sie ihm offenbaren, dass sie in seinen kühlen, graugrünen Augen versinken wollte, sich in seiner Umarmung verlieren, dass es sie danach drängte, in sein blondes Haar zu greifen, seine Lippen zu schmecken und seine Haut an ihrer zu spüren … Jesusmaria, sie durfte John auf keinen Fall anschauen! Denn dann, das wusste sie, hätte sie den Kampf verloren.

Ihr widerspenstiger Leib schien Tonnen zu wiegen, als sie sich umdrehte, weg von ihm, der sie so qualvoll in Versuchung führte. Emma zog die Beine an die Brust und schlang sich die Decke fest um ihren zusammengerollten Körper.

Diese Nacht, das schwor sie sich mit grimmiger Inbrunst, würde die letzte sein, die sie mit John in einem Zelt verbrachte. Gefahr hin oder her, lieber schlief sie mit einem Messer zwischen den Zähnen, als dass sie die Tortur einer solchen Zerrissenheit noch ein einziges Mal mitmachte!

Gegen Dayindi würde sie sich schon irgendwie wehren können. Sie brauchte keinen Beschützer mehr! Sie hatte gelernt, mit dem Messer umzugehen, sie hatte ein Baby vor dem sicheren Tod gerettet, und sie meisterte tapfer ihren Alltag, obwohl die Sehnsucht nach Carl sie an manchen Tagen fast umbrachte. Und da sollte es ihr nicht gelingen, einen selbstgerechten *law man* in seine Schranken zu weisen – und einem attraktiven jungen Engländer zu widerstehen?

Unwillkürlich dachte Emma an Deutschland. In ihrer Heimat gab es etliche gelehrte Herren, die dem weiblichen Geschlecht unterstellten, dass es sich ohne Willen und Verstand von seinen Emotionen hin und her werfen ließ wie ein Schiff auf stürmischer See. Oh, wie sehr sie diese Denkweise immer gehasst hatte!

Sollte ihr eigenes Verhalten den arroganten Professoren recht geben? Ganz sicher nicht. Sie würde sich dem Drängen ihres Körpers nicht unterwerfen, nur weil die Gelegenheit gerade günstig war.

Nicht solange sie zögerte, John neben ihrem Körper auch ihr Herz zu schenken.

So weit aber war sie noch lange nicht.

Das Feuer in ihrem Blut war erloschen. Ihr Atem beruhigte sich, und langsam wurden ihre Lider schwer. Als der Gesang von draußen abebbte, schlief Emma endlich ein.

Und träumte von John.

# 24

Sie hatte ihn bedroht, und ihr Pferd hatte ihn beinahe erdrückt. Dayindi brach der Schweiß aus, wenn er nur daran dachte. In dem grässlichen Moment, als das Tier ihm so nahe gewesen war, dass er seinen warmen Atem gespürt hatte, stand blitzartig alles wieder vor seinen Augen: die Leichen seiner Eltern, ihre entstellten Glieder, die zu Tode gestampften Körper, die grotesk eingedrückten Gesichter.

Dayindi war ein Kind gewesen, seine Initiation hatte noch in weiter Ferne gelegen, doch an jenem Tag war er auf die brutalste aller Arten erwachsen geworden. Versteckt hinter einem riesigen Baum hatte er gesehen, was ihn fortan nie wieder loslassen sollte: Die Weißen hatten ihre Pferde über Vater und Mutter getrieben, ohne auch nur einen Herzschlag lang zu zögern. Sie hatten die beiden wertlosen Wilden einfach mit ihren Höllentieren niedergetrampelt, und das nur, weil sein Vater und seine Mutter nicht aus dem Weg gehen wollten, als die Reitergruppe mitten durch das heilige Farnland preschte.

Dann war das Land entweiht und seine Eltern tot.

Er hatte niemandem erzählt, was er gesehen hatte, der Schock hatte seine Lippen versiegelt. Später hatte er sich seines Schweigens geschämt, doch da war es zu spät gewesen, um mit der Wahrheit herauszurücken, niemand hätte ihm mehr geglaubt. Alle dachten, die Geister hätten seine Eltern bestraft. Gab es nicht immer einen Grund?

Dayindi wischte sich in der Dunkelheit über die Stirn. Er hasste es, sich zu erinnern. Doch er konnte nicht verhindern, dass die Vergangenheit ihn prägte, dass sie alles bestimmte, was er dachte, fühlte und tat.

Nein, er bereute nicht, dass er den D'anba geholfen hatte, die weißen Forscher ins Unglück zu stürzen.

Leider entwickelte sich aber nicht alles so, wie die Besessenen es vorausgesagt hatten. War er, Dayindi, schuld daran? Das glaubte er eigentlich nicht. Er hatte die D'anba gerufen, sie waren gekommen, und er hatte seinen Teil des Plans erfüllt.

Die besessenen Weißen waren es, die nicht zuverlässig waren. Warum kam der Brief nicht an, von dem sie gesprochen hatten? Längst hätte Emma sich aufmachen müssen, um in die Falle zu tappen! Dayindi knurrte ärgerlich. Stattdessen war der ganze Clan zum Wanderkult aufgebrochen, was früher oder später den unversöhnlichen Zorn der D'anba entfachen würde. Wenn er Pech hatte, würde die Macht der Marmbeja durch den Kult so weit gestärkt, dass die D'anba zurückgedrängt würden. Und sie würden die Schuld an dieser Entwicklung ihm geben, Dayindi.

Was sie dann wohl mit ihm anstellen würden?

Es gab nur eine Möglichkeit, ihnen zu beweisen, dass er keine gemeinsame Sache mit ihren Gegnern machte: Er musste unverzüglich aufhören, an den Ritualen teilzunehmen. Stattdessen würde er dorthin gehen, wo die besessenen Weißen lebten.

Denn dort war *er* – der D'anba, auf den es ankam.

# 25

Über Nacht war es kalt geworden im Regenwald.

Vor den Mündern der Schwarzen bildeten sich weiße Rauchwolken in der winterlichen Luft. Doch das konnte niemandem die aufgekratzte Laune verderben, ebenso wenig wie der trübe Morgen. Auch müde, dachte Emma verwundert, schien keiner der Schwarzen zu sein, obwohl das Ritual etliche von ihnen die halbe Nacht lang auf den Beinen gehalten hatte. Ganz im Gegenteil schien die heilige Wanderung bei den Eingeborenen ungeahnte Energien zu mobilisieren: Kleine Kinder sprangen wie Irrwische um Emma und John herum, Frauen schrien sich gegenseitig Anweisungen zu, Männer packten Netze, Früchte und Gerätschaften ein, und die ganze Zeit über lachten, scherzten und plauderten sie.

Die Situation war also denkbar ungünstig für eine ernsthafte Grundsatzdiskussion zwischen Emma und John; dennoch war Emma entschlossen, sich noch vor dem Aufbruch gegen ihn durchzusetzen.

Wenig später stemmte sie die Hände in die Hüften und funkelte John wütend an. Er hatte leider nicht ganz so reagiert, wie sie sich das zuvor ausgemalt hatte.

»Würdest du bitte meine Entscheidung respektieren, John Roberts?«

John schüttelte mit provozierender Gelassenheit den Kopf. »Nein. Dayindi ist ein gefährlicher, außer Rand und Band geratener Wilder, der dich bedroht hat, und ich werde nicht zulassen, dass er seine Drohungen wahr macht.«

»Also wirklich, John! Natürlich ist Dayindi nicht gerade mein Freund, aber so verrückt, wie du ihn darstellst, ist er nun auch wieder nicht. Er ist der *law man*, er wird sich nicht selbst um seine Stellung bringen, indem er mich hinterrücks meuchelt.«

»Wer weiß? Was *law men* hier dürfen und was nicht, ist uns doch überhaupt nicht bekannt.«

Emma rollte mit den Augen. Gleichzeitig sah sie ein, dass sie so nicht weiterkam.

Also versuchte sie, die Situation mit einem flachen Scherz zu entkrampfen. »Kann es sein, dass du mich gar nicht beschützen, sondern nur weiter im trockenen Zelt schlafen willst?« Sie lachte halbherzig.

Johns Blick ließ sie ihren Scherz sofort bereuen. Hintergründig und verführerisch blitzte es in den graugrünen Augen auf, und gegen ihren Willen geriet ihr Blut in Wallung.

»Vielleicht möchte ich das«, sagte er. »Ich hatte sehr angenehme Träume heute Nacht.«

Emma dachte an ihre eigenen Träume, und prompt wurde ihr noch heißer. Ärgerlich wies sie sich zurecht: Mit dem Thema Verführung war sie durch. Zumindest für den Moment. Und sie würde nicht zulassen, dass Johns Anzüglichkeiten sie um ihre innere Entschlossenheit brachten!

»Angenehme Träume kann man auch unter Gottes schönem Sternenhimmel haben«, sagte Emma kühl. »Das wirst du mir morgen früh sicher bestätigen, wenn du eine erfrischende Nacht im Freien hinter dir hast. Und jetzt entschuldige mich bitte, Belle ist aufgewacht.«

Tatsächlich ertönte aus dem Zelt ein verschlafenes Krähen. Froh, dass die unerfreuliche Diskussion dadurch ein Ende fand, wollte Emma gerade zurück ins Zelt schlüpfen, als sie aus den Augenwinkeln Birwain wahrnahm.

»Meine lieben, lieben Freunde!«, sagte der alte Schamane in kummervollem Tonfall und trat auf sie und John zu.

Das klang nun ganz anders als die barsche Zurechtweisung vom Vortag, und Emma richtete sich verwirrt wieder auf. »Was ist denn los, Birwain? Ist irgendetwas passiert?«

Birwain schloss für einen Moment die Augen. »Dayindi ist verschwunden.«

Sowohl Emma als auch John verschlug es die Sprache.

»Es sieht ganz danach aus, als ob ihr recht hattet«, gestand der Schamane mit Grabesstimme. »Unser *law man*, dem wir vertraut haben, auch wenn wir um seine Fehler wussten, hat den Clan im Schutze der Nacht verlassen. Er lässt uns alle im Stich.«

Das ist ja wunderbar!, lag es Emma begeistert auf der Zunge, aber sie schluckte die Worte herunter. Dayindis Verrat schien Birwain tief getroffen zu haben, also jubelte sie besser im Geheimen.

Sie bemühte sich um einen mitfühlenden Ton.

»Warum ist er denn gegangen? Weißt du etwas über seine Gründe, Birwain?«

»Liegt das denn nicht auf der Hand?«, fragte er müde zurück. »Ihr lagt richtig mit euren Verdächtigungen. Er muss etwas mit dem Verschwinden deines Mannes zu tun haben, und nachdem du ihn damit konfrontiert hast, dass du ihn durchschaust, hat er Angst bekommen und das Weite gesucht. Auch wenn ich immer noch nicht verstehe, wie es möglich sein soll, dass er Carl … aber egal. Es ist, wie es ist.« Kopfschüttelnd fügte Birwain hinzu: »Ein Ältester und nicht einmal Manns genug, um mit Würde seine Bestrafung auf sich zu nehmen! Es ist eine Schande, meine Freunde. Eine Schande. Und ich muss mich bei euch entschuldigen, dass ich euch nicht geglaubt habe. Ich bin ein erbärmlicher Schamane.«

»Ach was, schon vergessen«, sagte John großzügig. Mit einem Seitenblick auf Emma fügte er hinzu: »Ist es denn möglich, dass Dayindi zurückkommt? Zum Beispiel, um Emma etwas anzutun?«

»Das wird er niemals wagen.« Birwain ballte die mageren Fäuste. »Wer den Clan in Schande verlässt, hat sein Recht verwirkt, jemals wieder aufgenommen zu werden. Sollte er sich trotzdem bei uns blicken lassen, werden ihn die Speere unserer Männer begrüßen.«

»Das klingt gut!«, sagte John erfreut, und Emma stieß ihm für diesen Mangel an Diplomatie den Ellbogen in die Rippen.

Die vernachlässigte Belle fing an zu weinen. Emma holte sie rasch aus dem Zelt und wiegte sie in ihren Armen. Sie hatte Hunger, und Emma würde sie sehr bald zu Purlimil zum Stillen bringen müssen; zuvor aber wollte sie unbedingt noch eine Frage loswerden.

»Birwain, das alles tut uns sehr leid«, wandte sie sich vorsichtig an den Schamanen. »Aber was macht dich eigentlich so sicher, dass Dayindi nicht nur … auf der Jagd ist … oder sich in die Stille zurückgezogen hat … oder einfach schon vorausgegangen ist?«

John neben ihr lachte, verbarg seine Heiterkeit aber rasch hinter einem Hüsteln.

»Niemand hier geht einfach voraus, Emma«, sagte Birwain, und in seiner Stimme schwangen gleichzeitig Traurigkeit und Nachsicht mit. »Wir sind nicht auf dem Weg in eines eurer Gasthäuser. Wir wandern zu Ehren der Geister. Unsere Reise ist von unbedingtem Zusammenhalt geprägt, und wer seine Habseligkeiten packt und sich entfernt, ohne einem von uns eine Erklärung zu geben, der hat sich dafür entschieden, uns unwiderruflich den Rücken zu kehren. Er ist freiwillig gestorben.«

Dann, frohlockte Emma im Stillen, sind wir meinen alten Feind wohl endgültig los. Und das heißt, ich werde weder mit John neben mir noch mit dem Messer zwischen den Zähnen schlafen müssen!

Eine sehr beruhigende Vorstellung, fand sie, und ein tiefes Gefühl der Erleichterung breitete sich in ihr aus.

Erst als Emma sich zwischen all den herumwuselnden Menschen, Kindern und Dingos ihren Weg zu Purlimil bahnte, damit Belle ihr Frühstück bekam, ging ihr auf, was Dayindis Verschwinden noch für sie bedeutete.

Wie vom Donner gerührt blieb sie stehen, als sie es begriff.

Nie, niemals würde sie erfahren, was wirklich mit Carl geschehen war. Ihre einzige Chance, die Wahrheit herauszufinden, war mit dem verschlagenen *law man* in die Tiefen des Regenwaldes geflüchtet.

# 26

Sobald Birwain die Erwachsenen um sich versammelt und ihnen erzählt hatte, was geschehen war, war die fröhliche Ausgelassenheit des Morgens dahin.

Umgehend machten Yileen, Birrinbirrin und ein paar andere Männer sich mit finsteren Mienen an die Arbeit. Der Platz, an dem Dayindi geschlafen und von dem er sich auf Nimmerwiedersehen fortgeschlichen hatte, wurde mit Feuer und düsteren Gesängen gereinigt – damit war die Sache für die Eingeborenen offiziell erledigt. Dayindi, so erklärte Yileen es der staunenden Emma, verdiene es nicht, dass man sich Gedanken um ihn mache oder ihm nachtrauere. Sobald das Wanderritual beendet sei, würde man sich um einen neuen *law man* kümmern; bis dahin müsse es eben ohne gehen.

Nichtsdestoweniger blieb Dayindi zumindest bei den Frauen des Clans das Gesprächsthema Nummer eins.

Gunur und die anderen Schwarzen waren überzeugt, dass sich der wahre Charakter des *law man* nicht zufällig in der ersten Nacht des Wanderrituals offenbart hatte. Hatte der Clan nicht mit vereinten Kräften die Marmbeja angerufen, um ihre Hilfe gegen die D'anba zu erbitten? Nun, dies war die erste Auswirkung des Rituals: Dayindi war ein D'anba in Menschengestalt gewesen, der nun erschreckt das Weite gesucht hatte. Wie tückisch und geschickt dieser D'anba gewesen war, dass er es sogar bis zum Ältesten gebracht hatte! Oder hatte er Dayindi erst in jüngster Zeit besetzt? Jedenfalls, so versicherten die Frauen einander gegenseitig schaudernd, konnten sie alle sich glücklich schätzen, dass der betrügerische, besessene *law man* fort war.

Als der Clan am späten Vormittag weiterzog, war die Stimmung gedämpft. Dass niemand Dayindi durchschaut hatte, erschreckte und verunsicherte Frauen wie Männer. Nur die Kinder hüpften so unbeschwert wie immer durchs Dickicht, und auch Purlimil zeigte sich den neuesten Geschehnissen gegenüber gleichgültig.

Auf sie, dachte Emma traurig, hatte die Kraft der Marmbeja noch nicht abgefärbt.

Es ging nur langsam voran.

Das Ziel der ersten Etappe sollte die Gegend um die junge Ortschaft Warwick sein, doch in Zielen und Etappen dachten nur Emma und John. Für die Schwarzen war die gesamte Wanderung eine einzige heilige Handlung. Wie lange sie dafür brauchten, wann sie wo sein würden und nach wie vielen Wochen sie schließlich zu ihren Hütten am Bach zurückkehren würden, darüber machte sich niemand im Clan Gedanken. Wichtig war es nicht, eine bestimmte Anzahl an Meilen pro Tag zurückzulegen, sondern einen bestimmten Stein, Baum oder Hügel zu erreichen – jene Kraftpunkte der Erde, an denen die Grenzen zwischen den Dimensionen nach Ansicht der Schwarzen besonders durchlässig waren.

Und so wurde nach kaum drei Stunden Wanderung schon wieder Halt gemacht, um das nächste abendliche Ritual vorzubereiten.

»Wenn wir in diesem Tempo weiterziehen, können wir in Warwick Weihnachten feiern«, witzelte John, als er Sirius absattelte.

Emma verzichtete auf eine Antwort. Was machte es schon für einen Unterschied, ob sie schnell oder langsam vorankamen? War Emma vor wenigen Tagen noch daran gelegen gewesen, die rituelle Wanderung möglichst rasch hinter sich zu bringen, um bei Carls Rückkehr nicht abwesend zu sein, so wusste sie seit diesem Morgen, dass ihre leise Hoffnung vergeblich gewesen war.

Wo sie sich befand, spielte keine Rolle mehr.

Dayindis Verschwinden hatte ihre letzten Zweifel beseitigt, dass irgendjemand Carl etwas angetan hatte. Der *law man* selbst? Oder ein Handlanger aus einem anderen Clan? So oder so, es erschien Emma ausgeschlossen, dass ihr Mann unversehrt zu ihr zurückkehren würde.

Emma presste die Lippen aufeinander und sattelte Princess ab.

Sollte ich nicht Trauer fühlen?, ging es ihr durch den Kopf. Jetzt, wo ich sicher weiß, dass Carl etwas passiert ist?

Aber sie fühlte nichts. Keine Trauer, keine Resignation, keinen Verlust. Kurz durchzuckte sie der schreckliche Gedanke, dass sie aufgehört haben könnte, Carl zu lieben. Doch fast im gleichen Augenblick wurde ihr klar, dass das nicht der Fall war. Im Gegenteil: Wider besseres Wissen glaubte sie in den Tiefen ihres Herzens weiterhin daran, Carl irgendwann, irgendwie wiederzusehen.

Sie spürte, dass ihr die Tränen kamen. Sie zwinkerte sie fort.

»Danke, das schaffe ich schon allein«, sagte sie rauer als nötig zu John, als der mit dem Absatteln fertig war und sich anschickte, den Stoff ihres Zeltes über einen starken Ast zu werfen.

Unbeeindruckt fuhr John in seinem Tun fort.

»Du darfst allein in deinem Zelt schlafen, keine Sorge«, sagte er, ohne Emma anzusehen. »Ich helfe dir nicht, um mir ein warmes Plätzchen zu verdienen, falls du das denken solltest.« Er zuckte mit den Schultern. »Dayindi ist nicht mehr hier, welchen Grund hätte ich also noch, bei dir zu nächtigen?«

Obwohl John damit ihre eigene Argumentation wiederholte, spürte Emma, dass seine nüchternen Worte sie trafen. Sie beobachtete ihn, wie er mit knappen, effizienten Bewegungen ihre Schlafstatt vollendete, und fragte sich, warum der Anblick seines konzentrierten, braun gebrannten Gesichtes den Wunsch in ihr weckte, dass er sich ihr zuwandte statt ihrem Zelt.

Gezwungenermaßen war John dazu übergangen, seine Mahlzeiten gemeinsam mit dem Clan einzunehmen. Höflich kostete er von den sauren Früchten, knusprigen Vögeln und sogar von den fetten weißen Maden, ohne sich seinen Widerwillen allzu sehr anmerken zu lassen. Ein echter Engländer, dachte Emma spöttisch und warf ihm über das Feuer hinweg einen verstohlenen Blick zu. Sie verkniff sich ein Grinsen, als Nowalingu, die sich neben John niedergelassen hatte, ihm eine weitere Made anbot. Mit einem kaum merklichen Zögern steckte er sie sich in den Mund.

Nowalingu beobachtete ihn strahlend. John kaute angestrengt, schluckte und schaffte es dann sogar, ihr Lächeln zu erwidern, wenn auch schief. Dabei rutschte sein Blick eine Etage tiefer – und saugte sich dort fest.

Emma hielt empört die Luft an.

Nowalingu kicherte. Sie machte keinerlei Anstalten, sich abzuwenden, sondern blieb seelenruhig sitzen. Selbstbewusst präsentierte sie John ihre hübschen, festen Brüste; sie schien seinen begehrlichen Blick zu genießen.

Emma vergaß vor Ärger, weiter an ihrem Obst zu kauen. Wie konnte John sich erdreisten, dermaßen unverhohlen auf Nowalingus Busen zu starren? Dachte er etwa, er habe sich eine visuelle Belohnung dafür verdient, dass er die widerlichen Maden geschluckt hatte? Unwillkürlich stieß Emma einen knurrenden und wenig damenhaften Laut aus.

Belle schaute sie mit ihren großen, braunen Augen fragend an. Die kleinen Patschhändchen zogen an Emmas Locken, die mittlerweile nachgewachsen waren und ihr weich über die Schultern fielen.

»Nein, nein, du bist lieb!«, beruhigte Emma das Baby in so aufgebrachtem Tonfall, dass Belle prompt anfing zu weinen.

John riss seinen Blick von Nowalingu los und sah Emma über das Feuer hinweg in die Augen.

»Ist was?« Er zog eine dunkle Braue hoch.

»Was soll schon sein? Belle ist müde, das ist alles«, erwiderte Emma unwirsch. »Ich bringe sie jetzt ins Bett. Gute Nacht, John. Und viel Vergnügen noch!«

Zugegeben, wirklich souverän hatte sie nicht geklungen. Aber verdammt, wenn John sich nach dem Korb, den sie ihm heute Nacht gegeben hatte, so dermaßen schnell tröstete, dass es schon einer Provokation gleichkam … und wenn Emma vor Eifersucht das unlogische Herz so schmerzhaft gegen die Rippen donnerte … wie sollte sie da ruhig und überlegen bleiben?

Brüsk stand sie auf und ging mit Belle zum Zelt.

Sie würde auch ohne Johns Gesellschaft einen befriedigenden Abend verleben! Sollte er doch hinstarren, wo er wollte. Sie würde … arbeiten. Ja, das war eine gute Idee. In Kürze würden die Schwarzen sich für das nächste Ritual versammeln, und grimmig entschlossen nahm Emma sich vor, währenddessen ihre neuesten Beobachtungen zu Papier zu bringen. Dayindis Verschwinden und die Reaktion des Clans darauf waren schließlich nicht nur für sie persönlich von Interesse, fand sie, sondern ebenso für die Wissenschaft. Ha, es wäre doch gelacht, wenn sie sich von John und seinen Frauengeschichten aus der Fassung bringen ließe!

Als sie wenig später Belle in den Schlaf sang, fühlte Emma sich bereits ruhiger – und ihre Gedanken wurden eine Spur gerechter.

John schuldete ihr, bei Licht betrachtet, überhaupt nichts. Er hatte sie nicht berührt, und er hatte ihr nichts versprochen. Auch Emma schuldete John nichts. Genau genommen hatte sie ihn ja nicht einmal abgewiesen.

Alles, was passiert war, hatte in ihrem Kopf stattgefunden, in ihren Fantasien und in den Träumen.

Wer wusste schon, dachte Emma und kaute an ihrer Unterlippe, ob sie sich Johns nächtliche Sehnsucht nicht bloß eingebildet hatte? Vielleicht war seine Lust auf sie gar nicht real gewesen – nichts als Emmas eigener Wunschtraum? Wahrscheinlich hatte John brav geschlafen, während sie ihm unterstellt hatte, dass er sich nach ihr verzehrte.

Als ihre Überlegungen an diesem Punkt angelangt waren, fühlte Emma sich gleichzeitig gedemütigt und beruhigt. John wollte nichts von ihr, und sie wollte, zumindest offiziell, auch nichts von ihm. Somit gab es nichts, was dagegensprach, dass sie beide gute, platonische Freunde blieben.

Na ja, *fast* nichts, korrigierte Emma sich, als der Engländer später durch die Dunkelheit auf sie zukam. Wieder erfüllten Gesang und der Rhythmus der Klanghölzer die Nacht, und wieder reagierte ihr Körper viel zu stark auf Johns Nähe.

Er setzte sich neben sie auf den Boden. Emma forschte unauffällig in seiner Miene, ob er in den letzten zwei Stunden irgendetwas getan hatte, das sie nicht gutheißen konnte. Etwas mit Nowalingu zum Beispiel.

Nowalingu, die einem anderen Mann versprochen war.

Nowalingu, die trotz dieses Umstandes nicht nur John schöne Augen machte, sondern auch Birrinbirrin. Und wer wusste schon, wie vielen Männern noch …

Musste es John nicht abstoßen, nur einer von vielen zu sein?

Ach, Unfug!, wies Emma sich zurecht. Das waren gehässige, ungerechte Gedanken, die sie sich schnellstens abgewöhnen musste. John hatte doch gar keine Gelegenheit dazu gehabt, sich mit Nowalingu zu vergnügen. Jedenfalls nicht … *so*. Die junge Frau war an diesem Abend, genau wie alle anderen Schwarzen, mit der Anrufung der Geister beschäftigt; gewiss hatte sie unmittelbar vor der heiligen Handlung anderes im Sinn gehabt, als sich von einem jungen Weißen küssen zu lassen. Geschweige denn, mit ihm im Gebüsch zu verschwinden. Ob John Nowalingu so sanft und zärtlich angefasst hatte, wie er Emma in ihrem Traum …

»Ich dachte, ich unterhalte dich ein bisschen«, unterbrach seine Stimme ihre galoppierenden Gedanken.

Er machte eine vage Handbewegung in Richtung Dickicht. »Musik haben wir ja schon, wenn es auch nicht gerade Mozart ist. Fehlen nur noch die Geschichten, dann könnte es trotz der Kälte ein richtig gemütlicher Abend werden. Was meinst du? Würde es dir gefallen, wenn ich dir, sagen wir … von Sydney erzähle?«

Emma war bass erstaunt. John lächelte ihr freundlich, beinahe bittend zu. In ihrer alten Welt hätte sie gedacht, er habe sich nun darauf verlegt, sie nicht einfach zu verführen, sondern ihr in aller Form den Hof zu machen. Und in ihrer alten Welt hätte sie auch gewusst, wie sie darauf reagieren sollte.

Hier aber war alles anders.

Hier hatte John noch vor kurzer Zeit einer anderen Frau Blicke zugeworfen, die höchstens in ein Bordell passten. Hier war sie selbst verheiratet mit einem Mann, dem ein verschwundener Eingeborener etwas angetan hatte, von dem niemand auch nur ahnte, was. Hier war sie die Mutter eines Babys, das sie nicht selbst geboren hatte und das überdies schwarz war. Und hier arbeitete sie abends nicht auf dem Sofa sitzend am Stickrahmen, sondern im Staub hockend an wissenschaftlichen Berichten wie ein Mann. Ein abenteuerlustiger Mann.

Verkehrte Welt!, dachte Emma und seufzte. Wie sollte man wissen, was man tun und was man lassen sollte, wenn es keinerlei verbindliche Regeln mehr gab? Die Sitten der Schwarzen waren nicht die ihren, und die Sitten der Weißen galten nichts mehr. Niemand schrieb Emma vor, wie sie sich verhalten sollte, und keine Mutter oder Freundin leistete ihr in ihrer Gefühlsverwirrung Beistand. Plötzlich war es Emma, als befinde sie sich im freien Fall – und niemand war da, um sie aufzufangen.

Die Sehnsucht nach einem Stückchen Normalität, einem Hauch Sicherheit, nach irgendetwas, an dem sie sich festhalten konnte, wurde übermächtig. So wunderbar es im Regenwald mit Carl gewesen war, so verloren fühlte Emma sich hier ohne ihn.

Gehörte sie wirklich zu den Eingeborenen … auch allein?

Emma legte ihr Schreibzeug beiseite.

»Ich würde mich freuen, wenn du mir von Sydney erzählst«, sagte sie zu John und machte sich bereit, den Geschichten aus einer Welt zu lauschen, die einmal die ihre gewesen war.

# 27

AUGUST 1860

Purlimils Blick blieb leer und tot, während der Clan unverdrossen durch den winterlich grünen Regenwald wanderte, auf verschlungenen Wegen und ohne jegliche Hast.

Abend für Abend verbanden die Eingeborenen sich mit der Welt ihrer Geister, und Abend für Abend saßen Emma und John zusammen vor dem Zelt und plauderten. Emma genoss die Gespräche mit John, und sie spürte, dass auch er gerne mit ihr zusammen war. Dass er als Kontrolleur gekommen war, schien er beinahe vergessen zu haben.

Emma fühlte sich nun eher, als seien sie beide gestrandete Abenteurer, die das gemeinsame Schicksal zusammenschweißte: Je tiefer die Eingeborenen in ihrem mystischen Tun versanken, desto enger wurde die Verbindung der davon ausgeschlossenen Weißen. Zwar ahnte Emma in klaren Momenten, dass sie im Begriff war, sich von ihren schwarzen Freunden zu entfremden, und dass das Vertrauen der Schwarzen, das sie und Carl sich so mühsam erarbeitet hatten, immer mehr zu schwinden drohte.

Aber was konnte sie schon dagegen unternehmen? Sie war nun einmal keine Eingeborene. Sie glaubte nicht an die Existenz der D'anba, und an die Marmbeja, die der Clan zu seinem Schutze anrief, glaubte sie kaum mehr. Wenn sie ehrlich war, glaubte sie nicht einmal daran, dass der Wanderkult überhaupt irgendwelche Auswirkungen haben würde. Interessant und kurios war er, das bestimmt; aber ob er Purlimil wirklich zu neuer Lebensfreude verhelfen würde? Daran zweifelte Emma nun fast so stark wie John. Der stand dem Clan und seinen Sitten nach wie vor freundlich, aber distanziert gegenüber.

Birwain schien Emmas neue Skepsis zu spüren. Emma war sich sicher, dass dies der Grund dafür war, dass er sie, anders als versprochen, von allem ausschloss und sie an keinem noch so unwichtigen Part der Rituale teilnehmen ließ. Seltsamerweise ärgerte das vor allem die Forscherin in ihr. Als Frau war sie vollkommen zufrieden damit, abends bei John am Feuer zu sitzen. Einfach vor sich hin leben, nichtige Konversation betreiben, sich umwerben lassen wie eine ganz normale Frau: Dieses Dasein, das sie noch vor wenigen Wochen verabscheut hätte, empfand sie nun als beruhigend.

Vielleicht war es sogar ganz gut, sagte sie sich, dass sie anfing, ihre Entfremdung vom Clan zu akzeptieren. Dass sie ihre Abende lieber mit John verbrachte, statt an abergläubischen Geisteranrufungen teilzunehmen. Am Ende käme Nowalingu noch auf den Gedanken, John seine Einsamkeit zu versüßen, während Emma seltsame Lieder sang, Steine beschwor und um rauchende Feuer hüpfte.

Nur wenn die Nacht kam, die Dunkelheit, die Ahnungen, dann erfasste Emma eine Unruhe, die sie bis in ihre Träume hinein verfolgte. Dann hatte sie das absurde Gefühl, nur im Schlaf auf dem richtigen Weg zu sein, wohingegen sie sich bei Tage immer mehr in einem klebrigen Traumgespinst verfing. Sie musste aufwachen! Musste sich stellen …

Aber wem?

Und wollte sie das überhaupt?

War es nicht viel einfacher, sich in Johns charmanter, unbekümmerter Gesellschaft zu verlieren? Was sprach eigentlich dagegen, fragte sie sich grübelnd, mit John in die Zivilisation zurückzukehren? Zwar würde sie ihre hochfliegenden Pläne, ein Leben lang als begeisterte Forscherin zu arbeiten, begraben müssen. Aber war diese Hoffnung nicht sowieso gestorben, als Carl sie verlassen hatte?

Emma spürte, dass sie an einer Weggabelung stand. Und dass sehr viel davon abhing, welche Abzweigung sie wählen würde.

Allmählich wurde die Vegetation karger, die Palmen und riesenhaften Nadelbäume spärlicher. Je offener die Landschaft wurde, desto dichter war der Boden bewachsen. Und schließlich ließen die Wanderer den Regenwald endgültig hinter sich, um in eine weite, sonnenbeschienene Welt einzutauchen – eine Welt, deren Schönheit Emma den Atem raubte.

Sie blieb mit Princess stehen, schützte ihre Augen mit der Hand und blickte weit übers Land. Die Gegend schien aus nichts anderem zu bestehen als aus blauer Luft und hohem, im kühlen Wind zitterndem Gras. Bis zum Horizont, vor dem sich die Umrisse einer blauen Hügelkette im Dunst verloren, erstreckten sich silbrige, blassgrüne und gelbliche Halme, wogend und unendlich wie die See. Dazwischen erhoben sich Bäume mit schwarzer Rinde, die Emma noch nie gesehen hatte. Sonnengelb blühende Akazien sandten ihren Duft zu Emma herüber, und sie atmete tief ein. Ach, wie viel besser rochen diese Blüten als das schwere Parfum der Damen daheim in den engen Salons!

Hier, dachte Emma und ließ ihren Blick über das Gräsermeer schweifen, hier war nichts eng. Alles war weit, frei und grenzenlos.

Plötzlich fand sie den Gedanken, all dies vielleicht bald zu verlassen, unerträglich.

»Es sieht aus wie verwunschen, findest du nicht?«, fragte sie John mit belegter Stimme.

Er lächelte nur.

»Weißt du, wo wir hier sind, John?«

»Wir befinden uns in den südlichen *Darling Downs*. Der Name ist übrigens nicht ganz passend, denn bei der Gegend, die du hier siehst, handelt es sich um eine Hochebene«, dozierte er.

»Du siehst eine Hochebene«, Emma breitete die Arme aus, »ich hingegen sehe ein Märchenland. Mein Gott, John, es ist so schön!«

Sie legte den Kopf in den Nacken und blickte einem Kookaburra hinterher, der seinen fröhlichen, keckernden Ruf ausstieß und dann immer höher flatterte, bis er mit dem Blau des Himmels verschmolz.

»So viele Monate lang habe ich gar keinen Himmel gesehen«, sagte sie leise und bewegt. »Und jetzt umgibt er mich von allen Seiten.«

»Na ja, unten ist Gras«, warf John trocken ein.

Seine Worte holten Emma von der Wolke schwärmerischer Verzückung zurück auf den Boden. Sie musste lachen. »Gott sei Dank. Sonst wären wir gezwungen zu fliegen wie der Kookaburra da oben.«

John strich sich durchs Haar. »Fliegen … das würden wir beide auch noch hinkriegen.«

Sie sahen einander an. John lächelte Emma mit diesem schweren, verheißungsvollen Blick zu, der ihr unwillkürlich Herzklopfen bescherte. Rasch schlug sie die Augen nieder.

Sie dachte an die vielen Abende, die sie mit John verbracht hatte, und ihr war durchaus bewusst, dass sie sich mit jeder gemeinsam verbrachten Stunde nähergekommen waren. Spielend hatte er es geschafft, sie zu amüsieren, zum Lachen und zum Staunen zu bringen. Er konnte aber auch ausnehmend gut erzählen! Und wie weltgewandt er war, trotz seiner jungen Jahre …

John hatte ihr von England erzählt, wo seine Großeltern lebten. Von Amerika, das er für ein Jahr besucht hatte, als er gerade erwachsen geworden war. Von seinem Studium, das er in Rekordzeit absolviert hatte, weil er darauf gebrannt hatte, endlich praktisch arbeiten zu dürfen. Von seinen vielen Reisen kreuz und quer durch New South Wales und das Gebiet, das seit Neuestem Queensland hieß. Und natürlich immer wieder von Sydney, wo er seine Kinder- und Jugendjahre verbracht hatte.

Fast erschien es Emma, als kenne sie Sydney mittlerweile selbst, so gebannt hatte sie Johns Erzählungen gelauscht.

Sie sehnte sich danach, all das Wunderbare dort mit eigenen Augen zu sehen: die tiefblaue Meeresbucht, die im Ruf stand, eine der schönsten der Welt zu sein. Die vielen Dampfschiffe und Segelboote, deren bunte Flaggen im Wind flatterten. Die Kaffeehäuser in der

Stadt, die aus dem gleichen gelben Sandstein gebaut waren wie die meisten Gebäude in Sydney und in denen man ganze Nachmittage in fröhlicher Gesellschaft verbringen konnte, ohne sich im Geringsten zu langweilen. Die weißen Verandavorhänge, die die Bewohner der besseren Häuser gegen die allgegenwärtige Hitze schützen sollten, und die grünen wunderschönen Hügel, die das Hinterland der Stadt bildeten. Die Universität, die nun fast seit einem Jahrzehnt bestand; den botanischen Garten, der schlechter, und das Theater, das besser als die jeweilige Institution in Melbourne sein sollte.

Das Einzige, worauf ich bei einem Besuch in Sydney gut und gerne verzichten könnte, dachte Emma, wäre der Anblick der Huren.

John hatte die vielen leichten Mädchen nur kurz und mit angemessener Entrüstung erwähnt. Dennoch war da etwas in seinem Blick gewesen, das Emma verunsichert hatte. Sie hätte jedenfalls nicht die Hand dafür ins Feuer gelegt, dass John niemals die Dienste einer dieser Damen in Anspruch genommen hatte. Er war eben ein Mann.

*Carl war nicht so. Aber einen Mann wie Carl bekommt man nur ein einziges Mal im Leben.*

Eine weitere Akazienduftschwade erreichte Emmas Nase und besänftigte die Melancholie, die sie aus heiterem Himmel überfallen hatte.

John, der von ihren Gefühlsumschwüngen nichts ahnte, lächelte ihr unverdrossen zu. »Lass uns das letzte Stück reiten«, schlug er vor. »Der Clan ist uns um einiges voraus. Schau, dort vorn scheint unser Rastplatz für die heutige Nacht zu sein.«

In der Tat hatte Emmas Selbstvergessenheit sie weit zurückfallen lassen; die Schwarzen waren nicht einmal mehr zu hören. Nur der freien Sicht über das Gräsermeer war es zu verdanken, dass Emma und John den Anschluss nicht vollkommen verloren hatten. John half ihr in den Sattel. Nötig wäre das eigentlich nicht gewesen. Aber seine Berührung fühlte sich zu tröstlich an, als dass Emma freiwillig auf diese anständige, erlaubte Form der Nähe verzichtet hätte.

Schweigend trieben sie ihre Pferde an. Das hohe Gras kitzelte an Emmas Beinen. Die schwer bepackten Rösser, die nun auch noch ihre Besitzer tragen mussten – samt Belle in der hölzernen Trage auf Emmas Rücken –, ließen sich zu kaum mehr als einem gemächlichen Trab überreden, bevor sie wieder in den Schritt fielen. Emmas Blick flog zu John, der gemächlich auf Sirius neben ihr herritt, beide Zügel in der linken Hand, während die Rechte lässig auf seinem Oberschenkel ruhte.

John. Wenn er sich je ernsthaft in sie verlieben sollte, würde er ihr und Belle gewiss ein geregeltes, sorgenfreies Leben in Sydney bieten. Warum sonst erzählte er ihr so viel von dieser Stadt, wenn nicht, um sie für Sydney einzunehmen?

*Wenn du John wirklich haben willst, solltest du vielleicht anfangen, dich ein bisschen um ihn zu bemühen. Bevor es zu spät ist, denn eure gemeinsame Zeit verrinnt. Wenn John geht, wird es für immer sein.*

Der Gedanke, dass John sie verlassen würde, gefiel Emma nicht. Und doch würde es unweigerlich dazu kommen, wenn sie ihn nicht endlich zu mehr ermutigte als zu reiner Freundschaft. John würde nicht ewig darauf warten, dass Emma sich dazu durchrang, sich von Carl zu lösen. Er war jung, gut aussehend, charmant und wohlhabend – die ganze Welt stand Männern wie ihm offen. Emma hingegen war nur eine Frau, eine von vielen, vielen Versuchungen. Und sie tat besser daran, das niemals zu vergessen.

*Mit Carl hattest du niemals solche Gedanken.*

Plötzlich kam Emma ihr momentanes Leben mit seinem nichtigen Geplauder und den allzu praktischen Erwägungen abstoßend und schal vor.

Gedankenverloren sah sie in die Ferne. Es stimmte schon: Für Carl war sie niemals »nur« eine Frau gewesen. Sie war Emma gewesen, die Person, die er geliebt hatte. Deren Charakter er geachtet und deren Wesen er vergöttert hatte. Mit der er geforscht, geredet, gelacht und gestritten hatte, verbunden für die Ewigkeit. Die kleinen Ärgernisse und Missverständnisse – das hatte Emma längst erkannt – waren nicht der Rede wert gewesen angesichts der Liebe und des tiefen Respekts, die ihre Verbindung ausgezeichnet hatten.

Eine wundervolle Ehe … mit dem kleinen Schönheitsfehler, dass sie nach weniger als einem Jahr zu Ende gewesen war.

Emma schloss die Augen, überließ sich dem Rhythmus von Princess' Schritten und fühlte die Wintersonne ihre Wangen streicheln. Zum ersten Mal seit langer Zeit überkam sie das Bedürfnis zu beten.

*Lieber Gott, gib ihn mir zurück. Was Carl und ich zusammen hatten, war vielleicht nicht das Paradies. Aber es war ganz nah dran …*

Doch natürlich hörte Gott ihr stummes Rufen nicht. Niemand antwortete ihr, bis auf die Gräser, die sich flüsternd und lockend im Nachmittagswind wiegten.

# 28

Emma hatte sich ein einsames Plätzchen abseits des Clans gesucht, um sich ganz in Ruhe um Belle und Gelar kümmern zu können. Mit schlechtem Gewissen dachte Emma, dass sie Belles Brüderchen sträflich vernachlässigt hatte, seit der Clan auf Wanderung war. Eigentlich sah sie den Kleinen nur noch, wenn sie Belle zum Stillen zu Purlimil brachte. Das musste sich schleunigst ändern! Gelar konnte schließlich nichts dafür, dass seine Mutter und Emma sich voneinander entfremdet hatten.

Mit gerunzelter Stirn blickte Emma auf die Zwillinge nieder, die bei ihr im Gras saßen, sich gegenseitig umschubsten, quietschten und Krabbelübungen machten. Sehr vergnügt, aber … Täuschte Emma sich, oder waren die beiden in den letzten Wochen gar nicht weitergewachsen? Dünner waren sie auch geworden. Von den Speckröllchen, die Emma so entzückend gefunden hatte, war nichts mehr zu sehen.

Ob sie krank waren? Aber gleich beide?

Sorge erfasste Emma, und sie beschloss, noch heute mit John über die Babys zu sprechen. Am besten fragte sie ihn, gleich nachdem sie die Babys zum Stillen zu Purlimil zurückgebracht hatte.

Vielleicht hatte die Freundin ja nicht mehr genug Milch, schoss es Emma durch den Kopf. Sie erinnerte sich vage daran, in Dr. von Ammons schlauem Büchlein gelesen zu haben, dass Aufregung und Kummer die Milch einer Mutter versiegen lassen konnten. Sollte Purlimils Schwermut am Ende dazu führen, dass sie ihre Kinder nicht mehr stillen konnte, selbst wenn sie sich weiterhin dazu bereit erklärte?

Aber wie sollten die Babys dann ernährt werden? Es gab keine anderen stillenden Mütter im Clan, niemand konnte Purlimils Aufgabe übernehmen.

Bekümmert streichelte Emma erst Belle, dann Gelar über das Köpfchen. Möglicherweise, überlegte sie, brauchten die Kleinen ja inzwischen auch mehr als Muttermilch. In Belles Unterkiefer brach gerade der erste Zahn durch; zu diesem Zeitpunkt begannen die Mütter in Deutschland, ihre Kinder an feste Nahrung zu gewöhnen. Zwieback in warmer Milch oder Bouillon, das war es, was Krabbelkinder bekamen.

Allerdings würde es mehr als schwierig werden, an Zwieback oder Bouillon heranzukommen, und ein passender Ersatz fiel Emma beim besten Willen nicht ein. Die Schwarzen brauchte sie diesbezüglich gar nicht erst zu befragen: Sie würden Emma nur verständnislos anstarren, war doch jeder Einzelne von ihnen ohne Zwieback, Milch und Bouillon groß geworden.

Emma seufzte. Sie hob die Kinder auf, setzte sie sich auf die Hüften und ging zurück zu ihrem heutigen Lager, das inmitten eines duftenden Akazienhains errichtet worden war. Vielleicht hatte John einen Rat.

Aber als Emma sich zu Purlimil durchgeschlagen, ihr mit dem üblichen schmerzhaften Schweigen die Kinder übergeben und sich danach auf den Weg zu ihrem Zelt gemacht hatte, erwartete sie eine unangenehme Überraschung.

Die Gestalt, die sich da hinter den weißen Stoffbahnen zusammenkrümmte … war das nicht John?

Die Gestalt stöhnte. Er war es. Und er war eindeutig verletzt.

Emma rannte auf John zu. Ein Dingo sprang ihr zwischen die Beine, und sie stolperte. Ihr Fall wurde von einer Akazie gebremst, die ihr den Unterarm aufschürfte. Fluchend lief sie weiter.

John hob den Kopf und erblickte sie.

»Emma! Solch derbe Worte aus einem zarten Mund?«, versuchte

er zu scherzen, doch Emma sah an den Schweißperlen auf seiner Stirn, wie viel Mühe es ihn kostete.

Sie hockte sich neben ihn ins Gras und musterte ihn besorgt.

»Um Himmels willen, was ist denn geschehen? Hast du große Schmerzen?«

»Ach was, nicht der Rede wert.« Mühsam richtete John seinen Oberkörper auf, bis er fast normal auf dem Boden saß. »Nur eine kleine Auseinandersetzung. Ein, zwei Stunden Erholung, und ich bin wieder ganz der Alte.«

Emma starrte ihn an. »Eine Auseinandersetzung? Willst du mir etwa erzählen, du hättest dich geprügelt?«

»So könnte man es nennen, denke ich«, sagte John. »Manche Dinge müssen eben mit Fäusten geklärt werden. Das verstehst du nicht, Emma. Du bist eine Frau.«

»Danke, dass du mich daran erinnerst.« Emma spürte, wie sie wütend wurde. »Aber ich fände es doch nett zu begreifen, *was* du mit Fäusten klären musstest. Vielleicht verstehe ich es ja, wenn ich mich wirklich anstrenge.«

Ihre Bissigkeit schien John nicht zu berühren. Statt verlegen zu sein, sagte er nur: »Nein, das glaube ich nicht. Und der Grund unserer Auseinandersetzung ist nichts, was für zarte Frauenohren bestimmt wäre.«

Emma stand auf, stemmte die Hände in die Hüften und funkelte ihn von oben herab an. »Wer sich hinter meinem Zelt die Wunden leckt, der sagt mir gefälligst auch den Grund dafür!«

John blickte mit halb gesenkten Lidern zu ihr hoch. Er schien mit sich zu ringen, wie viel er ihr anvertrauen durfte; gleichzeitig kämpfte er sichtlich mit seinen Schmerzen.

»Also gut«, sagte er schließlich zähneknirschend und hielt ihr seine Hand hin. »Hilf mir auf, dann gehen wir ein Stück.« Er verzog das Gesicht. »Na ja, ich humpele wohl eher.«

Wortlos ergriff Emma seine Hand.

Langsam gingen sie durch die wogende Weite der Grasebene. John hatte bis jetzt geschwiegen und Emma auch nicht angesehen. Sie begann sich zu fragen, was in aller Welt wohl so schlimm sein konnte, dass der stets gelassene Engländer es nicht über sich brachte, es auszusprechen.

Unvermittelt sagte John: »Es war Birrinbirrin.«

Er blieb stehen und sah Emma ins Gesicht. Dabei war sein Blick so schuldbewusst, als sei mit diesen drei dürren Worten alles gesagt.

»Und weiter?«

Für Emma war überhaupt nichts klar.

John seufzte und fuhr sich mit der Hand durchs Haar. Prompt zuckte er vor Schmerz zusammen und ließ den Arm wieder sinken.

»Birrinbirrin ist sehr … besitzergreifend«, sagte er zögerlich, »obwohl ihm keinerlei Ansprüche auf Nowalingu zustehen. Schließlich ist sie irgendeinem Alten aus einem anderen Clan versprochen.«

»Nowalingu? Was hat die denn damit zu tun?«

Und dann dämmerte es ihr.

Birrinbirrin, John und Nowalingu.

Meine Güte, was war sie nur für ein naiver Dummkopf! Ihre Lippen begannen zu zittern.

»Du und Nowalingu. Ihr seid …«

»Nein, nein, nein!« John hob abwehrend beide Hände. »Wir sind kein Paar, denk bitte so was nicht! Schon allein die Vorstellung ist völlig abwegig.«

Emma blinzelte verwirrt. »Aber dann verstehe ich nicht …«

»Wir sind kein Paar«, sagte John. »Wir haben nur … na ja …« Er brach ab und suchte nach den richtigen Worten.

Emma verschränkte die Arme vor der Brust. John humpelte vor ihr hin und her, strich sich ein ums andere Mal durch das zerzauste Haar und räusperte sich schließlich.

»Emma, du warst verheiratet«, versuchte er es schließlich neu. »Du weißt, dass Männer gewisse Bedürfnisse haben. Körperlicher Art, meine ich.« Erwartungsvoll sah er sie an.

Körperliche Bedürfnisse? Die haben Frauen auch, lag es Emma auf der Zunge. Doch sie sagte bloß steif: »Das ist mir bewusst.«

»Gut. Dann weißt du auch, dass diese Bedürfnisse in regelmäßigen Abständen gestillt werden müssen. So sind Männer nun einmal beschaffen, ob es ihnen gefällt oder nicht.«

Emmas Augen wurden zu schmalen Schlitzen.

John sah leicht verzweifelt aus, als er gestikulierend fortfuhr: »Und wenn diese Männer nicht verheiratet sind, dann müssen sie ihre Bedürfnisse eben auf andere Art und Weise stillen als … als im Hafen der Ehe.«

Beinahe hätte Emma gelacht. Gleichzeitig aber spürte sie so giftig ihre Eifersucht, dass ihr das Lachen im Halse stecken blieb.

John und Nowalingu waren also tatsächlich ein Paar.

Nein, verbesserte sie sich gallig, kein Paar. Nur Bettgespielen. Wobei es das ebenfalls nicht traf: Mangels richtiger Betten hatten die zwei sich wohl in die Büsche geschlagen. Während sie, Emma, sich den Kopf darüber zermartert hatte, ob es für sie und John eine gemeinsame Zukunft geben könnte.

Sie spürte, wie ihr schlecht wurde.

Wunderbar. Jetzt würde sie sich gleich wieder übergeben wie zu Anfang ihrer Wanderung, vor ihrem Angriff auf Dayindi. Vielleicht war das ja ihre ganz persönliche weibliche Reaktion auf schlechte Nachrichten: den Magen zu entleeren, statt hysterische Anfälle zu bekommen. Ob John später mit Nowalingu über sie lachen würde?

»Emma.« Seine leise Stimme drang in ihre Bitterkeit. »Das mit Nowalingu ist nichts, weswegen du dir Sorgen machen müsstest. Es hat nichts zu bedeuten, es erreicht mein Herz nicht. Es ist nur … der Trieb, verstehst du? Über solche Dinge dürfte ich mit dir eigentlich überhaupt nicht sprechen, aber …«

»Ach, mit mir darfst du nicht darüber sprechen, aber mit ihr darfst du es tun?«, brach es aus Emma hervor. »Wenn du so zartfühlend Frauen gegenüber bist, John, warum misst du uns dann nicht alle mit dem gleichen Maß?«

»Weil manche Frauen, zum Beispiel die Dirnen oder eben die Wilden, andere Moralvorstellungen haben als junge Damen wie du«, sagte John im Brustton der Überzeugung. »Sie legen es auf ihr Vergnügen an oder auf Geld. Über ihr Seelenheil und ihren Ruf machen sie sich keine Gedanken. Als Mann lädt man also keine Schuld auf sich, wenn man das Angebot eines solchen Weibes annimmt.«

Emma starrte ihn an. Sie konnte kaum glauben, dass er sich die Sache wirklich so einfach machte. Fassungslos schüttelte sie den Kopf.

Sie dachte an ihr eigenes Begehren in jener Nacht, als John mit ihr in einem Zelt geschlafen hatte. Plötzlich kam sie sich entsetzlich dumm vor. Hatte sie wirklich geglaubt, dass sie Trost in seiner Umarmung finden und danach seine gute, respektierte Freundin bleiben konnte? Oder, viel vermessener noch, dass er sie danach hätte heiraten wollen?

Nein, es wäre ganz anders gekommen. John hätte sich ihrer bedient und sie sodann in die Schublade gesteckt, auf der in roter Warnfarbe »Dirnen und Wilde« geschrieben stand. Denn – das wurde Emma schlagartig klar – sie befanden sich zwar außerhalb zivilisierter Orte, aber niemals außerhalb der Gesellschaft. Egal, wo sie war, Emma würde stets eine Weiße bleiben, mit allen Zwängen, Einschränkungen und Verboten, die diese Tatsache mit sich brachte.

Lediglich mit Carl war es anders gewesen: An seiner Seite hatte Emma von Anfang an wahre Freiheit gefühlt.

Das Bewusstsein, diese Freiheit für immer verloren zu haben, schnürte Emma die Luft ab.

Ehe sie begriff, wie ihr geschah, lagen Johns Arme um ihren Körper. Er zog sie fest an sich, und Emma keuchte überrascht auf.

»Ich halte es nicht aus, dich so enttäuscht zu sehen«, sagte John rau. »Emma, ich sollte dir das nicht sagen, aber ich verehre dich. Ich beneide deinen Mann wie verrückt, dass er dich zur Ehefrau hatte.

Und ich ... ich möchte dich fragen, ob du dir vorstellen könntest, nach einer angemessenen Trauerzeit neu zu heiraten.« Er suchte bittend ihren Blick. »Mich.«

Emma verschlug es die Sprache.

Sie schaute in Johns verführerisch schöne Augen, die plötzlich so irritierend nah waren. Mühevoll versuchte sie, die nüchternen Fakten zu sortieren: John wollte sie heiraten. Vier Monate nachdem er sie kennengelernt hatte. Fünf Monate nachdem Carl verschwunden war. Aber er wollte noch warten, hatte etwas von einer angemessenen Trauerzeit gesagt.

Trauerzeit? Carl war doch gar nicht tot ...

Verflixt noch mal, dachte Emma verzweifelt, warum gehörte sie nicht zu den Frauen, die in Situationen, die sie überforderten, sofort in Ohnmacht fielen? Das wäre jetzt praktisch, damenhaft und anmutig gewesen.

Stattdessen hörte Emma sich unbeholfen stottern: »Tja, äh ... also, du verlierst ja wirklich keine Zeit, was?«

»Nicht, wenn ich etwas unbedingt haben will.« John zog einen Mundwinkel hoch, halb entschuldigend, halb amüsiert. Wie gebannt schaute Emma auf seine Lippen.

Wie viele Geliebte wird er neben mir haben, wenn ich seine Ehefrau bin?, schoss es ihr durch den Kopf.

Bevor sie sich eines Besseren besinnen konnte, hatte sie die Frage bereits ausgesprochen.

Johns Arme umschlangen sie noch fester, sein Mund näherte sich ihrem Ohr. »Keine Geliebte«, sagte er leise. »Niemals. Wenn du meine Frau bist, wirst du die Einzige sein.«

Es klang aufrichtig, und fast war Emma versucht, ihm zu glauben – und sich fallen zu lassen in die süße Benommenheit, die seine Umarmung ihr versprach.

Doch dann dachte sie an Nowalingu. Wie lange lief die Liaison zwischen John und ihr wohl schon? Wie oft hatte er die Schwarze besucht und ihr Lager geteilt, während Emma nichts davon geahnt hatte? John hatte Emma Abend für Abend mit seinem Charme und seinen Geschichten umworben – gewiss auch dann, wenn er kurz zuvor oder danach mit Nowalingu geschlafen hatte.

Männliche Natur hin oder her: Diese Vorstellung fand Emma widerlich.

»John, ich glaube nicht, dass ich …«

»Es muss nicht sofort sein.« John biss sich auf die Unterlippe, eine unsichere Geste, die Emma gleich wieder rührte. »Ich weiß, das kommt alles sehr überraschend für dich. Zu schnell. Aber ich kann warten, Emma. Ich kann auf dich warten.«

Konnte er das? Emma hatte da ihre Zweifel, sowohl was die Zeit vor als auch innerhalb ihrer möglichen Ehe betraf. Würde ein Mann wie John seine Lust nicht stets bei anderen Frauen stillen, wenn sie nicht verfügbar wäre?

Es würde Tage geben, an denen sie unpässlich war. An denen sie ihn aus dem einen oder anderen Grunde abweisen musste. Vielleicht würden sie sich streiten. Vielleicht wäre sie einmal krank und dürfte für Tage oder gar Wochen das Bett nicht mit ihm teilen. Ob er in all diesen Fällen, seinen Trieben zum Trotz, enthaltsam bleiben und auf sie warten würde?

Emma glaubte die Antwort zu kennen und damit zugleich die Antwort auf seinen Antrag. Eine Frau unter vielen wollte sie nicht sein.

John forschte beunruhigt in ihrer Miene. Er zögerte kurz, dann beugte er sich zu ihr herunter, um sie zu küssen. Im letzten Moment drehte Emma das Gesicht zur Seite. Ihr Herz klopfte hart, als Johns Mund statt ihrer Lippen nur ihre Wange traf.

Mit gesenktem Blick befreite sie sich aus seiner Umarmung.

»Brauchst du mehr Zeit?«, fragte John leise.

Sie nickte und schämte sich im gleichen Moment für ihre Feigheit.

»Die sollst du bekommen. Solange du nur nicht gleich nein sagst.«

»Danke«, flüsterte sie, ohne ihn anzusehen.

Sie drehte sich um und ging allein zurück ins Lager im Akazienhain. In ihrem Rücken spürte sie Johns hoffnungsvollen Blick. Und obwohl sie sich gemessenen Schrittes von ihm entfernte, wäre sie am liebsten gerannt.

# 29

Birwain, obgleich selbst ein Mann, zeigte wenig Verständnis für Johns Bereitwilligkeit, sich seiner triebhaften Natur zu unterwerfen.

»Du willst ein Forscher sein? Du hast nichts verstanden, überhaupt nichts!«, schimpfte der Schamane, während sein dünner Zeigefinger anklagend in Johns Brust stach.

Zum ersten Mal seit Langem sprachen Emma und John mit Birwain allein. Der Schamane schien es vorzuziehen, John in trauter Runde und ohne neugierige Zuschauer herunterzuputzen, nachdem er von der Prügelei und dem Grund dafür erfahren hatte.

Zwar hatte Birwain eigentlich nur John gesucht, als er wutentbrannt durch das Lager gestapft war. Doch in seiner Gesellschaft hatte der Schamane auch Emma gefunden, und die hatte nach einem raschen Blick auf Birwains funkelnde Augen und Johns aufeinandergepresste Kiefer entschieden, der Auseinandersetzung als Friedensstifterin beizuwohnen.

John hatte das nicht gepasst.

Doch Emma kümmerte sich nicht um seinen Protest. Sie würde nicht zulassen, dass einer der beiden Männer, die sie auf so unterschiedliche Weise schätzte und mochte, dem anderen etwas antat. Und deshalb hatte sie darauf bestanden, gemeinsam mit ihnen das Lager zu verlassen und sich in ein stacheliges Dickicht zurückzuziehen, das die Kontrahenten vor Zuschauern schützen sollte. Belle hatte Emma auch gleich mitgenommen, nicht nur, weil sie nicht wusste, wohin mit dem Baby, sondern auch aus taktischen Gründen: John und Birwain würden einander gewiss nichts zuleide tun, wenn ihnen ein unschuldiges Baby dabei zusah …

Inzwischen begann Emma ihren Entschluss allerdings zu bereuen, denn John und Birwain überboten sich gegenseitig in sturer Uneinsichtigkeit. Kampfbereit standen sie sich gegenüber, und Emma hätte es nicht gewundert, wenn der Alte und der Junge sich im nächsten Moment wie erboste Schulbuben aufeinandergestürzt hätten.

Belle hüpfte auf Emmas Schoß auf und ab. Die spannungsgeladene Atmosphäre beeindruckte sie wenig, sie wollte krabbeln üben und sonst nichts. Warm genug, um das Baby auf den Boden zu lassen, war es jedenfalls; obwohl der Winter seinen Höhepunkt erreicht hatte, schätzte Emma die Temperatur auf milde fünfzehn Grad, dazu ein strahlend blauer Himmel, eine sanfte Sonne und eine seit Tagen anhaltende Trockenheit: Mit solchen Wintern konnte sie gut leben.

»Na gut. Aber nichts in den Mund stecken, meine Süße«, ermahnte Emma die Kleine und entließ sie in die Freiheit. »Und halt dich von den stacheligen Zweigen fern!«

Begeistert stemmte Belle sich auf die Händchen und schob sich vorwärts. Es würde nicht mehr lange dauern, bis Belle in Windeseile überall hinkam.

Ein großer Entwicklungsschritt für Belle und eine noch größere Herausforderung für mich, dachte Emma und war sich nicht sicher, ob diese Aussicht sie stolz oder wehmütig stimmte.

Sie vergaß die streitenden Männer, und ihr Blick ruhte liebevoll auf Belle. Wieder fiel ihr auf, dass das Baby dünner geworden war. Aber nun war Warwick ja nicht mehr weit, und das ließ Emma hoffen. Sicherlich konnte sie in der kleinen Stadt genug Milch und Zwieback erstehen, um Belle und Gelar damit eine Zeitlang aufzupäppeln. Und danach … würde sie weitersehen.

Emma nahm sich vor, noch heute mit John über einen Besuch in Warwick zu sprechen. Am besten bat sie ihn darum, sobald die Folgen für seinen Verstoß gegen die Clansitten geklärt waren.

Ob Birwain auf einer Strafe bestehen würde? Und, viel fraglicher:

Ob John eine Strafe, die ihm von rechtlosen Eingeborenen auferlegt wurde, überhaupt akzeptierte?

Emma kratzte sich unruhig am Arm, bis ihr einfiel, dass man das als Weiße nicht tat. Sie ließ die Hände sinken und faltete sie im Schoß. In Johns Gegenwart bemühte sie sich darum, sich wieder mehr wie eine Dame zu benehmen; sie hatte das diffuse Gefühl, dass John das von ihr erwartete, vor allem jetzt, da er ihr gestanden hatte, dass er sich eine Zukunft an ihrer Seite vorstellen konnte.

Rasch verdrängte Emma die Erinnerung an seinen Antrag. Erst einmal musste die Sache mit Nowalingu aus der Welt geschafft werden. So wütend, wie Birwain aussah, würde das allerdings kein Kinderspiel.

Wirklich verstehen konnte Emma Birwains Zorn nicht. Hatte Nowalingu sich dem Engländer nicht aus freien Stücken hingegeben? Und nicht nur ihm, sondern augenscheinlich auch Birrinbirrin? Und hatte Purlimil nicht einmal gesagt, dass voreheliche Liebe völlig in Ordnung sei, solange der zukünftige Bräutigam nichts davon ahnte?

»Diskret hättest du sein müssen!«, knurrte Birwain und riss Emma damit aus ihren Gedanken. Sie horchte auf. »Diskret und rücksichtsvoll! In der Nacht hättest du sie treffen müssen, wenn du schon nicht die Finger von ihr lassen kannst. Aber doch nicht am helllichten Tag! Und danach lässt du dich von Birrinbirrin verprügeln, damit auch noch der Letzte hier mitbekommt, was du mit unseren Frauen treibst!«

John warf Emma einen nervösen Blick zu. »Ich glaube, es wäre besser, wenn du jetzt gehst.«

Sie schüttelte knapp den Kopf. »Bemüh dich nicht, ich bleibe. Ich will sicher sein, dass ihr euch nicht die Köpfe abreißt.«

Unverdrossen startete Birwain einen neuen verbalen Angriff. »Unsere Sitten willst du erforschen, was? Warum achtest du sie dann nicht, John Roberts? Warum schreibst du sie erst auf, wenn du sie danach mit Füßen trittst?«

»Ich achte eure Sitten sehr wohl, genau wie ich den Willen der Frauen achte«, entgegnete John kühl. »Was Nowalingu und ich getan haben, war ihr erklärter Wille, das kannst du mir glauben.«

»Bei allen Geistern, hat sie dir denn nicht gesagt, dass man euch nicht sehen darf?«

»Nein. Es schien ihr recht gleichgültig zu sein, was über sie geredet wird. Vielleicht möchte sie ihren Zukünftigen gar nicht heiraten. Vielleicht betrügt sie ihn deshalb schon vor der Ehe so schamlos, und zwar nicht nur mit mir. Ist dir dieser Gedanke noch nie gekommen, Birwain?«

Der Schamane trat drohend einen Schritt auf John zu. »Selbst wenn es sich so verhielte, wäre es nicht an dir, sie vor dem Alten zu retten! Kümmere du dich um Emma und lass unsere Frauen in Ruhe.«

»Das werde ich in Zukunft auch tun, keine Sorge«, konterte John abfällig. »Es ist den ganzen Ärger wahrlich nicht wert.«

Birwain und Emma blieb vor Empörung gemeinschaftlich die Luft weg.

»Noch was, Birwain«, setzte John ungerührt nach. »Ich erforsche nicht eure Sitten, wie du zu glauben scheinst, und ich schreibe sie auch nicht auf, denn so spannend finde ich sie nicht. Ich kümmere mich um Pflanzen, nicht um menschliche Lebensgewohnheiten; das ist allein Emmas Sache. Mein Anteil erschöpft sich darin, ihre Arbeit zu beurteilen.«

Birwain knirschte mit den Zähnen. So wütend hatte Emma den Schamanen noch nie erlebt.

»Dann beeilst du dich wohl besser mit deiner Beurteilung«, stieß er hervor. »Lange werde ich dich nämlich nicht mehr hier dulden, John Roberts. Menschen deines Schlages sind es, die uns den Untergang bringen! Ihr nehmt euch von uns dummen Wilden, was ihr gerade braucht, und dann werft ihr uns, ohne zu zögern, weg. Genau das machst du mit Nowalingu!«

»Birwain, jetzt wirst du aber ungerecht«, mischte Emma sich

ein. Sie fühlte sich, bei aller berechtigten Kritik an Johns Verhalten, genötigt, ihn zu verteidigen. »John hat Nowalingu schließlich zu nichts gezwungen. Und man kann es gewiss nicht John anlasten, wenn Birrinbirrin eifersüchtig ist, einen Streit vom Zaun bricht und handgreiflich wird!«

Noch während sie es sagte, wunderte Emma sich über sich selbst. So distanziert konnte sie also darüber diskutieren, dass John mit einer anderen Frau geschlafen hatte. Brächte sie das auch fertig, wenn Carl an Johns Stelle stünde? Niemals! Was nicht dafür sprach, fuhr es ihr durch den Kopf, dass sie John gegenüber ernstzunehmende Gefühle hegte. Geschweige denn, dass diese Gefühle für eine Ehe reichten.

Birwain schaute Emma ins Gesicht. Beißend sagte der Alte: »Du hältst zu ihm, obwohl er so anders ist als dein Mann? Nun ja, du musst dich arrangieren. Das verstehe ich.«

Seine zynischen Worte trafen Emma. Eben wollte sie Birwain erklären, dass es so einfach nicht war, dass sie ihren verwirrten Zustand zwischen den Welten, der weißen und der schwarzen, selbst nicht verstand, da fügte der Alte etwas milder hinzu: »Emma, du kannst nichts dafür. Doch es bleibt dabei, auch wenn es dich schmerzt: John muss gehen. Nicht sofort, aber bald.«

Beklommen schwieg sie.

Statt ihrer ergriff John das Wort. »Ihr wollt mich also fortschicken. Nun, damit kann ich leben«, sagte er zu Birwain. Er schob seine Hände in die Hosentaschen, eine lässige Geste, die im Widerspruch zu dem kämpferischen Ausdruck in seinen Augen stand. »Aber Emma werde ich euch nicht überlassen. Sie braucht ihresgleichen, um nach dem Tod ihres Mannes wieder ins Leben zurückzufinden. Sie braucht die Gesellschaft von Weißen!«

Emma runzelte die Stirn. Dass John über sie sprach, als sei sie weder anwesend noch mit einem eigenen Willen versehen, ärgerte sie. Doch bevor sie etwas sagen konnte, fiel Birwain ihr überraschend in den Rücken.

»John hat recht«, sagte der Schamane tonlos.

Beide Männer sahen sie nun an.

»Schön, dass ihr euch da so einig seid!«, rief Emma aufgebracht. »Dann hat dieses kleine Treffen ja zu eitel Sonnenschein unter euch beiden geführt. Aber wisst ihr was? Wie es weitergeht, ob ich bleibe oder nicht, ob ich …«, John heirate, hatte sie sagen wollen, schluckte es aber im letzten Moment hinunter, »… ob ich mir auf die eine oder andere Weise eine neue Existenz aufbaue oder ob ich um mein Leben als Forscherin kämpfe«, sie holte tief Luft, »das ist einzig und allein meine Entscheidung!« Die letzten Worte hatte sie fast geschrien vor lauter Zorn.

John zog belustigt die Augenbrauen hoch.

»Niedlich«, hörte Emma ihn murmeln.

Woraufhin sie ihm am liebsten einen Faustschlag verpasst hätte, vorzugsweise auf eine seiner Prellungen, die sich mittlerweile blaurot verfärbt hatten. Und die ihm hoffentlich noch sehr, sehr wehtaten.

»Du solltest auf John hören«, krächzte der Schamane. »Überleg es dir zumindest.«

»Aber Birwain!« In Emmas Ärger mischte sich Furcht. Wollte er denn wirklich und wahrhaftig, dass sie den Clan verließ? »Du hast doch immer gesagt, ich gehöre zu euch … wie kannst du mir da nahelegen, euch einfach so zu verlassen?«

»Vielleicht habe ich mich getäuscht, und du gehörst nirgendwo anders hin als zu Menschen wie John Roberts.« Birwain klang resigniert. »Ich habe immer geglaubt, dass die Geister etwas von dir erwarten, und ich denke, deine Aufgabe steht dir noch bevor. Aber ich begreife nicht, worin sie besteht, sosehr ich mich auch bemühe.« Er zuckte mit den Schultern. »Also, wer sagt, dass ich mich nicht irre? Zeit meines Lebens habe ich, ohne nachzudenken, verstanden, was die Ahnen und Marmbeja mir sagen wollten, aber jetzt … jetzt herrscht nichts als Leere in mir. Vielleicht wird es Zeit, dass ich mir einen Nachfolger suche. Vielleicht passe ich nicht in diese neue Zeit. Ich weiß es nicht.« Verloren wiederholte er: »Ich weiß es nicht.«

Plötzlich wünschte Emma, John würde nicht neben ihnen stehen. Sie wollte Birwain umarmen, wollte ihm Mut zusprechen, wollte alles tun, um die Hoffnungslosigkeit zu vertreiben, die so gar nicht zu dem alten Schamanen passte. Wenn nach Purlimil nun auch noch Birwain von Schwermut ergriffen würde … nicht auszudenken, was das für den Clan bedeutete! Kein *law man* mehr, kein Schamane, und dazu die Angst der Schwarzen vor den mächtigen, seelenraubenden D'anba. Möglich, dass der Clan diesem Druck standhielt. Viel wahrscheinlicher erschien es Emma jedoch, dass eine zerstörerische Orientierungslosigkeit um sich greifen würde.

Unwillkürlich ballte sie die Fäuste. »Ich möchte euch nicht verlassen.«

»Das musst du nicht sofort entscheiden«, mischte John sich ein, bevor Birwain ihr antworten konnte. »Denk in Ruhe darüber nach. Was hältst du davon, wenn wir beide einen Ausflug nach Warwick machen? Mit den Pferden sind wir im Nu dort.« Leiser fügte er hinzu: »Komm mit mir an einen Ort, wo du unter Weißen bist, Emma. Nur für ein paar Tage. Danach wirst du klarer sehen.«

»Das ist eine gute Idee«, pflichtete Birwain dem Engländer mit versteinerter Miene bei. »Belle kannst du bei Gunur lassen, sie wird sich gerne um die Kleine kümmern.« Er sah John an. »Außerdem könnt ihr in Warwick Johns Rückkehr nach Sydney in die Wege leiten.«

So schnell?

»Ihr redet, als sei es bereits beschlossen, dass John gehen muss. Dass es am besten wäre, wenn ich mit ihm gehe und all das hier aufgebe.« Emma machte eine fahrige Armbewegung, die das Dornendickicht und das weite Grasland ebenso umschloss wie Birwain – und Belle, die keine Ahnung hatte, was sich über ihr zusammenbraute.

Spontan bückte Emma sich, nahm Belle auf den Arm und drückte sie fest an sich.

»Wir Menschen haben gar nichts beschlossen«, sagte Birwain traurig. »Die bösen Geister sind es, die uns zu alldem treiben. Und momentan sieht es so aus, als seien die D'anba noch stärker, als wir befürchtet haben.«

Emma strich sich mit der Hand über die Augen. Dieses ewige Gerede von den bösen Geistern – sie konnte es nicht mehr hören! Wegen dieser Schreckgespenster fand eine Wanderung statt, die dem Clan bisher nichts eingebracht hatte als Schlepperei und wunde Füße. Purlimil war immer noch schwermütig, Carl immer noch verschwunden, und sogar Dayindi war fort. Und nun, als Krönung, legte Birwain ihr nahe, den Clan mit John zu verlassen.

Gedanken und Gefühle wirbelten in Emma durcheinander. Sie hatte keine Ahnung, ob sie Birwains Vorschlag als letzten Anstoß begreifen sollte, endlich in ein passenderes, leichteres Dasein zu flüchten, weit weg von Wildnis, Aberglauben und mysteriösen Aufgaben. Oder ob sie, wenn sie dem Clan und ihrer Arbeit als Forscherin den Rücken kehrte, unwiderruflich die falsche Abzweigung auf ihrem Lebensweg wählte.

Warwick würde ihr eine Verschnaufpause bieten, dachte Emma. Ein paar Tage ohne die Eingeborenen, ohne das Baby, das sie ständig auf Trab hielt, und vor allem ohne Geister: Das würde ihr guttun. Außerdem konnte Emma bei dieser Gelegenheit Nahrung für Belle kaufen, was sie ja sowieso vorgehabt hatte.

Sie gab sich einen Ruck.

»In Ordnung, John. Lass uns zusammen nach Warwick gehen.«

# 30

Trotz der Schönheit ihrer Umgebung, die sich unter sahneweißen Schäfchenwolken vor ihnen erstreckte, konnte Emma den Ritt nach Warwick nicht genießen. Zu ungewiss war ihre Zukunft, zu trübe kamen ihr sämtliche Möglichkeiten vor, die sich ihr boten, als dass sie Sinn für die Natur um sich herum gehabt hätte.

Außerdem beunruhigte es sie, dass sie sich seit Birwains Vorstoß so seltsam benommen fühlte. Sie war müde, fast wie betäubt, als habe sich all das in ihr zum Schlafen zurückgezogen, was sie einmal ausgemacht hatte: ihre Neugierde und ihre Lust am Widerspruch, ihr Mut und ihr Kampfgeist. Und ihr Vertrauen darauf, dass sich schlussendlich alles zum Besten fügen würde, auf welche Weise auch immer.

Alles erstickte in einem dichten inneren Nebel.

Ernst blickte Emma über Princess' Ohren und die strohige Mähne nach vorn. Normalerweise hätte sie die sanft gewellte Landschaft schön gefunden: Sandhügel und Steine, Ameisenhaufen und kleine Wäldchen durchsetzten unspektakulär, aber gefällig das hohe Gras. Kängurus blickten ihnen reglos entgegen, um ohne Eile davonzuhoppeln, sobald die Pferde ihnen zu nahe kamen. Zwei- oder dreimal flatterten große, schwerfällige Vögel vor ihnen auf, die Emma an Truthühner erinnerten. Allerdings war die australische Variante weit auffälliger gefärbt: Auf einem schwarz befiederten Körper saß ein knallroter Kopf, den eine gelbe Halsmanschette zierte.

Doch nicht einmal diese spaßig aussehenden Tiere konnten Emmas Stimmung aufhellen. Wie konnte sie auch über wilde Hühner lachen, wenn ihr eigenes freies Leben aller Voraussicht nach nur allzu bald ein Ende finden würde? Birwain hatte Emma zwar nicht ausdrücklich aus dem Clan geworfen, wie er es mit John getan hatte. Aber er hatte ihr doch nahegelegt, zu ihresgleichen zurückzukehren. Mehr noch: Plötzlich schien Birwain der Meinung zu sein, dass Emma niemals wirklich zu ihnen gehört hatte und dass ihre Anwesenheit im Clan niemandem etwas nützte.

Zwar war Emma nie begeistert davon gewesen, von Baumgeistern, an die sie nicht glaubte, eine Aufgabe übertragen bekommen zu haben. Jetzt, da sie dieser Aufgabe offiziell ledig war, musste sie sich jedoch eingestehen, dass es noch viel schlimmer war, als störender Zaungast betrachtet zu werden.

Sie biss die Zähne zusammen. Es half ja nichts. Wenn das Leben, das sie sich mit Carl aufgebaut hatte, tatsächlich vorbei war, dann, in Gottes Namen, sollte es eben so sein.

Die Pferde trabten unlustig durch die Wildnis, schwer beladen mit Reitern und dem gesamten Gepäck. Emma und John hatten alles mitnehmen müssen, da die Schwarzen natürlich nicht auf sie warten, sondern weiterwandern würden. Birwain hatte Emma informiert, dass der Clan dem Lauf des Flusses Condamine folgen wollte, immer in Richtung seiner Quelle. Da er auf diese Weise kaum zu verfehlen war, würde Emma dem Clan nach ihrer Auszeit in Warwick einfach entlang des Flusses nachreiten.

Dass John sie dabei begleiten würde, hatte sie bei ihrem Gespräch mit Birwain stillschweigend vorausgesetzt. Immerhin hatte der Schamane dem Engländer kein Ultimatum gestellt. Niemand konnte erwarten, dass John seine Rückkehr nach Sydney so schnell in die Wege leiten würde, dass er schon in den nächsten Tagen abreisen konnte.

Sie warf John einen flüchtigen Blick zu. Seiner Gewohnheit treu bleibend, ritt er die ganze Zeit über neben Emma, obwohl sie heute beim besten Willen nicht als amüsante Gesellschaft bezeichnet werden konnte. John schien ihr das aber nicht übelzunehmen, denn von Zeit zu Zeit lächelte er ihr aufmunternd zu, ohne indes den Versuch zu machen, ein Gespräch in Gang zu bringen.

Wahrscheinlich hoffte er, dass sie über seinen Antrag nachdachte.

Doch dafür hatte sie jetzt keine Nerven. Sie wandte den Blick ab. Nein, erst einmal würde sie die Freuden des Stadtlebens genießen und dabei ihren angespannten Geist beruhigen.

Folgenschwere Entscheidungen würde sie erst treffen, wenn der Nebel in ihrem Kopf sich ein wenig gelichtet hatte.

Die Freuden des Stadtlebens, ging es Emma auf, als sie Warwick am Nachmittag erreichten, würde sie wohl woanders suchen müssen.

Im Schritt ritt sie mit John durch das, was den Namen »Stadt« nicht verdiente. Nicht dass die Häuschen, die weit verstreut in einer Biegung des Condamine-Flusses lagen, unansehnlich gewesen wären. Die meisten von ihnen sahen proper und sauber aus, und Warwick machte einen weit weniger elenden Eindruck als Ipswich. Aber es gab weder Straßen noch Plätze, und falls irgendjemand sich mit der Planung dieses Ortes beschäftigt hatte, so sah man Warwick davon jedenfalls nichts an.

»Die Stadt ist noch sehr jung«, sagte John, der ihren skeptischen Blick bemerkt hatte. »Vor fünfzehn Jahren gab es hier noch nichts als Wildnis, Süßgräser, Kängurus und ein paar Eingeborenen-Clans.«

»Eingeborene? Hat man sie vertrieben?«

John zuckte mit den Schultern. »Den Siedlern blieb wohl nichts anderes übrig. Die Clans hatten die Angewohnheit, einmal in jedem Jahr das gesamte Gras der Gegend abzufackeln, aus welchem Grund auch immer. Verstehe einer die Schwarzen. Jedenfalls sind ständige Brände keine angenehme Vorstellung, wenn man in Holzhäusern lebt, Obst und Getreide anbaut und Vieh hält.«

»Man hat die Eingeborenen aber nicht getötet, oder?« Trotz der milden Nachmittagssonne war es Emma plötzlich kalt.

»Natürlich nicht!« John lächelte nachsichtig. »Sie wurden nur umgesiedelt. Einige leben jetzt, habe ich gehört, als Helfer auf Viehstationen, und der Rest haust in Camps außerhalb der Stadt. Wenn du möchtest, können wir uns so ein Camp ja mal anschauen.«

Emma starrte ihn entsetzt an.

»Muss aber nicht sein«, versicherte John ihr schnell. »Ohnehin gibt es da nicht viel zu sehen. Ständig Streit um Branntwein und Nahrungsmittel, betrunkene Männer, die ihre hässlichen Frauen schlagen, rotzfreche Kinder und magere Hunde.«

»Warum streiten sie denn ums Essen, um Gottes willen?«

Emma konnte kaum glauben, was John ihr erzählte. Die Schwarzen, die sie kannte, wären niemals auf die Idee gekommen, sich so zu verhalten! Gewiss, in Ipswich hatte auch Emma schon Schwarze gesehen, die sich zerlumpt und betrunken in dunklen Hausecken herumgetrieben hatten – aber ganze Camps davon?

Unwillkürlich standen Emma die stolzen und auf eigenwillige Art schönen Gesichter der Clanmitglieder vor Augen. Birwain mit seinen weisen Augen und den Hunderten von Runzeln; der junge, kräftige Yileen; Purlimil, wie sie gewesen war, bevor die Schwermut ihr Gesicht gezeichnet hatte: schön und mit einem übermütigen Lächeln. Emma dachte an ihre süße Belle und den kleinen Gelar. Sie schüttelte fassungslos den Kopf. Johns Beschreibung des Schwarzen-Camps schien zu einer völlig anderen Welt zu gehören.

»Ich glaube nicht, dass ich diese Camps jemals sehen möchte«, sagte Emma und schauderte.

John zügelte Sirius, sprang ab und hielt ihr seine braun gebrannte Hand hin, um auch ihr vom Pferd zu helfen. »Kein Problem. Wir unternehmen nur Schönes, während wir hier sind, einverstanden? Ein bisschen einkaufen, mal wieder was Leckeres essen oder einen echten deutschen Kaffee trinken.« Er lächelte verschmitzt, wobei sich zwei Grübchen in seinen Wangen bildeten. »Kann ich dich damit reizen, *schönes Fräulein*?«

»Ach, du sprichst Deutsch?« Sein englischer Akzent entlockte ihr ein Lächeln, während sie absaß und sich den Staub vom Rock klopfte. »Warum quäle ich mich dann ständig mit Englisch ab?«

»Ich kann nur diese beiden Worte. Die haben bisher immer genügt.« John grinste frech und reichte ihr seinen Arm. »Jetzt, *schönes Fräulein*, reservieren wir uns zwei Zimmer in diesem Grandhotel, und dann machen wir Warwick unsicher!«

Emma sah an dem schlichten, rot gestrichenen Holzgebäude hoch, vor dem ein junger Birnbaum wuchs. »Ist das nicht eher ein Wirtshaus?«

»Ja, aber eines mit sehr gemütlichen Betten«, sagte John gut gelaunt, und Emma fragte sich unwillkürlich, mit wie vielen Frauen er diese Betten wohl schon getestet hatte.

»Woher kennst du Warwick eigentlich so genau?«, fragte sie. »Du kommst doch aus Sydney.«

Während John ihr antwortete, band er die Pferde an einem Holzpflock fest. »Ich reise gerne. Das habe ich dir doch erzählt. Freunde habe ich mittlerweile überall, auch hier in Warwick war ich schon auf Gesellschaften und Bällen. Ich kenne viele interessante, unterhaltsame Menschen, Emma, und ich war in Ecken dieses Kontinents, von denen du wahrscheinlich noch nicht einmal gehört hast.« Er wandte den Kopf und sah ihr direkt in die Augen. »Solltest du dich entscheiden, dein Leben mit meinem zu verbinden, könnte ich dir all das zeigen. Du würdest dich mit mir nicht langweilen, das verspreche ich dir.« Er grinste. »Mein alter Herr ist sehr großzügig, was die Finanzierung meiner ausgedehnten Touren betrifft.«

»Dein Vater? Du hast doch eine Anstellung.«

»Das bisschen Gehalt würde niemals reichen«, sagte er schulterzuckend. »Außerdem, wer weiß, wie lange mich diese Arbeit noch reizt?«

»Du verlässt dich demnach ganz auf das Vermögen deiner Familie?«

»Warum nicht? Viele junge Männer, die ich kenne, nehmen zeit ihres Lebens überhaupt keine Anstellung an. Die Klasse, der ich entstamme, ist nicht zum Arbeiten geboren, Emma. Das muss dir doch bewusst sein.«

Verunsichert schwieg sie. Johns Einstellung war ihr fremd, obwohl sie ihm kaum einen Vorwurf daraus machen konnte, nach welchen Werten er erzogen worden war. Dennoch: Carls selbstverständliche Eigenverantwortung hatte Emma weit besser gefallen.

»Jetzt aber Schluss mit den ernsten Themen.« John zwinkerte ihr zu. »Die Stadt ruft, Emma. Wir sollten sie nicht warten lassen!«

# 31

Eine Stunde später stand Emma im Laden des Schuhmachers vor einem wunderhübschen Paar Schnürstiefel – und vor dem peinlichen Problem, John um Geld bitten zu müssen.

Zwar standen ihr etliche Pfund Lohn zu, das wusste sie natürlich. Nicht zu Unrecht war man bei der Regierung in Sydney davon ausgegangen, dass Emma nach dem Verlust ihres Mannes anderes im Kopf haben würde, als regelmäßig auf der Post in Ipswich nach Geld zu fragen. So hatte man John ihren Lohn für drei Monate mitgegeben. Mehr als einmal hatte er Emma bereits angeboten, ihr die Pfundnoten auszuhändigen, waren die drei Monate doch längst verstrichen. Bisher hatte Emma jedoch darauf verzichtet, das Geld anzunehmen, aus dem einfachen Grunde, dass sie es nicht benötigt hatte – und weil sie nicht wusste, wohin damit. Sollte sie etwa in ihrem Zelt mitten im australischen Regenwald einen Sparstrumpf aufhängen?

Um finanzielle Dinge hatte sich in der Vergangenheit stets Carl gekümmert. Es war seltsam genug gewesen, dass Emma darauf bestanden hatte, ihr eigenes Geld zu verdienen; ein Wunsch, den Carl nie wirklich begriffen hatte, schließlich war sie eine Frau. Aber er hatte ihn akzeptiert.

Jetzt war Carl weg, und Emma wurde bewusst, dass sie dem Geldproblem bisher kaum mehr Beachtung geschenkt hatte als ein sorgloses Kind. Sie schämte sich ihrer Kurzsichtigkeit. Viel zu spät fiel ihr nun auch auf, dass John kein Wort darüber verloren hatte, wer ihr Zimmer im Gasthaus bezahlen würde – und dazu ihr Essen, die Besuche im Kaffeehaus, ihre Einkäufe. Ging er etwa davon aus, dass er alles für sie übernehmen würde? Dann musste sie ihm schleunigst klarmachen, dass sie für sich selbst aufkommen wollte.

»Wie für Sie gemacht, Madam, was?« Der Schuhmacher, ein kleiner, feister Kerl mit rotem Gesicht und speckigem Schnurrbart, grinste Emma aufmunternd zu. »'ne Kundin hat sich diese Prachtstiefel anfertigen lassen, und jetzt kannse se nich' bezahlen. Wollte auf Raten zahlen, aber nich' mit mir! Na ja, Ihnen müssten se auch passen, denk ich.«

Emma blickte auf ihre Füße hinunter. Die Stiefel, in denen sie tagaus, tagein herumlief, waren abgewetzt, das schwarze Leder zu einem schmutzigen Grau ausgeblichen. Die Absätze hatte Emma in vielen Wanderstunden schiefgetreten, und die Sohlen würden auch nicht mehr lange halten. Diese neuen, hübschen, glänzend schwarzen Stiefel hingegen … Emma seufzte. Sie betrachtete die Stiefel sehnsüchtig. Sie waren ordentlich genäht, sahen solide und dennoch elegant aus. Obwohl der Schuhmacher ihr unsympathisch war und eindeutig nur ein gutes Geschäft im Sinn hatte, schien er sein Handwerk zu verstehen.

Sie knetete ihre Hände. »John … du hast nicht zufällig einen Teil meines Lohnes dabei?«

Der Schuhmacher sah neugierig zwischen ihnen hin und her. »Ach, die Herrschaften sin' gar nich' verheiratet?«

»Jedenfalls nicht miteinander«, beschied John ihm kühl, bevor er sich an Emma wandte. »Zieh die Stiefel an. Wenn sie passen, werde ich sie bezahlen. Abrechnen können wir später, wenn wir allein sind.«

Mit brennenden Wangen nickte sie. Der Schuhmacher musste denken, dass sie sich von John aushalten ließ – eine erniedrigende Vorstellung.

Ohne einen der Männer anzusehen, griff Emma nach den Stiefeln, um in einer ruhigen Ecke des Ladens hineinzuschlüpfen. Dabei nahm sie sich vor, nie wieder ohne eigenes Geld einen Laden zu betreten.

Es war eindeutig an der Zeit, sich Gedanken über ihre finanzielle Lage zu machen.

Die neuen Stiefel an den Füßen, schlenderte Emma im rotgoldenen Abendlicht durch Warwick. John hatte die Rolle des Führers übernommen und zeigte ihr eifrig jede noch so unbedeutende Einrichtung: den Schneider, dessen feine, bunte Stoffe Emma sofort verlockten, noch mehr Geld auszugeben. Die beiden Schmieden, die sich, wollte man Johns Klatschgeschichte Glauben schenken, verbissen Konkurrenz machten. Den chinesischen Schweinezüchter, dessen halber Viehbestand beim letzten Sturzregen ausgebrochen war und sich in die Wildnis davongemacht hatte. Die Wirtshäuser, den Sattler, die Volksschule. Auch eine Post gab es und sogar eine Art lokalen Gerichtshof, der für kleinere Vergehen und Streitigkeiten zuständig war. An der Polizei ging Emma schneller vorüber, zu sehr erinnerte das ausgebleichte Holzhäuschen sie an ihren traurigen Besuch in Ipswich. Dafür blieb sie vor jedem einzelnen der drei Kaufläden lange stehen und spähte neugierig hinein.

»Brauchst du etwas? Dann lass uns doch reingehen«, schlug John beim dritten Laden vor, aber Emma schüttelte den Kopf. Kein Geld, keine Besorgungen.

»Einkaufen kann ich auch morgen noch. Aber Hunger hätte ich«, gab sie zu. »Wie wäre es mit einem Besuch in einem der Wirtshäuser? Dann können wir gleich über meinen Lohn sprechen. Und darüber, wie es nun weitergeht.«

Sofort warf John ihr einen aufmerksamen Blick zu. Wie Emma sich ihre Zukunft vorstellte, schien auch ihn brennend zu interessieren. Gleichzeitig glaubte Emma, eine Spur schlechten Gewissens in seinen Augen zu entdecken. Merkwürdig.

Johns Stimme jedoch klang entspannt, als er sagte: »Ich habe eine bessere Idee. Ganz in der Nähe gibt es ein Café, dessen Besitzer ebenso wie du aus Württemberg stammt. Wie sieht es aus: Hättest du Lust auf ein bisschen Plauderei in deiner Muttersprache?«

Freudig überrascht stimmte sie seinem Vorschlag zu. Deutsch hatte sie nicht mehr gehört und nicht mehr gesprochen, seit Carl verschwunden war. Wahrscheinlich, dachte sie aufgeregt, würden sich lauter englische Wörter in ihre Konversation mischen, sprach sie doch seit Monaten nur noch Englisch oder die Sprache der Eingeborenen.

»Gibt es hier noch mehr Deutsche?«, erkundigte sie sich.

John nickte. »Der Sattler ist deutsch, der Wagner, einer der Kaufleute, außerdem etliche Farmbesitzer. In Warwick versuchen viele Deutsche ihr Glück.«

»Fraglich, ob sie es finden«, rutschte es Emma heraus.

Nachdenklich sah John sie an. »Hast du es gefunden?«

Emma ließ sich Zeit mit der Antwort. Schließlich sagte sie: »Das dachte ich einmal. Aber wenn es so war, ist mir das Glück ziemlich schnell entglitten.«

»Du könntest es wieder einfangen.«

»Da bin ich mir nicht so sicher.«

Er griff nach ihrer Hand. »Emma, wenn du mich …«

»Ich habe seit Ewigkeiten keinen Bohnenkaffee mehr getrunken«, unterbrach sie ihn hastig – ein wenig geschickter Versuch, das Gespräch in unverfänglichere Bahnen zu lenken. »Nach dem ständigen englischen Tee wird das eine richtige Wohltat sein!«

John ließ ihre Hand los und atmete tief durch. Dann hatte er seine übliche Nonchalance wiedergefunden. Lediglich sein Lächeln wirkte eine Spur verletzt.

»Also nichts wie rein«, sagte er und reichte Emma seinen Arm.

Wie sich herausstellte, war die Besitzerin des Cafés weniger daran interessiert, mit Emma in ihrer gemeinsamen Muttersprache zu schwelgen, als daran, mit John zu flirten. Sie musste bereits an die vierzig Jahre alt sein, doch für den Charme des jungen, attraktiven Engländers war sie immer noch sehr empfänglich. Mit zusammengezogenen Brauen beobachtete Emma, wie die Frau mit

John plauderte und scherzte. Sie war hübsch, wenn sie auch schon einige Falten hatte. Kokett spielte sie mit einer Strähne ihres vollen, kupferfarbenen Haars, die sich aus ihrer Frisur gelöst hatte.

Unwillkürlich griff sich Emma in ihr eigenes Haar. Missmutig fragte sie sich, wann sie selbst sich zuletzt um so etwas wie eine richtige Frisur gekümmert hatte. Sie konnte sich nicht einmal mehr daran erinnern. Während diese einfache Frau, die in Württemberg gewiss nur eine Bäuerin oder ein Ladenmädchen gewesen war, ihr Haar modisch glatt gescheitelt und hoch am Hinterkopf zu einem kunstvollen Chignon zusammengefasst hatte, lief Emma herum wie dem Armenhaus entsprungen. Zwar hatte sie ihre blonden Locken zu einem geflochtenen Zopf gebunden, doch ihr Haar sah immer noch ungepflegt und schlecht geschnitten aus – was es ja auch war.

Emma starrte die Frau an, die nicht nur besser frisiert, sondern auch ungleich schicker gekleidet war, und plötzlich fühlte sie sich schäbig. Das Einzige, wofür sie sich nicht schämte, waren ihre neuen Schnürstiefel; alles andere an ihr musste in den Augen anderer Menschen erbärmlich wirken:

Der Rock, der an mehr als einer Stelle geflickt war und den sie hochgebunden hatte, weil es praktischer war, bei der Arbeit nicht über am Boden schleifende Säume zu stolpern. Ihre ganze Silhouette, die, weil Emma schon lange keine Krinoline mehr trug, kein bisschen fraulich mehr wirkte. Ihr Cape, das zwar warm und angenehm war, aber rabenschwarz und ziemlich hässlich. Emma hatte sich damals in Ipswich nur für dieses reizlose Modell entschieden, weil es das einzige war, das der Schneider vorgefertigt hatte, so dass sie es gleich hatte mitnehmen können.

Nein, aus Äußerlichkeiten hatte Emma sich schon lange nichts mehr gemacht. Ihre Eitelkeit war ihr fast völlig abhandengekommen, und sie hatte es nicht einmal bemerkt. Carl hatte sie stets mit solch verliebten Blicken betrachtet, dass sie nicht das Bedürfnis gehabt hatte, sich herauszuputzen; außerdem hatten sich ihre Gedanken eher um die Bewältigung des Alltags und um ihre Forschungen gedreht. Dann um Belle. Dann war Carl verschwunden, und John – nun, der hatte sie so kennengelernt, wie sie eben geworden war. Ihn schien es nicht zu stören, dass sie nicht wie eines der Püppchen seiner eigenen Gesellschaftsschicht aussah, sondern eher wie eine Landarbeiterin, und Emma hatte seine Haltung stets für selbstverständlich gehalten.

Bis heute.

Kein Wunder, dass die Württembergerin nicht mit ihr redete! Wahrscheinlich dachte sie, John habe Emma irgendwo auf der Straße aufgegabelt und spendiere ihr nun aus Mitleid eine Tasse Kaffee. Emma schlug die Augen nieder und genierte sich entsetzlich. Erst als die Frau ihren Tisch verlassen hatte, damit sie sich um Speisen und Getränke kümmern konnte, wagte Emma es, ihren Blick von der Tischplatte zu lösen.

»Gefällt es dir hier nicht?«, fragte John. Er hatte sich zurückgelehnt und beobachtete sie.

»Doch, natürlich. Es ist nur …« Emma schluckte hart. Es kostete sie einige Überwindung, die nächsten Worte auszusprechen. »Mir ist klar geworden, wie ungepflegt ich aussehe. Für den Regenwald und die Wanderung mag meine Garderobe in Ordnung sein, aber hier … ausnahmslos jeder hier sieht respektabler aus als ich.« Ihr Blick glitt über die anderen Gäste, dann über ihre eigenen rauen Hände und ihren geflickten, nicht ganz sauberen Rock. Sie lachte unsicher. »Meine Güte, was ist nur aus mir geworden? Eine weiße Wilde. Und es ist mir in den letzten Monaten noch nicht einmal aufgefallen!«

John legte den Kopf schief. »Eine weiße Wilde. Das wolltest du doch immer sein. Und jetzt, wo du es geworden bist, gefällt es dir nicht mehr?«

Sie runzelte die Stirn. »Ich wollte nie eine Wilde sein.«

»Aber eine ganz normale weiße junge Dame auch nicht.«

»Doch! Das heißt, ich …« Verwirrt hielt sie inne und dachte einige Sekunden nach. »Ich glaube, ich kann gar nichts anderes sein als eine Weiße. Mir ist so vieles, was ich bei den Eingeborenen erlebe, nach wie vor fremd, unverständlich, manches stößt mich sogar ab. Rituale zum Beispiel, die ich als grausam empfinde.«

»Aber?«, hakte John nach.

»Aber in meiner alten Welt bin ich eben auch nicht mehr heimisch. Ich möchte Belle nicht wie eine Weiße erziehen, ich will nicht auf Dr. von Ammon hören, ich möchte als Frau nicht gezwungen sein, den Mund zu halten und mich auf meine Handarbeiten zu beschränken. John, ich fühle mich, als hätte ich verlernt, worauf es in der Gesellschaft ankommt: Gewandtheit in den Umgangsformen, Esprit, Schönheit, Eleganz.« Emma hatte sich in Eifer geredet, jetzt holte sie tief Luft. »Tja, und das sieht man mir leider auch an. Schau dich nur mal um! Und dann wirf einen Blick auf mich.«

John lachte. »Übertreibst du nicht ein bisschen? Wenn ich mich umsehe, entdecke ich bloß Farmerinnen und brave Hausfrauen, dazu Zimmerleute, Holzträger und Pferdebändiger. Von Esprit, Schönheit oder Eleganz keine Spur. Warwick ist nicht gerade London oder Paris. Kein Grund also, dich schäbig zu fühlen.«

Sie lächelte schief. »Vielleicht hast du recht. Aber wenn ich nur diese Wirtin hier anschaue und dann mich … wenn ich ihren abfälligen Blick sehe und ihre Gedanken förmlich lesen kann … dann kann ich sehr gut nachempfinden, wie die Schwarzen sich fühlen müssen, wenn sie in unsere Städte geraten: fremd und unterlegen. Obwohl sie nicht weniger wert sind als die Weißen, sondern nur anders. So wie ich. Also, wenn ich mich einerseits fühle wie meine schwarzen Freunde, andererseits aber nicht aus meiner weißen Haut kann, zu wem gehöre ich dann?« Sie seufzte und stützte das Kinn in die Hände. »Entschuldige. Ich weiß, das klingt alles ziemlich konfus.«

»Nein.« John beugte sich vor und sah sie eindringlich an. »Es zeigt bloß, dass du viel zu lange außerhalb der Zivilisation gelebt hast. Du, eine kluge und schöne junge Frau, fühlst dich so fremd und unterlegen wie eine Schwarze? Und das in einem Nest wie Warwick? Dann solltest du schleunigst etwas dagegen unternehmen! Du musst zu den Weißen zurückkehren, dorthin, wo du hingehörst. Sonst wirst du niemals wissen, wo dein wahrer Platz ist. Du wirst ewig hin- und hergerissen sein zwischen dem Leben, das du gewählt hast, und dem, das eigentlich für dich bestimmt ist.«

Ihre Augen begannen zu brennen. »Das Leben, das mir bestimmt war, ist zu Ende.«

Eine kleine Pause entstand.

Dann stellte John fest: »Du trauerst immer noch.« Es klang nüchtern, doch Emma spürte, dass er verletzt war.

»Mein Mann ist noch kein halbes Jahr fort.«

»Das stimmt.« John bemühte sich sichtlich, jedes Zeichen von Eifersucht zu verbergen. »Aber du kannst nicht ewig vor der Realität davonlaufen, Emma.«

Das Brennen in ihren Augen verstärkte sich. Du liebe Güte, jetzt nur nicht heulen wie ein Kind! Und das vor all den fremden Menschen. »Ich laufe nicht davon.«

»Nein? Warum gibst du dir dann keinen Ruck und kehrst diesem Clan, der dich gar nicht mehr will, den Rücken?«

John legte seine warme Hand auf ihre. Sie ließ es zu.

»Dein Mann und du, ihr hattet ein Projekt«, sagte John leise. »Dieses Projekt war ambitioniert, und es hatte ganz sicher seine Berechtigung. Aber jetzt ist alles anders, Emma. Du bist allein, und du kannst nicht gleichzeitig ein schwarzes Baby versorgen, dich gegen die Widerstände im Clan behaupten *und* ausreichende Forschungsergebnisse liefern. Ergebnisse, die nicht nur ordentlich, sondern tatsächlich das viele Geld wert sind, das die Kolonialregierung bisher bereit war zu zahlen.«

Ohne nachzudenken, krampfte sie ihre Finger um seine. Angst kroch ihren Rücken hinauf und kribbelte kalt in ihrem Nacken. Wollte John damit etwa sagen … Oh nein, bitte nicht. Das konnte doch nicht sein! Nicht nach all den Monaten, all den verzweifelten Bemühungen; nach der verbissenen Hoffnung, dass zumindest ihr

Projekt Bestand haben würde, wenn schon ihre Ehe und ihr Lebensglück auf immer verloren waren.

Doch als sie in Johns Augen blickte, fand Emma auf ihre unausgesprochene Frage genau die Antwort, die sie auf gar keinen Fall hören wollte.

# 32

Du wirst der Regierung nicht empfehlen, mein Projekt weiter zu finanzieren.«

Es war eine Feststellung, keine Frage.

»Nein, werde ich nicht.« John hielt ihrem Blick stand. »Ich habe mir viele Gedanken darüber gemacht, und es ist mir wahrlich nicht leichtgefallen, dieses Urteil zu fällen. Du bist sehr begabt, keine Frage. Deine Aufzeichnungen enthalten viel Interessantes. Aber, Emma, es ist trotzdem nicht mehr das, was du und dein Mann beantragt hattet.«

Alles in Emma wurde taub. Sie hatte das Gefühl, dass sie ihre Worte durch eine zähe Masse schicken musste, bevor sie John erreichen konnten. »Wie meinst du das?«

Johns Daumen strich sanft über ihren Handrücken. Vorsichtig sagte er: »Ihr wolltet ein primitives, aber hochwirksames Heilsystem und dessen Einbettung in die Lebensweise der Wilden erforschen. Richtig?«

Sie nickte – unfähig, etwas zu sagen. Der Nebel in ihr war dichter denn je.

»Was du erforschst, wenn man sich deine Aufzeichnungen so ansieht, ist aber etwas anderes«, fuhr John fort. »Du beschreibst die Lebensweise des Clans, das schon. Aber das Heilsystem – Pasten, Salben, Tränke – bleibt fast vollständig außen vor. Lediglich die spirituelle Ebene findet Eingang in deine Notizen. Und die allein ist für uns Ärzte, für die Forschung, für die Zivilisation nichts wert. Verstehst du, was ich meine?«

Verstand sie?

Nichts wert. Ihre Aufzeichnungen waren nichts wert.

Oh ja, sie verstand.

»Ich denke, dass eine Frau«, rasch verbesserte John sich, »dass ein Mensch allein das Projekt einfach nicht stemmen kann. Es ist zu umfassend, zu anspruchsvoll, zu komplex. Ich sage nicht, dass deine Fähigkeiten zu gering sind, denn das sind sie nicht. Aber das Projekt war auf dich und deinen Mann zugeschnitten, Emma. Nicht auf dich allein.«

Alles brach zusammen, vor ihren fassungslosen Augen. Und sie, mit ihrem tauben Körper und dem leeren Kopf, mit diesen Händen, die wie zu Stein erstarrt auf dem Tisch lagen, konnte nichts tun, rein gar nichts, um die Zerstörung aufzuhalten.

»Aber wovon soll ich denn leben, wenn ich nicht mehr forschen darf?«, brach es verzweifelt aus ihr hervor.

»Heirate mich«, sagte John leise. »Heirate mich! Reise mit mir durch die Welt. Lass mich dir beweisen, dass noch mehr auf dich wartet, als einer verlorenen Liebe hinterherzutrauern. Ich kann dich glücklich machen! Das weiß ich, ich spüre es in meinem Herzen.« Plötzlich sah er sehr jung und verletzlich aus. »Emma, das Vermögen meiner Familie reicht aus, um dir all deine Wünsche zu erfüllen. Ich würde dich niemals zwingen, still am Stickrahmen zu hocken und einfach nur hübsch auszusehen. Ich weiß, dass du keine brave Gattin und Hausfrau werden möchtest. Aber deine Abenteuerlust kannst du auch als meine Ehefrau befriedigen! Dazu brauchst du nicht im Regenwald vor dich hin zu vegetieren.«

Emma fand Johns Blick, der fragend war und zugleich entschlossen.

Mit wenigen Sätzen hatte dieser Mann ihre beruflichen Hoffnungen zerschlagen. Und nun stellte er ihr unvermittelt ein völlig anderes, glanzvolles und sorgloses Leben in Aussicht.

War das ein Traum?

Und wenn ja, war dieser Traum gut oder böse?

»Ich kann dir Amerika zeigen«, sagte John beinahe flehend, als sie schwieg. »Oder Indien. Alles, wonach du dich sehnst. Heirate mich, Emma!«

Der Nebel in ihrem Kopf fühlte sich nun nicht mehr bedrohlich an, sondern verführerisch und weich. Sie betrachtete Johns Gesicht, die seidenkühlen Augen, die vollen, schön geschwungenen Lippen. Merkwürdig distanziert registrierte sie, dass sie John immer noch begehrte. Die Vorstellung, als seine Ehefrau alles mit ihm tun zu dürfen, wovon sie in den letzten Wochen so oft mit schlechtem Gewissen geträumt hatte, war verlockend. Vielleicht war sie ja schon in John verliebt.

Der Nebel wurde noch dichter.

Mit John würde alles so einfach sein.

Und ohne ihn? Was für ein Leben würde sie führen?

Carl war für immer verloren. Die Schwarzen wollten Emma nicht mehr bei sich haben. Ihr wissenschaftliches Projekt lag im Sterben. Wovon sollte sie leben, wenn sie Johns Antrag ablehnte? Sie würde arm sein und schlimmer noch: Sie würde ihr Baby verlieren. Denn ohne Geld wäre es unverantwortlich, Belle mit in die Zivilisation zu nehmen.

John zu heiraten war das einzig Vernünftige.

Gerade, als sie ihm durch den Nebel hindurch sagen wollte, dass sie seinen Antrag annahm, wurde die Tür des Kaffeehauses aufgerissen. Emmas Blick fiel auf den stürmischen Besucher – und sie unterdrückte nur mit Mühe einen Aufschrei.

Johns Blick folgte ihr. Misstrauisch fragte er: »Kennst du den Herrn?«

Emma starrte den Mann an, den sie eine Sekunde lang für Carl gehalten hatte. »Nein.«

Der Neuankömmling war älter als Carl, ins Schwarz seiner Haare mischten sich Silberfäden. Bei genauerer Betrachtung hatte er nicht viel mit Carl gemeinsam, lediglich die athletische Figur, die dunklen Locken und die blauen Augen.

Aber das Auftauchen dieses Fremden hatte genügt, um den Nebel zurückzudrängen. Und tief in Emmas Seele regte sich eine Ahnung.

Emma erkannte sie wie eine verschwommene Erinnerung. Schlagartig wusste sie, dass sie derlei sonst nur in der Nacht wahrnahm, in den Träumen, die sie von Carl und dem Dunklen träumte, und sie kämpfte verzweifelt darum, die Ahnung zu fassen zu kriegen. Bevor der Nebel sich wieder verdichten und die Botschaft zurück in die Tiefe stoßen konnte, blitzte sie hell in Emmas Geist auf.

*Einen letzten Versuch, Amazone. Wage nur noch einen einzigen, letzten Versuch.*

Sie atmete tief durch, versuchte, die Forderung zu begreifen.

Die Wirtin kam mit einem Tablett voller Speisen und Getränke an ihren Tisch. Sie stellte Kaffee, duftendes Brot, Butter und zwei Äpfel vor ihnen ab. John beachtete weder die Frau noch die Speisen, seine ganze, besorgte Aufmerksamkeit galt Emma. Die Wirtin stand noch einen Augenblick unschlüssig herum, dann wünschte sie den Herrschaften einen guten Appetit und räumte verstimmt das Feld.

»Geht es dir gut, Emma?«

Sie hob den Kopf und sah ihm in die Augen. Zum ersten Mal, seit sie John kannte, gestattete Emma es sich, bewusst in die graugrüne Tiefe seiner Iris einzutauchen, sich umspülen zu lassen wie von der kühlen See. Ja, sie würde diesen Mann heiraten, und irgendwann – bald – würde sie ihn auch lieben.

Aber nicht, solange sie den Kampf um ihr altes Leben nicht endgültig verloren hatte.

*Vier Wochen. Danach gebe ich auf.*

Emma leckte sich über die Lippen und suchte nach den richtigen Worten. »John, deine Zuneigung ehrt mich, und sie macht mich …« Glücklich? Nein. »… und sie macht mich froh. Ich würde deinen Antrag von Herzen gerne annehmen. Aber du müsstest dich dazu bereit erklären, noch ein allerletztes Mal Geduld zu haben.«

John runzelte die Stirn. Noch wagte er es nicht, sich zu freuen. »Ist das ein Ja oder ein Vielleicht?«

Sie drehte ihre Hand um, die unter Johns warmer Handfläche auf dem Tisch lag, und verflocht ihre Finger mit seinen. »Es ist ein Vielleicht, und ich hoffe sehr, dass du mir deshalb nicht böse bist. Aber, John, ich kann mein altes Leben nicht abschließen, kann meine Hoffnungen nicht begraben, wenn ich jetzt einfach alles zurücklasse. Ich war so viele Monate mit diesem Clan zusammen, habe mich so eng an manche seiner Mitglieder gebunden, an Birwain, Purlimil und Yileen, sogar an die alte Gunur, dass ich es ihnen schuldig bin, mich noch einmal zu bemühen.«

»Bemühen? Aber worum denn, um Gottes willen?« Es klang eine Spur verzweifelt.

»Um die Erfüllung der Aufgabe, die mir seit Monaten prophezeit wird. Birwain hat gesagt, sie stünde mir immer noch bevor. Ich habe eine Aufgabe, John, dessen bin ich mir nun sicher, und sie hat mit meinem persönlichen Schicksal genauso zu tun wie mit dem Schicksal des Clans.«

»So, so. Hat sie das.« Johns Verwirrung wandelte sich in skeptische Ablehnung.

»Ich weiß, es klingt seltsam. Aber so vieles, was ich in Australien erlebt habe, war seltsam und trotzdem real. Ich möchte es einfach probieren.« Leise fügte Emma hinzu: »Du hast vorhin gesagt, ich darf nicht davonlaufen, und du hattest recht damit. Deshalb brauche ich diesen letzten Versuch, meine Aufgabe zu finden und sie zu erfüllen.«

John seufzte. Er griff nach einem Löffel und rührte damit in seinem Kaffee herum. Emma fiel auf, dass keiner von ihnen die Köstlichkeiten, die vor ihnen auf dem Tisch standen, angerührt hatte.

»Wie muss ich mir das denn vorstellen?«, fragte er, ohne sie anzusehen. »Diesen Versuch. Deine Aufgabe.«

Nun, das war die große Frage.

»Ich weiß es nicht«, gab Emma zu. »Ich weiß nur, dass mich eine innere Stimme mahnt, noch nicht aufzugeben. Aber wohin sie mich führt?« Hilflos zuckte Emma mit den Schultern.

John hörte auf zu rühren und starrte sie an. »Innere Stimme! Das wird ja immer besser.«

Emma war bewusst, wie verrückt ihm das alles vorkommen musste. Tapfer versuchte sie, es ihm begreiflich zu machen. »Na ja, ich habe ständig diese Träume. Als wüsste ich im Schlaf weit mehr, als mir bei Tage klar ist. Und vorhin, John, da war es, als habe dieses Schlafwissen es endlich geschafft, in meinen …«

»Emma!« John legte seinen Löffel mit einem Klirren auf die Untertasse. »Ich sage es wirklich nur ungern, aber das klingt äußerst ungesund.«

Emma verzichtete auf eine Verteidigung, denn das fand sie ja selbst. Dennoch vermochte ihr Unbehagen nicht das Geringste an ihrer Entschlossenheit zu ändern. Es war bizarr: Seit sie diesen Mann gesehen hatte, der sie an Carl erinnerte, wusste sie mit unverbrüchlicher Sicherheit, dass sie auf ihre innere Stimme hören musste. Und dass es um mehr, viel mehr ging als um eine abergläubische Prophezeiung.

Sie beugte sich zu John vor. »Vier Wochen«, bat sie ihn eindringlich. »Gib mir nur vier Wochen, John. Wenn ich in dieser Zeit nicht herausbekomme, worin meine Aufgabe besteht, werde ich bereit sein, die ganze Sache als Hirngespinst abzutun.« Sie zögerte. Leise fügte sie hinzu: »Dann werde ich den Regenwald verlassen und meinen Mann als verstorben melden.«

Nach diesen Worten hielt sie die Luft an. Sie wusste, dass sie viel von John verlangte. Doch sie wusste auch, dass sie seinen Antrag ablehnen würde, wenn er ihrer Bedingung nicht zustimmte.

Langsam nickte er.

Vier Wochen, dachte Emma, ohne ihren Blick von John zu wenden. Vier Wochen und ein letzter Versuch. Danach werde ich Carl loslassen.

Und mit ihm alles, was sie sich seit ihrer Ankunft in Australien erträumt hatte.

# TEIL 3

# 1

Es kam ihr merkwürdig vor, sich mit John zu unterhalten und dabei zu wissen, dass er vielleicht schon bald ihr Ehemann sein würde.

Sie ritten langsam das Ufer des Condamine entlang, der sich, von hohen Bäumen gesäumt, durch fruchtbares Land schlängelte. Jetzt, gegen Ende der winterlichen Trockenzeit, kam ihnen das Wasser des Flusses nur träge entgegengeflossen, was den beschaulichen Eindruck, den die Gegend auf Emma machte, noch verstärkte. Buschwerk bedeckte die Böschung, frischgrüne Zweige neigten sich dem schlammigen Wasser zu. Auf der anderen Uferseite verdichteten sich die Sträucher mit kleinen Bäumen zu einem Wald, aus dem Vogelgezwitscher erklang. Von der lebensfeindlichen Kargheit, die manche Teile Australiens prägte, war hier nichts zu spüren.

Sie hatte ihr Cape abgelegt, der Tag war zu schön, um wie ein Rabe auf dem Pferd zu hocken. Von einem milchig blauen Himmel strahlte die Wintersonne, die Luft war sanft. Im Gepäck hatte Emma Zwieback und eine Kanne frischer, rahmiger Milch, die sie für Belle und Gelar besorgt hatte. Da die Temperaturen gestiegen waren, konnte sie nur hoffen, dass die Milch nicht gleich sauer werden würde. Ob die Babys den ungewohnten Brei überhaupt als Nahrung akzeptieren würden? Schnell verdrängte Emma diesen Gedanken. Auch darüber, dass sie im Falle eines Erfolges ständig Nachschub besorgen müsste, dachte sie lieber nicht nach.

Sie hatte schwerwiegendere Probleme.

John versuchte, sie mit charmanter Konversation zu unterhalten, doch Emmas Gedanken schweiften immer wieder ab, hin zu der

Frage, die alle anderen überlagerte: Was würde mit Belle geschehen, wenn Emma den Clan verließ, um zu heiraten?

In der ersten Nacht, nachdem sie Johns Antrag auf Vorbehalt angenommen hatte, hatte sie in ihrem Wirtshauszimmer noch lange wach gelegen. Eigentlich war es ja überhaupt keine Frage, dass Emma ihr Baby mitnehmen würde, um es mit ihr und John als Eltern aufwachsen zu lassen.

Eigentlich.

Aber war dieses Vorhaben nicht, aus der Nähe besehen, recht egoistisch von ihr?

Denn was konnte sie Belle schon bieten? Nahrung, Kleidung und eine Familie; Liebe, Fürsorge und ein gefahrloses Leben. Natürlich war das viel wert. Aber würde Belle nicht all das auch bekommen, wenn sie beim Clan bliebe? Dayindi, Belles größter Feind, war nicht mehr da, und die anderen Eingeborenen hatten das Baby längst als eines der ihren anerkannt. Yileen und Gunur würden sich um Belle kümmern, selbst wenn Purlimil nicht von ihrer Schwermut geheilt würde. Auch ohne Emma würde Belle also in der schützenden Gemeinschaft ihrer Verwandten zu einem glücklichen Menschen heranwachsen; zu einer Frau, die genau auf die Weise lebte, die ihr bestimmt war.

Mit Emma und John hingegen, fern dem Clan in der Zivilisation, würde für Belle alles anders sein. Als Schwarze unter lauter Weißen, die auf sie herabsehen würden, würde Belle sich ständig als minderwertig empfinden. Dieser Gedanke war für Emma unerträglich. Im Café der Württembergerin hatte sie einen vagen Eindruck davon bekommen, wie elend sich die Verachtung anderer Menschen anfühlte. Wollte sie Belle wirklich zumuten, diese unverdiente Schmach ein Leben lang zu ertragen?

Aber nach Carl nun auch noch Belle zu verlieren … Bei der bloßen Vorstellung wurde Emma das Herz schwer.

»Ich glaube, da vorn sind sie«, riss Johns Stimme sie aus ihren Gedanken.

Emma zwang sich, sich auf den Moment zu konzentrieren, und verschob ihre düsteren Überlegungen auf später. Sie beschattete die Augen mit der Hand.

»Tatsächlich. Na, da sind sie aber nicht weit gekommen, während wir in Warwick waren.«

John lachte. »Sie sind ja auch ständig am Tanzen und Singen. Auf diese Weise braucht man nun mal Monate, um ein paar Meilen hinter sich zu bringen.«

Emma wollte gerade ansetzen, um mit ihm über Sinn und Zweck der rituellen Wanderung zu diskutieren, der ja nicht darin bestand, möglichst schnell voranzukommen, als ihr einfiel, dass ihr Dasein als Forscherin offiziell beendet war. Ob und wie die Gesänge und Tänze der Schwarzen in ihr spirituelles Heilsystem eingebunden waren, brauchte Emma nicht mehr zu interessieren. Durfte sie nicht mehr interessieren. Sie klappte den Mund wieder zu.

Stumm sah sie in die Ferne, dem Clan entgegen. Es war schon gewöhnungsbedürftig, dachte sie, dass ihr nun nichts anderes mehr bevorstand als diese eine, mysteriöse Aufgabe – und danach das Leben als ehrbare Gattin in zweiter Ehe.

Wenn sie ehrlich war, tat es sogar verflucht weh.

Bemüht, nichts von ihren Empfindungen durchschimmern zu lassen, wandte sie sich John zu und sagte flapsig: »Du kannst schon mal anfangen, Stoßgebete zu unserem Herrgott zu schicken. Ohne himmlische Hilfe werde ich es ganz sicher nicht schaffen, Birwain davon zu überzeugen, dass du noch einen Monat lang an meiner Seite bleiben musst.«

Er lächelte. »Einen Monat? Ein Leben lang. Hoffentlich.«

Emma dachte an Carl, und ihr Magen krampfte sich zusammen. Dennoch erwiderte sie Johns Lächeln so unbeschwert wie möglich. Sie würde zu ihrer Entscheidung stehen.

»Vielleicht freut Birwain sich ja sogar, dass ich bereit bin, meine Aufgabe zu erfüllen«, überlegte sie laut. »Dass er dich noch ein paar Wochen erträgt, John, ist dann halt der Preis dafür.«

»Sehr charmant.« John musste lachen. »Dann hoffe ich nur, dass deine mysteriöse Aufgabe diesen hohen Preis wert ist.«

»Nein, so habe ich das nicht gemeint, ich …«

»Schon gut.« John beugte sich während des Reitens zu ihr hinüber, legte seine Hand um ihren Hinterkopf und zog sie zu sich heran. Überrascht und vollauf damit beschäftigt, nicht aus dem Sattel zu rutschen, kam Emma gar nicht auf den Gedanken, sich zu wehren, als sein Gesicht plötzlich ganz nah an ihrem war. Blitzartig wusste sie, dass es jetzt geschehen würde, ihr erster Kuss, das erste Mal nachgeben, das erste Mal Carl betrügen … als sie Johns weiche Lippen auch schon auf ihren spürte.

Wärme, Fremdheit, Verlangen, Trauer.

Und dann war es auch schon vorbei. John ließ sie los, die Pferde zuckelten gleichgültig weiter, alles war wie zuvor und doch ganz anders. Verwirrt fasste Emma sich mit den Fingerspitzen an den Mund.

John räusperte sich und lockerte seinen Hemdkragen, als sei ihm zu heiß. »Entschuldige, Emma. Ich konnte nicht widerstehen.«

In Emmas Kopf drehte sich ein Mühlrad. »Ist schon in Ordnung. Wir sind schließlich fast verlobt, nicht wahr?« Sie lachte unsicher.

»Ja, aber nur fast.« John suchte ihren Blick. »Es wird nicht wieder vorkommen. Nicht, wenn du es nicht willst. In Ordnung?«

Sie schlug die Augen nieder und sagte steif: »Danke. Ich weiß deine Rücksichtnahme sehr zu schätzen.«

Sofort wand sie sich innerlich unter ihren eigenen Worten. Herrje, was für eine alberne Reaktion! Das musste an der Verwirrung liegen, die sein überraschender Kuss in ihr ausgelöst hatte. Hoffentlich kam John zu dem gleichen Schluss. Vorsichtig spähte sie zu ihm hinüber, um zu sehen, ob er sie nun für eine dumme Pute hielt, die ihre Spielchen mit ihm spielte.

Doch zu ihrer Erleichterung lächelte er bloß in sich hinein. Ihre Zurückhaltung schien ihm sogar zu gefallen.

»Bestens. Dann wäre das ja geklärt«, sagte er und klopfte auf Sirius' Hals. »Was hältst du davon, wenn wir die beiden Schnecken hier noch mal so richtig antreiben? Ab morgen geht's wieder langsam genug voran.«

Emma nickte, froh über seinen Vorschlag. Alles war besser, als sich auf das Gefühl zu konzentrieren, das Johns Lippen in ihr ausgelöst hatten. Das schändliche Gefühl, Carl verraten zu haben.

Härter als nötig drückte sie Princess die Fersen in die Seiten und galoppierte auf ihrer Stute das Flussufer entlang.

# 2

Birwain stand mit den Füßen im Wasser, den Speer aus Holz und Knochen in der Hand, und sah Emma entgegen.

Er war sich nicht sicher gewesen, ob sie überhaupt zurückkehren würde. Vor wenigen Wochen noch hätte er nicht daran gezweifelt, aber jetzt?

Die anderen Männer hatten Emma noch nicht bemerkt. Sie fuhren fort, mit ihren Speeren die silbrigen, schwarz gefleckten Fische mit den zartrosa Bäuchen aufzuspießen, sooft eines der Tiere unvorsichtig genug war, sich in die Nähe des Ufers zu wagen. Vollkommen unbeweglich standen die Männer im seichten Wasser, warteten und beobachteten konzentriert die Wasseroberfläche. Es war eine Art des Jagens, die ihnen nicht oft vergönnt war und die deshalb einen besonderen Reiz auf sie ausübte, besonders auf die Jüngeren. Jeder Mann liebte schließlich die Herausforderung. Zumindest wenn sie nicht so groß war, dass man nur an ihr scheitern konnte.

Wie an den D'anba.

Hinter Emma sprengte der Engländer heran. Birwain brummte unwillig. Hatte sie sich also wie erwartet nicht von John trennen können. Birwain war gespannt, wie sie seine Anwesenheit rechtfertigen würde; ob ihre Gründe gut waren.

Aber selbst wenn: Lange würde er John nicht mehr dulden können. Die Probleme waren zu drängend geworden, Purlimil zu schwach, die Stimmung im Clan zu furchtsam und erregt, als dass er es riskieren konnte. Ein weiterer Zwischenfall wie der mit John und Nowalingu würde unabsehbare Folgen haben. Vielleicht würden die Männer froh sein, endlich ein greifbares Ziel für ihre Aggressionen zu haben, und würden ihre Anspannung mit Freuden an John abreagieren. Oh nein, Birwain war nicht bereit, dafür die Verantwortung zu übernehmen.

Ich bin einfach zu alt für diesen Kampf, dachte er müde, für den Kampf und alles, was er mit sich bringt.

Oder der Kampf war zu groß für ihn; wäre immer zu groß für ihn gewesen. Für sie alle.

Birwain verzog vor Schmerz das Gesicht, als er ein weiteres Stück seiner Seele verlor. Er hatte immer geglaubt, die D'anba würden Seelen als Ganzes rauben. Stattdessen schien es, als zupften sie langsam und quälend Stück für Stück ab.

Ob Purlimil sich so gefühlt hatte wie Birwain in diesem Augenblick, in den langen Wochen, in denen sie immer ruhiger und trauriger geworden war?

Ob Birrinbirrin sich so fühlte und darum so ruhelos und wütend wirkte?

Ob auch Gunur sich so fühlte und deshalb nur die traurigsten Lieder sang, wenn sie Belle in den Schlaf wiegte, während Emma nicht da war?

Ob sogar Dayindi etwas Ähnliches durchgemacht hatte? Vielleicht war er deshalb fortgegangen. Vielleicht suchte er seine Seele.

Fragen über Fragen, aber nirgends eine Antwort.

So lange hatte Birwain gedacht, Emma trage die Antwort in sich. Schon als er sie das erste Mal gesehen hatte, hatte er geahnt, dass die Geister sie für etwas Großes auserwählen würden. Und Gunurs Prophezeiung hatte ihn darin bestätigt.

Aber dann war Carl verschwunden, und Emma hatte sich auf ihrer Suche nach Trost verliebt. In einen jungen Mann, der – im Gegensatz zu Carl – niemals ein Gespür dafür haben würde, dass es noch andere Wahrheiten gab als die der Weißen. Der sich zwar bemühte, seine vermeintliche Überlegenheit nicht zur Schau zu stellen, dabei aber aus jeder Pore die Arroganz der Stärkeren atmete.

Verloren, dachte Birwain resigniert. Wir haben Emma verloren. Und ich, ich habe viel zu lange zugeschaut, wie sie uns entglitten ist. Bis es zu spät war.

Nur deshalb hatte Birwain Emma nahegelegt, den Clan zu verlassen: weil es sowieso zu spät war. Emma hatte sich schon längst dazu entschlossen, Augen, Ohren und Herz zu verschließen, statt den Ahnungen nachzugeben, die die Marmbeja ihr einflüsterten. Davon, dass sie das taten, war Birwain überzeugt, ebenso sicher war er allerdings, dass Emma nicht auf die Träume und Stimmen hören würde. Nicht solange sie einen Mann wie John an ihrer Seite hatte.

Hatte Birwain sich schuldig gemacht, indem er sie dazu ermutigt hatte, Carl zu vergessen? Hatte er Emma in Johns Arme getrieben?

Er senkte den Kopf. Am liebsten hätte er sich in den Busch zurückgezogen, mitsamt seinem Scheitern und seinen Irrtümern. Er wollte sich aufgeben, wollte seiner Müdigkeit nachgeben und die D'anba ihre Arbeit an seiner Seele vollenden lassen.

Aber das durfte er nicht, denn der Clan brauchte ihn, denn weder als Schamane noch als *law man* war ein Nachfolger in Sicht. Immer wieder hatte Birwain darüber nachgedacht, nie hatte er sich tatsächlich um einen Nachfolger gekümmert.

Noch ein unverzeihliches Versäumnis, dachte Birwain, dessen ich mich schuldig gemacht habe.

Er fragte sich, wann er für seine Fehler würde bezahlen müssen.

# 3

Erst als sie Belle in die Arme schloss, merkte Emma, wie sehr sie ihre Tochter vermisst hatte.

Denn das bist du: meine Tochter, dachte Emma und küsste Belle zärtlich auf die Wange. Meine geliebte Tochter. Ich kann dich niemals hergeben.

Der Empfang des Clans war gedämpft gewesen. Emma wurde mit verhaltener Freundlichkeit begrüßt, John mit offener Ablehnung. Nowalingu wagte es nicht einmal mehr, dem Engländer ein Lächeln zu schenken, was John zwar nicht bekümmerte, aber Bände sprach über die Vorhaltungen, die man der jungen Frau wegen ihres leichtfertigen Verhaltens gemacht hatte.

Emma war die ganze Situation unangenehm, zumal offensichtlich war, dass die Schwarzen sie und John nun als Einheit wahrnahmen. Selbst Birwain schien sie mittlerweile in geistige Sippenhaft zu nehmen; der Schamane trat Emma zurückhaltend und wortkarg entgegen. Emma nahm sich vor, das Gespräch mit ihm zu suchen, sobald sie ausgepackt und ihr Zelt errichtet hätte. Sie wollte keine kostbare Zeit verlieren.

Die düstere Stimmung, die über dem Clan lag, machte Emma zu schaffen. Waren wirklich erst ein paar Tage vergangen, seit sie mit John nach Warwick aufgebrochen war? Diese Mischung aus Zorn und Ohnmacht, die sich über immer mehr Mitglieder des Clans zu legen schien, hatte Emma vor ihrer kurzen Abwesenheit jedenfalls noch nicht wahrgenommen. Wäre sie eine Eingeborene, so würde sie spätestens jetzt anfangen, an den Einfluss böser Geister zu glauben.

Bedrückt baute Emma an der Flussbiegung, an der die Schwarzen ihre provisorischen Unterstände aus belaubten Zweigen errichtet hatten, ihr Zelt auf. Während Belle munter herumkrabbelte, setzte Emma auf einem Feuer in der Nähe Wasser auf, um dem Baby seinen ersten Brei anzurühren. Belles Wohlergehen war das Wichtigste von allem, wichtiger noch als das Gespräch mit Birwain. Um das zu wissen, brauchte Emma nur das süße Gesichtchen anzuschauen.

Belle lächelte zu ihr hoch, und Emma spürte einen Stich in der Brust. Nie würde sie es übers Herz bringen, sich von diesem Kind zu trennen.

Das Wasser in ihrem verbeulten Blechtopf kochte, Emma musste damit beginnen, den Brei anzurühren. Sie dachte daran, dass Dr. von Ammon bei der Zubereitung des Breis auf einem irdenen Gefäß bestand. Nun, damit konnte sie nicht dienen. Sie musste sich mit dem behelfen, was ihr hier zur Verfügung stand: Blechtöpfe und braunes Flusswasser.

Sicherheitshalber ließ sie das Wasser so lange kochen, bis sie sicher war, dass alles darin, was Belle gefährlich werden konnte, abgetötet war, dann bröckelte sie den Zwieback hinein. Mangels Kochlöffel rührte sie die Pampe mit ihrer Gabel um. Nun musste sie nur noch die Milch hinzufügen – kein leichtes Unterfangen, wenn diese sich in einer großen, unhandlichen Kanne befand und in einen sehr kleinen, wackeligen Kochtopf gegossen werden sollte. Emma fluchte, als die Milch das Feuer zum Zischen brachte, statt den Brei anzudicken. Sie nahm sich vor, in Zukunft sehr viel Brei auf Vorrat zu kochen, dann musste sie sich die elende Kocherei nicht jeden Tag antun. Aber nein, ihr fiel ein, dass das ja strengstens verboten war: Babybrei musste laut Dr. von Ammon stets frisch zubereitet werden, die Reste gehörten in den Abfall. Den es hier natürlich nicht gab – aber die Dingos, dachte Emma, würden sich freuen.

John, der sich um die Pferde gekümmert hatte, trat neben sie, und Emma blickte flüchtig zu ihm hoch.

»Könntest du bitte Gelar holen? Der Brei ist fertig, ich will die Babys füttern.«

Zweifelnd blickte John auf die bräunliche Masse in dem zerbeulten Töpfchen. »Probier's doch erst einmal bei Belle. Wenn es ihr nicht schmeckt, kannst du dir die Mühe bei Gelar gleich sparen. Außerdem wird Purlimil mir Gelar sowieso nicht geben. In dieser Gemeinschaft hier habe ich nichts mehr zu melden, ist dir das noch nicht aufgefallen? Man wird denken, ich wolle Gelar entführen, um ihn mir fürs Abendessen zu rösten.«

»John!« Emma war entsetzt. »Wie kannst du so etwas sagen? Außerdem denkt Purlimil ganz anders über dich!«

»Purlimil dachte anders über mich«, entgegnete John. »Aber jetzt? Ich bezweifle, dass sie überhaupt noch irgendetwas denkt.«

»Du bist gemein.«

»Ich bin ehrlich. Hast du sie dir vorhin angeschaut? Hat deine beste Freundin dich überhaupt begrüßt?«

Da war es wieder, das ganze Elend ihrer Wirklichkeit. Emma schloss für einen Moment die Augen. Yileen hatte sie willkommen geheißen; Purlimil an seiner Seite hatte wie ein lebloser Schatten gewirkt. Das Schlimmste aber war, dass Emma ihr Zustand nicht einmal mehr aufgefallen war. Purlimils Schwermut war normal für sie geworden.

Höchste Zeit zu handeln.

»In Ordnung«, sagte sie und hob Belle entschlossen auf ihren Schoß. »Ich füttere Belle, und dann rede ich mit Birwain. Um Gelar kümmern wir uns danach.«

Mit etlichen Breispritzern verziert, saß Emma eine halbe Stunde später mit Belle und Birwain am Flussufer.

Gegessen hatte Belle natürlich nichts, doch sie hatte sichtlich Vergnügen daran gefunden, ihre Händchen in den Brei zu patschen oder Spuckübungen damit zu machen. Irgendwann hatte Emma aufgegeben und Belle zum Stillen zu Purlimil gebracht.

Emma fröstelte, als sie daran dachte. Die Freundin hatte zwar ein paar Worte mit ihr gesprochen und Belle genährt, aber sie hatte dabei gewirkt wie ein Gespenst. Gelar war gar nicht da gewesen, ihn hatte Emma später bei Gunur entdeckt. Offensichtlich traute niemand mehr es Purlimil zu, sich allein um ihren Sohn zu kümmern.

Emma war mit Belle zu Birwain gelaufen und hatte ihm mit dem Mut der Verzweiflung erklärt, dass sie reden müssten, sofort und allein.

Stumm hatte Birwain sich vom Feuer erhoben und war ihr gefolgt.

Und nun saßen sie hier, unter einer sonnengelb blühenden Akazie, blickten auf das sumpfige Wasser und schwiegen. Die Äste des Baumes hoben sich scharf gezeichnet gegen den blauen Himmel ab, Belle widmete sich mit Feuereifer ihren Krabbelversuchen, und in einiger Entfernung graste eine Herde Kängurus. Alles wirkte so absurd friedlich, dachte Emma, während in ihr selbst ein solcher Sturm tobte! Denn von dem Gespräch, das jetzt folgen musste, hing die Zukunft ab: Johns, ihre eigene und die des Clans.

Oder überschätzte sie sich fürchterlich? Hatte sie in Wirklichkeit weder die Aufgabe noch die Macht, irgendetwas zu verändern?

Wenn Birwain meine Hilfe zurückweist, dann habe ich meine Antwort, dachte Emma unruhig.

Der innere Druck ließ sie hervorstoßen, was sie eigentlich mit langer, diplomatischer Vorrede hatte einleiten wollen.

»Birwain, ich will, dass diese Düsternis verschwindet. Purlimil soll wieder gesund werden! Niemand soll mehr über die verfluchten D'anba nachdenken müssen. Du hast gesagt, ich habe immer noch eine Aufgabe, und ich glaube, du hattest recht. Lass mich euch helfen, Birwain.«

Der Schamane schwieg.

Hatte er ihr überhaupt zugehört?

Emma atmete tief durch.

»Birwain, mir ist klar, dass du mir nicht mehr vertraust. Aber …

ich habe diese seltsamen Ahnungen. Ein Gefühl, als ob etwas in mir mich wachrütteln will, eine innere Stimme. Tja, als Weiße ist man so was nicht gewohnt und kann es schlecht ignorieren, verstehst du?« Sie lachte nervös. Wahrscheinlich vergriff sie sich gerade völlig im Ton, aber sie wusste einfach nicht, wie sie zu Birwain durchdringen sollte.

Früher war es so einfach gewesen. Als Birwain noch verschmitzt und zufrieden gewesen war und sie selbst glücklich und unbefangen. Sie, Emma Scheerer, Forscherin und Carls Ehefrau.

Wie lange war das her!

Ihre Schultern sackten herab. Vielleicht war es zu lange her. Vielleicht bestand die Antwort auf ihre innere Unruhe, auf ihre Suche, ja genau darin: in beredtem Schweigen.

In diesem Moment wandte Birwain sich ihr zu. Irrte sie sich, oder glomm da ein Funke der Hoffnung in Birwains Augen auf?

»Hast du Träume?«, krächzte der Schamane.

Emma leckte sich nervös über die Lippen.

»Ja, natürlich. Ich träume von Carl und von Belle und …«

Schlagartig fiel ihr der Traum von letzter Nacht ein: Nachdem sie trotz ihrer Grübeleien endlich in den Schlaf gefunden hatte, war *er* ihr erschienen – *er*, der sie so oft heimgesucht hatte, seit Carl verschwunden war.

*Der Dunkle lockt sie mit seinem langen, dürren Zeigefinger.*

*»Komm, Emma, und erfülle eure Bestimmung. Du und Carl, ihr seid beide dem Untergang geweiht. Das weißt du doch, nicht wahr?«*

*Ja, das weiß sie. Hat es immer gewusst.*

*Und dennoch weigert sie sich aufzugeben.*

*»Kämpfe nicht dagegen an«, sagt der Dunkle beinahe väterlich. »Es verlängert eure Qualen nur unnötig. Obwohl … warum eigentlich nicht? Windet euch nur, ihr beiden, wie kleine, widerliche Fliegen im klebrigen Netz der Spinne. Eine reizvolle Vorstellung, findest du nicht? Zumindest für die Spinne.«*

*Er lacht, und Emma weiß, er hat das Spiel schon fast gewonnen.*
*Sie haben keine Chance.*
*Sie sind dem Untergang geweiht.*

»Nein!«

Emma schlug mit der flachen Hand auf den Uferboden. Verdammt sollte sie sein, wenn sie sich ihren Ängsten unterwarf! Sie, Emma Scheerer, war nicht dazu geschaffen, sich wie ein gelähmtes Beutetier verschlingen zu lassen! Und wenn es sie das Leben kosten sollte: Sie würde kämpfen, um sich und um Carl, wo auch immer er war.

Emma reckte das Kinn, und dann erzählte sie Birwain ihren Traum in allen Einzelheiten.

Sie schloss mit der drängenden Frage: »Was muss ich tun, Birwain? Sag es mir. Ohne dich komme ich nicht weiter.«

»Ist es denn möglich?«, murmelte Birwain. »Ist es wirklich möglich?«

Ungeduldig griff sie nach seiner Hand. »Was ist möglich? Sprich nicht auf diese Weise mit mir, ich verstehe eure Rätsel nicht! Bitte, Birwain, ich brauche deine Hilfe. Allein werde ich niemals herausfinden, worin meine Aufgabe besteht. Wer der Dunkle ist. Ob Carl noch lebt. Ach, verflixt, das ist alles so verwirrend!«

»Du bist es«, stellte der Alte bewegt fest.

»Was bin ich, Birwain? Was meinst du damit?«

Er sah sie bloß an, mit Tränen in den Augen.

Und dann, gerade als es Emma durch den Kopf schoss, dass John ihren Traum und dieses Treffen bestimmt wieder als ungesund bezeichnen würde und dass die Grenzen zwischen ungesund und irrsinnig fließend waren, riss Birwain sie in seine Arme.

# 4

Er wusste, dass er Emma zu nahe getreten war, aber er hatte nicht anders gekonnt. Zu sehr hatte ihm die Erkenntnis zugesetzt, dass er beinahe den größten Fehler seines Lebens gemacht hätte, indem er Emma hätte ziehen lassen, und zu heftig war die Erleichterung gewesen, dass Emma schließlich doch noch, ganz ohne Birwains Zutun, aufgewacht war.

Sie hatte auf ihre Ahnungen, ihre Träume, auf die Geister gehört.

Vielleicht war doch noch nicht alles verloren.

Emma räusperte sich, strich sich das Oberteil glatt und sah ihm in die Augen.

Birwain musste lächeln, so überrumpelt wirkte sie. »Ich nehme an, das hieß gerade, dass du mir helfen willst?«, fragte sie ihn.

Zum ersten Mal seit vielen Wochen fühlte sein Herz sich leicht an. Er nickte. »Du bist es, die ihn finden muss. Das ist deine Aufgabe. Endlich sehe ich klar.«

Emma schaute ihn gespannt an, wartete auf mehr. Aber Birwain wollte wissen, ob sie von selbst darauf käme. Auf die Lösung, nach der er so lange im Dunkeln getastet hatte, obwohl sie sich direkt vor seinen blinden Augen befunden hatte.

Schließlich hielt sie es nicht mehr aus. »Wen soll ich denn finden?«

Sie schien sich mit aller Kraft zurückhalten zu müssen, um Birwain nicht zu schütteln.

Also gut. Sie war eine Weiße, es war zu viel verlangt, dass sie es erkannte.

»Den mächtigsten aller D'anba«, erklärte Birwain, ohne sie aus den Augen zu lassen. »Den, der es geschafft hat, die anderen zu entfesseln. Der Purlimils Seele gestohlen und Dayindi auf seine Seite gezogen hat. Der bereits nach Gunur greift, nach Birrinbirrin und nach mir.« Leises Mitleid schwang in Birwains Stimme mit, als er hinzufügte: »Und der es als eine seiner ersten Taten geschafft hat, dich und deinen Mann zu entzweien. *Er* hat Carl von dir fortgerissen.«

Emma wandte sich ab und schaute über den Fluss.

Langsam sagte sie: »Niemand hat uns entzweit, Birwain. Jedenfalls kein Geist. Höchstens …« Sie zögerte. »Höchstens ich selbst.«

Birwain legte den Kopf schief. Jetzt war er es, der wartete.

Emma knetete ihre Hände. »Ich habe immer von Carl erwartet, dass er perfekt ist, weißt du? Dass er stets stark ist, alles kann und alles weiß, aber wiederum nicht so viel, dass er mir damit allzu sehr überlegen ist.«

Beschämt schüttelte sie den Kopf. »Als ich dann so gar nicht mit Belle zurechtgekommen bin«, ihr Blick flog zu dem Kind, das im Gras saß und an einem Stöckchen lutschte, »da habe ich ihm nutzlose Besserwisserei vorgeworfen. Habe ihm gesagt, dass ich mir unsere Ehe anders vorgestellt hätte. Ach, Birwain, ich war so dumm! Ich hatte alles, Liebe, Freiheit und Glück, und habe doch immer noch mehr verlangt. Und jetzt ist Carl fort.«

Birwain legte seine faltige Hand auf ihre glatte, weiße. Er hatte nicht erwartet, dass sie sich ihm so sehr öffnen würde. Fast schien es ihm, als habe dieses Geständnis schon lange in ihr gegärt, als habe sie dringend jemanden gebraucht, dem sie ihre Schuldgefühle anvertrauen konnte.

Warum hatte er nie gemerkt, wie unendlich einsam sie war, seit ihr Mann gestorben war?

Nein, verbesserte er sich sofort. Emmas Traum war ein Hinweis darauf, dass Carl noch lebte. Aber wenn es sich so verhielt: Wo war er? Und wie hatte der Dunkle ihn in seine Gewalt gebracht?

Birwain war überzeugt davon, dass die Antworten auf sämtliche

Fragen bei dem zu finden waren, der das Spiel begonnen hatte – lange bevor irgendeiner im Clan auch nur geahnt hatte, dass *er* seine sandige, dürre Heimat verlassen hatte.

Wo sollten sie suchen, und wann hatte alles angefangen? Zurückgehen … Sie mussten zurückgehen, um das herauszufinden. Weiter und immer weiter.

Eine Weile starrten sie beide vor sich hin, jeder in seine Gedanken versunken. Der Himmel begann sich im Abendlicht zu verfärben und legte einen rosenfarbenen Schleier über den Fluss und das verwaschene Graublau der fernen Hügelkette.

»Du hast Fehler gemacht, wie alle Menschen«, brach Birwain schließlich das Schweigen. »Wie ich. Und wie Carl. Aber das ist nicht der Grund für sein Verschwinden. Die D'anba sind es, auch wenn du das nicht glaubst und uns für abergläubisch hältst.«

Seine letzte Feststellung schien ihr peinlich zu sein. »Doch, doch, ich glaube durchaus …«

»Bemüh dich nicht.« Nachsichtig winkte er ab. »Du hast das Eukalyptusfeuer erlebt und das Flüstern der Marmbeja gehört, und dennoch zweifelst du an ihrer Existenz. Du glaubst lieber an deine innere Stimme. Was soll's? Gräme dich nicht deshalb. Vielleicht könnt ihr Weißen die Wahrheit einfach nicht sehen, selbst wenn sie euch von allen Seiten umgibt.«

Sie furchte die Stirn. »Eure Wahrheit sehen wir nicht, Birwain. Wir haben unsere eigenen Wahrheiten.«

»Dann scheint es mir an der Zeit, dass wir unsere Wahrheiten endlich miteinander verbinden.« Er lächelte. »Bist du bereit?«

Emma schaute in die Augen des alten Eingeborenen, in denen wieder Hoffnung und Leben standen.

War sie bereit? Dazu, auf der Grenze zwischen schwarzer und weißer Wirklichkeit, zwischen Ahnung und Wissen, Geisterglauben und Sachlichkeit zu balancieren? Was, wenn sie abstürzte – auf der falschen Seite?

Emma dachte an ihren Traum. An die innere Stimme, deren Ruf einfach nicht verstummen wollte. An ihre Liebe zu Carl. An Purlimils Unglück. An Yileens verbissene Hoffnung, die Seele seiner Frau zurückzugewinnen, und an ihre eigene, Carl lebend wiederzusehen – Hoffnungen, die so vergeblich erschienen und doch nicht sterben wollten.

Träume oder die Botschaft der Geister, Schwermut oder eine verlorene Seele: Das Wesen der Dinge blieb sich gleich, wie auch immer man es benannte. Keine Wahrheit war falsch, weil es neben ihr noch eine andere gab. Deshalb war Emma zu Birwain gekommen. Wie konnte sie jetzt noch zögern? Natürlich war sie bereit!

Sie straffte die Schultern.

»Erzähl mir alles, was ich wissen muss.«

# 5

## SEPTEMBER 1860

Obwohl das Gespräch am Fluss schon mehrere Tage her war, schwirrte Emma immer noch der Kopf. Was sie erfahren hatte, war geheimnisvoller, beängstigender und faszinierender gewesen als alles, was ihr je zu Ohren gekommen war. Emma hatte nach wie vor Mühe, die Geschichten und Informationen, die Birwain ihr vermittelt hatte, mit ihrem Bild der Wirklichkeit in Einklang zu bringen.

An die vermeintliche Existenz von Geistern hatte sie sich mittlerweile gewöhnt. Aber dass diese Geister als unheimliches Volk in einer Wüste leben und sich am liebsten von Menschenfleisch ernähren sollten, hatte Emma dann doch erschreckt. Auch dass sie Gift ausstrahlten und damit drohten, das Wasser aus allen Flüssen auszutrinken. Angeblich waren die D'anba zudem in der Lage, auf mysteriöse Weise von Ereignissen zu erfahren, die weit entfernt geschehen waren. Und sie raubten Seelen.

Emma saß schweigend mit John am Feuer, über dem an einem langen, angespitzten Stecken zwei Fische brieten. Dazu würde es als gewöhnungsbedürftige, aber nahrhafte Zusammenstellung Zwieback und Milch geben, denn die Babys verweigerten die Köstlichkeiten der weißen Welt beharrlich. Belle schlief in eine Decke gekuschelt im Zelt; die monotonen Rhythmen und Klänge des Rituals, das die Schwarzen nicht weit von ihnen an einem heiligen Baum abhielten, waren für Belle mittlerweile einschläfernder als das süßeste Wiegenlied.

Birwain hatte darauf bestanden, nicht nur weiterhin zu wandern, sondern auch die heiligen Rituale mit unverminderter Kraft fortzuführen. Jetzt, so hatte er Emma bedeutet, sei es besonders wichtig, sich mit der Kraft der Marmbeja zu verbinden, denn die Begegnung mit den D'anba stehe unmittelbar bevor. Schon bald würde einer von ihnen das entscheidende Zeichen bekommen, wo die D'anba sich aufhielten. Emmas Träume und Ahnungen, so der Schamane, seien der beste Beweis dafür.

Emma wendete ihren Fisch und blickte nachdenklich in die Glut. Bis zu ihrer Versöhnung am Fluss hatte Birwain resigniert, fast gebrochen gewirkt. Nun aber schien es ihr, als seien Mut und Kampfgeist des alten Schamanen zurückgekehrt. Ein letztes Aufbäumen gegen die Unabänderlichkeit des Schicksals seines Clans? Doch das Schicksal war eigentlich niemals unabänderlich.

»Du schaust so grimmig drein«, sagte John. »Keinen Appetit auf Fisch mit Zwieback?«

Emma tauchte aus ihren schweren Gedanken auf. Sie sah John an und lächelte. »Doch, unser Abendessen riecht wunderbar. So gesund die weißen Würmer des Regenwaldes auch sein mögen, Fisch ist mir eindeutig lieber.«

»Schön.« John ließ nicht locker. »Was ist es dann?«

Emma biss von ihrem Zwieback ab. Sie kaute das Bröckchen sehr gründlich durch. Danach trank sie einen Schluck Milch. Die Milch schmeckte säuerlich; morgen würde sie endgültig verdorben sein.

»Du schindest Zeit«, stellte John ungerührt fest. »Aber du vergisst dabei, dass ich sowieso schon über den ganzen Zauber im Bilde bin: vorherbestimmte Aufgaben, unabänderliche Prophezeiungen … was, meine Liebe, sollte mich da noch schrecken?«

Emma rang sich zu einem schiefen Grinsen durch. »Vielleicht menschenfressende Wüstengeister?«

»Emma! Was für eine Fantasie. Brrrr.« John schüttelte sich theatralisch. »Ich glaube, ich überlege mir das mit unserer Hochzeit besser doch noch mal.«

»Wirklich?«

»Nein.«

Sie sahen sich an. Johns Blick veränderte sich, wurde dunkel und verlockend, und Emma ertappte sich dabei, dass sie sich nach einem Kuss sehnte. Nicht nach einem schnellen Aufeinanderdrücken ihrer Lippen wie beim ersten Mal. Sondern nach einem vorsichtigen Herantasten – ohne Eile, Zurückweisung und Schuldgefühle.

Doch statt sie zu küssen, fragte John ernst: »Worüber hast du mit Birwain gesprochen?«

Sie seufzte und drehte ihren Stock mit dem Fisch über der Glut. Würde er es verstehen? Immerhin hatte er sich bereit erklärt, sie bei der Suche nach ihrer Aufgabe zu unterstützen; es war nur fair, wenn sie rückhaltlos ehrlich war. Das Risiko, dass er sie wieder befremdlich fand, musste sie wohl eingehen.

»Birwain ist der Meinung, dass ich den mächtigsten aller D'anba finden muss«, sagte Emma stockend. »Wenn ich ihn gefunden habe, soll ich ihn töten und damit die Prophezeiung erfüllen.«

Falls John erschrocken war, so zeigte er es jedenfalls nicht. Er hob nur die Augenbrauen und schwieg für einen Moment. Dann fragte er sachlich: »Wie kann man etwas töten, das gar nicht existiert?«

»Das ist ja das Problem. Ich glaube zwar auch, dass ich jemanden finden muss. Aber einen Geist?«

»Hm. Vielleicht handelt es sich doch um einen Menschen«, überlegte John. »Aber um einen, den die Schwarzen für besessen halten. Somit würdest du, wenn du ihn umbringst, nicht nur den Menschen töten, sondern gleichzeitig den D'anba.«

Emma schwieg. Dieser Gedanke war ihr auch schon gekommen, und er erschreckte sie.

»Selbst wenn es so wäre: Wie sollst ausgerechnet du diesen Oberschurken erledigen?«, grübelte John weiter. »Du, eine schwache junge Frau.«

»Als schwach würde ich mich nach all der Zeit in der Wildnis nicht mehr bezeichnen, John!«

»Einverstanden, schwach ist das falsche Wort. Aber du bist zartfühlend, hast ein weiches Herz. Nicht gerade die besten Voraussetzungen für einen Kampf auf Leben und Tod.«

Er sah ihr lange in die Augen.

»Könntest du töten, Emma?«

Sie schluckte.

»Ich weiß es nicht.«

Warum hatte sie nicht einfach nein gesagt? Ihre Antwort überraschte sie selbst.

Emma mied Johns Blick, als sie den Stock vom Feuer nahm und den Fisch von der Spitze zog. Seine glasigen Augen glotzten sie von ihrem Blechteller aus an.

»Ich war immer davon überzeugt, dass ich nicht dazu fähig wäre, einem Menschen etwas Böses anzutun«, sagte sie und starrte auf den Fisch. »Aber wenn ich herausfinden würde, dass irgendjemand für Purlimils Krankheit verantwortlich ist, auf welche Weise auch immer … oder wenn jemand Belle etwas antun würde oder dir, John, oder Birwain … wofür würde ich mich entscheiden? Würde ich das Richten wirklich Gott überlassen? Ich bin mir da nicht mehr so sicher.« Sie hob den Kopf und sagte mit etwas schärferem Ton: »Das solltest du wissen, wenn du mich heiraten willst.«

Johns Miene war unergründlich. »Ich soll also akzeptieren, dass die Bereitschaft zur Gewalt in dir schlummert.«

Sie musste ehrlich sein. Sie wollte eine neue Beziehung nicht auf einer Lüge aufbauen. »Nicht zur grundlosen Gewalt. Aber vielleicht zur Rache.«

John wandte sich ab. Mit dem Messer bereitete er die fertigen Fische zum Verzehr vor, er konzentrierte sich nur darauf, die Köpfe von den knusprig gerösteten Leibern zu trennen. Während er die Gräten aus dem weißen Fleisch entfernte, sagte er, ohne Emma anzusehen: »Hier geht es gar nicht um irgendeinen von uns, nicht wahr? Es geht um deinen Mann.«

Emma zuckte zusammen.

Stumm nahm sie den Teller, den John ihr reichte, und fing an zu essen. Sie widersprach John nicht, denn schon in dem Moment, als er es ausgesprochen hatte, hatte sie gewusst, dass es stimmte. Ja, es ging um Carl – um Carl und um denjenigen, der ihn ihr entrissen hatte. Mit Carls Abwesenheit hatte Emmas Unglück begonnen, und nicht nur ihres, sondern das des gesamten Clans: Purlimils Schuldgefühle. Ihre Schwermut. Der Verdacht des Seelenraubes, die Angst vor den D'anba, die Notwendigkeit der rituellen Wanderung – alles hatte seinen Ursprung in Carls Verschwinden. Nun herrschten Misstrauen und Furcht unter den Schwarzen, und von ihrem unbeschwerten Leben im Regenwald war nichts geblieben als eine schmerzende Erinnerung.

Wenn Emma nun denjenigen in die Finger bekäme, der für all das verantwortlich war – würde sie dazu imstande sein, ihn zu verschonen? Würde sie Gnade vor Recht ergehen lassen, oder würde sie das fünfte Gebot, ohne zu zögern, brechen?

Ihr fiel ein, wie sie sich gefühlt hatte, als sie Dayindi zur Rede gestellt hatte: wie ein tollwütiges Tier. Erbarmungslos, blind vor Hass und gierig nach Dayindis Blut.

Bei Gott und allen Engeln, so wollte sie nicht sein.

»Was soll ich bloß tun, wenn ich ihn wirklich finde?« In Emmas Augen schimmerten Tränen.

»Das wirst du wissen, wenn es so weit ist«, entgegnete John ruhig. »Aber ich bin sicher, du wirst das Richtige tun.«

Johns Vertrauen beschämte Emma, umso mehr, als sie es nicht teilen konnte. Nichts, nichts war mehr sicher, nicht einmal ihre tiefsten Überzeugungen von Gewaltlosigkeit und Nächstenliebe. Wäre sie tatsächlich fähig, ihre Aufgabe zu erfüllen, auch wenn diese gar nicht darin bestand, auf symbolische Weise einem Geist beizukommen – sondern darin, ein lebendiges Wesen zu töten?

Einen Menschen?

Dann würde sie schlussendlich doch noch zum Henker. So wie Gunur es ihr bei dem Ritual unter dem kalkweißen Mond vorausgesagt hatte.

*Und danach? Wer werde ich sein, wenn ich einen Menschen umgebracht habe?*

Der Fisch auf ihrer Zunge schmeckte nach dem, was er war: tot. Plötzlich fand sie es morbide, ihn zu essen. Angeekelt stellte sie den Teller vor sich auf den Boden.

Ein kühler Wind ließ die Glut aufstieben. Obwohl es bereits Frühling wurde, waren die Nächte noch kalt, und Emma fröstelte. John, der sie aufmerksam beobachtet hatte, zog sie an sich, um sie zu wärmen. Emma ließ es geschehen, und als er ihr Kinn mit dem Finger anhob, ihr in die Augen schaute und dann vorsichtig, fragend seine Lippen auf ihre senkte, entzog sie sich ihm nicht.

Nur ein Kuss, wehte es durch ihren schmerzhaft pochenden Kopf. Es war nur ein Kuss, gegeben aus Liebe und empfangen aus dem Bedürfnis nach Trost. Es war nichts Schlimmes. Schlimm war nur das Ungeheuerliche, das sie würde tun müssen.

Und noch schlimmer war, in was es sie verwandeln würde.

# 6

Birwain rutschte das graue Fell über die Schultern. Brummend rückte er es zurecht.

Zum ersten Mal seit Langem schickte der Himmel Regen auf die Erde, der Winter war zu Ende. Birwain spürte, dass die Pflanzen um ihn herum dankbar tranken, sich regten, sich bereitmachten. Er war froh, dass er es bemerkte; seine Verbindung zur nicht-menschlichen Welt schien wieder zu existieren. Das ließ ihn hoffen, auch das Zeichen nicht zu übersehen.

Neben ihm lief Gunur leise vor sich hin schimpfend durch den Uferschlamm. So nah am Wasser zu gehen war mühsam, weil der getränkte Boden bei jedem Schritt glucksend an den Füßen zerrte. Doch Birwain hatte darauf bestanden, dass der Clan es sich nicht leicht machen und in den Wald ausweichen durfte, sondern am Fluss bleiben musste. Wasser war mächtig, Wasser sprudelte und murmelte, und Wasser gab Zeichen. Er durfte es nicht versäumen, Ausschau zu halten, in jedem Augenblick.

Er spürte, dass ihnen die Zeit davonlief.

Zeit war nie etwas gewesen, worüber Birwain sich Gedanken gemacht hatte. Bei den Ahnen existierte sie nicht; Schöpfung war geschehen und doch nicht vorüber, sie ereignete sich jeden Tag, und jeder aus dem Clan, der sich mit den Ahnen und Geistern verbinden wollte, konnte dies in den heiligen Handlungen tun.

Doch die Weißen hatten sich ins Spiel gebracht, und mit ihnen war die Zeit gekommen.

Mit zusammengezogenen Brauen blickte Birwain über den gurgelnden Fluss. Der Regen war nicht stark, kein Vergleich zu den

Sommerregen, die aus Bächen reißende Flüsse machten. Das hier war bloß ein Geschenk an die Pflanzen, eine milde Gabe. Ein nasses Flüstern. Ein Flüstern … Flüstern … aber nicht aus dem Wasser, sondern aus den Bäumen … ein Raunen der Geister …

*Geh zurück.*

Er blinzelte. So lange hatten die Marmbeja nicht mehr zu ihm gesprochen, dass er ihre Stimmen fast nicht erkannt hätte.

*Wohin?*

*Zurück zum Ursprung.*

*Zu Carls Verschwinden?*

*Noch weiter.*

*Zur Rettung des Babys?*

*Weiter, Schamane. Viel weiter.*

*Zu den Tagen, als Emma zu uns gekommen ist?*

In den Blättern lachte es leise.

Und plötzlich wusste Birwain, wo sie den Dunklen suchen mussten.

# 7

Das ist doch absurd!« Emma schüttelte den Kopf. »Was hat denn der damit zu tun? Er lebt in Deutschland, Birwain. Wie sollte er uns von dort aus schaden können? Ich traue ihm ja vieles zu, aber das ist schlichtweg unmöglich.«

»Er ist der Ursprung von allem!« Der Schamane war ebenso erregt wie unerbittlich. »Die Geister haben es mir enthüllt. Du kannst es sofort glauben oder auf ein noch stärkeres Zeichen warten. Aber wenn du dich entscheidest zu warten, ist es vielleicht zu spät. Die Zeit drängt, Emma, auch wenn ich nie gedacht hätte, dass ausgerechnet ich das einmal sagen würde.«

Emma atmete tief durch, dann schüttelte sie noch einmal den Kopf. John, der gerade erst zu ihnen gestoßen war, legte seine Hand auf ihren Rücken, eine Geste, die sie mit ihm verband und von den anderen abgrenzte: von Birwain, Gunur und Yileen, die im Nieselregen vor Emma standen und sie erwartungsvoll ansahen.

Seit die Ältesten mit Yileen im Schlepptau herbeigeeilt waren, um mit ihr über das Zeichen zu reden, das Birwain bekommen hatte, kämpfte Emma gegen ihre Panik an. Sie wollte nicht, dass ausgerechnet Oskar Crusius etwas mit ihrer Aufgabe zu tun hatte. Emma war bereit, sich den Herausforderungen der Gegenwart zu stellen. Aber mit ihrer Vergangenheit hatte sie abgeschlossen. Oskar weilte seit vielen Monaten wieder in Deutschland, war fort und vergessen, für immer. Dafür hatte Carl gesorgt.

*Es wird dich nie mehr loslassen, verstehst du?*

Emma schwankte.

John legte rasch seinen Arm um ihre Schultern, um sie zu stützen. Sie warf ihm ein Lächeln zu, machte sich aber gleichzeitig von ihm frei. Das hier musste sie allein durchstehen.

»Er kann nichts damit zu tun haben«, wiederholte sie stur.

»Er hat uns damals alle bedroht!«, hielt Birwain dagegen. »Was spricht dagegen, dass er seine Drohung wahr gemacht hat?«

»Ich habe schon immer geahnt, dass er besessen ist«, ergänzte Yileen düster. »Er war der böse Geist, und er ist es noch heute. Er ist der D'anba. Wir müssen ihn finden!«

»Könnte mir mal jemand erklären, worum es hier geht?« John kratzte sich ratlos am Kopf.

»Um diesen Forscher, der Yileen töten und sein Skelett in ein fremdes Land verkaufen wollte.« Gunur spuckte die Worte voller Verachtung aus. »Kein Wunder, dass der D'anba in ihn gefahren ist. Sie passen zusammen.«

»Er wollte Emma damals Gewalt antun«, sagte Yileen. »Aber sie konnte sich retten, und Carl hat Oskar fortgejagt unter der Drohung, ihn zu töten, falls er sich je wieder blicken lassen sollte.«

»Oskar? Moment mal!« John blickte von den Schwarzen zu Emma. »Oskar Crusius, der Forscher, in dessen Diensten du standst?«

Emma biss die Zähne zusammen. Sie wollte nicht über Oskar sprechen, weigerte sich, an die versuchte Vergewaltigung zu denken, wollte seinen Namen endgültig aus ihrem Gedächtnis streichen.

John sah sie abwartend an.

Widerwillig nickte sie.

»Oskar Crusius wollte dir Gewalt antun?« John war fassungslos.

Ungeduldig hob Emma die Hände. »Das alles ist Vergangenheit. Es ist vorbei, ich denke gar nicht mehr daran.«

*Jedenfalls versuche ich es.*

»Wir haben ganz andere Probleme, denen wir uns widmen sollten. Wir müssen einen D'anba finden, schon vergessen?«

»Oskar ist der D'anba!«, rief Birwain.

Emma riss der Geduldsfaden. »Herrgott, Oskar lebt in Deutschland! Dort gibt es keine D'anba, noch weniger als hier. Wahrscheinlich hat Oskar geheiratet und ein feistes Baby bekommen, und während wir über ihn palavern, sitzt er neben seiner braven, Kinderhemdchen nähenden Frau in der guten Stube und …«

Tonlos sagte John: »Oskar Crusius lebt nicht in Deutschland.«

Mit offenem Mund starrte Emma ihn an.

»Er hat Australien nie verlassen. Bei allen Teufeln, Emma, wenn ich gewusst hätte, dass dieses Schwein versucht hat, dir Gewalt anzutun, dann hätte ich …«

»Was erzählst du denn da?«, unterbrach Emma ihn gepresst. »Natürlich hat Oskar Australien verlassen! Er steht nicht mehr in Godeffroys Diensten, das haben die Herren der Kolonialregierung Carl und mir höchstpersönlich erzählt! Schon vor über einem Jahr, als wir ihnen in Sydney unser Forschungsprojekt vorgestellt haben.«

»Er arbeitet nicht mehr als Forscher, das ist richtig. Aber er lebt immer noch auf dem Kontinent. Sogar ganz in unserer Nähe.«

Emma hatte plötzlich den Eindruck, dass jemand ihr den Boden unter den Füßen wegzog. »Woher willst du das wissen?«

»Weil ich ihn auf einer meiner Reisen kennengelernt habe. In Warwick, auf einem Ball. Ich hatte ja keine Ahnung, Emma, meine Güte, wenn ich gewusst hätte …«

»John! Wie hast du ihn kennengelernt? Bist du sicher, dass er es war?«

Johns Kiefer mahlten. Er atmete tief durch, dann sagte er: »Also gut. Wir kamen auf diesem Ball ins Gespräch. Crusius ist einer der größten Farmer der Gegend, und ich zähle bekanntermaßen zur besseren Gesellschaft, da war es unvermeidlich, dass man uns einander vorstellte. Nun, Crusius war äußerst redselig, fast prahlerisch. Er erzählte mir, dass er als Forscher gearbeitet, dann aber alles hingeschmissen habe, weil es ihm zu langweilig geworden sei. Er habe es vorgezogen, reich zu heiraten, und versuche sich nun als

Schafzüchter. Na ja, dachte ich damals, den Wunsch nach Abwechslung kann ich nachvollziehen, und wenn der Mann mit einer Schafzucht glücklicher ist als beim Pflanzensammeln, warum nicht?«

Oskar hatte eine Schafzucht.

Bei Warwick, wo sie gerade erst gewesen waren.

Das war ein böser Traum. Es konnte nicht wahr sein.

Emma hörte Birwain vorwurfsvoll fragen: »Wie konntest du uns das bloß verschweigen?«

»Ich wusste doch nicht, dass es irgendeine Bedeutung hat!«, entgegnete John erregt. »Als ich mich auf meinen Auftrag hier vorbereitet und in Emmas Akte gelesen habe, dass ebenjener Oskar Crusius sie nach Australien geholt hatte, dachte ich bloß, na, den kennst du doch. Und dann habe ich das Ganze wieder vergessen, weil es mir nicht wichtig erschien. Emma hat nie gerne über ihre Vergangenheit gesprochen, also warum hätte ich sie dazu zwingen sollen? Die Vergangenheit, das war ihr Mann, und der war verschwunden. Weshalb in der Wunde stochern, indem man alte Zeiten heraufbeschwört?«

»Oskar lebt in Australien …«, flüsterte Emma.

Erkenntnisse und Erinnerungen fegten über sie hinweg und raubten ihr den Atem. Sie war so blind gewesen!

Das Fest, nachdem beschlossen worden war, dass Belle leben durfte – auf diesem Fest hatte sie es bereits geahnt. Aber sie hatte nichts davon wissen wollen. Das verlassene Forschungslager, in dem Oskars Schatten sie immer wieder bedrängt hatte. Ihr Gefühl, dass er ganz nahe war, obwohl der Verstand ihr sagte, dass er in Deutschland weilte.

Alles Hinweise darauf, dass nichts, gar nichts vorbei war, auch wenn sie sich das beharrlich hatte einreden wollen.

Wie hatte sie nur glauben können, dass er sich jemals geschlagen geben würde? Oskar war besessen gewesen von seiner Angst, ein Nichts zu sein und auf ewig ein Nichts bleiben zu müssen. Solange sie ihn kannte, hatte Oskar Crusius sich als Zweiter gefühlt.

Immer hatte er im Schatten Carls, des Forschungsleiters, gestanden, und das hatte er Carl nicht verzeihen können. Carl war der begabte Wissenschaftler aus gutem Hause gewesen, während Oskar sich aus kleinen Verhältnissen hatte hocharbeiten müssen, ohne es je an die Spitze zu schaffen.

Jetzt war er verheiratet und wohlhabend. Aber er war, so dämmerte es ihr jetzt, noch lange nicht fertig mit ihr.

Emma fasste sich an den Kopf. Ihr war schwindelig. So viele Zeichen, und sie hatte sie einfach ignoriert. Waren es die Geister gewesen oder ihre eigenen Erinnerungen an Oskar, die ihr den richtigen Weg hatten weisen wollen? Ganz gleich, wer oder was es gewesen war: Es hatte um Aufmerksamkeit gebettelt, hatte sie wachzurütteln versucht. Aber sie, Emma, hatte Verstand und Herz verschlossen.

Weil sie ihrem Peiniger ums Verrecken nicht nochmals begegnen wollte.

*Seine Hände unter ihrem Rock, die Finger brutal in sie hineinstoßend. Sie ist vollkommen hilflos, hat ihm nichts entgegenzusetzen, will ihre Seele fortschicken, in den Wind, fort aus diesem Zimmer, in dem Oskar sie beschmutzt …*

Zitternd ließ Emma sich zu Boden sinken. Sie überhörte Gunurs besorgte Ausrufe, wehrte Johns Hilfe ab, war gefangen in ihrem Alptraum, der plötzlich wieder Wirklichkeit geworden war, ihre Vergangenheit, Gegenwart und Zukunft. Sie konnte es nicht vergessen, würde es nie vergessen, genauso wenig wie er, der sie noch immer abgrundtief hasste, sie und Carl. Es war nicht vorbei, im Gegenteil, alles stand ihr noch bevor, und wenn sie diesmal versagte, würde Oskar es zu Ende bringen, würde es so oft wiederholen, bis er sie gebrochen hatte und sie sich selbst verloren gab. Er würde ihr die Seele herausreißen und sie als lebenden Leichnam zurücklassen.

*Seelenraub. Seelenraub. Wie konnte ich nur je daran zweifeln, dass es ihn gibt?*

»Mit Oskar Crusius hat alles begonnen«, hörte sie Birwains

krächzende Stimme. »Und bei ihm wird es enden, ob uns das gefällt oder nicht. Bist du immer noch bereit, deine Aufgabe zu erfüllen, Emma? Jetzt, wo du weißt, wer dein Gegner ist?«

*So blind. Ich war so blind und so verflucht feige.*

Der nächste Gedanke jagte heran.

*Vielleicht lebt er noch. Carl.*

Das Blut gefror ihr in den Adern. Wenn Carl noch lebte, dann war er seit Monaten in Oskars Gewalt, Tag und Nacht seiner Willkür und Grausamkeit ausgeliefert.

*Die Eisenstange, Carl zwischen Leben und Tod, seine Angst, dass ich zu ihm komme, in Oskars Falle, Blut und Tod und nie endende Qual. Ist es zu spät?*

Emma presste die geballten Fäuste auf den Mund, um nicht laut zu schreien. Mühsam rang sie um Fassung, kämpfte darum zu atmen, zu denken, klar zu sehen. Verdammt, sie durfte es sich nicht leisten, schwach zu sein! Nicht, wenn Carl noch lebte und sie ihn retten konnte.

Langsam ließ sie die Fäuste sinken. Sie rappelte sich auf, bis sie blass, aber entschlossen vor John und den Schwarzen stand.

»Beschreib mir, wo diese Schafzucht sich befindet, John. Gunur, du nimmst Belle, während ich weg bin. Pass gut auf sie auf, hörst du?«

Ihre Stimme hörte sich barsch und fremd an, doch vor allem entschlossen, als sie sagte: »Ich breche noch in dieser Stunde auf.«

# 8

So ein Unfug«, hörte Emma John in der Dunkelheit schimpfen. »Freiwillig zu diesem widerlichen Lustmolch zu reiten, obwohl nichts, absolut gar nichts dafür spricht, dass er sich in den letzten Monaten um etwas anderes gekümmert hat als um seine dämlichen Schafe. Ein geheimnisvolles Zeichen aus den Bäumen. Aus den Bäumen! Du liebe Güte! Was kommt als Nächstes? Irgendwo zwitschert ein Vogel, und das war dann der Luftgeist? Und wo befiehlt der uns dann hin? Nach Timbuktu? Dieser Crusius, der alte Verbrecher, soll ganz einfach bleiben, wo der Pfeffer wächst, und wir, wir sollten endlich zurückkehren zu netten, zivilisierten Menschen, die noch einen Funken gesunden Menschenverstand in ihren Köpfen haben. In ein anständiges Städtchen, wo ...«

»John«, unterbrach Emma ihn entnervt. »Wenn du nicht sofort still bist, stoße ich dich mit Sirius in den nächsten Tümpel. Du wolltest mitkommen, also beschwer dich nicht!«

»Ich wollte nicht mitkommen«, verbesserte John sie bissig. »Ich musste. Schließlich hast du dich nicht von diesem irrsinnigen Abenteuer abbringen lassen. Und wo du hinreitest, da muss gezwungenermaßen auch ich hinreiten. Zumindest so lange, bis du mir offiziell einen Korb gibst.«

Obwohl ihr nicht danach zumute war, musste Emma lächeln. »Hartnäckig bist du ja, das muss man dir lassen.«

»Fragt sich nur, ob diese Eigenschaft zu meinem Besten ist«, knurrte John. »Außerdem kannst du mich gar nicht in den Tümpel stoßen, denn damit würdest du auch Birwain bestrafen, schließlich sitzt der hinter mir. Und dann kämen sofort irgendwelche Geister, die dich wegen Schamanenlästerung einen Kopf kürzer machen würden. Oder nein, wahrscheinlich würden sie eher deine Seele anknabbern, oder …«

»John! Es reicht!« Peinlich berührt blickte Emma zu Birwain, der hinter dem Engländer auf Sirius hockte. Doch Birwains ganze Aufmerksamkeit richtete sich auf die Herausforderung, sich auf dem Pferderücken zu halten, ohne John körperlich näher zu kommen als unbedingt nötig. Auf Princess kämpfte Birrinbirrin hinter Emma mit dem gleichen Problem.

Sowohl Birwain als auch Yileen hatten sich, ohne zu überlegen, bereit erklärt, Emma und John zur Schafstation des verhassten Oskar Crusius zu begleiten. Birwain als Schamane empfand es als seine Pflicht, dem bösen Geist die Stirn zu bieten und Emma beizustehen; Yileen seinerseits war fest entschlossen, die Seele seiner Frau aus den Fängen des D'anba zu befreien. Doch der Schamane hatte Yileen befohlen, bei Purlimil und den Babys am Fluss zu bleiben. Denn sollte ihnen auf ihrer Reise oder auf Crusius' Farm etwas zustoßen, so seine Argumentation, dann wären Gelar und Belle nicht nur mutterlos – da Purlimil wohl bald am Verlust ihrer Seele sterben würde –, sondern auch noch vaterlos. Das könne und dürfe man den Babys nicht antun.

Widerstrebend hatte Yileen sich gefügt. Statt seiner hatte zu Emmas Erstaunen Birrinbirrin darum gebeten, mitkommen zu dürfen. Einen Kämpfer mehr könne man immer brauchen, und er brenne darauf, sich endlich als Mann zu beweisen.

»Oder hat einer hier etwas dagegen?«, hatte er gefragt und mit finster zusammengezogenen Brauen zu John geblickt.

Der hatte die Herausforderung natürlich angenommen. »Ach was. Komm ruhig mit, Birrinbirrin. Dann kannst du sehen, wie wir Weißen unsere Auseinandersetzungen austragen, nämlich zivilisiert. Sei schön aufmerksam, dann lernst du vielleicht was.«

Emma hatte bloß mit den Augen gerollt. Da sie den beiden Männern angesehen hatte, dass die Entscheidung gefallen war, hatte sie sich ihre Proteste gespart und stattdessen Tee und einige Fladen eingepackt, die von der letzten Mahlzeit übrig geblieben waren.

Beklommenes Schweigen und der eine oder andere hoffnungsvolle Blick hatten ihren Abschied vom Clan begleitet, als sie in der Abenddämmerung das provisorische Lager verlassen hatten, vier Reiter auf zwei Pferden. So waren sie nun in stockfinsterer Nacht unterwegs, begleitet nur vom Murmeln des Flusses, Johns Geschimpfe und Emmas rotierenden Gedanken.

Dass sie keinerlei Plan hatte, was sie tun oder sagen sollte, wenn sie auf Oskars Station angekommen wäre, beunruhigte Emma. Aber was nützten auch die schönsten Pläne, wenn man keine Ahnung hatte, ob man der langersehnten Wahrheit auf der Spur war oder bloß einem Hirngespinst nachjagte? Vielleicht hatte Oskar sich ja tatsächlich geändert und war ein hart arbeitender Schafzüchter geworden, weiter nichts. Dann würden sie eine Tasse Tee zusammen trinken, sorgsam darauf bedacht, sich nicht in die Augen zu schauen, und danach auf Nimmerwiedersehen voneinander scheiden.

*Ob Belle lange brauchen wird, um mich zu vergessen, wenn er mich tötet?*

Emma strich sich über die Augen. Diese Zerrissenheit war ja nicht auszuhalten. Sie mussten endlich ankommen, klare Verhältnisse schaffen und sich abfinden mit … Womit auch immer.

Energisch trieb sie ihre Stute an. Princess machte einen erschrockenen Satz nach vorn, Birrinbirrin quiekte und klammerte seine Arme um Emmas Taille.

»Willst du den armen Kerl gleich auf seinem ersten Ritt umbringen? Da kenne ich Methoden, die sicherer sind«, bemerkte John neben ihr sarkastisch, aber Emma hatte keinen Sinn für männliche Wortgefechte.

Sie würde all ihre Kräfte brauchen, wenn sie Oskar entgegentrat.

Gegen Mitternacht sahen sie die Schafe. Dunkelgraue Flecken im schwarzen Nichts. Sie drehten ihre Köpfe beunruhigt in Richtung der Reiter.

»Jetzt kann es nicht mehr weit sein«, sagte John. Der lange Ritt hatte seinen Missmut vertrieben und durch eine stoische Ergebenheit ersetzt.

Emma ließ ihren Blick über die Herden schweifen. Soweit sie es im Dunkeln erkennen konnte, standen Tausende Tiere dicht gedrängt in hölzernen Hürden; Schafe neben Schafen, die sich in der Nacht verloren.

»Du liebe Güte, wie viele Tiere besitzt Oskar denn?«

»Wenn ich mich recht erinnere, mehr als zwanzigtausend. Er hat damals in Warwick keinen Hehl daraus gemacht, dass er vermögend ist, seit er seinen Augenstern geheiratet hat.«

»Augenstern. So hat er seine Frau genannt?« Emma schüttelte den Kopf. »Vor dir, einem Fremden? Und mit seinem Reichtum angegeben hat er auch? Ja, das passt so richtig zu ihm.«

John sah sie ernst an. »Wir müssen da nicht hin, Emma.«

»Doch, das müssen wir«, krächzte Birwain hinter Johns Rücken. »Allerdings erst morgen früh. Es hat keinen Sinn, das Misstrauen des Wächters zu erregen und womöglich mit vorgehaltenem Gewehr zu Crusius getrieben zu werden, als seien wir Viehdiebe.«

»Birwain hat recht.« John wies mit der Hand in die Ferne. »Irgendwo zwischen den Hürden muss der Schafwächter seine Hütte haben. Wenn wir Unruhe in die Herden bringen, werden wir ihn und seinen Hund schneller auf den Fersen haben, als uns lieb sein kann.«

Unbehaglich meinte Emma: »Dieser Wächter ist doch kein Spitzbube, sondern ein einfacher Hirte. Warum sollte er uns Böses wollen? Er kennt uns doch gar nicht.«

»Der einfache Hirte, von dem du sprichst, ist nur tagsüber für seine Herde zuständig«, erklärte John. »Abends treibt er die Schafe in den Pferch, und dann übernimmt der Wächter die Aufsicht.

Dieser Wächter hat eine Hütte, ein Feuer, ein Gewehr und einen Hund – und die Aufgabe, die Herden vor wilden Hunden zu schützen, aber auch vor Schafdieben. Mit denen machen die Wächter kurzen Prozess. Es kommt nämlich immer mal wieder vor, dass die Eingeborenen Schafe rauben, und dagegen wehren die Farmer sich natürlich.«

»Natürlich.« Birrinbirrin stieß einen verächtlichen Laut aus. »Ist ja auch ein schreckliches Verbrechen, nicht wahr? Ein Schaf hier, ein Schaf dort. Meinst du das eigentlich ernst, Engländer? Ihr Weißen nehmt uns das Land weg, das uns heilig ist, ihr schneidet unsere Traumpfade mit euren Hürden und Zäunen ab, ihr drängt uns zurück in unfruchtbare Gebiete, die für eure Zwecke zu schlecht sind, die für uns Wilde aber gut genug sein sollen. Und dann regt ihr euch auf, wenn euch ein paar Schafe fehlen?«

John bedachte ihn mit einem kühlen Blick. »Das Land gehört euch nicht, Birrinbirrin. Ihr wandert hierhin und dorthin, baut weder Häuser noch Ställe, haltet kein Vieh und beackert den Boden nicht. Warum sollten wir nicht in Besitz nehmen, was so offensichtlich frei verfügbar ist?«

»So kannst du nur denken, weil du nichts begriffen hast!«, stieß Birrinbirrin hervor. Seine Wut übertrug sich auf Emmas Pferd, das nervös tänzelte. »Den ganzen Winter über hast du bei uns gelebt, aber du siehst uns immer noch als Tiere an, nicht wahr? Uns und unsere Frauen.«

»Hört auf, ihr beiden, und zwar sofort!« Emmas Stimme war schrill vor Anspannung. »Wir haben eine Aufgabe, und während wir diese Aufgabe erfüllen, müssen wir allen Streit ruhen lassen. Wie sollen wir Oskar bekämpfen, wenn wir unsere Kräfte gegeneinander richten statt gegen ihn?«

»Es ist die Macht der D'anba, die nach uns greift«, unkte Birwain. »Sie sät Unfrieden und Zorn.«

John sah aus, als wolle er etwas Bissiges erwidern. Er hielt jedoch den Mund, als er Emmas warnenden Blick auffing.

»Wir werden jetzt in ausreichendem Abstand zu den Schafen die Nacht abwarten, und zwar friedlich.« Emmas Stimme duldete keinen Widerspruch. »Das gilt auch für gewisse junge Männer, die es kaum abwarten können, ihren Aggressionen freien Lauf zu lassen.«

Birrinbirrin und John nickten widerwillig.

»Sobald es hell wird«, fuhr Emma fort, »werden wir Oskar aufsuchen. Als freie Menschen, mit hocherhobenen Häuptern und vor allem: fest zusammenhaltend!«

Birwain lächelte ihr respektvoll zu. Emma wendete Princess, bemühte sich, Birrinbirrins Gegrummel an ihrem Ohr zu überhören, und ritt zu einem Eukalyptushain, der ihnen für die restliche Nacht guten Schutz bieten würde. Vier, fünf Stunden Schlaf würden ihr auch guttun. Schließlich wollte sie Oskar nicht geschwächt und übernächtigt entgegentreten. Wer wusste schon, wie er auf ihr Auftauchen reagieren würde?

*Es wird dich nie mehr loslassen …*

Doch, schoss es Emma durch den Kopf, doch, Oskar, dafür bin ich gekommen!

# 9

Der liebe Gott beweist Humor. Einen schöneren Sonnenaufgang habe ich selten gesehen, und das ausgerechnet heute.«

Emma lachte nervös und wies auf die glühend aufgehende Sonne, die Wiesen, Baumgruppen und Schafe in ein aprikosenfarbenes Licht tauchte.

John reckte sich verschlafen. Im Gegensatz zu Emma, die kein Auge zugetan hatte, war er eingenickt, sobald sein Rücken am Stamm einer der Eukalypten gelehnt hatte.

»Ist ja vielleicht ein gutes Omen«, nuschelte er.

»Oder ein letzter Gnadenerweis, kurz bevor wir sterben müssen.« Emmas Gelassenheit war restlos dahin, die durchwachte Nacht mit ihren bangen Gedanken forderte ihren Tribut. »So was wie eine besonders schmackhafte Henkersmahlzeit.«

»Ihr seid schon komisch«, meldete sich Birrinbirrin zu Wort. »Was hat denn die Sonne mit unserem Vorhaben zu tun? Sonnenfrau zündet ein Feuer an. Das sehen wir als Strahlen der Morgendämmerung. Und das Morgenrot kommt daher, dass Sonnenfrau ihren Körper mit Ockerstaub pudert. So einfach ist das. Mit Gnadenerweisen oder Omen hat das überhaupt nichts zu tun.«

»Tja, wir Weißen sind eben abergläubisch«, spottete John.

Jetzt ging das schon wieder los!

»Bevor ihr zwei Gockel anfangt zu streiten, machen wir uns lieber auf den Weg«, sagte Emma genervt.

Birwain nickte. »Und das am besten sofort. Es wird Zeit, dass ihr eurem wahren Gegner ins Auge blickt. Die Fladen, die Emma eingepackt hat, essen wir unterwegs.« Er erhob sich mühsam und stellte sich neben Sirius. Erwartungsvoll blickte er zwischen dem weißen und dem schwarzen jungen Mann hin und her. »Na los! Wer von euch Helden hilft mir beim Aufsteigen?«

Emma betete im Stillen, dass sie harmlos genug aussahen, um nicht das Misstrauen von Oskars Hirten und Wächtern zu wecken. Zwei Schwarze und zwei Weiße, die sich auf einem Hengst und einer Stute drängelten, waren zwar kein alltäglicher Anblick, aber gefährlich wirkte ihre kleine Gruppe wohl nicht. Hoffentlich.

In einem weiten Bogen ritten sie an den Herden vorbei, immer in die Richtung, in der John Oskars Station vermutete.

An besagtem Abend auf dem Fest in Warwick hatte Oskar den Engländer in bierseliger Großzügigkeit eingeladen, ihn zu besuchen, und ihm dabei die ungefähre Lage seiner Station beschrieben. Emma hoffte nur, dass John nicht ebenso bierselig gewesen war und seine Erinnerung einigermaßen zuverlässig.

Sie erblickte mehrere Hirten, Männer in schmutzigen Hosen und groben, am Hals offenen Hemden, die mit Hilfe ihrer konzentriert hin und her rasenden Hunde die Schafe aus den Hürden trieben. John erklärte ihr, dass immer drei- bis vierhundert Tiere, entweder nur Schafe oder nur Widder, eine Herde bildeten und dass die Herden unter Tags in verschiedene Richtungen getrieben wurden.

»Woher weißt du das alles eigentlich?«, fragte Emma verwundert.

John zuckte die Schultern. »Ich bin viel herumgekommen, das habe ich dir doch erzählt. Wenn man sich für die Menschen interessiert, die einem begegnen, erfährt man eine Menge über sie. Und nebenbei auch über das, womit sie sich beschäftigen.«

Emma fand, dass John sich für die schwarzen Menschen, unter denen er seit Monaten lebte, herzlich wenig interessierte, ausgenommen Nowalingu. Doch sie sprach den Gedanken nicht aus. Es nützte ja nichts: John würde niemals so werden wie Carl. Nie würde er den Schwarzen mit der gleichen Hochachtung, der gleichen respektvollen Neugier begegnen, wie Emmas Ehemann es getan hatte – als Forscher, als Mensch und als Freund.

*Ich komme, Carl. Bald bin ich da.*

Ihr Versprechen, nur halb bewusst, trieb sie vorwärts. Sie wandte sich von der blökenden Menge ab und drängte Princess in einen leichten Galopp. Sie durften nicht trödeln, sondern mussten so schnell wie möglich zu Oskar. Wo auch immer in dieser trügerisch sanften Hügellandschaft er auf sie wartete: Es war höchste Zeit.

Oskars Land war riesig, und nicht nur Emma verfluchte den Reichtum der Frau, die er geheiratet hatte.

»Wir hätten die Hirten fragen sollen, wo sich das Gehöft ihres Herrn befindet«, sagte sie verdrossen zu John. »Hinter jedem Hügel erwarten wir es zu sehen, aber immer erstrecken sich die nächsten Hügel dahinter, noch mehr Hürden, noch mehr Schafe. Das geht doch nicht mit rechten Dingen zu! Oder reiten wir im Kreis? Diese verdammte Station muss doch irgendwo sein!«

»Australien ist groß, und die Ländereien der Stationsbesitzer sind ausgedehnt«, erwiderte John belehrend.

Als er ihren ärgerlichen Blick auffing, grinste er. »Würde es dich trösten, wenn ich dir sagte, dort ist es?«

Sie kniff die Augen zusammen, und tatsächlich: Am Horizont zeichneten sich Hütten, Ställe und ein großes Gehöft ab.

Ein Schauder lief Emma über den Rücken, sie spürte Erregung und unvermutet aufwallende Angst. Da war es also: Oskars Reich.

»Irgendeine Idee, wie wir vorgehen sollen?«, fragte John beiläufig. »Du kannst ja schlecht auf ihn zustürmen und ihn mit deinem Buschmesser erstechen.«

Sie zuckte zusammen. »Um Gottes willen, John!«

»Das war doch der Plan, oder? Ihn zu töten, meine ich.«

Emma schwieg. Plötzlich kam ihr das, was sie die ganze Zeit über als ihre Aufgabe angesehen hatte, barbarisch vor. Mit Macht kehrten alle ihre Zweifel zurück.

Was tat sie hier eigentlich?

»Lass uns anhalten, John. Ich … ich brauche eine kurze Pause.«

Sie zügelte Princess und sprang ab. Birrinbirrin rutschte überrumpelt vom Pferd und fluchte laut, aber Emma eilte davon, ohne sich umzudrehen. Sie hörte, dass John ihr folgte, blieb jedoch erst stehen, als er sie eingeholt hatte und nach ihrem Arm griff. Heftig atmend starrte sie auf die ferne Station.

Wie verrückt, wirbelte es durch ihren Kopf, war sie in den letzten Monaten eigentlich geworden? Hatte das Leben mit den Schwarzen ihren Verstand wirklich so sehr verdreht, dass sie aus dem Nichts einen Mann angreifen und vom Leben in den Tod befördern wollte? Nur, weil er laut Birwain ein D'anba war?

Nein, dachte Emma in plötzlicher Klarsicht, nicht, weil er ein D'anba war. Sondern weil sie wusste, dass er etwas mit Carls Verschwinden zu tun hatte. Wenn sie Oskar nicht entgegentreten würde, dann würden die Ungewissheit über Carls Schicksal und das bohrende Gefühl, ihren Mann im Stich gelassen zu haben, sie in den Wahnsinn treiben.

Emma spürte Johns fragenden Blick.

»Geht es dir gut?«, fragte er vorsichtig.

»Nur ein kleiner Schwächeanfall. Ist schon vorüber.« Emma atmete einige Male tief durch.

Dann sagte sie gefasst: »Nein. Ich werde mich nicht auf Oskar stürzen. Natürlich nicht. Wir werden … wir werden mit ihm reden. Er kennt dich doch, er hat dich ja sogar zu sich eingeladen. Das dürfte dir seine Türen öffnen, meinst du nicht?«

»Dich kennt er auch«, sagte John, und Emma merkte an seinem brüsken Tonfall, woran er dachte.

»Ja, er kennt mich, und natürlich wird er misstrauisch sein, wenn er mich sieht. Aber ich hoffe, deine Anwesenheit wird Übergriffe vermeiden. Einen Mann deiner Klasse bringt man nicht ungestraft um, John. Das ist auch einem wie Oskar bewusst.«

»Mein Stand wird uns weniger helfen als mein Gewehr.« John

klopfte grimmig auf die Waffe, die an seiner Seite baumelte. »Zumindest wenn es hart auf hart kommt.«

Beide spähten sie auf die Holzgebäude, die Ställe und Wege, die friedlich im Morgenlicht lagen. Aus dem großen Gehöft im Herzen der Anlage stieg eine dünne Rauchfahne in den Frühlingshimmel auf. Der malerische Anblick ließ jeglichen Gedanken an Kampf und Tod abwegig erscheinen.

John drehte sich um und stapfte entschlossen zurück zu den Schwarzen, die ungeduldig bei den Pferden warteten.

»Auf geht's, Emma. Bringen wir es hinter uns.«

# 10

Birrinbirrin und Birwain hielten sich tapfer auf den Pferderücken, während Emma und John über die Wiesen galoppierten. Mit jedem Yard, das sie sich der Station näherten, wuchs Emmas Anspannung. Sie setzten über sumpfige Bäche, preschten an Kängurus vorbei und stoben um Bäume mit tiefschwarzer Rinde, bis sie endlich den Weg erreichten, der in das Gelände der Station hineinführte.

Die Pferde waren nassgeschwitzt und hatten weißen Schaum vor den Mäulern, doch Emma hätte sie ohne Bedenken weitergejagt. Lediglich das Wissen, dass sie und John ruhig und überlegen wirken mussten, zwang sie nun zum Schritt. Innerlich vibrierend, näherte sie sich langsam Oskars Haus, während sie jedes Detail der weitläufigen Anlage in sich aufnahm: die sandigen Wege in den struppigen Wiesen, den weiß gestrichenen Holzzaun, der das Wohnhaus und die angrenzenden Hütten umgrenzte, und die hohen Bäume. Dann die Gebäude, die in unmittelbarer Nähe zueinander errichtet worden waren, Ställe, Arbeiterhäuschen und Einfriedungen für die Schafe, die jetzt leerstanden. Weiße Männer auf Pferden oder Ochsenkarren, geschäftige Mägde, hier und dort ein in Lumpen gehüllter Schwarzer.

Birrinbirrin hinter ihr verstärkte den Griff um ihre Taille, auch er war aufgeregt. Emma merkte, dass ihre Hände zitterten. Dabei hatte bisher noch kein Mensch von ihnen Notiz genommen.

John erreichte das Holztor vor dem Gehöft als Erster, sprang von Sirius ab und öffnete es. Als er sich Emma zuwandte, stand eine steile Falte zwischen seinen Augenbrauen. »Steig ab, komm zu mir und bleib an meiner Seite.«

Sie war jetzt so nervös, dass sie sich über seinen Befehlston noch nicht einmal ärgerte.

Zu viert gingen sie auf das Haus zu, die Pferde hatten sie am Zaun festgebunden. Knorrige Apfelbäume säumten den Weg. Sie blühten in rosa überhauchtem Weiß und kündeten vom Frühling.

*Es müsste düster hier aussehen, nicht so hoffnungsfroh, schmuck und sauber.*

Aber was waren schon Äußerlichkeiten? Oskar sah man ja auch nicht an, dass er ein D'anba war.

*Liebe Güte, jetzt denke ich auch schon so!*

John klopfte an die Haustür.

Eine Magd in einem kratzig aussehenden, dunkelkarierten Wollkleid öffnete ihnen. Neugierig beäugte sie die Fremden. »Sie wünschen?«

»Wir möchten zu deinem Herrn.« John verbarg seine Anspannung hinter einem gewinnenden Lächeln. »Ist er da?«

Die rundlichen Wangen der Magd verfärbten sich rosa. »Nein, Sir. Tut mir leid, Sir. Aber Madam ist zu sprechen, wenn Sie mit ihr vorliebnehmen möchten, Sir.«

»Wann kommt dein Herr denn wieder?«, mischte Emma sich ein.

»Heute Abend?« Die Magd klang zweifelnd. »Der Herr ist nur unregelmäßig zu Hause, Madam. Er ist sehr beschäftigt.«

»Tja. Dann führe uns zu deiner Herrin«, sagte John. »Wir wollen den Weg ja nicht umsonst gemacht haben.«

Das Mädchen knickste, und John und Emma betraten das Haus. Als auch Birwain und Birrinbirrin an der Magd vorbeiwollten, schüttelte sie jedoch den Kopf. »Keine Wilden. Ihr beiden wartet draußen.«

John drehte sich langsam zu der Magd um. »Wie bitte?«

»Anweisung vom Herrn. Keine Wilden im Haus.« Sie duckte sich unter Johns Blick. »Tut mir leid, Sir, aber da ist Mr Crusius gnadenlos. Mit den Wilden hat er's einfach nicht, Sir, aber das kann man ja auch verstehen. Vor Kurzem hat einer geklopft, den Mr Crusius wohl von irgendwoher kannte. Ich sage Ihnen lieber nicht, Sir, was mein Herr mit dem gemacht hat.«

Dayindi!, schoss es Emma durch den Kopf.

Ein kurzer Blick auf ihre Freunde zeigte ihr, dass sie dasselbe dachten.

John zwinkerte der Magd zu, nun wieder ganz der charmante junge Mann aus gutem Hause, der gerne mal mit dem Personal anbandelte.

»Jetzt machst du mich neugierig, Mädchen. Was hat Mr Crusius denn mit dem Wilden angestellt? So schlimm kann es doch wohl nicht gewesen sein.«

Die Magd biss sich auf die Lippen. Sie schaute von dem gut aussehenden Engländer, dessen Stimmungswechsel und Blicke sie sichtlich verwirrten, furchtsam zu Emma und den beiden anderen Männern.

»Nein, ich sag nichts. Ich hätt' gleich meinen Mund halten sollen. Wenn Sie mir jetzt folgen wollen, Sir. Madam. Und die Wilden …«

»… warten draußen. Kein Problem, Mädchen. Wir wollen ja nicht, dass du Ärger bekommst.« John drehte sich zu Birwain und Birrinbirrin um. »Vielleicht findet ihr irgendwo Wasser für die Pferde.«

Emma schämte sich, als sie ihren Freunden nachsah, die stumm kehrtmachten und zu Sirius und Princess hinübergingen.

»Denk daran, warum wir hier sind«, ermahnte John sie leise und nahm Emmas Arm. Gemeinsam folgten sie der Magd durchs Haus. »Ein Aufstand wegen Birwain und Birrinbirrin ist das Letzte, was wir brauchen können. Oskar scheint mit Schwarzen wirklich nicht zimperlich umzugehen.«

»Glaubst du, er hat Dayindi umgebracht?«, flüsterte Emma zurück.

»Das kriege ich auch noch raus«, knurrte John. »Fünf Minuten allein mit der Magd, dann weiß ich alles.«

»John! Du willst die Magd bezirzen?«

»Nur für den guten Zweck.«

Das Mädchen öffnete eine Tür. »Madam, hier ist Besuch für Sie. Die Herrschaften wollten eigentlich zu Ihrem Gemahl.«

»Oh, wie schön!«, erklang eine sanfte Stimme aus dem Zimmer. »Besuch ist mir immer willkommen in dieser Einsamkeit.«

Emmas Herz begann wie wild zu klopfen.

*Oskars Frau. Sie freut sich über unseren Besuch. Wie absurd.*

John zog Emma in den Salon. Obwohl das Ehepaar Crusius auf einer Schafstation wohnte, sah die gute Stube keineswegs bäuerlich aus: Im Kamin brannte trotz der frühlingshaften Temperaturen ein behagliches Feuer, und auf einem schweren Tisch aus Eichenholz lagen etliche Bücher. Der Boden war mit Perserteppichen belegt, auf denen ein zierliches, mit rotem Stoff bezogenes Sofa stand; daneben zwei passende Sessel. In einem davon saß Mrs Crusius.

Emma konnte nicht anders, als die junge Frau blitzartig zu mustern. Sie war klein und schmal, das dunkle Haar trug sie modisch zurückgebunden. Ihr ebenmäßiges Gesicht war vornehm blass und bezeugte ebenso wie ihr Kleid, ein unpraktischer Traum in Creme und Bordeaux, dass Mrs Crusius ihr Haus nur selten verließ. Anmutig erhob sie sich und trat auf ihre Gäste zu. Sie ist schön, dachte Emma verwundert, schön auf eine unirdische, zerbrechliche Art. Wie ein Engel aus Porzellan.

»Treten Sie doch bitte näher«, sagte Mrs Crusius lächelnd. »Vielleicht wollen Sie mir ja verraten, mit wem ich die Ehre habe?«

Freundlich war sie also auch noch. Emma starrte die junge Frau an, unfähig, auch nur ein Wort zu erwidern. Was hatte sie denn erwartet? Eine Hexe? Zumindest hatte sie eine Person erwartet, die Oskar in Bosheit und Hinterlist ebenbürtig war. Ablehnung hatte sie erwartet und Aggression. Nicht gefasst gewesen war sie hingegen auf Mrs Crusius' offenes Lächeln und ihre bestrickende Zartheit. Sie hatte nicht mit echter Freude in den großen, dunklen Augen der Frau gerechnet und ganz gewiss nicht mit …

»Tee? Rosie, wärst du so gut?«

Beinahe hätte Emma hysterisch aufgelacht.

Die Magd knickste, warf John noch einen sehnsüchtigen Blick zu und eilte dann davon.

John stellte sich selbst und Emma formvollendet vor und bot dabei seinen ganzen Charme auf. Erklärend setzte er hinzu: »Ich hatte die Ehre, Ihren Gemahl auf einem Ball kennenzulernen, Mrs Crusius. Leider waren Sie damals unpässlich, wie er mir erzählte. Mr Crusius lud mich ein, ihn zu besuchen, und da Mrs Scheerer und ich gerade auf dem Weg waren, dachte ich mir, ich nehme die Einladung ganz spontan und unverschämt an.«

»Das ist ja reizend.« Mrs Crusius strahlte. »Da hat der liebe Oskar recht gehandelt, dass er Sie zu uns eingeladen hat! Wohin sind Sie denn unterwegs, wenn ich fragen darf?«

John zögerte nur kurz. »In den Regenwald. Ich möchte Mrs Scheerer die freie Natur zeigen, sie kannte bislang nur das Stadtleben.«

Ach ja? Emma bemühte sich um eine neutrale Miene.

Mrs Crusius wandte sich ihr zu. »Seien Sie herzlich willkommen im Nirgendwo, meine Liebe. Freie Natur gibt es hier in Hülle und Fülle, wenn es auch sonst nicht viel gibt. Bestimmt sind Sie hungrig, habe ich recht? Rosie soll uns Kuchen bringen. Ach, es ist fein, wieder einmal Gesellschaft zu haben! Mein Mann ist so schrecklich viel unterwegs. Immer darauf bedacht, die Hirten zu beaufsichtigen, neue Geschäftskontakte zu knüpfen, im Wolllager nach dem Rechten zu sehen …«

Sie ließ sich seufzend in ihren Sessel sinken, doch gleich darauf hellte sich ihr Gesicht wieder auf. »Aber was klage ich? Wenn man die Zucht veredeln will, kann man die Hände eben nicht in den Schoß legen, nicht wahr? Die Wolle unserer Merinoschafe ist gefragt. Umso mehr sind wir darauf bedacht, unsere anderen Rassen durch fortwährende Kreuzung zu veredeln.«

Ob Mrs Crusius immer so viel redete? Dann wunderte es Emma nicht, dass Oskar ständig unterwegs war.

»Ich sehe schon, hier spricht eine Frau mit ungewöhnlichen Kenntnissen«, sagte John anerkennend. Er setzte sich auf das kleine Sofa und zog Emma auf den Platz neben sich. »Ihre Familie ist wohl schon lange in der Schafzucht engagiert?«

»Nein, gar nicht. Aber alles, was mein verehrter Herr Vater auch nur für eine Minute anfasst, wird zu Gold.« Mrs Crusius lachte. »Er hat mir und meinem Mann nach der Hochzeit die Station überlassen, weil er wusste, dass sie bei Oskar in guten Händen ist. Mein Vater tanzt auf so vielen anderen Hochzeiten, dass er froh ist, dieser Verpflichtung ledig zu sein. Ach, ich plappere schon wieder in einem fort. Das kommt von der Einsamkeit, man ist so froh, endlich zwei nette, verständige Gesprächspartner zu haben.«

Sie muss wirklich ausgehungert sein, dachte Emma wider Willen amüsiert, mich als verständige Gesprächspartnerin zu bezeichnen, obwohl ich bisher kein einziges Wort gesagt habe …

Aber sie war ja auch nicht zum Plaudern und Teetrinken gekommen.

Emma gab sich einen Ruck. »Mrs Crusius, ich bin sehr beeindruckt von Ihrer Station. Würde es Ihnen etwas ausmachen, uns ein wenig herumzuführen?«

Mrs Crusius zog die schmalen Augenbrauen hoch. Mit diesem Wunsch hatte sie offenbar nicht gerechnet.

Doch sie fing sich sofort wieder, erhob sich und sagte höflich: »Mit dem größten Vergnügen, Mrs Scheerer. Da Sie nur das Stadtleben kennen, muss Sie das alles hier natürlich brennend interessieren, nicht wahr? Also kommen Sie. Ich bin sicher, nach einem kleinen Rundgang an der frischen Luft werden uns Tee und Kuchen besonders gut schmecken.«

# 11

Birwain sah John, Emma und eine weitere junge Frau – Mrs Crusius, vermutete er – aus dem Haus treten. Von seinem Platz im Schatten der Stallwand aus, wenige Schritte vom Zaun des Hauses entfernt, konnte er sie gut beobachten. Mrs Crusius gestikulierte, zeigte hierhin und dorthin und redete wie ein Wasserfall.

Birrinbirrin neben ihm ließ ein gereiztes Brummen vernehmen. Birwain wusste, dass der junge Mann nicht nur in seinem Stolz verletzt war, weil man ihnen den Zutritt zum Haus verwehrt hatte, sondern er konnte es auch kaum erwarten, das gesamte Gelände nach dem D'anba abzusuchen. Birrinbirrin gierte danach, Oskar Crusius zu finden, wollte er sich doch endlich beweisen und jemanden bestrafen – dafür, was aus ihnen allen geworden war.

Das Problem war nur: Ein D'anba ließ sich nicht bestrafen.

Birwain hoffte, dass er sich wenigstens töten ließ. Ob die Kraft der Marmbeja, mit der Birrinbirrin und er sich während des Wanderrituals aufgeladen hatten, ausreichen würde? Sicher war Birwain sich dessen nicht.

Auch wenn Birrinbirrin und Birwain es nicht gewagt hatten, sich weitläufiger auf dem Gelände umzusehen, waren sie doch nicht untätig geblieben: Sie hatten sich mit einem verängstigt wirkenden Schwarzen unterhalten und dabei Interessantes erfahren. Nicht nur, wozu die einzelnen Gebäude, Ställe und Hürden dienten, wer in ihnen ein und aus ging und wo es eher einsam war – wo man also am ehesten jemanden gefangen halten konnte. Sondern auch, wie der von Rosie erwähnte Schwarze ausgesehen hatte, der vor wenigen Wochen hier aufgetaucht war und um Obdach gebeten hatte.

Die Beschreibung passte so gut, dass Birwain keinen Zweifel mehr hegte, dass es sich bei dem Bittsteller um Dayindi gehandelt hatte. Oskar hatte kurzen Prozess mit ihm gemacht: Hinter dem Cottage des Aufsehers hatte er Dayindi erschossen.

»Und niemand hat versucht, ihm zu helfen?«, hatte Birrinbirrin geschockt gefragt.

Der Schwarze hatte den Kopf geschüttelt. »Wer aufbegehrt oder sich beschwert oder sich davonmachen will, dem schießt der Herr ins Knie. Erst danach entlässt er ihn aus seinen Diensten. Und jetzt sagt mir: Wie soll man da draußen überleben, wenn man allein und verkrüppelt ist? Zumal es auf den anderen Stationen auch nicht besser für uns aussieht.« Bitter hatte er hinzugesetzt: »Glaubt mir, euer Freund hatte nicht das schlechteste Schicksal. Sein Tod kam wenigstens schnell.«

Birwain beobachtete, wie die drei Weißen zum Scherbereich schlenderten. Er bemühte sich, ruhig zu atmen, während ihm die Worte des resignierten Schwarzen im Kopf herumgingen. Ein Freund war Dayindi zwar nicht mehr gewesen; für den Clan war er bereits gestorben, noch bevor Oskar seinen Körper getötet hatte. Was Birwain jedoch zu schaffen machte, waren die grenzenlose Macht und die brutale Gewalt, die Oskar Crusius über die Menschen hier besaß. Nicht nur über Dayindi, sondern über all die schwarzen Männer und Frauen, die Oskar sich für die groben, niederen Arbeiten hielt und die beim Wäschewaschen, bei der Schafschur und beim Lammen helfen mussten. Sie alle gehörten, wie auf so vielen Stationen, nach Ansicht ihrer Herren eher zum Vieh denn zur Klasse der Bediensteten; entsprechend wurden sie behandelt.

Freilich, keine Fessel hielt sie gefangen, so gesehen waren sie frei. Das verzweifelte Bedürfnis jedoch, irgendwie zu überleben, auch wenn die alten Clans zerschlagen waren, war offensichtlich wirkungsvoller als die dicksten Kerkermauern. Die faktische Rechtlosigkeit der Schwarzen tat ein Übriges, wurde selbst mörderisches

Vorgehen seitens der Herren doch so gut wie nie geahndet. Es war, dachte Birwain schmerzerfüllt, zum Verzweifeln.

Und da erkannte er es.

Wie ein Blitzschlag durchfuhr es ihn: Die D'anba waren gar nicht nur über seinen eigenen Clan hergefallen!

Sie waren überall!

Unbemerkt hatten sie sich ausgebreitet, hatten sich in jeden Winkel des Kontinents geschlichen und die Seelen der Weißen besetzt. Sie hatten sich mit den neuen Verhältnissen arrangiert und profitierten gar von ihnen. Die D'anba wohnten auf jeder Station, nahmen sich die Weißen, *wurden* die Weißen. Waren jedes Mal am Werk, wenn schwarze Menschen wie Tiere gehalten wurden, wenn sie abgeschlachtet wurden wie Rinder, vergiftet wie Ratten, verkrüppelt wie Dingos, mit den Krankheiten der Weißen verseucht, vom Land der Ahnen verjagt.

*Wir können sie nicht besiegen, niemals. Es sind zu viele.*

Vor Birwains Augen flimmerte es.

Die D'anba hatten schon gewonnen, bevor der Clan auch nur daran gedacht hatte, das Wanderritual abzuhalten. Die Erkenntnis zerriss Birwain beinahe das Herz. Oskar mochte ein mächtiger D'anba sein, und vielleicht war es richtig, dass sie zu ihm gekommen waren. Vielleicht konnten sie ihn sogar töten. Aber er war nur einer von vielen.

Ihr Kampf war aussichtslos.

»Wie lange sollen wir denn noch hier herumstehen?«, grollte Birrinbirrin neben ihm leise. »Der D'anba ist hier, ich spüre es. Die Luft stinkt nach seiner Anwesenheit!«

Seine Stimme durchdrang Birwains Schmerz und gemahnte ihn, nicht aufzugeben. Nicht, solange seine Freunde noch hofften.

»Emma und John winken uns, zu ihnen zu kommen«, sagte Birrinbirrin mit zusammengekniffenen Augen. »Wahrscheinlich stellt Emma uns als ihre Diener vor.« Er spuckte aus.

Ohne ein Wort zu sagen, setzte Birwain sich in Bewegung.

# 12

Emma sah ihnen besorgt entgegen. Sie fragte sich, was geschehen sein mochte, während sie in Mrs Crusius' Salon gesessen hatten.

Birwain wirkte verändert, seine Mundwinkel hingen nach unten, sein stolzer Gang war zu einem Schleichen geworden.

Ob er etwas Schlimmes erfahren hatte?

»Dort drüben sind die Häuser, in denen unsere Arbeiter schlafen«, plapperte Mrs Crusius neben ihr, und Emma richtete ihre Konzentration wieder auf die Anlage der Station. Wenn Carl hier irgendwo war, dann musste und würde sie ihn finden, koste es, was es wolle.

Mit Birwain würde sie sich später befassen.

Sie blickte auf die graubraunen, von der Sonne ausgebleichten Häuschen.

»Beschäftigen Sie denn immer gleich viele Leute?«, fragte sie Mrs Crusius, um einen lockeren Plauderton bemüht. »Oder stehen manche Häuser leer, wenn einmal nicht so viel Arbeit anfällt?«

»Oh nein, leer steht hier nichts.« Mrs Crusius lächelte. »Wir sind ja keine Unmenschen, meine Liebe. Wenn wir weniger Männer haben, gestatten wir es ihnen natürlich, sich in den Häusern auszubreiten und es sich so richtig gemütlich zu machen.«

»Sehr lobenswert«, sagte John glatt.

Er wies auf Birwain und Birrinbirrin, die in einigen Schritten Abstand stehen geblieben waren.

»Übrigens, Mrs Crusius, die beiden Herren sind unsere Führer durch die Wildnis. Ohne sie wären wir auf unserer Abenteuerreise so manches Mal verloren gewesen.«

Er lächelte, und Emma wunderte sich, wie gut er log.

»Ach.«

Mrs Crusius runzelte die Stirn. Ihr missbilligender Blick glitt über die Schwarzen, die sich aufgrund der Frühlingswärme ihrer Fellumhänge entledigt hatten. Immerhin, dachte Emma unruhig, waren sie nicht völlig nackt, sondern hatten sich die Felle um die Hüften geschlungen. Gegen die voll bekleideten Schwarzen, die auf Oskars Station arbeiteten, wirkten sie dennoch seltsam bloß und ungeschützt.

»Nun, Ihre Führer dürfen uns begleiten, wenn es sein muss«, sagte Mrs Crusius schließlich. »Ich bitte jedoch sehr darum, dass sie mir nicht zu nahe kommen. Mit der Körperpflege haben diese Menschen es ja nicht so, und meine Nase ist empfindlich.«

Emma zuckte zusammen. Selbst John schien sich vor den Schwarzen zu schämen. Er warf ihnen einen entschuldigenden Blick zu, den Birrinbirrin wütend, Birwain vollkommen regungslos erwiderte.

Mrs Crusius schritt bereits weiter durch ihr Reich. »Dort wohnt unser Aufseher, Mr Brown«, fuhr sie fort, »und wenn man diesen Weg hier weitergeht, kommt man zu den Ställen. Nein, nicht zu denen für die Hühner und Schweine, die sind näher beim Haus, sondern zu den Pferdeställen. Mein Gatte liebt Pferde, er ist ein sehr guter Reiter.« Besitzerstolz schwang in ihrer Stimme mit.

Emma zwang sich, etwas Lobendes von sich zu geben, und fragte sich dabei, ob Mrs Crusius und sie tatsächlich über denselben Mann sprachen. Der Oskar, den Emma kannte, war ein von Neid zerfressenes Ungeheuer; Mrs Crusius' Gatte aber schien mit sich und der Welt im Reinen zu sein. Hatte ein solcher Mann es nötig, sich an Menschen zu rächen, die längst Vergangenheit für ihn waren?

» … und hier sind sie also: die Pferde.«

Mrs Crusius öffnete eine knarrende Stalltür, trat vor John und Emma ins Halbdunkel und winkte ihnen, ihr zu folgen. Es roch nach Heu, Pferdeäpfeln und warmen Tierkörpern.

»Ich sage ja, mein Mann hat ein Händchen für Tiere und für Pferde ganz besonders. Sehen Sie nur diesen prächtigen Hengst! Unsere beiden *storekeepers* haben ihn gefunden, einfach zugelaufen ist er ihnen. Kaum zu glauben, was? Als habe er geahnt, wie gut er es hier haben würde.«

Sie lachte und zeigte auf ein ungeduldig mit den Hufen scharrendes Pferd.

Emma starrte den Hengst an, und alle Zweifel lösten sich in Luft auf. Das Pferd warf den Kopf hoch, erkannte Emma und wieherte leise zur Begrüßung.

Es war Orlando.

# 13

Sie weiß nichts von der dunklen Seite ihres Mannes.« Hektisch blickte Emma auf das Wohnhaus, in dem Mrs Crusius verschwunden war. »Entweder ist Carl noch hier, oder Oskar hat ihn umgebracht. Orlando ist der Beweis. Aber Mrs Crusius hätte uns nicht so freundlich willkommen geheißen und herumgeführt, wenn sie wüsste, wer ich bin und dass ihr Ehemann meinen Mann auf dem Gewissen hat.«

Johns Miene war undurchdringlich. »Was hast du vor?«

»Ich möchte mit Birwain und Birrinbirrin zum Warenlager reiten.« Ihr Blick flog zu den Männern, die grimmig nickten.

»Mrs Crusius hat gesagt, dass es die *storekeepers* waren, die Orlando gefunden haben«, fuhr Emma fort. »Sie könnten also mit Oskar unter einer Decke stecken.« Sie leckte sich aufgeregt über die Lippen. »John, *storekeepers* sind doch die Männer, die für die Lagerung der Wolle zuständig sind, oder?«

»Unter anderem. Sie nehmen auch den Fuhrmännern, die alle paar Wochen auf den Stationen aufkreuzen, Lebensmittel und Gerätschaften ab. Diese Vorräte schaffen sie dann ins Warenlager und geben den Fuhrmännern dafür die Wolle mit, die für den europäischen Markt verschifft werden soll.«

»Also betritt niemand diese Warenlager, außer den *storekeepers* und ihrem Herrn?«

»Niemand.«

»Dann ist es das perfekte Versteck!« Emma war kaum imstande, ihre Erregung im Zaum zu halten. »Rasch, lass uns zurück ins Haus gehen. Wir trinken Tee mit Oskars Frau, und du lässt Mrs Crusius ihre *storekeepers* rufen. Erzähl ihr, du interessiertest dich für ihre Arbeit, du trügest dich selbst mit dem Gedanken, es mit der Schafzucht zu versuchen … ach … irgendwas. Sobald die Männer im Anmarsch sind, gebe ich vor, ich bräuchte noch ein wenig frische Luft. Sie wird keinen Verdacht schöpfen, sondern mir glauben. Schließlich hatte ich vorhin im Stall einen Schwächeanfall. Nachdem ich Orlando gesehen habe.«

Zweifelnd sah John auf ihr gerötetes Gesicht. »Ehrlich gesagt, du siehst schon wieder recht gesund und rosig aus.«

»Ich werde leidend dreinblicken.« Ungeduldig wedelte sie mit der Hand. »Bitte, John, wir müssen es probieren! Ich will zu diesem Warenlager, vielleicht ist Carl dort! Aber ich kann es nur durchsuchen, wenn du mir hilfst, indem du mir die *storekeepers* vom Leibe hältst.«

Ein Ochsenkarren rumpelte vorbei und wirbelte ihnen Staub ins Gesicht. Der Fahrer nickte ihnen zu, und Emma grüßte flüchtig zurück. John beachtete ihn gar nicht, sein Blick ruhte unverwandt auf Emma.

»Ich habe kein gutes Gefühl dabei, dich ganz allein losreiten zu lassen.«

»Ich bin nicht allein. Ich habe doch Birrinbirrin und Birwain.« Eindringlich setzte sie hinzu: »Noch ist Oskar fort; mein Risiko ist gering. Bitte, John!«

Seine Augen waren dunkel vor Sorge. Widerwillig sagte er: »Eine Stunde und keine Minute länger. Dann komme ich zu dir.«

Emma atmete auf. John griff nach ihrer Hand, und sie erwiderte dankbar den Druck seiner Finger. Zuneigung durchflutete sie, bittersüß vermischt mit der Angst, ihn zu verlieren.

»Also dann.« Emma zwang sich zu einem Lächeln und entzog ihm ihre Hand.

Keine Stunde später trabte Emma auf Princess in Richtung Warenlager.

Alles hatte so funktioniert, wie sie es geplant hatte: Die *store-*

*keepers*, ungehobelte Männer mit dreckigen Stiefeln, waren zum Teetrinken abkommandiert worden, und John hatte im Handumdrehen aus ihnen herausgekitzelt, wo sich das Warenlager befand: nördlich vom Gehöft, etwa eine Meile entfernt.

»Ungewöhnlich, eine solch große Distanz zu den Wohn- und Wirtschaftsgebäuden«, hatte John gesagt und interessiert, aber dabei ganz locker in die Runde geblickt.

»Nun, Mr Roberts, mein Vater ist ein kluger Mann«, hatte Mrs Crusius arglos geantwortet. »Er wollte das Warenlager nicht in unmittelbarer Nähe des Hauses erbauen, da er fürchtete, sonst bei einem Brand alles zu verlieren. Sie wissen ja, wie heiß und trocken es im Sommer sein kann. Zudem wäre es nicht das erste Mal, dass die Wilden mit ihrer Unsitte, sämtliches Gras abzufackeln, eine Station in Brand gesetzt hätten.«

»Wir haben genug Karren«, hatte einer der *storekeepers* gebrummt, »um ohne Probleme Wolle und Lebensmittel zwischen Lager, Haus und Scherbereich hin und her zu transportieren. Außerdem schaut Mr Crusius jeden Tag höchstpersönlich nach dem Rechten. Ist schon alles gut organisiert, Sir.«

Mrs Crusius hatte milde gelächelt, und John hatte die Gelegenheit genutzt, auch den zweiten *storekeeper* ins Gespräch einzubeziehen, der bisher stumm danebengesessen und seinen Hut in den Händen gedreht hatte. Dies war der Moment gewesen, da Emma sich mit der Hand Luft zugefächelt und darum gebeten hatte, man möge sie entschuldigen. Nein, begleiten brauche sie niemand; ein ausgedehnter Spaziergang sei gewiss imstande, ihre brachliegenden Lebensgeister wieder zu wecken.

Wie lange John die *storekeepers* wohl noch festhalten konnte?, fragte sie sich jetzt bang. Zum ersten Mal war Emma froh darum, dass den jungen Engländer stets eine Spur von Arroganz umwehte, ein unverkennbares Zeichen der herrschenden Klasse. Seinen Wünschen widersetzte sich niemand so leicht, weder in der Stadt noch auf einer gottverlassenen Schafstation wie dieser hier.

Emma zwang sich, Princess nicht noch härter anzutreiben, schleppte das arme Pferd doch außer ihr selbst noch zwei Reiter und war mit dieser Last trotz der kurzen Strecke spürbar überfordert. Hinter Emma hockte Birwain, an diesen wiederum klammerte sich Birrinbirrin, der stete Gefahr lief, den Pferdehintern hinabzurutschen.

»Haltet aus, ihr beiden«, sagte sie über die Schulter zu ihren Freunden. »Wir sind gleich da. Der riesige Schuppen dort vorn muss es sein.«

Kurz darauf zügelte Emma ihre schweißnasse Stute, und sie saßen alle drei ab. Princess schnaubte und schüttelte den Kopf, weiße Schaumflöckchen stoben durch die Luft. Achtlos wischte Emma sich über die feuchte Wange. In Gedanken stand sie schon im Warenlager und suchte nach Carl.

Fand ihn.

Tot?

»Lasst uns reingehen.« Plötzlich fühlte Emma sich, als habe sie zentnerschwere Glieder. Sie fürchtete sich vor dem, was sie im Inneren dieses harmlos aussehenden Schuppens vorfinden würde; fast ebenso sehr fürchtete sie, dass sie gar nichts fände.

Bevor ihre widersprüchlichen Gefühle sie vollkommen lähmen konnten, setzte sie sich in Bewegung.

Das Warenlager war nicht verriegelt. Ein schlechtes Zeichen, dachte Emma: Vor Dieben brauchte man sich zwar kaum zu fürchten, gehörte doch alles Land weit und breit der Familie Crusius. Doch wer würde ein Gefängnis offen stehen lassen? Schließlich schoben die *storekeepers* nicht Tag und Nacht Wache! Emma sank der Mut.

Ein durchdringender Geruch nach Schafstall schlug ihr entgegen, als sie mit Birwain und Birrinbirrin ins Halbdunkel trat.

»Carl?«

Keine Antwort.

Die Fensterläden des Schuppens waren geschlossen, lediglich die nun offen stehende Tür ließ einen Streifen Licht herein. Emma erkannte, dass der scharfe Geruch von den zahllosen Ballen Rohwolle herrührte, die im vorderen Teil des Schuppens eingelagert waren. Sie bemühte sich, flach zu atmen, und drang mit klopfendem Herzen tiefer in das Lager ein. Nach der grellen australischen Frühlingssonne gewöhnten sich ihre Augen nur schwer an die Düsternis. Sie stolperte über einen Haufen alter Säcke und rappelte sich fluchend wieder auf.

»Carl!«, rief sie laut.

Birwain hinter ihr murmelte: »Er muss hier sein, er muss. Wenn wir ihn hier nicht finden, finden wir ihn nirgendwo.«

Emma schluckte hart; Birwain hatte ihre größte Angst in Worte gefasst.

Langsam schritt sie weiter, suchte konzentriert die Wollreihen links und rechts von sich ab. Je weiter sie sich von der Schuppentür entfernte, desto dunkler wurde es, doch Emma wagte es nicht, die Läden zu öffnen. Die Wolle wurde von grob gezimmerten Holzregalen abgelöst, in denen Körbe, Fässer und Kisten lagerten. Hier hinten schien man die Gebrauchsgüter aufzubewahren, die von den Fuhrmännern auf Vorrat angeliefert wurden und von denen die Stationsbewohner wochenlang leben mussten. Emma wich einem riesigen Schinken aus, der von der Decke baumelte. Mit Blicken und Händen tastete sie sich voran.

»Carl! Carl, ich bin hier … Carl!«

Es war vergebens. Die absolute Stille bewies es ihr. Ein schmerzender Kloß bildete sich in Emmas Kehle, als ihr klar wurde, dass sie Carl nicht finden würde, hier nicht, heute nicht – niemals. Wahrscheinlich hatte Oskar ihn schon vor Monaten umgebracht.

Es war endgültig vorbei.

Tränenblind blieb Emma stehen. Sie konnte ein Schluchzen nicht unterdrücken und schlug die Hände vors Gesicht.

Und in diesem Moment hörte sie es.

# 14

Es war ein Laut wie von einem tödlich verletzten Tier, erstickt, kraftlos.

Emmas Herz hörte auf zu schlagen, um dann umso heftiger gegen ihre Rippen zu donnern. Kaum wagte sie es, ihre Hände sinken zu lassen, denn sie wollte kein Geräusch verursachen, nicht das geringste; vielleicht würde der Laut sich wiederholen, würde ihr die Richtung weisen.

»In der Ecke dahinten«, krächzte Birwain aufgeregt. »Da rührt sich was!«

Wieder der schwache Laut und, kaum wahrnehmbar, eine Bewegung.

Emma rannte los.

*Ein Tier, es ist bestimmt nur ein Tier, ein gefangener Vogel, ein verletzter Dingo.*

Heftig atmend sank sie neben dem reglosen Bündel auf die Knie. Kein Vogel, kein Dingo … es war ein Mensch! Ein Mensch, mager und verdreckt.

Er lag auf dem Bauch, das Gesicht auf dem Boden. Seine Hände waren mit einem dicken Seil auf dem Rücken zusammengebunden, auch die nackten Füße waren gefesselt. An den Stellen, wo die Seile in die Haut schnitten, waren Hand- und Fußgelenke eitrig entzündet, das Hemd des Gefangenen war steif von geronnenem Blut. Ein Übelkeit erregender Gestank stieg von ihm auf. Sein Kopf war von wirrem, grauem Haar bedeckt.

Grau, schoss es durch Emmas Verstand. Graues Haar.

Carls Haar war schwarz.

Die Enttäuschung tat so weh, dass Emma sich zusammenkrümmte und wimmerte. Aber nur für einen Augenblick, dann richtete sie sich schniefend wieder auf. Dieser arme Teufel hier, wer immer er auch sein mochte, brauchte ihre Hilfe, und zwar sofort. Verzweifeln konnte Emma später, wenn sie mit ihrem Kummer allein war. Erst aber musste sie diesen bewusstlosen, geschundenen Gefangenen ins Leben zurückholen.

»Birrinbirrin, Birwain! Ein Messer, rasch.«

Sie mussten auf der Stelle die Fesseln lösen. Die unnatürliche Haltung, in der der Gefangene auf dem Boden lag, würde ihm entsetzliche Schmerzen verursachen, wenn er wieder bei Bewusstsein wäre.

Im Nu war Birrinbirrin neben Emma und begann wortlos, mit seinem Messer die starken Seile durchzuschneiden. Die erste Fessel fiel auf den Boden, die zweite folgte. Wie eine giftige Wolke stieg der Gestank nach Eiter und Blut von den Gelenken des Gefangenen auf. Tiefes Mitleid erfüllte Emma, gefolgt von glühendem Hass auf Oskar – Oskar, der imstande war, ein lebendiges Wesen auf solch grausame Weise zugrunde gehen zu lassen.

»Ich wusste es«, sagte Birwain leise. Er stand neben Emma und sah erschüttert auf den Mann hinab. »Oskar ist ein D'anba. Der erbarmungsloseste von allen.«

»Ein D'anba. Oder eine Bestie von Mensch«, erwiderte Emma bitter.

Vorsichtig drehte sie den Kopf des Gefangenen ein Stück zur Seite und strich ihm das verfilzte Haar aus dem Gesicht. Sie zwang sich, den Halbtoten anzusehen.

Seine Züge waren unter dem wuchernden, grauen Bart und dem Wust seiner Haare kaum zu erkennen. Geschlossene, tief in den Höhlen liegende Augen und … Himmel hilf, zwischen den aufgesprungenen Lippen steckte ein dreckiges Tuch als Knebel! Kein Wunder, dass der Mann bewusstlos war, er war dabei zu ersticken! Mit einer schnellen Handbewegung riss sie ihm das Tuch aus dem Mund.

Krampfhaft rang der Gefangene nach Luft, und mit dem Sauerstoff kehrte auch sein Bewusstsein zurück. Er versuchte sich zu bewegen. Als er spürte, dass seine Hände und Füße frei waren, rollte er sich mit einem heiseren Stöhnen auf den Rücken.

Dann hob er mühsam die Lider.

Meerblaue Augen.

Emma schrie auf, als sie in der gemarterten Kreatur ihren Mann erkannte.

# 15

Oskar ließ sich Zeit. Er hatte so lange gewartet, dass er sie jetzt genießen wollte, auskosten, auf der Zunge schmecken wie einen guten Tropfen Wein: die Vorfreude auf seinen Sieg.

Gemächlich ritt er den Pfad entlang, der zum Warenlager führte. Die verwirbelten Hufspuren von Emmas Pferd waren in der sandigen Erde deutlich zu erkennen, sie hatte es offensichtlich eiliger gehabt als er. Oskar lachte leise. Wie sie wohl dreingeschaut hatte, als sie ihr Gerippe von Ehemann entdeckt hatte?

Oskar begann zu pfeifen. Den Blick auf die offen stehende Schuppentür gerichtet, die in der Ferne auf ihn wartete, schweiften seine Gedanken zurück.

Das Schicksal hatte sich in jenem gesegneten Augenblick Anfang Mai 1859 gewendet, als er Mary kennengelernt hatte.

Er war auf einer langweiligen Gesellschaft in Warwick gewesen, wo er sich gefühlt hatte wie in jeder einzelnen verfluchten Sekunde, seit Carl Scheerer ihn ein paar Tage zuvor mit üblen Drohungen aus dem Forschungslager gejagt hatte: gedemütigt, zerfressen von Rachsucht, hilflos und ohnmächtig. Er wusste nicht, was er nun mit sich anfangen sollte, ob seine Ehre vernichtet wäre, ob er in Australien bleiben durfte oder besser nach Europa zurückkehrte oder ob er seinem Hass einfach freien Lauf lassen sollte – und als Ersatz für Scheerer einen dreckigen Wilden erschießen.

Oskar versteckte seine Verzweiflung hinter einer Fassade aus Galanterie und Witz, und auf jener Gesellschaft gelang ihm das sogar recht gut. Den Gastgeber hatte er am Abend zuvor im Wirtshaus kennengelernt. Er war ebenfalls Deutscher, hatte sich gefreut, auf einen Landsmann zu treffen, und Oskar spontan zu seiner Soiree eingeladen.

Und dort war es dann passiert. Oskar hatte sich auf der Stelle in seine Tischdame verliebt, etwas, das er nie für möglich gehalten hätte. Aber Marys sanfter, bewundernder Blick, der so anders war als der widerspenstige von Emma, dazu ihre zerbrechliche Schönheit und ihre stete Bereitschaft, sich all seinen Ansichten anzuschließen, hatten Oskar vollkommen den Kopf verdreht.

Schon am nächsten Tag sah er Mary wieder. Sie schien genauso entflammt zu sein wie er, wenn auch auf eine mädchenhafte, still errötende Art. Und keine zwei Wochen später war Oskar davon überzeugt, dass er und Mary wie geschaffen füreinander waren. Als er kurz darauf erfuhr, dass Marys Vater ihr bei ihrer Heirat seine Schafstation überlassen wollte, zögerte er nicht länger und bat spontan um Marys Hand.

Ihrem Vater war die Verliebtheit seiner Tochter nicht verborgen geblieben. Auch er war beeindruckt von Oskars aufregendem Leben, von seiner Zeit als Pflanzensammler auf verschiedenen Kontinenten und von seiner Vergangenheit als Militärarzt in Deutschland. Ein studierter Abenteurer, der sich seiner Tochter zu Füßen warf – konnte man sich einen besseren Schwiegersohn wünschen?

Marys Vater war ein Mann der Tat. Er nahm Oskar, den er erst so kurz kannte, mit geöffneten Armen in seiner Familie auf.

Oskar konnte sein Glück kaum fassen. Die Zeit mit Emma Röslin und Carl Scheerer hatte ihm seine Forscher- und Sammeltätigkeit gründlich verleidet. Doch nun bot ihm das Schicksal einen Ausweg aus der Misere: Statt weiter für den Hamburger Überseekaufmann Cesar Godeffroy zu arbeiten, würde Oskar die schöne Mary heiraten, Kinder mit ihr zeugen, Merinoschafe züchten und der angesehenste Landbesitzer weit und breit werden.

Zum vollkommenen Glück würde ihm dann nur noch eines fehlen: Rache.

Er wusste, dass er versuchen konnte, alles zu vergessen. Er konnte seinen Frieden mit der Vergangenheit machen. Manchmal erschien ihm diese Lösung sogar verlockend.

Doch dann stand ihm erneut Emmas Gesicht vor Augen. Ihre Geringschätzung, mit der sie ihm in den letzten Wochen begegnet war. Er dachte wieder an Carl Scheerer und dessen unerträgliche Arroganz. Daran, wie Scheerer ihn, Oskar, fortgejagt hatte wie einen räudigen Hund. Sie nahmen ihn beide nicht ernst, achteten ihn nicht, hatten es niemals getan, und alles nur, weil Oskar aus kleineren Verhältnissen stammte als sie. Für Menschen wie Emma und Scheerer zählte es nicht, dass er sich hochgearbeitet hatte; dass er geschuftet hatte wie ein Gaul, um studieren und das erstickende Milieu verlassen zu können, in das er hineingeboren worden war. Er würde immer Ungeziefer für sie sein.

Aber er war kein Ungeziefer, jetzt nicht mehr.

Und er würde es ihnen beweisen.

Im Juni, noch vor seiner Hochzeit, machte er sich auf nach Sydney. Mary glaubte ihm ohne lästiges Nachfragen, dass er »einiges regeln« müsse, und zum Teil stimmte diese Aussage ja auch: Sein Austritt aus Godeffroys Diensten musste diesem offiziell verkündet werden.

Oskar hielt sich nicht lange damit auf, er regelte den Abschied von seinem alten Leben mit einem simplen Brief, den er ohne jedes Bedauern auf die Schiffsreise nach Deutschland schickte. Viel wichtiger für Oskar war sein Besuch bei der Kolonialregierung. Zuerst musste er die Wissenschaftler, die dort angestellt waren und die ihm die Teilnahme an Carl Scheerers Expedition vermittelt hatten, möglichst unbewegt davon unterrichten, dass er nicht mehr mit Scheerer zusammenarbeitete. Er hatte keine Ahnung, ob sie bereits über alles informiert waren, was Scheerer ihnen erzählt und ob er Oskars kleinen Zwischenfall mit Emma erwähnt hatte. Oder ob Scheerer als Gentleman, für den er sich ja hielt, Stillschweigen bewahrt hatte, nun, da er Oskar los war.

Zu seiner Erleichterung waren die Herren von der Kolonialregierung tatsächlich ahnungslos gewesen. Oskar hatte Scheerer und sein verfluchtes Ehrgefühl also richtig eingeschätzt; der Kerl ließ ihn laufen und kam sich wahrscheinlich furchtbar großzügig dabei vor. Das Lustige war nur: Scheerer irrte sich.

Denn er war Oskar keineswegs los.

Nachdem der erste Punkt somit zu Oskars Zufriedenheit erledigt war, widmete er sich dem zweiten: ein paar notwendigen Schwindeleien. Gemütlich mit den Herren in einem der großen, staubigen Arbeitszimmer sitzend, erzählte er ihnen zwischen getrockneten Pflanzen, Papierstapeln und ledergebundenen Bestimmungsbüchern, dass er vorhabe, noch in diesem Monat nach Europa zurückzukehren. Oskar hegte keinen Zweifel daran, dass diese Information sehr bald auch Carl und Emma erreichen würde.

Danach würden sie sich in Sicherheit wiegen.

Hochzufrieden mit sich selbst kehrte er zu Mary nach Warwick zurück.

Fortan lebte Oskar zwei Leben. Im Juli heiratete er Mary und widmete sich dem Aufbau seiner neuen Existenz als Schafzüchter. Zwar konnte er die Station von Marys Vater übernehmen, doch Oskar war entschlossen, alles noch eine Spur besser zu machen als sein Schwiegervater.

Er stellte neue Leute ein, denen er von der ersten Minute an zeigte, wie der Hase lief. Die Schwarzen, die er anwarb, machten kaum Probleme; nachdem er die Aufmüpfigsten unter ihnen zu Krüppeln geschossen hatte, kuschten sie vor ihm, so wie er sich das gewünscht hatte. Mary war gottlob auch keine große Verfechterin der Rechte von Wilden, so dass er von Vorwürfen am heimischen Herd verschont blieb. Stattdessen bewunderte sie ihn, dass unter seiner straffen Führung bald alles reibungslos lief – es gab keine gestohlenen Schafe mehr, keinen verschwundenen Schnaps und keine herumlungernden Faulpelze, die sich bei der ersten Gelegenheit mit ihrem Lohn davonmachten.

Mary war zufrieden mit ihm als Ehemann, und darauf war Oskar stolz. Er liebte es, nach einem langen Tag mit ihr zu plaudern, ihre weiche Haut zu streicheln und sie zu küssen. Mary schlief bereitwillig mit ihm, wann immer er sich das wünschte. Wenn sie einmal unpässlich war, behalf er sich mit Rosie, der jungen Magd, aber das kam selten vor. Oskar hielt sich viel darauf zugute, dass er seiner Frau fast immer treu war.

Sein anderes, geheimes Leben war weniger befriedigend. Oskar wusste einfach nicht, wie er es Emma und Scheerer heimzahlen sollte, ohne sich selbst dem Risiko empfindlicher Strafen auszusetzen.

Er hatte Erkundigungen eingezogen und erfahren, dass Emma nun Frau Scheerer war und wie ihr Mann in den Diensten der Regierung stand. Die beiden lebten im Regenwald bei den Wilden, deren Bekanntschaft auch er, Oskar, schon gemacht hatte. Sie schrieben regelmäßige Berichte und wurden für ihre Arbeit hoch geschätzt. Ein Paar wie sie konnte man nicht einfach umbringen, nicht einmal, wenn es im Regenwald passierte. Es würde eine Untersuchung geben, die Wilden würden reden, und der Verdacht würde im Nu auf den alten Feind der Scheerers fallen, der nicht weit vom Regenwald eine Schafstation führte. Nein, so ging es nicht.

Wie aber dann?

Auf den langen Ritten über sein Land grübelte Oskar unentwegt über diese Frage nach. Einmal erwog er, seine verlässlichsten Leute zusammenzutrommeln und nicht nur Scheerer und Emma, sondern gleich den ganzen Clan abzuknallen. Aber das Risiko war zu hoch, dass Mary bei einer Aktion dieser Größenordnung misstrauisch würde, und er wollte sein junges Eheglück nicht gefährden. Zum ersten Mal in seinem Leben hatte er so etwas wie Liebe und häuslichen Frieden gefunden; um keinen Preis der Welt wollte er dies alles wieder verlieren.

Dennoch zog es ihn zu denen, die ihn gedemütigt hatten, zurück. Quälend und unwiderstehlich. Seine Seele fand einfach keine Ruhe.

Eines Tages im Oktober hielt Oskar es nicht mehr aus. Er sattelte sein schnellstes Pferd und machte sich auf den Weg in den Regenwald. Es kam ihm zupass, dass er oft in den Weiten seines Landes unterwegs war; so schöpfte Mary keinen Verdacht, weil er tagelang fort war.

Oskar hatte keine Ahnung, wo das verdammte Lager sein sollte, in dem Carl und Emma nun wohnten. Er sagte sich, dass es nicht allzu weit von ihrer ehemaligen Forschungsstation entfernt sein konnte, schließlich war Emma damals zu Fuß bei den Wilden gewesen. Doch obwohl der Suchradius derart eingeschränkt war, erwies sich der dichte *scrub* als hartnäckiger Gegner, zumal Oskar es tunlichst vermeiden musste, von irgendjemandem gesehen zu werden. Er musste sich also vorsichtig, ohne schnaubendes und trampelndes Pferd und ohne eine Schneise der Verwüstung zu hinterlassen, durch die Vegetation schlagen.

Beim ersten Mal hatte er keinen Erfolg und musste unverrichteter Dinge zurückreiten. Aber Oskar hatte Blut geleckt und kam wieder. Und wieder und wieder. Und schließlich zahlte seine Sturheit sich aus.

Sie wiederzusehen war wie ein Schlag in die Magengrube. Die Scheerers waren unbeschwert und glücklich, verschwendeten keinen Gedanken mehr an ihn, Oskar; sie hatten Besseres zu tun. Hand in Hand wanderten sie vom Lager fort, und er folgte ihnen mit einem so elenden Gefühl, dass er sogar erwog aufzugeben, einfach zu seiner Frau zurückzukehren und alles andere zu vergessen.

Aber dann erreichten sie den Bach, und was Oskar dort zu sehen bekam, besiegelte ihr Schicksal.

Der Anblick der beiden Liebenden, die erst im Wasser herumalberten und sich dann schamlos wie zwei Tiere einander hingaben, weckte die widersprüchlichsten Empfindungen in Oskar. Er fühlte sich abgestoßen, zu seinem Entsetzen aber auch erregt. Schlagartig erkannte er, dass, obwohl er Mary von Herzen liebte, ein dunkler Teil von ihm noch immer Emma begehrte. Vielleicht, weil sie sich ihm niemals auch nur ansatzweise unterworfen hatte.

Er begehrte Emma mehr als alles andere.

Und dafür hasste er sie.

Keuchend und machtlos verharrte Oskar in seinem Versteck. Dass er nichts tun konnte, als sich selbst anzufassen und Carl Scheerer dabei glühend zu beneiden, dass dieser Emma in den Armen hielt, steigerte Oskars Zorn in maßlose Höhen. Als es vorbei war und er den Regenwald für dieses Mal hinter sich ließ, war Oskar fester denn je dazu entschlossen, die Scheerers zu vernichten.

Wie ein Besessener sann er in den folgenden Wochen auf die ultimative Rache. Eine Rache, die ihn für alles entschädigen würde, was sie ihm angetan hatten; eine Rache, an deren Ende der Tod stand, aber erst, nachdem Oskar seine Widersacher vollständig gebrochen hätte.

Was konnte er tun, damit ihm eine solche Rache gelang?

Die Erleuchtung kam ihm, als er Anfang des Jahres 1860 zwei neue *storekeepers* einstellte. Die beiden Männer waren derbe Gesellen, wortkarg, nicht zimperlich im Umgang mit Möchtegern-Dieben und bereit, für ein paar Flaschen Schnaps und die Erlaubnis, sich nach Belieben an den Weibern der schwarzen Arbeiter zu vergehen, fast alles zu tun.

Als sie vor ihm standen und die Idee in seinem Kopf blitzartig Formen annahm, wusste Oskar, dass er endlich auf dem richtigen Weg war.

Zusammen mit den beiden Männern ritt er in den Regenwald. Sie hielten sich abseits des Clans, bei dem die Scheerers lebten, versteckt und warteten darauf, dass sich einer der Wilden vom Lager entfernte; allein. Sie brauchten einen Einzelgänger, einen, der mit seiner Position im Gefüge des Clans unzufrieden war. Oskar wusste, welche Gefühle Demütigung und mangelnde Anerkennung in einem Menschen hervorrufen konnten, und deshalb wollte er auf genau so jemanden treffen.

Es war schwieriger als gedacht. Die Wilden hielten zusammen, streiften kaum je auf eigene Faust durch den *scrub*. Erst im Februar hatten Oskar und seine Männer Glück: Ein grausig anmutender Wilder, Knochen in der Nase und Zorn im Blick, trieb sich weitab vom Lager allein herum. Oskar war vorsichtig, er beobachtete ihn erst eine Zeitlang, bis er sich sicher war. Dann aber schickte er seine Männer vor, um den Knochenmann anzusprechen.

Zu Oskars Erstaunen rannten die *storekeepers* bei dem grimmigen Wilden offene Türen ein, und er war sofort bereit, ihnen zu helfen. Später erzählten die Männer Oskar, dass er sie »D'anba« genannt und sich bei ihnen bedankt hätte; er glaubte, dass sie von bösen Geistern besessen und erschienen seien, um ihm zu helfen. Die Männer lachten über seine Einfalt. Dayindi, so der Name des Knochenmannes, hatte nicht einmal die Bezahlung annehmen wollen, die Oskar vorgesehen hatte: Schnaps, Geld, warme Kleider. Von den D'anba, so hatte er mit großem Ernst gesagt, nehme er selbstverständlich keine Geschenke an.

Auch gut, dachte Oskar zufrieden und erklärte seinen *storekeepers* das weitere Vorgehen: Sie mussten Dayindi dazu bringen, dass er jeden Schritt Carl Scheerers beobachtete. In einem geeigneten Moment, wenn weder Emma noch sonst jemand sich in der Nähe befände, solle er Scheerer unter dem Vorwand, ein Gespräch unter vier Augen mit ihm führen zu wollen, zu einer vorher verabredeten Stelle tief im Regenwald locken. Dort würde ihn einer der beiden Weißen – sie sollten sich bei der Bewachung des Warenlagers daheim und dem Wacheschieben im Regenwald abwechseln – mit geladenem Gewehr in Empfang nehmen. Scheerer würde der Waffe nichts entgegenzusetzen haben, wenn ihm sein Leben auch nur einen Pfifferling wert war; es würde ein Leichtes sein, ihn zu fesseln und zu knebeln.

Danach, so Oskars Plan, würde man Orlando von der unbewachten Koppel beim verlassenen Forschungslager holen. Nicht nur, um Scheerer leichter zur Schafstation transportieren zu können, sondern auch, um den Verdacht zunächst in die falsche Richtung zu lenken: Emma sollte ruhig für eine Weile glauben, ihr vergötterter Ehemann habe sich aus dem Staub gemacht.

Dies war der erste Teil von Oskars Plan gewesen, und er hatte wunderbar funktioniert. An einem Morgen im März tauchten Dayindi und Scheerer in aller Herrgottsfrühe an dem vereinbarten Platz auf. Der verschlafene *storekeeper* war froh, sein Gewehr stets griffbereit geladen zu haben, und zog einen weiteren Vorteil daraus, dass Scheerer vollkommen überrumpelt war. Er begriff überhaupt nicht, wie ihm geschah, und war im Handumdrehen verschnürt wie ein feiner Braten.

Der *storekeeper* erklärte Dayindi noch rasch, dass er in nächster Zeit einen Brief bringen und Emma danach ebenfalls verschwinden würde. Falls es zu irgendeinem Zeitpunkt Probleme geben sollte, müsse Dayindi sich unverzüglich an Oskar wenden. Der *storekeeper* machte sich noch einen kleinen Spaß daraus, Oskar »den Herrn der Geister« zu nennen. Danach bot er ihm ein weiteres Mal Schnaps oder Geld an, doch dem verrückten Wilden schien es Lohn genug zu sein, seinen Geistern gedient und das Forscherpaar ins Unglück gestürzt zu haben. Dummer Kerl.

Der zweite Teil des Plans hätte einige Wochen später anlaufen sollen, wenn Emma gehörig gelitten hätte und Scheerers Wille durch die Folter gebrochen wäre. Besagter Brief würde ankommen, Emma würde ihn lesen und sich unverzüglich auf den Weg machen.

Niemand außer Dayindi würde wissen, warum sie niemals zurückkehrte.

Oskars Laune erhielt einen kleinen Dämpfer, als er daran dachte, dass der verdammte Brief niemals geschrieben worden war. Scheerer hatte sich all die Monate über hartnäckig geweigert, seine Rolle als Lockvogel zu spielen, und das brachte Oskar gewaltig in Rage.

Dabei war er so gewissenhaft vorgegangen: Hatte all sein Wissen als ehemaliger Militärarzt eingesetzt, um sein Opfer auf den Punkt genau zu quälen – stets so sehr, dass es Scheerer an den Rand des Wahnsinns treiben musste, aber niemals so, dass er tatsächlich in Lebensgefahr geriet. Oh ja, Oskar wusste, wie lange er einem

Mann die Luft abdrücken durfte, ohne dass dieser erstickte; wie viele Tage ohne Essen und Wasser man überleben konnte; wie brutal die Schläge mit der Eisenstange sein durften, wie tief die Wunden, wie entzündet die Striemen … und wann man einem halbtoten Körper Zeit geben musste, sich zu erholen. Oskar hatte fast alles richtig gemacht – bis auf eines: Er hatte unterschätzt, wie stur dieser Dummkopf Scheerer daran festhielt, Emma zu beschützen.

Doch Oskar hatte sich geweigert aufzugeben. Er wollte seine Rache, und er würde sie bekommen. Er musste bloß geduldig sein, das war alles. Dann würde er zu guter Letzt doch noch Erfolg haben und es schaffen, Scheerers Willen zu brechen. Nur deshalb hatte er den Kerl schließlich bis heute am Leben gelassen!

Tja, dachte Oskar nun, der Mensch denkt, Gott lenkt. Emma war ganz von allein hier aufgetaucht. Ohne Brief, ohne das Zutun ihres Mannes; wie ein dummes Rind, das freiwillig zum Schlachten antrat. Das war zwar nicht ganz so perfekt, wie wenn Scheerer sie hergelockt hätte. Aber es war eindeutig besser als nichts.

Oskar hatte sofort gewusst, dass sie es war, als er früher als erwartet heimgekehrt war und Rosie gefragt hatte, ob seine Frau in der guten Stube sei. Die Magd hatte genickt und ihm erzählt, dass Madam Besuch habe – einen jungen Engländer und eine blonde, nervös wirkende Frau, die vor wenigen Minuten schnell wie der Teufel in Richtung Warenlager davongeritten war. Zu dritt auf einem Pferd! In engstem Körperkontakt mit zwei schwarzen Männern! Rosie hatte sich bei der Erinnerung vor Ekel geschüttelt.

Blond, stürmisch, keine Scheu vor schwarzen Männern und auf dem Weg zum Warenlager: Das konnte nur Emma sein.

Oskar hatte den plötzlichen Aufruhr in seinem Inneren unterdrückt, Rosie die Wange getätschelt und gesagt, er sehe am besten selbst nach, wo seine unkonventionelle Besucherin abgeblieben sei. Rosie solle schön den Mund halten, er wolle seine Frau nachher mit seiner frühen Rückkehr überraschen.

Unverzüglich hatte er sich auf den Weg zum Warenlager gemacht.

Oskar näherte sich der offenen Schuppentür. Er spürte Ungeduld und Erregung in sich aufsteigen und ritt schneller. Flüchtig fragte er sich, wer wohl Emmas Begleiter war, der bei Mary im Salon saß. Nun, um diese Kleinigkeit würde er sich später kümmern; notfalls erschoss er den Kerl. Um alles würde er sich später kümmern, um alles außer Emma. Endlich war sie in seiner Gewalt. Endlich konnte Oskar es ihr heimzahlen, mit lustvoller Brutalität, vor den Augen ihres jämmerlichen Mannes.

Hoffentlich war Scheerer bei Bewusstsein, damit er auch nichts verpasste.

Oskar grinste.

Er erreichte den Schuppen, saß ab und hob sein Gewehr. Mit einem Gefühl, das dem vollkommenen Glück schon sehr nahe kam, trat er ins Dämmerlicht.

# 16

*Es ist Carl! Er lebt, Carl lebt!*

Emmas erster Gedanke ging unter in einem Wirbel aus Euphorie und Entsetzen.

Der grauhaarige, halbtote Gefangene, den sie für einen alten Mann gehalten hatte, war Carl! Das Gefühl in ihrem Herzen, das sie seit seinem Verschwinden gehütet hatte wie einen Schatz, hatte Emma nicht getrogen.

Er lebte.

Aber er sah so elend aus, dass sie fürchtete, ihn sogleich wieder zu verlieren.

»Ich bin da«, flüsterte sie. »Ich bin bei dir, mein Liebster. Jetzt wird alles gut.«

Die Tränen schnürten ihr die Stimme ab. Sie strich Carl über die schmutzige Stirn, den wuchernden Bart, die aufgesprungenen Lippen, vorsichtig, mit den Fingerspitzen. Und die ganze Zeit über schaute sie in seine meerblauen Augen – die einzige Verbindung zu dem Mann, der er noch im Frühjahr gewesen war.

Er versuchte zu sprechen. Es kam nur ein Husten heraus.

»Still«, sagte sie, zwang das Schluchzen zurück, das mit Macht hervorbrechen wollte. »Zum Reden ist später Zeit genug.«

Die Anstrengung war bereits zu viel gewesen für Carls geschwächten Körper. Sein Kopf sackte zur Seite, und er verlor das Bewusstsein.

»Wir müssen ihn hier rausbringen. Schnell!« Birwains aufgeregtes Krächzen brachte Emma zu Bewusstsein, dass es längst noch nicht ausgestanden war. Widerwillig löste sie ihre Augen von Carl.

Sie blickte über die Schulter zu ihren Freunden hoch. »Wenn wir ihn zu dritt tragen, sollten wir es schaffen, ihn in Sicherheit zu bringen.«

»In Sicherheit? Und wo soll das sein?« Birrinbirrin klang gar nicht mehr wie der kampflustige junge Mann, als der er hierhergekommen war, sondern furchtsam und verstört; Carls Anblick schien ihm zuzusetzen.

»Zur Station«, beschloss Birwain. »John hat ein Gewehr, wir unsere Messer, und der D'anba ist nicht da. Wenn wir uns beeilen, sollte es also möglich sein, von hier zu verschwinden, bevor …«

»Na, wen haben wir denn da?« Die Stimme in der Dunkelheit, englisch mit einem deutlichen deutschen Akzent, klang belustigt.

Die Schwarzen fuhren herum, Emma sprang auf. Das Gewehr auf sie gerichtet, schlenderte Oskar auf sie zu.

»Schön stehen bleiben. Wer sich bewegt, wird erschossen.«

Emmas erster Impuls war, sich auf Oskar zu stürzen und ihm seine Grausamkeit heimzuzahlen. Carls Folterung, ihre monatelange Trauer, all das, was er in seiner bösartigen Niedertracht so vielen Menschen antat, jeden Tag aufs Neue. Nur der Gedanke daran, dass sie Carl retten musste und dass sie ihm tot nichts nützte, hielt das brüllende Raubtier in Emma in Schach. Mit geballten Fäusten und hämmerndem Herzen stand sie da, entschlossen, Oskar nie wieder in die Nähe ihres Mannes zu lassen; koste es, was es wolle.

»Emma, meine Liebe.« Oskar blieb breitbeinig vor ihr und den Schwarzen stehen. Er betrachtete Emma von Kopf bis Fuß. »Welch freudiges Wiedersehen. Schäbig siehst du aus, ich hatte dich hübscher in Erinnerung. Tja, die Sorgen, die Sorgen. Sie lassen wenig Raum für Eitelkeiten, nicht wahr?«

»Du bist widerlich, Oskar«, stieß Emma hervor. »Meine Freunde haben recht: Du bist kein Mensch mehr.«

»Deine Freunde?« Oskar zog die Augenbrauen hoch. »Meinst du diese halbnackten Gestalten hier?«

Noch bevor sie begriff, was er zu tun beabsichtigte, hatte er sein

Gewehr umgedreht und Birrinbirrin den Kolben ins Gesicht gerammt. Mit einem hässlichen Knacksen brach Birrinbirrins Nase. Blut schoss hervor, Oskar lächelte und stieß noch einmal zu. Birrinbirrin sackte bewusstlos zusammen.

Emma und der alte Schamane starrten entsetzt auf ihren Freund.

»D'anba!«, keuchte Birwain, fuhr herum und deutete mit zitterndem Zeigefinger auf Oskar. »Elender D'anba!«

»D'anba, D'anba. Kennst du eigentlich auch noch ein anderes Wort?« Oskar wirbelte lässig sein Gewehr herum, als spiele er damit. »Na ja, egal. In der Hölle braucht man keinen großen Wortschatz.«

Er legte an und schoss dem Schamanen nachlässig, fast ohne zu zielen, in die Brust.

Er bringt uns alle um, schoss es fassungslos durch Emmas Kopf. Einen nach dem anderen.

Ohne nachzudenken, stürzte sie sich auf Oskar.

Er schlug ihr mit der flachen Hand so hart ins Gesicht, dass Emma Hören und Sehen verging. Sie taumelte, und Oskar setzte nach, gab ihr mit dem Gewehrkolben einen brutalen Stoß in den Bauch. Unerträglich flammte der Schmerz in ihr auf. Sie krachte in das Regal hinter Oskar, riss Fässer und Kisten mit sich, kam zwischen Seifen, Salz und getrocknetem Fisch zusammengekrümmt und keuchend auf dem Boden zu liegen.

Blitze vor ihren Augen, Messerschneiden in ihrem Kopf, glühende Eisen in ihrer Brust. Nicht das Bewusstsein verlieren, Carl ist hier, sie muss ihn vor dem Ungeheuer retten, vor Oskar. Oskars Stiefelspitzen, direkt vor ihren Augen. Gleich kommt der Schmerz, aber nein, er tritt nicht zu, sondern geht vor ihr in die Hocke.

»So viele Menschen reißt du in den Tod, Emma. Das ist gewiss kein schönes Gefühl, hm? Dayindi mag dir ja noch egal sein, er hat uns deinen Carl schließlich ausgeliefert. Der Narr, er wollte doch tatsächlich, dass ich ihn hier aufnehme, als es ihm beim Clan zu brenzlig wurde. Als ob ich einen unzufriedenen schwarzen Mitwisser brauchen könnte!« Er lacht.

Sie dämmert weg, Oskars Stimme verschwimmt. Kämpfen, Emma, kämpfen! Ihr Geist kehrt zurück, sie hört, wie Oskar mit ihr plaudert, als erzähle er ihr den neuesten Klatsch.

»Wir hätten das Ganze so rasch über die Bühne bringen können, wenn dein Geliebter nicht unbedingt den Helden hätte spielen müssen. Aber klar, ein Carl Scheerer kann natürlich nicht klein beigeben. Statt dir zu schreiben und dich hierherzulotsen, hat er sich lieber foltern lassen.« Oskar schüttelt den Kopf. »Tja, das hat er jetzt von seinem Heldentum: ist nicht nur selbst am Sterben, sondern hat auch noch die beiden armseligen Wilden hier auf dem Gewissen und Dayindi. Nun denn. Sollen wir Carl wieder aufpäppeln? Dann lassen wir ihn dabei zusehen, wie du und ich uns miteinander vergnügen.«

Durch ihren wegdriftenden Geist weht eine Erinnerung. Sie greift nach ihr. Bekommt zu fassen, was Dayindi gesagt hat, als sie ihn damals zur Rede gestellt hat: Irgendwann würde sie alles begreifen, würde Teil davon sein. Jetzt versteht sie, was er damit gemeint hat. Carl hätte ihr schreiben, hätte sie persönlich in die Höhle des Löwen locken sollen.

Aber Carl hatte sich geweigert.

Sie leckt sich über die Lippen und fragt: »Warum hast du mich nicht entführt? So wie Carl?«

Oskar besitzt die Dreistigkeit, ihr väterlich über den dröhnenden Kopf zu streichen. »Du bist so rührend naiv, meine Liebe. Natürlich hätte ich dich einfach entführen können, aber wo wäre denn da der Spaß gewesen? Nein, so simpel ist Oskar Crusius' Rache nicht. Wie viel reizvoller ist doch die Vorstellung, dein geliebter Gatte erleidet höllische Gewissensqualen, weil er selbst es war, der dich hergelockt und dem Verderben ausgeliefert hat … Er hätte dir schreiben sollen, dass du nach Warwick kommen sollst, verstehst du? Auf dem Weg dorthin hätten wir dich dann abgefangen.

Niemand hätte gewusst, wohin es dich verschlagen hat, schließlich wäre mein Name oder der meiner Farm niemals gefallen. Ein feiner Plan, nicht wahr?«

Er klingt stolz. Ein Funken Wahnsinn glitzert in seinem Blick.

»Tag für Tag hätte ich deinen Mann damit unterhalten, dich vor seinen Augen zu besitzen. Vielleicht hättest du sogar irgendwann Gefallen daran gefunden, wer weiß? Du warst ja schon immer eine kleine Hure. Wie auch immer, wir hätten unsere Spielchen so lange weitergetrieben, bis dein machtloser Held darum gebettelt hätte, dass ich ihn von seinen Qualen erlöse – und töte.« Er streichelt ihr noch einmal über den Kopf. »Nun, jetzt ist es ja so weit, auch ohne seine Mithilfe. Du bist mir ganz von selbst zugeflogen, mein Täubchen. Der schöne Plan kommt also doch noch zur Ausführung, wenn auch ein wenig anders als gedacht. Wir werden den lieben Carl dafür bestrafen müssen, dass er seine Rolle nicht spielen wollte.«

Oskar steht auf, und Emma folgt ihm panisch mit den Augen. Sie spürt, dass ihr Geist wieder fest in ihrem Körper verankert ist, vielleicht, weil Oskars Worte ihn dazu zwingen. Denn sie darf nicht aufgeben, darf Oskar nicht erlauben, seine abartigen Pläne in die Tat umzusetzen. Nicht nachdem Carl fast dafür gestorben ist, Emma vor Oskar zu schützen.

»Kümmern wir uns zunächst um deine Freunde, meine Liebe«, sagt Oskar und geht mit festem Schritt auf die drei bewusstlosen Männer zu, die neben- und übereinander am Boden liegen, ein blutender, grausiger Haufen.

Emma stützt sich auf, schafft es irgendwie, sich hinzusetzen, unterdrückt ein Stöhnen. Sie muss Carl und den Freunden helfen, doch sie braucht eine Waffe. Wo um Gottes willen soll sie eine Waffe herbekommen? Ihr Blick irrt umher, findet nichts, was tödlich genug wäre.

Denn dass sie Oskar töten muss, steht außer Frage.

Oskar steht vor den drei Männern, schaut auf sie hinunter. Emma weiß, sie hat keine Zeit zu überlegen, ohne Waffe jedoch auch keine Chance, es mit Oskar aufzunehmen. Verzweifelt schaut sie zu Carl, der bewusstlos am Boden liegt, zu Birrinbirrin, der mit geschlossenen Augen keuchend atmet, und – ihr Magen krampft sich zusammen – zu dem toten Birwain.

Da öffnet Birwain die Augen.

Er ist nicht tot, noch nicht!, durchfährt es Emma. Er sieht sie an, durchdringend, er will ihr etwas mitteilen … aber was?, fragt sie sich, und ihr Herz und ihre Gedanken rasen.

*Was willst du mir sagen, Birwain?*

# 17

Licht durchflutete Birwain, als seine misshandelte, zerfaserte Seele sich von der physischen Ebene löste und ins Land der Ahnen zog. Doch Birwain wehrte sich; seine Arbeit war noch nicht getan. Wenn er jetzt ginge, so wäre alles umsonst gewesen. Sie würden sterben, nicht nur er selbst, der alt und verbraucht war, sondern auch seine Freunde, junge, gute Menschen, die es verdienten zu leben. Birwain wollte nicht, dass alles umsonst gewesen war – der ganze lange verzweifelte Kampf. Die Rituale. Die Hoffnung.

Wenn es umsonst gewesen war, dachte er, dann musste er die Strafe dafür empfangen und hierbleiben, im Zwischenreich. Keine Wiedergeburt würde ihn erwarten, keine Rückkehr in den dunklen Tümpel, auf die Farnblätter und die moosigen Steine, wo die Babyseelen darauf warteten, dass ihre zukünftige Mutter kommen und sich bei ihnen niederlassen würde, vorbereitet durch eine Ahnung, bestätigt durch einen Traum. Nein, er würde hierbleiben, gepeinigt vom ewigen Vorwurf, versagt zu haben.

Unendliche Qual.

*Du hast nicht versagt. Du hattest bloß keine Chance gegen die Übermacht deiner Gegner.*

Die D'anba würden das Land in Besitz nehmen, flüsterten die Geister ihm zu, sie würden nicht ruhen, bis die Clans zerstreut und aufgelöst wären, bis nichts mehr bleiben würde als die Erinnerung an die Heiligkeit der Hügel, der Tümpel und Felsen, an die Rituale und die komplizierten Gesänge, an weiß bemalte Körper, nach Eukalyptus duftende Feuer und an Rauch, der sich in den Baumwipfeln verlor.

Seine Welt würde untergehen, und er war machtlos dagegen.

*Hier und heute aber, hier und heute könnt ihr ihn besiegen, diesen einen D'anba. Emma musste hierherkommen, denn er ist ihre Aufgabe. Er will sie nicht freigeben, sie aber muss sich von ihm lösen. Hilf ihr dabei, Schamane.*

*Wie?*, fragte er verzweifelt, während er spürte, wie das Band, das ihn auf der Ebene der Welt hielt, sich trotz seiner Gegenwehr löste.

*Du weißt, was Emma tun muss. Zeig ihr den Weg, ein letztes Mal. Sie soll ihn mit seinen eigenen Waffen schlagen.*

Mit seinen eigenen Waffen?

Mühsam öffnete Birwain die Augen, nur einen Spalt. Es war beinahe zu viel der Anstrengung. Sein Blick irrlichterte durch die Düsternis, erfasste Oskars Fratze, Emma, die zwischen umgestürzten Kisten, Fässern und Vorräten auf dem Boden kauerte, und schräg über ihr … Auf einem der oberen Regalbretter, dort, wo noch alles an Ort und Stelle lag … Da war es.

*Mit seinen eigenen Waffen.*

Emmas Blick traf sich mit seinem. Er verband sich mit ihr, führte sie stumm mit den Augen in die Höhe, hin zu dem Regalbrett, auf dem im Halbdunkel die Eisenstange lag, verkrustet von altem und neuem Blut. Birwain wusste instinktiv, dass dies die Eisenstange war, mit der Oskar seinen Gefangenen malträtiert hatte. All das Blut, das daran klebte, stammte von Carl.

Emma verstand.

Oskar sagte kopfschüttelnd zu Birwain: »Zäher Bursche, was? Kostest du mich doch tatsächlich zwei Schuss. Na, was soll's?«

Er drückte den Abzugsbügel nach vorn, lud eine Patrone nach und legte an.

Birwain achtete nicht auf Oskar. Nur Emma war wichtig. Gerade zog sie sich am Regal hoch, reckte sich, so weit sie es vermochte. Sie konnte das Eisen nicht sehen, es lag weit über ihrem Kopf. Mit ausgestreckten Armen tastete sie blind auf dem Regalbrett herum.

Birwain sammelte seine ganze Kraft, öffnete den Mund und

schrie. Nicht aus Angst vor Oskar – der Tod würde kommen, ob Oskar noch einmal schießen würde oder nicht –, sondern weil sein Geschrei die Geräusche übertönte, die Oskar auf keinen Fall hören durfte. Die Geräusche von Emma, die gefunden hatte, was sie suchte, und die nun mit beiden Händen die schwere Stange hoch oben ergriff. Ihr Gesicht war bleich von der Anstrengung, Schweißtropfen rannen ihr von Stirn und Schläfen.

»Ab in die Hölle, mein Freund«, sagte Oskar.

Mit einem verzweifelten Schrei warf Emma sich nach vorn, riss die Stange in einem surrenden Bogen durch die Luft, ließ sie mit tödlicher Wucht auf Oskars Schädel krachen. Oskar brach zusammen, aus seinem Gewehr löste sich donnernd der Schuss.

Birwains Blick wurde blind, als das Band endgültig entzweiriss. Die Geister lächelten. Flüsterten ihm zu, dass er zurückkehren dürfe, dass er die Gnade erfahren würde, neu zu beginnen.

Bald.

Dann löste er sich aus seinem zuckenden Körper. Der besiegte D'anba gab frei, was er gestohlen hatte, und Birwain spürte, wie die Wunden seiner Seele sich schlossen.

Hell und leicht stieg er auf zu den Ahnen.

# 18

John hörte Geschrei. Krachen. Den Schuss. Er hatte sich also nicht geirrt, dachte er panisch und stieß Sirius die Fersen in die Flanken. Der Schuss vorher war ebenfalls aus dem Schuppen gekommen. Warum hatte er bloß diese verdammte Stunde abgewartet, die er Emma versprochen hatte? Er hätte nicht auf sie hören sollen. Er hätte sie niemals allein lassen dürfen. Was war er bloß für ein Dummkopf!

Immerhin hatte er sich um die *storekeepers* gekümmert; sie würden noch eine ganze Weile damit beschäftigt sein, ihm eine Aufstellung aller Dinge zu machen, die sie in ihrem Warenlager untergebracht hatten. Als Beispiel für sein eigenes zukünftiges Warenlager, hatte John scheinheilig behauptet, und Mrs Crusius war von so viel vorausschauendem Denken begeistert gewesen. Ihrem Willen hatten sich die *storekeepers* nicht widersetzen können.

Stürmisch galoppierte John auf die offene Tür zu, zügelte grob sein Pferd und sprang ab, ohne sich darum zu scheren, ob Sirius weiterlief oder auf ihn wartete.

Emma!, hallte es in seinem Kopf. Emma ist da drin!

Er rannte durch die Tür, hob im Laufen das Gewehr und war bereit, ohne zu zögern zu töten, wer auch immer Emma bedrohte.

*Und wenn es zu spät ist und einer der Schüsse ihr gegolten hat?*

Er verbot sich zu denken, erkannte ganz am Ende des Gangs einen schemenhaften Umriss, brüllte: »Hände hoch!«, und bemerkte irritiert, dass die Gestalt überhaupt nicht reagierte.

Es war eine schmale Gestalt.

Eine Frau.

»Emma! Gott sei Dank!«

Für eine Sekunde atmete John auf.

Dann hastete er weiter, erfasste mit einem Blick die umgestürzten Fässer und Kisten, das Knäuel von Männern auf dem Boden und davor sie, die mit hängenden Schultern und gesenktem Kopf im Dämmerlicht stand.

Keuchend blieb er stehen.

»Bist du verletzt?«, fragte er und griff nach ihrer Hand.

Langsam hob sie den Kopf und sah ihn an. »Ich habe ihn getötet, John. Ich habe Oskar getötet.«

Sie wirkte merkwürdig ruhig. John erkannte, dass sie unter Schock stand. Sein Blick huschte zu den leblosen Körpern, die vor ihr im Staub des Schuppens lagen.

»Er hat Birwain erschossen«, fuhr Emma tonlos fort. »Ob Birrinbirrin nur bewusstlos ist oder ebenfalls tot, weiß ich nicht. Und Carl lebt zwar, aber … aber …«

Ihre Stimme brach.

Carl Scheerer ist ebenfalls hier, dachte John und begriff im ersten Moment nicht, was das bedeutete. Doch dann wollte er Emma in den Arm nehmen, um sie zu trösten, und etwas in ihm wusste, dass er das nicht mehr durfte. Er wollte ihr beruhigende Worte zuflüstern, wollte ihr versichern, dass alles gut würde, weil er, John, jetzt da war und sie nie wieder allein lassen würde.

Nichts von alledem durfte er tun.

Denn ihr Ehemann lebte.

Ein Kloß bildete sich in Johns Hals und wurde immer größer. Hilflos strich er sich durch die Haare, eine Geste, die ihm selbst unpassend und lächerlich vorkam. Verdammt, er musste etwas tun, irgendwas, jetzt gleich. Sonst würde der Kummer über den Verlust von Emma ihn zerreißen.

John rettete sich in seine Professionalität als Arzt. Vor ihm lagen Tote und Verletzte, und zumindest um Letztere hatte er sich gefälligst zu kümmern. Er ging in die Hocke, nahm sich in kühler Distanz einen nach dem anderen vor. Birwain war tot, da gab es keinen Zweifel. John konnte ein Gefühl des Bedauerns nicht unterdrücken, als er dem streitbaren, doch weisen Alten die Augen schloss.

Oskar Crusius … ebenfalls tot. Blut und eine wässerige Flüssigkeit – Hirnflüssigkeit, erkannte John – liefen in dünnen Fäden aus seiner Nase. John diagnostizierte Tod durch Schädelbruch und schloss auch ihm die Augen.

Er hörte Emma schluchzen, sah aber nicht zu ihr auf. Wenn er sie jetzt in den Arm nähme, wäre es mit seiner Selbstbeherrschung und Zurückhaltung vorbei, das war ihm nur allzu klar.

Also kümmerte er sich mit zusammengebissenen Zähnen um Birrinbirrin, der zwar ohnmächtig, aber immerhin am Leben war. Die breite Nase des jungen Mannes war gebrochen, und er würde Narben im Gesicht zurückbehalten, doch ansonsten schien ihm nichts Ernsthaftes zu fehlen. Wahrscheinlich gefallen Nowalingu die zusätzlichen Narben recht gut, dachte John sarkastisch.

Dann holte er tief Luft und wandte sich dem Verletzten zu, für den Emma all das auf sich genommen hatte. Die Gefahr, die Strapazen; sogar ihren eigenen Tod hatte sie riskiert.

Alles für diesen Mann?, dachte John und starrte auf den armen, bestialisch stinkenden Teufel, der regungslos vor ihm lag. Lebte er? John griff nach dem mageren Handgelenk und erspürte einen kräftigen Puls. Obwohl er es nicht wollte, atmete John auf. Er untersuchte den Mann weiter, suchte nach potentiell tödlichen Verletzungen, fand keine und war schon wieder erleichtert. Mit Befremden erkannte John, dass er unbedingt wollte, dass Carl Scheerer am Leben blieb.

Emma brauchte diesen Mann, um glücklich zu sein. Und deshalb durfte er nicht sterben.

Als John bewusst wurde, dass sein Handeln und Denken in diesem Augenblick tatsächlich von Edelmut geprägt waren, lachte er freudlos auf. Was war er bloß für ein Narr! Da verlor er die Frau, die er mehr liebte als alle, die er je kennengelernt hatte – und entdeckte in genau diesem Moment seine selbstlose Ader.

»Werde ich ihn verlieren?«, hörte er Emma fragen.

Da endlich blickte er zu ihr hoch. »Nein.«

Das Aufleuchten in ihren Augen schmerzte. Johns Stimme klang brüsker als beabsichtigt, als er fragte: »Kannst du deinen Mann halten, wenn wir ihn vor dir aufs Pferd binden?«

Sie nickte hastig, ihr Blick glitt zwischen ihm und Carl hin und her.

John stand auf. »Dann los. Du übernimmst deinen Mann, ich Birrinbirrin. Um alles andere kümmern wir uns, wenn wir aus der Gefahrenzone raus sind.« Grimmig setzte er hinzu: »Ewig werden die *storekeepers* nämlich nicht beschäftigt sein.«

# 19

## OKTOBER 1860

Emma saß auf ihrem Stuhl am offenen Fenster und blickte hinaus. Der Birnbaum vor dem Haus blühte, warm schien die Sonne ins Zimmer. Wie lange schien es her, dass sie mit John in ebendiesem Gasthaus logiert hatte! Dabei waren seither keine zwei Monate vergangen.

Sie stand auf und trat an das Bett, in dem Carl lag und schlief. Emma konnte nicht widerstehen und legte ihm die Hand auf die Wange, die nun sauber und glatt rasiert war. Sie musste sich versichern, dass er wirklich da war, dass sie ihn anfassen konnte, dass er wieder mehr war als nur Haut und Knochen. Sehr sanft strich sie über sein blasses Gesicht, hielt inne, als er sich rührte. Sie wollte nicht, dass er erwachte. Sie war froh, wenn Carl ohne Alpträume schlief; es kam selten genug vor.

Neben dem Bett lag in einer hölzernen Wiege Belle. Sie hielt ihren Mittagsschlaf, den Daumen fest im Mund. Emma betrachtete sie lächelnd.

Da Belle nun nicht mehr bei Purlimil war und gestillt wurde, sondern mit Emma und Carl in Warwick lebte, hatte sie sich gezwungenermaßen mit Kuhmilch und Zwiebackbrei angefreundet. Die neue Kost tat Belle gut: Ihre Wangen waren rund geworden, der kleine Körper kräftig. Wenn sie nicht schlief, eroberte sie auf allen vieren die Welt, nichts und niemand war vor ihr sicher. Besonders gerne schäkerte sie mit dem grauhaarigen Fremden, strahlte ihn an, patschte ihm mit ihren Händchen ins Gesicht. Vielleicht spürte sie ja, dass Carl nun wieder ihr Vater war. Er widmete sich dieser Aufgabe jedenfalls mit Feuereifer – soweit seine Kräfte eben reichten.

Die Folgen der monatelangen Folterung waren noch lange nicht überwunden.

Es klopfte. Leise, um die Schlafenden nicht zu wecken, ging Emma durch das kleine Zimmer. Sie trat auf den Flur des Gasthauses und zog die Tür hinter sich ins Schloss.

»John! Wie schön, dass du mich besuchst.«

Emma lächelte.

»Komme ich nicht jeden Tag, um nach dir zu sehen?«

»Doch. Und dafür stehe ich tief in deiner Schuld.«

Früher hätte er sie auf solche Worte hin geneckt. Heute sah er sie nur aufmerksam an, die graugrünen Augen blickten ernst. Auch ihn hatten die letzten Wochen verändert, von der jungenhaften Leichtfertigkeit war nicht viel übrig geblieben. Bedauern schlich sich in ihr Herz. Aber vielleicht war John auch einfach nur erwachsen geworden.

»Lass uns in den Gastraum gehen«, sagte sie, um ihre Gefühle zu verbergen. »Ich könnte einen Kaffee brauchen.«

Wenig später saßen sie an einem kleinen Tisch vor ihren Tassen. Emma stützte das Kinn in die Hand.

»Du siehst müde aus«, sagte John.

»Das bin ich auch. Carl wacht oft auf, er träumt schlecht. Es verfolgt ihn.«

Rasch trank Emma einen Schluck Kaffee. In manchen Augenblicken erschien ihr das Leid ihres Mannes unerträglich, zumal sie nicht wusste, ob er es je überwinden würde. Carl war misstrauischer als früher, er wirkte ständig angespannt; fast so, dachte Emma, als fühlte er sich immer noch bedroht. Sogar Emma gegenüber war er zurückhaltend und distanziert. Er erzählte nur wenig über seine Gefangenschaft, und wenn, dann brach ihm sofort der Schweiß aus. Lediglich wenn er mit Belle spielte, schien er seine Erlebnisse für einige Momente vergessen zu können.

Ruhig sagte John: »Er braucht Zeit, Emma.«

»Ja. Wahrscheinlich hast du recht.«

Sie schwiegen.

»Emma, ich …« John griff nach ihrer Hand, und Emma zuckte zurück.

Doch dann entschied sie sich, ihm die Hand zu lassen. Sie wollte nicht tun, als sei zwischen ihnen beiden nichts gewesen, und John schien ihr etwas Wichtiges sagen zu wollen.

Er wagte einen neuen Anlauf. »Ich bin gekommen, um mich zu verabschieden, Emma. Ich gehe zurück nach Sydney.«

Erschrocken starrte sie John an.

Er ging fort?

Sogleich rief sie sich zur Ordnung. Sie hatte ja gewusst, dass dieser Moment irgendwann kommen würde. Außerdem durfte sein Fortgehen ihr nicht wehtun. Natürlich war es in den vergangenen Wochen angenehm gewesen, dass er jeden Tag gekommen und nach ihr geschaut hatte, aber sie konnte nicht erwarten, dass er das bis in alle Ewigkeit hinein fortführen würde.

Sie hatte Carl zurück, ihren Ehemann, der dabei war zu genesen. Das war mehr als genug. Also würde sie John gehen lassen, ohne es ihm durch ihre eigene Traurigkeit noch schwerer zu machen.

Emma sah ihn intensiv an, prägte sich für immer seine Gesichtszüge ein, die dunklen Brauen, den Ausdruck seiner Augen. Sie wusste, dass ihre Trennung unmittelbar bevorstand und dass sie John nicht wiedersehen würde. Abschiedsschmerz stieg in ihr auf, begleitet von einer ruhigen Akzeptanz und, stärker als alles andere, Dankbarkeit. John hatte ihr so sehr geholfen, selbst dann noch, nachdem er Emma als Frau verloren hatte.

Das würde sie ihm nie vergessen.

Unwillkürlich dachte sie an die Tage, die Oskars Tod gefolgt waren.

Zusammen hatten Emma und John sich nach den schrecklichen Geschehnissen auf Oskars Station um alles gekümmert. Zuerst hatten sie Carl und Birrinbirrin nach Warwick gebracht, damit sie anständig versorgt werden konnten. John hatte ihnen zwei Zimmer im Gasthaus gemietet und sich dann auf die Suche nach einem praktizierenden Arzt gemacht.

Der Doktor war noch am gleichen Abend erschienen, hatte Carls zahlreiche Wunden versorgt, ihn verbunden und ihm diverse Stärkungsmittel eingeflößt. Auch um Birrinbirrin kümmerte er sich.

Währenddessen schickte John die Polizei auf Oskars Farm. Er verlangte, dass die *storekeepers* verhaftet würden; schließlich waren sie maßgeblich daran beteiligt gewesen, Carl zu entführen und monatelang versteckt zu halten. Doch die beiden Männer waren längst über alle Berge. Offensichtlich hatten sie ihren toten Herrn samt Birwain im Schuppen gefunden, die richtigen Schlüsse gezogen und sich aus dem Staub gemacht.

Die nächsten Tage waren erfüllt von trauriger Geschäftigkeit. Birwains Leiche wurde auf einem Ochsenkarren zum Clan gefahren; es war Birrinbirrin, der darauf bestand, den alten Schamanen nicht an Ort und Stelle zu begraben, sondern zurück zum Clan zu bringen. Wenn nämlich das Bestattungsritual nicht nach alter Sitte durchgeführt würde, so hatte er ihnen erklärt, könne das üble Folgen für den gesamten Clan zeitigen.

Emma beeilte sich, einen Wagen samt Fahrer anzuheuern.

Was Mrs Crusius betraf, so war diese untröstlich. In ihren Augen war Oskar ein unschuldiges Opfer und Emma seine Mörderin. Dass sie damit bei den *Constables* auf taube Ohren stieß, brachte sie zusammen mit ihrer Trauer an den Rand der Hysterie. Doch egal, wie sehr sie auch zeterte, Mrs Crusius stand auf verlorenem Posten: Sämtliche Arbeiter, Hirten und Mägde – Rosie ausgenommen – bestätigten, ohne zu zögern, zu welchen Grausamkeiten ihr toter Herr fähig gewesen war. Niemand zweifelte an Johns Version der Geschichte, nach der Emma sich gegen Oskar hatte verteidigen müssen. Da John zudem aus einer der besten Familien Australiens stammte, Oskar hingegen nur ein Deutscher gewesen war, fand die

Obrigkeit es gerechtfertigt, jeden Zweifel an Johns Glaubwürdigkeit vom Tisch zu wischen. Einmütig kamen die *Constables* zu dem Schluss, dass Emma aus Notwehr gehandelt haben musste. Wenig später schloss sich der Richter dieser Meinung an und hatte den Fall damit befriedigend schnell vom Tisch.

Emma war zwar erleichtert, konnte sich selbst aber nicht so leicht von ihrer Schuld freisprechen. Sie hatte, wie es ihr von Gunur prophezeit worden war, einen Menschen getötet. Und sie hatte nicht eine Sekunde lang gezögert.

Zwar wusste ihr Verstand, dass sie keine Wahl gehabt hatte. Es blieb dennoch Tatsache: Sie hatte einen Mann umgebracht und eine Frau zur Witwe gemacht. Mrs Crusius, man mochte von ihr halten, was man wollte, war nun genauso unglücklich, wie Emma es nach Carls Verschwinden gewesen war; auch mit dieser Schuld musste Emma von nun an leben.

Immerhin, so sagte sie sich, hatte sie nicht aus Rache oder blindem Hass getötet. Sie hatte niemanden mit unvorstellbarer Grausamkeit gefoltert. Sie war kein Ungeheuer geworden, keine gnadenlose Mörderin; war es nicht einmal im Augenblick des Tötens gewesen. Nicht der Wille des Raubtieres in ihr hatte den Ausschlag gegeben, Oskar zu erschlagen, sondern die Notwendigkeit, anderes Leben zu retten: Birrinbirrins, Carls, ihr eigenes. Dass Birwain von Oskars Hand hatte sterben müssen, war furchtbar genug. Hätte sie sich nicht noch viel schuldiger gemacht, wenn sie Oskar sein Werk hätte vollenden lassen?

Manchmal dachte sie an Birwains Worte damals im Regenwald: Der Tod von ihrer Hand, hatte der Schamane nach der Prophezeiung gesagt, würde nur jemanden treffen, der ihn auch verdient habe. Emma müsse sich fügen, sonst würde das Unglück nur umso größer.

Er hatte recht gehabt, wie fast immer.

Ach, Birwain! Emma vermisste den alten Schamanen schmerzlich. Ob er zurückkehren würde, als Babygeist, wie die Schwarzen glaubten? Emma hoffte es – und wenn diese Hoffnung für eine

Christin ketzerisch war, so war ihr das gleichgültig. Es gab immer mehr als eine Wahrheit. Wenn die letzten Monate sie eines gelehrt hatten, dann war es dies.

Johns Stimme drang durch ihre Erinnerungen und holte sie zurück in den überfüllten Gastraum.

»Bevor ich gehe, Emma, muss ich dir noch etwas gestehen.« John hielt immer noch ihre Hand, mied jedoch ihren Blick. »Es ist wegen deines Vertrages. Ich … ich hätte dafür plädieren sollen, dass die Regierung ihn verlängert. Du bist eine gute Forscherin, und das, was du im Regenwald machst, ist nicht nur neuartig, sondern auch sehr spannend. Dein Projekt verdient es, fortgeführt zu werden.«

»Ach!« Emma war bass erstaunt. »Und das fällt dir erst jetzt auf?«

John atmete tief durch, dann sah er ihr fest in die Augen. »Nein, natürlich nicht. Aber ich wollte dir einen zwingenden Grund liefern, mich zu heiraten. Und eine finanzielle Notlage ist ein zwingender Grund, nicht wahr?«

Sie öffnete den Mund, schloss ihn wieder. Schließlich sagte sie mühsam: »Mir … fehlen die Worte.«

»Das ist verständlich. Ich war ein elender Egoist.« John schluckte hart. »Aber ich mache es wieder gut, Emma, das verspreche ich dir. Dein Vertrag wird verlängert, ihr könnt zum Clan zurückkehren. Und wenn es deinem Mann besser geht, werden wir sehen, ob auch sein Vertrag verlängert wird.« Die Andeutung eines Lächelns spielte um Johns Mundwinkel. »Bis dahin schaffst du es genauso gut allein, eure Forschungen fortzuführen. Da bin ich mir ganz sicher.«

Emma starrte ihn an und versuchte zu begreifen: Ihr Leben als Wissenschaftlerin war gesichert! John schätzte und achtete ihre Arbeit, und sie – sie allein – würde von nun an imstande sein, den Lebensunterhalt für sich und Carl zu verdienen.

Mit einem Mal sah die Zukunft ein ganzes Stück heller aus.

Sie schüttelte fassungslos den Kopf, lächelte und wollte John danken, doch er winkte ab.

»Dank habe ich nicht verdient, Emma. Aber … darf ich dich etwas fragen?«

»Natürlich!«

Sein Daumen strich über ihren Handrücken. »Wenn alles anders gekommen wäre … Wenn wir deinen Mann nicht gefunden hätten und wenn du mich geheiratet hättest … Meinst du, Emma, du hättest mich irgendwann einmal lieben können?«

Sie schaute ihm in die Augen. Johns Blick legte ihr alles offen, was er ihr nicht zu sagen wagte, und Emma erkannte, dass er sie wirklich liebte – mit einer Tiefe und Inbrunst, die sie ihm niemals zugetraut hätte.

War es ein Verrat an Carl, wenn sie John die Wahrheit sagte? Nein, beschloss Emma. John war ehrlich zu ihr gewesen, also würde auch sie ehrlich sein. Er hatte es verdient.

Sie beugte sich über den Tisch zu ihm hinüber und drückte ihre Lippen zum letzten Mal auf die seinen. »Ich liebe dich doch bereits«, flüsterte sie an seinem Mund. »Wie könnte ich einen Menschen wie dich nicht lieben, John?«

»Du liebst mich.« Seine Stimme war leise und traurig. »Aber Carl liebst du mehr.«

»Ja«, sagte Emma ehrlich. »Carl liebe ich mehr.«

Sie löste sich von John und wusste, diesmal tat sie es für immer.

Er nickte und stand auf. »Leb wohl, Emma.«

»Leb wohl, John.«

Emma sah ihm nach, als er langsam durch den Gastraum hinausging, bis die Tür hinter ihm zufiel, und ihre Augen begannen zu brennen. Sie schluckte die Tränen hinunter, trank ihren Kaffee aus und versuchte, ihr aufgewühltes Herz zu beruhigen. Dann stieg sie die Treppe zu ihrem Zimmer hoch, traurig und dankbar zugleich.

Schon im Gang hörte sie Belles Gebrabbel und Carls Lachen. Beide waren aufgewacht, und offensichtlich amüsierten sie sich prächtig.

Als sie eintrat, saß Carl auf dem Stuhl in der Sonne und ließ Belle auf seinem Schoß auf und ab hüpfen, was die Kleine mit freudigen Jauchzern quittierte. Carl wandte Emma den Kopf zu und lächelte. Hell strahlten seine meerblauen Augen auf.

*Es stimmt. Es war nie anders, und es wird nie anders sein: Carl liebe ich mehr. Egal, wie gesund oder wie versehrt er ist, wie stark oder wie schwach.*

*Ich bin stark genug für uns beide.*

Rasch ging sie zu ihrem Mann und Belle ans Fenster, beugte sich zu ihnen hinunter und umfing sie mit ihren Armen.

# EPILOG

# MÄRZ 1861

Nicht weit vom Ursprung des Condamine River, oberhalb donnernder Wasserfälle, befand sich im dichten Regenwald ihr neues Lager.

Emma und Carl hatten sich in einiger Entfernung von den Hütten ein einsames Plätzchen gesucht und saßen nun träge im warmen Gras, beschattet von mächtigen Bäumen. Sie lehnten gemeinsam an einer *hoop pine*, die sich fast so weit in den Himmel erstreckte wie der Baum, unter dem sie ihr erstes Zelt errichtet hatten. Damals, im Lager am Bach.

Auch jetzt wohnten sie wieder am Wasser, dem Spring Creek, und doch war alles anders. Der Clan war auf das Doppelte seiner Größe angewachsen: Ohne *law man* und ohne Schamanen hatten die Schwarzen nicht leben wollen, also hatten sie sich ihren Stammesbrüdern vom Wasserfall-Clan angeschlossen, der Gruppe, zu der auch Nowalingus Mann gehörte.

Zu ihrer Erleichterung hatten die fremden Schwarzen Carl und Emma sofort akzeptiert. Birrinbirrin hatte ihnen erzählt, dass Emma den mächtigsten aller D'anba besiegt hatte, und das hatte genügt, um ihr auf ewig einen Platz in der Gemeinschaft zu sichern.

Emma lachte leise.

»Was gibt es denn so Lustiges?« Carl kitzelte sie mit einem langen Grashalm am Kinn.

Sie legte den Kopf an seine Schulter. »Ich musste gerade an Birrinbirrin und Nowalingu denken. Ständig brüstet sich Nowalingus alter Ehemann mit seinen drei jungen Frauen, dabei hat jede einzelne von ihnen einen Liebhaber. Nowalingu und Birrinbirrin sind solche Turteltäubchen, dass es nun wirklich nicht zu übersehen ist. Das hätte Birwain niemals geduldet!« Emma gluckste.

Carl stimmte nicht in ihr Lachen ein.

Stattdessen fragte er mit plötzlichem Ernst: »Sag, Emma, vermisst du John?«

Überrascht hob sie den Kopf und schaute Carl an. »Warum fragst du?«

»Na ja, diese Geschichte mit Nowalingu, ihrem Ehemann und Birrinbirrin ... die junge Frau, der alte Bock und der attraktive Liebhaber ...«

»Was haben Nowalingus Liebschaften denn mit uns zu tun?«

»Auf den ersten Blick nichts. Aber auf den zweiten einiges.« Carl ließ sich nicht beirren. »Siehst du nicht die Parallelen? Ich bin zwar kein alter Bock, aber doch ziemlich versehrt. Ich habe einen schief zusammengewachsenen Finger und Narben auf dem gesamten Oberkörper, und ich schreie vor Angst, wenn ich träume. In den letzten Monaten hast du es wahrlich nicht leicht mit mir gehabt. Wer könnte es dir verdenken, wenn du dich nach John Roberts sehntest? Ich bin nicht dumm, Emma, ich kann eins und eins zusammenzählen, und mir ist durchaus bewusst, dass ihr beiden damals ...«

»Carl!« Hastig legte sie ihm den Zeigefinger auf den Mund. »Quäl dich nicht mit John. Bitte. Er hat mir durch die schwere Zeit geholfen. Und ja, er hat mir etwas bedeutet. Das möchte ich nicht leugnen. Aber er war mir niemals so nahe wie du. Nie! Nicht meinem Herzen«, sie schluckte, »und auch meinem Körper nicht.«

Carl sah ihr forschend in die Augen, und Emma hoffte inständig, er möge darin erkennen, dass sie die Wahrheit sagte. Jetzt stand es also an, dachte sie beklommen, das längst überfällige Gespräch über John und sie.

Carl schien von Anfang an geahnt zu haben, dass seine Frau und den jungen Engländer mehr verbunden hatte als reine Freundschaft. Gefragt hatte er jedoch nie, und auch Emma hatte das Thema nicht angeschnitten. Carl war vollauf damit beschäftigt gewesen, das Grauen seiner Gefangenschaft zu verarbeiten; Herzensqualen hätte er nicht auch noch verkraftet.

Doch jetzt, ein halbes Jahr nach seiner Befreiung, schien er so weit zu sein, sich seinem fernen Rivalen zu stellen. Emma war sich nicht sicher, ob sie darüber glücklich sein sollte. Einerseits bewies Carl ihr damit, dass nicht nur sein Körper langsam gesundete, sondern auch seine Seele. Andererseits sah Emma wenig Sinn darin, John in ihre neu gefundene eheliche Zweisamkeit eindringen zu lassen.

Sie dachte oft an John. Verhaltene Zärtlichkeit und ein Hauch Sehnsucht begleiteten ihre Erinnerungen. Dennoch stand es für Emma außer Frage, dass John für sie Vergangenheit war. Eine Vergangenheit, die sich in Form sporadischer Briefe zu Wort meldete, höflicher beruflicher Anfragen, die Emma ebenso geschäftsmäßig beantwortete. John war ihr Ansprechpartner bei der Kolonialregierung; sie und Carl mussten mit ihm auskommen. Beide.

Ob Carl das gelingen würde, jetzt, wo sie zugegeben hatte, dass John ihr etwas bedeutet hatte?

Mit klopfendem Herzen wartete sie auf seine Reaktion.

Carl wandte den Kopf ab, atmete tief durch und blickte über das braune Wasser, das sich plätschernd seinen Weg über Geröll und Felsen suchte. Auf einem großen Stein sonnte sich eine Echse. Von ferne hörten sie den Wasserfall, jenes unablässige Brausen, das sie in ihrem neuen Leben Tag und Nacht begleitete.

»Ich wollte dich nicht bedrängen«, sagte Carl schließlich rau. »Du hast gedacht, ich hätte dich verlassen oder sei tot. Es wäre also kein Betrug gewesen, wenn du und John Roberts … es ist nur … Ach, verdammt.«

Er drückte Emma fest an sich und vergrub die Nase in ihrem Haar. »Ich bin einfach so froh, dass du noch die Meine bist.«

»Für immer, Carl.« Emmas Worte kamen von Herzen.

Er spürte es, und die Anspannung fiel merklich von ihm ab. Nur noch halb im Ernst fragte er: »Für immer die Meine, obwohl ich graue Haare habe?«

Erleichtert ging Emma auf seinen Tonfall ein. »Die stehen dir gar nicht schlecht. Und was den Rest von dir angeht, mein Liebster, der ist doch wieder recht ansehnlich.«

Sie kniff in seine Oberarme, die inzwischen nicht mehr weiß und mager waren, sondern wieder braun gebrannt und kräftig.

Carl grinste, und seine blauen Augen blitzten. Er zog sie auf seinen Schoß und küsste ihren Hals. »Dann hast du bestimmt nichts gegen ein Schäferstündchen mit deinem versehrten, aber recht ansehnlichen Ehemann einzuwenden.«

»Hier?«

»Hier und jetzt. Die Gelegenheit ist gut. Alle sind mit dem Ritual beschäftigt, das heute Abend stattfinden soll. Niemand wird uns sehen.« Seine Hand wühlte sich bereits unter ihren Rock.

Emma lachte atemlos. Sollten sie es wirklich wagen? Aber warum eigentlich nicht? Carl streichelte die Innenseite ihrer Oberschenkel, und sie spürte Erregung in sich aufsteigen.

»Mama! Papa! Maaamaaa!«

Die Erregung verpuffte. Hastig zog Carl seine Hand zurück.

Seufzend sagte Emma: »Niemand wird uns sehen, hm?«

Sie stand von Carls Schoß auf und richtete ihren Rock. Gerade noch rechtzeitig, denn schon kam Purlimil auf sie zu, an jeder Hand ein Kleinkind. Unbeholfen, aber enthusiastisch wackelten Belle und Gelar durchs Gebüsch.

»Endlich habe ich euch gefunden«, sagte Purlimil mit einem unschuldigen Lächeln. »Störe ich?«

»Aber nein. Wie kommst du denn darauf?«

Trotz des geplatzten Schäferstündchens musste Emma grinsen. Purlimil wusste ganz genau, was sie vorgefunden hätte, wenn sie nur Minuten später gekommen wäre!

Wie so oft in den letzten Monaten überkam Emma ein großes Glücksgefühl, dass sie nicht nur Carl, sondern auch ihre freche Freundin zurückbekommen hatte. Seit Carl befreit und Oskar tot war, hatte Purlimil ihre Schwermut nach und nach überwunden. Weil der besiegte D'anba ihre Seele hatte freigeben müssen, glaubten Yileen und Gunur. Weil es keinen Grund mehr gab für Schuldgefühle, glaubten die Scheerers. Wer wusste schon, welche Erklärung zutraf? Wichtig war bloß, fand Emma, dass die bleierne Schwere von Purlimils Seele gewichen war. Auf welche Weise auch immer.

Carl rappelte sich auf und stellte sich neben Emma. Leicht verstimmt sagte er zu Purlimil: »Ich dachte, ihr seid alle so furchtbar beschäftigt.«

»Sind wir auch«, erwiderte die Schwarze unbekümmert. »Die Marmbeja müssen angerufen und die D'anba ferngehalten werden, wir dürfen die Rituale dafür niemals wieder vernachlässigen. Der Schamane sagt, die Gefahr durch die D'anba sei noch lange nicht gebannt. Aber diese beiden hier, sosehr ich sie liebe, sind bei der Vorbereitung ein bisschen im Weg.« Sie ließ die Kinder los und gab ihnen einen kleinen Schubs in Richtung Carl und Emma. »Da dachte ich, ihr könntet eigentlich auf sie aufpassen. Ihr habt doch nichts zu tun, oder?«

»Fast nichts«, knurrte Carl, beugte sich aber hinunter und nahm Belle auf den Arm. »Na komm, kleine Dame. Wollen wir baden gehen?«

»Bagehn!«, stimmte Belle begeistert zu. Emma schnappte sich Gelar, und Purlimil machte sich zufrieden grinsend auf den Rückweg zum Lager.

»So viel zu ehelichen Freuden in der Wildnis«, sagte Emma mit einem dramatischen Seufzer, während sie eine seichte Stelle zum Planschen suchten. »Statt uns zu vergnügen, gehen wir brav mit unseren Kleinen an den *Creek.*«

»Ja, aber uns bleibt immer noch die Nacht.«

»Von wegen! Wir wollten doch dem Ritual beiwohnen, schon vergessen? John … ähm, die Regierung wartet auf neue Berichte.«

Sie sahen sich an, über die Köpfe der Kinder hinweg, die auf ihren Armen vor Vorfreude quietschten und zappelten.

»Möchtest du das wirklich, Emma?«, fragte Carl. »Beim letzten Mal, als du einem Ritual der Schwarzen beigewohnt hast, hat es übel geendet.«

»Diesmal wird es anders sein«, sagte Emma im Brustton der Überzeugung. »Oskar ist tot und der D'anba in ihm besiegt, wenn es ihn nun tatsächlich gab. Heute werde ich nur als Zuschauerin dabei sein. Als neutrale, sachliche Forscherin, die beobachtet, aber in keiner Weise beteiligt ist.«

»Neutral und unbeteiligt. Hört, hört.« Carl zog die Augenbrauen hoch. »Dann wirst du dich also nie mehr einmischen, wenn dir eine Sitte der Schwarzen nicht passt?«

»Nein, ich werde lediglich …« Emma stockte, ging in sich und sagte dann ehrlich: »Na ja, vielleicht doch. Wenn ich irgendetwas grausam finde, kann ich wahrscheinlich gar nicht anders, als zu protestieren.« Entschlossen fügte sie hinzu: »Aber ich werde es nicht mehr von oben herab tun, so wie früher, sondern mit Respekt. Und mit einer ordentlichen Portion Demut!«

»Eine demütige, wenn auch sehr wehrhafte Amazone also.« Carl verlagerte Belle auf seine Hüfte und legte Emma den freien Arm um die Taille. »Du überraschst mich immer wieder, weißt du das?«

Jetzt, dachte Emma, und ihr Herz begann ob dieser unvermuteten Gelegenheit zu galoppieren, jetzt sage ich es ihm.

»Die größte Überraschung kommt erst noch, Liebster. Wenn ich mich nicht verrechnet habe, in ungefähr sechs Monaten.«

Wie vom Donner gerührt blieb Carl stehen und starrte Emma an.

Ein strahlendes Lächeln breitete sich auf seinem Gesicht aus, als er begriff.

# Nachwort und Dank

Marmbeja, D'anba, spirituelle Besessenheit und Seelenraub – all das existiert wirklich, zumindest in der Welt der Aborigines.

Für »meinen« Clan habe ich aus den Glaubensvorstellungen unterschiedlicher Aborigines-Gruppen geschöpft. Da die D'anba-Geister in meiner Geschichte mit die wichtigste Rolle spielen, möchte ich an dieser Stelle kurz auf sie eingehen:

Die D'anba sind Bestandteil des Gurangara-Kultes, der in den 1930er-Jahren u. a. von den Forschern Andreas Lommel und Helmut Petri in der westaustralischen Kimberley-Region beobachtet wurde. Man kann diesen Kult durchaus als Reaktion auf die drohende Vernichtung der traditionellen Lebensweise der Aborigines durch die Europäer deuten. In ihrem Buch »Traumzeit. Die Religion der Ureinwohner Australiens« beschreibt die Ethnologin Dr. Corinna Erckenbrecht in nachvollziehbarer Weise die Perspektive der verunsicherten Aborigines:

»Die alten Strukturen brachen zusammen, die sozialen Regeln, seit eh und je in Kraft, galten nicht mehr oder verloren ihre Wirkung, es wurden kaum noch Kinder geboren und die alten ›blackfellows‹, die noch an der traditionellen Lebensweise festhielten, starben langsam aus. (…) Irgendwoher mussten diese neuen Entwicklungen, die sich so zerstörerisch auf die Kultur der Aborigines auswirkten, ja herkommen. Böse Mächte waren da ganz offensichtlich am Werk.«

Böse Mächte, die man D'anba nannte – und von denen Birwain im Roman am Ende erkennen muss, dass sie sich keineswegs auf die Person des Oskar Crusius beschränken.

Die Geschichte von Blitzmann, die Birwain erzählt, habe ich in dem Buch »Das Vermächtnis der Traumzeit« von Anna Voigt und Nevill Drury gefunden – ebenso wie Birrinbirrins Mythos der Sonnenfrau, die sich mit Ockerstaub pudert und so das Morgenrot erschafft.

Dr. Friedrich August von Ammons Ratgeber zu Mutterpflichten und Kindespflege erschien im Jahre 1860 bereits in der neunten Auflage. Bis ins 20. Jahrhundert hinein sollten etliche weitere Auflagen folgen. Die arme Emma schlägt sich also bereits zu ihrer Zeit mit einem wahren historischen Bestseller herum.

Sowohl den hier genannten als auch allen anderen zeitgenössischen und historischen Autoren und Autorinnen, deren Werke mir bei der Recherche für dieses Buch geholfen haben, schulde ich meinen Dank.

Sehr herzlich danken möchte ich auch:

Dr. Barbara Heinzius vom Goldmann Verlag für ihr Vertrauen in meine Projekte.

Meiner Agentin Julia Abrahams für ihre nie nachlassende Begeisterung.

Meiner Lektorin Karin Ballauff für ihr feinfühliges Feilen am Text und die wunderbar entspannte und trotzdem sehr effektive Zusammenarbeit.

Susanne und Dodo, die das Manuskript als Allererste gelesen und mir mit ihren Verbesserungsvorschlägen so sehr geholfen haben.

Und ich danke meiner Familie, für alles: Ihr seid mein Happy End.